文春文庫

宮部みゆき責任編集

松本清張傑作短篇コレクション
上

小説修行をしたことのない私は、どのような小説を志すべきか見当がつかなかった。ただ、他人の行く道は踏みたくなかった。

昭和三十八年十一月

松本清張

はじめに

宮部みゆき

今年の一月末、北九州市小倉にある松本清張記念館を見学してきました。あいにくの雪で、しかも夕暮れ時でしたので、灰色に曇った空は淋しく、寒さが身にしみました。でも館内は明るく温かく、広々として心地よく、かじかんだ手足がすうっとほどけていきました。

記念館の一角に、浜田山の松本清張さんのお住まいの一部を、そっくり再現したコーナーがあります。玄関を通り、編集者が打ち合わせをしたり原稿を待ったりした応接室が右手に、その先に書斎と書庫があります。

書斎の壁際に据えられた大きな机と椅子。たくさんの資料本と辞書、事典。ぐるぐると巻いて立てかけてある図版や地図。そして床の絨毯の上に点々とついた煙草の焼け焦げ。

「まるで、今ちょっと席を外してるだけで、すぐ戻ってきそうだね」

一緒に見学に行った人たちと、口々にそう言いました。肘掛つきの回転椅子は、本当に、今さっきまでそこに座っていた人がちょっと用があって立ち上がった――という感じに、わずかに斜めになっていました。

松本清張さんは、明治四十二年（一九〇九年）十二月二十一日の生まれです。お元気でしたなら、今年の誕生日で九十五歳。

没後、十二年を数えます。

巨匠去りし後、十二支がひと巡りするだけの歳月が経ってしまいました。ちょっと立ち上がって書斎を出ただけだったはずなのに、ずっと戻らない主人を今も辛抱強く待ち続けているあの椅子の上には、消えることのない寂しさと、深い敬愛の念が座っています。

文春文庫の編集部から、

「清張さんの短篇を集めた傑作コレクションを作りませんか？」

声をかけていただいたのは、昨年秋のことです。もともと清張さんの短篇が好きで、かなりの数を読んでいると自負しておりました私は、ふたつ返事でお引き受けしました。

ところが、いざ実際に企画が本決まりになり、短篇リストをいただいてみて驚きました。全部で二百六十篇！「いっぱい読んでる」とうそぶいていた私が、きちんとタイトルと内容を重ね合わせて数え上げることができたのは、百三篇に過ぎませんでした。半数に届かないじゃありませんか。

でも、むしろそれが幸いしました。リストに従い、清張さんのお仕事の流れに沿って、巨匠の出発点からゴール地点まで、その足跡をたどりながら、傑作コレクションの収録作を決めてゆくという、心躍る作業に取りかかることができたからです。

「責任編集」という厳しい肩書きをいただいてはいますが、私にとってこの仕事は、花畑の散歩のように楽しいものでした。松本清張という巨人の、大きな足跡のひとつにぴょんと飛び込んでみたら、深さが私の身長ほどもあるその足跡のなかには、色とりどりの花が咲き乱れていたのです。

結果として全三巻になったこの傑作コレクションには、何の難しい企画意図もありません。清張さんの全集と、数ある（しかも著名な）短篇集をもとに、私は、このうえなく贅沢な松花堂弁当を作るような気持ちで編集にあたりました。のちのち、また別の企画で、それだけを集めたコレクションが作れそうでしたので、歴史時代小説と、現代ミステリのなかでも考古学を素材とした作品は除きましたが、あとはまったく自由に選ばせていただきました。

長年の松本清張ファンの方々はもちろん、今年ＴＢＳテレビでドラマ化された『砂の器』をきっかけに、松本清張ワールドに興味を持ったというもっとも若い読者の方々にまで、文庫というハンディな本の形の好さを最大に活かし、広く気軽に楽しんでいただけることを願っています。

宮部みゆき責任編集　松本清張傑作短篇コレクション上

目次

本文イラスト・いしいひさいち
本文デザイン・関口聖司

松本清張傑作短篇コレクション㊤

＊本作品集には今日からすると差別的表現ないしは差別的表現ととられかねない箇所がありますが、それは作品に描かれた時代が抱えた社会的・文化的慣習の差別性が反映された表現であり、その時代を描く表現としてある程度許容せざるをえないものと考えます。作者には差別を助長する意図はありませんし、また作者は故人であります。読者諸賢が本作品集を注意深い態度でお読み下さるよう、お願いする次第です。

文春文庫編集部

第一章
巨匠の出発点

前口上　宮部みゆき

今回、この企画をお引き受けした途端、宮部は、どんな用件であれ人に会うと、話題が一段落するやいなや、

「ところで、あなたがお好きな松本清張作品は何ですか？」

と、おもむろに質問する——というビョーキにかかってしまいました。初対面の映画会社の人とか、深夜のタクシーで運転手さんにまで問いかけてましたから、けっこうな重症でありました。それで結果的にアンケートを行うことになったのですが（詳しくは中巻をどうぞ）、実は今ではちょっと後悔しているのです。

どうせ質問するならば、

「あなたが最初に読んだ松本清張作品は何でしたか？」

そう尋ねるべきでした。

「どれが好きか」という質問では、皆さん迷うんですよ。ちょっと考えさせて——というお返事が多かった。一作に絞るのは難しい、という声も。当然ですよね。でも、最初に読んだのはどれかと訊けば、記憶をたどってもらえばいいから答えやすい。失敗しました。

さて、今このページを繰っているあなたは、この質問に答えて、どの作品のタイトル

を挙げますか？『点と線』かな。『ゼロの焦点』でしょうか。「鬼畜」や「疑惑」を挙げたあなたは、きっと映画も観られたのでしょうね。

私は「張込み」が最初でした。カッパノベルス版の松本清張短編全集で読みました。そもそも私が清張さんの長篇作品よりも短篇の方により親しむようになったのは、この全集の影響であります。

では、ここでクイズ。

「松本清張さんのデビュー作は何でしょう。タイトルを挙げてください」

ここでたとえば『点と線』と答えちゃうのは、人情としてはよくわかります。でも残念ながら不正解。『砂の器』と答えたキミは、まだ中学生だね？　ふむふむ、ドラマを観たのだね。自分が初めて出会い、鮮烈な印象を受けた作品を、そのまま作者のデビュー作のように感じてしまうというのはよくあることですが（その読者にとってのその作家のデビュー作という意味では正しいし）、でもこれもブー、です。

正解は短篇の「西郷札」。昭和二十五年、「週刊朝日」の〝百万人の小説〟という懸賞で、三等に入選した作品です。このとき、清張さんは四十一歳でした。

「或る『小倉日記』伝」

という次第で、章題に「出発点」と謳《うた》う以上、ここには本来「西郷札」を入れるべきなのですが、あえて外し、こちらの作品を持って参りました。なんとなれば、これが第二十八回（昭和二十七年下期）芥川賞受賞作品だからであります。そう！　松本清張さんは芥川賞作家なんですよ。直木賞じゃないんです。社会派推理作家という看板があまりに大きいので、ついつい忘れがちになるところですが。

私がこのコレクション企画で毎日ルンルンしている時期、出版界は——というより世の中全体が、二人の新芥川賞受賞者を寿《ことほ》いでいました。第一三〇回（平成十五年下期）の、金原ひとみさん『蛇にピアス』と、綿矢りささん『蹴りたい背中』ですね。第二十八回から第一三〇回まで、ざっと五十年の歳月が流れています。半世紀ですよ。世の中、大きく変わるはずですね。でも一方で、人間の心の有り様は、存外変わってないんじゃないかなとも思うのです。

『蛇にピアス』も『蹴りたい背中』も、現代を生きる若者の「身の置き所のなさ」と、それと闘いつつ折り合いをつけてゆく日常——というものを描いていると、私は思いました。これはそのまま、「或る『小倉日記』伝」の主人公である田上耕作につながります。耕作も、当時の世間に身の置き所がなかった。その彼が、自分自身の拠《よ》り所として大切にし、またしがみついてけっして離さなかった生きる目的が、「小倉在住時代の森鷗外の足跡を研究する」ということでした。

田上耕作の生きた時代には、肉体改造もアイドルのおっかけも存在しなかった。だから彼は、学問研究の道を選びました。それでいつか報われるとか、成功の道に通じるとかいう目算があったからではなく、そうしなくては生きていかれなかったから。どうやったって生き難い世の中を生きてゆく――「とにかく生きているし、これからも生きてゆく」人間を、現在進行形でつぶさに描くことが、芥川賞がその対象とする純文学の仕事であるのならば、「或る『小倉日記』伝」は、確かに純文学なのです。

ところで、田上耕作は実在の人物です。となると、この作品は伝記小説でもあるかもしれない――のですが、生身の田上耕作と、作中の田上耕作の人生には、いくつかの相違点があるそうなのですね。

それは何故か？　どうして清張さんは、小説のなかの田上耕作像に変化をつけたのか。この興味深い謎の提示と、見事な推論は、阿刀田高さんの『小説工房12カ月』（集英社）のなかに登場します。ぜひご一読ください。

と、ここまで書いたところで、文春文庫編集部から連絡が。

「今年の松本賞受賞作家の山本兼一さんが、お好きな作品に『西郷札』を挙げてくださいましたよ」

「西郷札」も、このコレクション内で読んでいただけることになりました。下巻の第九章、「松本清張賞受賞作家に聞きました」をご覧くださいね。

「**恐喝者**」

では清張さんの、ミステリ作家としての出発点と言える短篇作品はどれでしょうか。

そらやっぱり、昭和三十年の「張込み」なのですわね。

だけどねえ、「或る『小倉日記』伝」に続けて「張込み」では……。この二作を並べて「コレクションで〜す」なんて言ったら、あまりの芸のなさに宮部のお里が知れちゃう。

悩んでいるところに、担当の編集さんから助言が。

「『張込み』以前にも、犯罪を扱った短篇が二作あります。『恐喝者』と『距離の女囚』という作品です」

おお、有難い！

「距離の女囚」は、タイトルどおり女囚が登場しますけれども、内容は切ない恋愛小説。そこで「恐喝者」の方をお楽しみいただくことにしました。昭和二十九年、「オール讀物」に載った作品です。

清張さんご自身は、この作品をあまりお気に召していなかったようなのです。だって「あとがき」が素っ気ないんだ。

「こういう筋は、今ではほかの小説に多すぎて珍しくない」

先生、なんて冷たいおっしゃりよう。そんなことないのになぁ。私はこの作品に登場する凌太の心情が、現代のストーカーの心理に一脈通じるところがあると思って、ちょっと震撼《しんかん》しました。幕切れの二行、ヒロインの多恵子と共に読者も崖っぷちに置き去りにする筆さばきは、凄惨にして鮮やか。

或る「小倉日記」伝

（明治三十三年一月二十六日）
終日風雪。そのさま北国と同じからず。風の一堆の暗雲を送り来るとき、雪花飄り落ちて、天の一隅には却りて日光の青空より洩れ出づるを見る、九州の雪は冬の夕立なりともいふべきにや。

（森鷗外『小倉日記』）

一

昭和十五年の秋のある日、詩人K・Mは未知の男から一通の封書をうけとった。差出人は、小倉市博労町二八田上耕作とあった。

Kは医学博士の本名よりも、耽美的な詩や戯曲、小説、評論などを多くかいて有名だった。南蛮文化研究でも人に知られ、その芸術は江戸情緒と異国趣味とを抱合した特異なものといわれていた。こうした文人に未知の者から原稿が送られてくることは珍しくない。

が、この手紙の主は詩や小説の原稿をみてくれというのではなかった。文意を要約すると、自分は小倉に居住している上から、目下小倉時代の森鷗外の事蹟を調べている。別紙の草稿は、その調査の一部だが、このようなものが価値あるものかどうか、先生にみて頂きたい、というのであった。田上という男は当てずっぽうに手紙を出したのではなく、Kと鷗外との関係を知っての上のことらしかった。

Kは同じ医者である鷗外に深く私淑し、これまで『森鷗外』『鷗外の文学』『或る日の鷗外先生』など鷗外に関した小論や随筆をかなりかいてきていた。現に、その年の春、『鷗外先生の文体』を雑誌『文学』に発表したばかりであった。

Kが興味を起したのは、この手紙の主が小倉時代の鷗外を調べているということである。鷗外は、第十二師団軍医部長として、明治三十二年から三年間を小倉に送っているが、この時書いた日記の所在が現在不明になっている。これはKも編纂委員である岩波の『鷗外全集』が出るに当って、その日記篇に収録しようと、当時、百方手をつくして探したのだが、遂に分らなかった。世の鷗外研究家は重要な資料の欠如として残念がっていたものである。

この田上という男は丹念に小倉時代の鷗外の事蹟を探して歩くといっている。根気のいる仕事だ。四十年の歳月の砂がその痕跡を埋め、も早、鷗外が小倉に住んでいたということさえこの町で知った者は稀だと、この筆者はいうのだ。当時、鷗外と交遊関係にあった者は皆死んでいる。だから、その親近者を探して鷗外に関した話が残っていれば聞こうというのだった。実際の例が書いてある。読んでみて面白かった。研究も草稿も途中のものである。完成させたら可なりのものが出来そうに思えた。文章もしっかりしていた。

彼は五、六日して返事を書いて出した。五十五歳のK・Mは相手が青年であることを意識して、充分激励をこめた親切な手紙であった。

それにしても、この田上耕作という男は、どのような人物であろうかと、彼は思ったことである。

二

田上耕作は明治四十二年、熊本で生れた。

明治三十三年頃、熊本に国権党という政党があり、大隈の条約改正に反対して結成された国粋党であるが、佐々友房が盟主で当時全国的にも有名であった。この党員に白井正道という者がいて、佐々と共に政治運動に一生を送った。

白井には、ふじという娘がいた。美しいので評判であった。あるとき熊本にきた若い皇族の接待役を水前寺庭園につとめたが、林間の小径を導くふじの容姿は、いたく若宮の心を動かした。宮は帰京すると、ぜひあの娘を貰ってくれと云い出して、側近を愕《おどろ》かせたと、今でも熊本に話が残っている。

ふじの美しさは年と共にあらわれて、縁談は降るようにあった。いずれも結構な話だった。が、白井の政党的な立場から考えて、どれもまとまらなかった。つまり一方を立てれば、他方の義理がすまぬという訳だ。白井が自分の甥の田上定一にふじをめあわせたのは全く窮余の結果であった。これなら、どこからも恨みを買うことはなく、彼は諸方への不義理を免れた。田上定一にとっては、ふじのような美人を得たことは、いわば漁夫の利といえないこともなかった。

二人は結婚して一男を生んだ。これが田上耕作である。明治四十二年十一月二日生と戸籍に届けた。

この子は四つになっても、何故か、舌が廻らなかった。五つになっても、六つになっても、言葉がはっきりしなかった。口をだらりと開けたまま涎《よだれ》をたらした。その上、片足の自由がきかず、引きずっていた。

両親は心労して、諸所の医者にみせたが、どこもはっきりした診断を下さなかった。神経系の障害であることは分ったが、病名は不明だった。Q大にもみせたが、ここでも分らないのだ。多くの医者は小児麻痺だろうといったが、ある医者のいう、頸椎附近に発生した何か腫物《ツモール》のようなものが緩慢に発達して、神経系を冒したのではないかとの想像の方が実際に近いかも知れない。治療の方法はないということである。

自分の義理合ばかりで、この結婚をさせた白井正道も、このような不幸の子が生れたことに何か責任のようなものを感じ、大いに心配して、人にもいろいろきき廻り、治療費も出した。

白井は政治運動をやる一方、実業にも少しは手を出したとみえ、門司を起点とする九州鉄道会社の創立にも与《あず》かった。これが現在の国鉄鹿児島本線になる。白井は、だから、この鉄道敷設の功労者の一人だ。

田上定一が九州鉄道会社に入ったのは白井の世話による。田上の一家は勤めの関係で小倉に移ったが、これは耕作が五つの時であった。白井はこの地の博労町に地所を買い、娘夫婦に家をたててやり、五、六軒の家作もつけた。もともと政治運動に没頭して、伝来の家財を蕩尽《とうじん》した白井は、金儲けは下手で、生涯これという産はなさなかった。ふじが親からして貰ったのは、この家くらいなものである。

博労町は小倉の北端で、すぐ前は海になっていた。海は玄海灘につづく響灘《ひびきなだ》だ。家には始終荒浪の音がしていた。耕作はこの浪の響をききながら育った。

耕作には、六つぐらいの頃、こういう一つの思い出がある。

父の家作に貧しい一家があった。老人夫婦と五つぐらいの女の子であったが、夫婦はこの子の親ではないらしかった。

六十ぐらいの、その白髪頭のじいさんは朝早くから働きに出て行った。色の褪せた法《はっ》被《ぴ》をきて、股引をはき、わらじを結んでいた。じいさんは手に柄のついた大きな鈴をもっていて、歩きながらそれを鳴らすのである。

耕作の両親は、この一家を『でんびんや』と呼んでいた。『でんびんや』は、どうやらじいさんの職業であるらしかった。でんびんやとは何のことか耕作には分らなかった。が、彼はよくおじいさんの家に遊びに行って女の児と遊んだ。女の児は眼の大きい、色の白いおとなしい子であった。彼が遊びにゆくと、ばあさんはよろこんで、干餅などを焼いてくれた。

耕作の言葉は舌たるくて、たどたどしく、意味が分らなかった。左足は麻痺で、跛だ。

じいさん、ばあさんが彼に親切だったのは、家主の子という以外に、こういう不幸な身体に同情したのであろう。彼は後年こういう憐愍《れんびん》には強い反撥《はんぱつ》を覚えたが、六歳の彼にはまだこのような感情がある訳でなく、老夫婦の歓待に甘えた。女の児は、お末ちゃんといったが、他に遊び友達のない彼にとっては唯一の相手だった。そして、いってみれば、彼が最初にほのかに愛した子であった。

じいさんは朝早く家を出て行って、耕作がまだ床の中にいる頃、表を通った。ちりんちりんという手の鈴の音は次第次第に町を遠ざかり、いつまでも幽かな余韻を耳に残して消えた。耕作は枕にじっと顔をうずめて、耳をすませて、この鈴の音が、かぼそく消えるまでを聞くのが好きだった。それは子供心に甘い哀感を誘った。日が暮れて、じいさんは帰りも通る。

ああ、今、でんびんやさんが帰る、と父も晩酌を傾けながら、鈴の音が耳に入ると、呟くことがあった。じいさんは、そのようにおそくまで働いた。秋の夜など響灘の波音に混って、表を通る鈴の音をきくのは、淡い感傷であった。

この、でんびんやの一家は一年ばかりいて、突然夜逃げをしていった。六十をこしたじいさんの働きではやって行けなかったのであろう。耕作が行ってみて、家に戸が固く閉り、父の筆で『かしや』の紙が貼ってあるのは、何か無慙《むざん》な気がした。

耕作は老人一家が今頃どうしているであろうかと度々考えた。じいさんの振る鈴の音はもう聞けなくなった。若しかすると、知らぬ遠い土地で、あの鈴を鳴らしているのかも知れないと思うと、ひとりで、その土地の景色まで想像した。
この思い出は、彼を鷗外に結ぶ機縁となるのである。

三

田上定一は耕作が十歳の時に病死したが、死ぬまで耕作の身体を苦にした。言葉のはっきりしない、口も始終開け放したままで涎を溜めている跛のわが子の姿は親として堪らなかったであろう。いろいろな医者にかかった。近在ばかりでなく博多、長崎まで連れて行ったが、どこの医者も首を傾《かたむ》けた。はっきりした病名さえ分らない。祈禱や民間療法のようなものにも迷った。田上家の財産らしいものは、殆どこの子の無駄な療養に費消された。

定一が死んだ時、ふじは三十歳であった。ようやく中年に達して、美貌は一種の高雅さえ添えた。再縁の話は諸所から持ち込まれた。熊本の方から相当な話があったのは、十年前、聞えた美人であったからである。

その一切をふじは断った。縁談の中には随分うまい話もあって、耕作の療養にはどんな大金も惜しまず注ぎ込んでやるというのもあった。が、ふじはそういう相手の申出は、どこまでが本当であるか分らず、いってみれば好餌《こうじ》としか考えられなかった。どこに縁づくにしても、耕作を手ばなす気にはなれず、連れてゆけば、こういう病気の子が婚家先でどんな扱いをうけるか、知れていた。彼女は生涯耕作から離れまいとし、再婚の意を絶った。生計は切りつめてゆけば、五、六軒の家作の家賃で立ててゆけた。

耕作は小学校に上ったが、口を絶えず開け放したままで、言語もはっきりしないこの子は、誰がみても白痴のように思えた。が、実際は級中のどの子よりもよく出来た。話が出来ないので教師は口答はなるべくさせなかったが、試験の答案はいつも優秀だった。これは小学校だけの間でなく、私立の中学校に上らせたが、ここではズバ抜けた成績をとった。

ふじのよろこびは非常であった。これが正常な身体であったらと、不覚に涙を出すこともあったが、ともかく頭脳が人並以上と思えたことは、うれしい限りであった。母一人、子一人である。こんな身体でも、ふじからみれば杖とも柱とも頼りに思えるのであった。

その頃、すでにふじの実父白井正道は死んでいた。一生を政治運動に狂奔したから死んでみると遺産はなく、借金が残った。白井家は熊本藩の家老の家柄で名家であったが、正道一代で家財を蕩尽してしまった。遺族は借金にいつまでも苦しまねばならなかったから、ふじは実家から何らの助力も得られなかった。

学校の成績のよかったことは、耕作自身にも、多少、世間に対して自信らしいものをつけさせ、不具者がもつ、ひけ目な暗い気持から救った。が、やはり孤独はまぬがれない。彼は文学書を好んでよむようになった。

耕作の中学時代からの友人に江南鉄雄という男がいた。江南は文学青年で、この地方の商事会社につとめながら、詩など書いていた。勤務中でも、ひろげた帳簿の下に原稿紙をしのばせて、こっそり何かかいているような熱心さだった。彼は耕作と不思議に気が合って、耕作の生涯中、ただ一人の友人であった。

ある日、江南は耕作に一冊の小説集をもってきて見せていった。

「これは森鷗外の小説だが、この中の『独身』というのを読んでみろ。鷗外が小倉にいた頃のことが書いてあるから面白いよ」

耕作はそれを借りて読んだが、その中の文章は図《はか》らずも彼の心を打った。あまり感動が大きくて、数日はそればかりが頭から離れなかった。それは『独身』の中の次の一節だ。——

「外はいつか雪になる。おりおり足を刻んで駈けて通る伝便の鈴の音がする。伝便と云っても余所《よそ》のものには分るまい。これは東京に輸入せられないうちに、小倉へ西洋から輸入せられている二つの風俗の一つである。（略）

今一つが伝便なのである。Heinrich《ハインリヒ》 von《フオン》 Stephan《ステファアン》が警察国に生れて、巧に郵便の網を天下に布いてから、手紙の往復には不便はない筈ではあるが、それは日を以て算し月を以て算する用弁の事である。一日の間の時を以て算する用弁を達するには、郵便は間に合わない。

Rendez-vous《ランデヴウ》をしたって、明日何処で逢おうなら、郵便で用が足る。併し性急な恋で、今晩何処で逢おうとなっては、郵便は駄目である。そんな時に電報を打つ人もあるかも知れない。これは少し牛刀鶏を割く嫌がある。その上厳めしい配達の為方が殺風景である。そういう時には走使が欲しいに違いない。会社の徽章の附いた帽を被って、辻辻に立っていて、手紙を市内へ届けることでも、途中で買って邪魔になるものを自宅へ持って帰らせる事でも、何でも受け合うのが伝便である。手紙や品物と引換に、会社の印の据わっている紙切をくれる。存外間違はないのである。小倉で伝便と云っているのが、この走使である。

伝便の講釈がつい長くなった。小倉の雪の夜に、戸の外の静かな時、その伝便の鈴の音がちりん、ちりん、ちりん、ちりんと急調に聞えるのである」

耕作は幼時の追憶が蘇った。でんびんやのじいさんや女の児のことが眼の前に浮んだ。あの時はでんびんやとは何のことか知らなかった。今、思いがけもなく、その由来を鷗外が教えた。

「戸の外の静かな時、その伝便の鈴の音がちりん、ちりん、ちりん、ちりんと急調に聞えるのである」は、そのまま彼の幼時の実感であった。彼は枕に頭をつけて、じいさんの振る鈴の音を現実に聞く思いがした。

耕作が鷗外のものに親しむようになったのは、こういうことを懐しんだのが始まりだったが、鷗外の枯渋な文章は耕作の孤独な心に応えるものがあったのであろう。

四

ふじは耕作の将来を考えて、洋服の仕立屋に弟子入りさせた。手職をつけさせるためだ。が、彼は三日と辛抱が出来なかった。ふじも強いては云わず、以後、耕作は死ぬまで収入のある仕事につけなかった。ふじの裁縫の賃仕事と、家作の家賃とで生計をたてた。

耕作の風丰《ふうぼう》は、知っている者は今でも語り草にしている。六尺近い長身で、顔の半面は歪み、口は絶えず閉じたことがない。だらりとたれた唇は、いつも涎で濡れて艶光りがしていた。これが片足を引きずって、肩を上下に揺すって歩くのだから、路で会った者は必ず振り向いた。痴呆としか思えなかったのである。

耕作は街の中を出歩いても、他人がどんな目つきで自分を見ようと一切関りのない風に見えた。江南のいる会社にも構わずに現われた。女事務員などは見世物でも来たように、わざわざ椅子から背伸びして見る。

耕作の言葉は吃りの上に、発音がはっきりしない。江南は慣れているが他人には意味がよくとれなかった。

「江南君、ありゃ痴呆かい？」

と耕作が帰ったあと、誰でもにやにやとしてきいた。

何をいう、あれで君達よりましだぞ、と江南は反撥して答える。実際、江南は耕作を尊敬していた。耕作が少しも自分の悲惨な身体を暗いものに考えないのにひそかに感心していた。

が、江南にも分っていない。耕作が自分の身体に絶望してどのように煩悶しているかは、他人には分らないのだ。ただ煩悶して崩れなかったのは、多少とも頭脳への自負からであった。いってみればそれは羽根のように頼りない支えではあったが、唯一の希望でないことはなかった。どのように自分が見られようとも、今にみろ、という気持もそこから出た。それが、たった一つの救いであった。

だから、他人は知るまいが、時には彼はわざと阿呆のポーズさえ誇張して見せた。これを擬態だと思い、時には自分の本来の身体さえ擬態のように錯覚してわずかに慰めた。人が嗤《わら》っても平気でいられた。こちらから嗤ってやりたいくらいである。自分の肉体をわざと人前に曝《さら》しているようで、自分ほど手を掩うようにしてかばっているものはないのだった。

その頃、小倉に白川慶一郎という医者がいた。大きな病院をもっていた。どこの小都市にも一人はいる指導的な文化人だ。資産家で蔵書が多い。地方の俳人、歌人、画家、文学青年、郷土史家などが集って会をつくり、自分でもそのグループの中心におされ、パトロンともなった。病院の経営は順調なのだ。一つの地方の勢力である。先代の菊五郎でも羽左衛門でも、この地方の興行の前には必ず挨拶に来たくらいである。

白川を知っていた江南は耕作をつれて行って紹介した。白川は五十近い長身の大男である。君は本が好きかと彼は耕作にきいた。好きです、と耕作が答えると、それなら俺の書庫の目録をつくるのを手伝うがよい、といった。耕作が白川の書庫に自由に出入りしだしたのはそれからだ。そこには保存のよい本が三万冊近くあった。哲学、宗教、歴史から文学、美術、考古学、民俗学など図書館のようであった。本道楽の白川が買いこんだものである。

耕作は殆ど毎日来た。本の整理は別に一人いたから、彼には別段の仕事はなく、たいていは本をよんで暮した。この書庫のある母屋と病院とは離れていたが、その間は長い渡廊下でつないでいた。看護婦がしきりとそこを往来した。この女達をちらちら見ることも愉しみでないことはなかった。

白川病院の看護婦達は美人ばかりあつめているという評判だった。夜になると白川は何人かの看護婦をつれて街に散歩に出かける。行き逢う人が一行を振りかえらずにはおられない。美しい女達を引具して押し出してゆく長身の白川は悠然と人の注目をあつめた。時には耕作も皆のあとからついてゆくことがあった。片足をひきずり、口を野放図に開けて涎をみせて歩く耕作の恰好で一行に一種の対照の妙が出来た。人は必ず失笑した。が、耕作の才分を認めていた白川は気にもせずにつれて廻った。耕作にとって白川に識《し》られたことは一つの幸福であった。

白川はかねてから論文をかく準備をしていた。母校のＱ大に出すつもりだった。テーマは『温泉の研究』である。資料はかねがね集めていた。が、忙しい仕事をもっている白川は、一々、汽車で二時間もかかるＱ大まで頻繁に出向く訳にはゆかなかった。これが日頃からの悩みだったが、白川が思いついたのは耕作を使うことだった。要領を云って、参考文献を書写してくる仕事である。

耕作は一年以上Q大へ通った。白川が予見した通り、耕作の熱心は非常だった。ものを調べるという興味はこの時から耕作の身についたのであろうか。『温泉の研究』は不運にも他に同じテーマで学位をとった者が現われ、白川は研究の意欲を失ってしまった。耕作の努力も水泡に帰した。が、このことから白川の気持は耕作の面倒をかなり見るまでになった。

白川は毎月の新刊書を耕作達がいうままに買った。一々、自分が読むわけではない。『白川蔵書』の判を押して書庫にならべさせた。耕作のすることは整理番号をつけることとそれを読むことだ。その頃、岩波版の『鷗外全集』が出版された。昭和十三年頃である。

五

『鷗外全集』第二十四巻後記は、鷗外の小倉時代の日記の散逸した次第を載せている。

鷗外は明治三十二年六月、九州小倉に赴任した。以来三十五年三月東京に帰るまで、三カ年をこの地で送った。この時代につけていた日記は人に頼んで清書し保存していたが、全集を出すときに捜してみても所在が知れなかった。日記があったことは、観潮楼の書庫の一隅にある本箱の中でみたと近親はいっている。誰かが持出したまま行方が分らなくなったという。この捜索は編集者も書店も『百方手をつくした』が、遂に発見出来なかった。

鷗外が小倉に来た時は、年齢も四十前という男ざかりである。その独身生活は簡素を極め自ら後の作品『独身』『鶏』に出てくるような風姿であった。その後、母のすすめる美人の妻と再婚したのもここである。三年間の小倉日記の喪失は世を挙げて惜しまれた。いよいよ失われて無いとなると、『小倉日記』はそのかくれている部分の容積と重量を人々に感じさせたのだった。

耕作の心を動かしたのはこの事実を知ってからだ。幼時の伝便の鈴の思い出が図らずも鷗外の文章で甦って以来、鷗外を読み、これに傾倒した。いま、『小倉日記』の散失を知ると、未見のこの日記に自分と同じ血が通うような憧憬《どうけい》さえ感じた。

耕作がいわゆる足で歩いて資料を集め、鷗外の『小倉生活』を記録して失われた日記に代えようとした着想はどうして得たであろうか。その頃は柳田国男の民俗学が一般に流行し出した時だった。白川のグループの青年達の間にも民俗学熱が上り、『豊前』という雑誌まで出した。同人達は郷土から資料を、『採集』し、毎号の誌上にのせた。耕作も初めは郷土誌の上から小倉時代の鷗外を考えていたが、民俗学の『資料採集』の方法からみて、次第に『小倉日記』の空白を埋める仕事を思い立った。小倉時代の鷗外を知っている関係者を捜して廻り、どんな片言隻句でも『採集』しようというのだ。

耕作はこれに全身を打込むことにした。鉱脈をさぐり当てた山師のように奮い立った。一生これと取りくむのだと決めた。

が、これをきいて一番よろこんだのはふじだった。わが子が初めて希望に燃え立ったのだ。何とかして成功させてやりたかった。

ふじはもう五十に近くなっていた。が、外見は美貌のため四十ぐらいにしか見えなかった。これまで幾多の誘惑があった。それを切抜け、耕作を唯一のたよりとして生きてきた。あんな不具の子にというのは関りのない世間の話だ。実際、ふじは耕作にわが夫のように仕え、幼児のように世話した。もつれた舌でわが子が鷗外のことを話すのを、いかにもうれしそうな顔をしてこの母はきいていたのである。

当時、小倉の町に長い髯《ひげ》をたれ、長身を黒い服に包んだ老異国人があった。香春口《かわらぐち》に教会をもつカトリックの宣教師で、仏人F・ベルトランといった。よほどの老齢であったが、小倉に在住していた頃の鷗外にフランス語を教えた人である。

耕作はまずベルトランを訪ねた。

ベルトランは耕作の異常な身体をみて、病者が魂の救いを求めにきたと思ったに違いない。が、耕作のたどたどしい言葉で、鷗外の思い出を話してくれと聞かされて柔和な眼を皿のように大きくした。無論、何にするのだと反問した。耕作の説明をうけとると、両手をこすり合せて、それはいい考えだと髯の頬で微笑した。

「随分昔のことで、わたしの記憶もうすれている。併し森さんは最も強い印象をわたしに残した」

ベルトランは巴里に生れ、若い頃日本にきて四十年以上も日本にいたから日本語は自在であった。七十の老齢の皺を顔にたたんでいたが、澄んだ深い水の色の瞳をじっと宙に沈ませて、遠い過去を思い出しながら、ぽつり、ぽつりと話した。

「森さんはフランス語に熱心でした。週のうち、日、月、水、木、金、と通ってきました。時間は正確で、長い間遅刻はなかった。ある時など、師団長の宴会があるのに、ここに来たので従卒が心配して馬をひいて迎えにきたくらいです」

匂いのいい煙草のパイプをふかしながら云うのだった。

「ここにフランス語を習いにくる人は、他にも沢山あったが、ものになったのは森さんだけで、これはズバ抜けていました。尤もあれだけの独逸語の素養があった故もあります。ここには役所が退けると一旦家に帰ってすぐ来ました。キモノに着更えて葉巻をくわえ、途中の道を散歩しながら来るのだといっていました。歩いて三十分の距離です」

こういうことから話し出して、だんだん思い出しながらきかせてくれた。耕作は二、三日通ってメモをとった。

江南にみせると、

「なかなかいいじゃないか。この調子この調子。いいものになるよ」

と励ましてくれた。江南の友情は耕作の生涯に一つの明りとなった。

ベルトランはフランスに帰るのだと嬉しそうにしていたが、間もなく小倉で死んだ。

六

次に耕作は『安国寺さん』の遺族を尋ねたいと思った。短篇『二人の友』では安国寺さん、『独身』では安寧寺さんとなっている。

「安国寺さんは、私が小倉で京町の家に引き越した頃から、毎日私の所に来ることになった。私が役所から帰って見ると、きっと安国寺さんが来て待っていて、夕食の時までいる。此間に私は安国寺さんにドイツ文の哲学入門の訳読をして上げる。安国寺さんは又私に唯識論の講義をしてくれるのである」（二人の友）

その安国寺さんは、鷗外が東京に帰ると、別れるに忍びず、あとを追って東京に出る。しかし田舎にいる時と異って鷗外は忙しい。ドイツ語はF君——後の一高教授福間博が代って教えるが、基本から叩きこむのでなかなか苦しい。安国寺さんは仏典に通じ鷗外に唯識論の講義をするくらい学識があったし、鷗外からはドイツ語の初歩をとばして、最初からドイツ哲学の本を逐語的に、而も勉めて仏教語を用いて訳して貰って理解していたが、F君の一々語格上から分析せずにはおかない教授法に閉口する。高遠な哲理を解する頭脳を持った安国寺さんも、年齢をとっているので、名詞、動詞の語尾変化の機械的暗記に降参してドイツ語の勉強を止める。鷗外が日露役で満洲に行っている間に、病にかかって帰郷した。

「私は安国寺さんが語学のために甚しく苦しんで、其病を惹き起したのではないかと疑った。どんな複雑な論理をも容易《たやす》く辿《たど》って行く人が、却って機械的に諳《そら》んじなくてはならぬ語格の規則に悩まされたのは、想像しても気の毒だと、私はつくづく思った。満洲で年を越して私が凱旋した時には、安国寺さんはもう九州に帰っていた。小倉に近い山の中の寺で、住職をすることになったのである」（二人の友）

安国寺さんの本名は玉水俊虠《しゅんこ》といった。大正四年の鷗外日記には、「十月五日。僧俊虠の訃至る。福岡県企救《きく》郡西谷村護聖寺の住職なり。弟子玉水俊鱗に弔電を遣る」とある。

病気は肺患であった。俊虠は青年の頃、相州小田原の最上寺の星見典海に私淑して刻苦勉学し、その無理から病を得る原因をつくった。

俊虠に子はなかった。護聖寺も何代となく人が替っていた。

耕作は西谷村役場にあてて俊虠の縁故者の有無を問い合せた。役場の返事では、

「俊虠師の未亡人玉水アキ氏は現在も健在で、当村字三岳片山宅に寄寓している」

とのことであった。

鷗外のいう『小倉に近い山の中』といっても、そこは四里以上あった。二里のところまではバスが通うが、そこから奥は山道の徒歩である。

耕作は弁当の入った鞄を肩から吊し、水筒を下げ、わらじをはいて出かけた。ふじが気づかったが、大丈夫だといって出発した。

バスを降りてからの山道はひどかった。その上、一里以上は歩いたことのない耕作に

とって普通人の十里以上にも相当した。何度道端に腰を下ろしたか知れなかった。息切れがして、はあはあ肩で呼吸した。

が、それは丁度晩秋のことで、山は紅葉が色をまぜていた。林の奥からは時々、百舌《もず》の鋭い囀《さえず》りが聞える外、秋陽の下に静まった山境は町の中では味わえない興味があり、耕作の難儀をいくぶん慰めた。

三岳部落は山に囲まれた袋のような狭い盆地にあった。白壁と赤瓦の家が多いのは、北九州には珍しかった。裕福な家が多いと見え、どこの構えも大きい。山腹に寺門が見えるのが護聖寺であった。耕作は今でもその屋根の下に『安国寺さん』が住まっているような気がして、しばらく立止って見入った。

片山の家をたずねると、護聖寺のすぐ下であった。が、ここまで耕作がくると、いつか彼の背後には好奇な眼を光らした部落の者達が集っていた。跛で特異な顔をした耕作が珍しいのだ。

田から帰って庭先で牛から犂《すき》を降ろしていた片山の当主というのは六十くらいの百姓だったが、これも耕作をみて呆れたように立っている。この相手に耕作の来意が通じるのは骨の折れることだった。どんな用事だ、玉水アキは自分の姉だが、と彼はやがてにやにや笑いながらきいた。薄ら笑いは耕作の人体《にんてい》を見た上でのことなのである。

耕作は出来るだけ、ゆっくり事情を説明した。が、不明瞭な発言で、オウガイ、オウガイとくり返しても、老農には何のことか分らなかった。彼は唖か阿呆をみるように、姉は居らんから分らん、と手真似を交えて云った。

二里の山道を耕作は空しく引き返した。帰路は石のように重い心で疲労は一層だった。

ふじは帰ってきた耕作の姿を一眼みると、その疲れ切った顔色で、どういう結果だかすぐ察してしまった。

「どうだった?」

ときいてみると、耕作は急には物の云えないような疲労のはげしい身体を畳に仰むけて、大儀そうに留守だったと呟くように答えた。それで、彼がどういう仕打ちをされたか、ふじにはすぐ分った。不愍《ふびん》でならなかった。

「明日、もう一度行ってみよう、お母さんも一緒にね」

と、やがてふじは励ますように云った。

その翌日、ふじは朝早くから人力車を二台雇った。途中のバスの停留所からは乗物の便がないのでここから乗って行くより仕方がなかった。往復八里だ。この俥賃だけでふじの切りつめた生活費の半月分にも当った。折角の耕作の希望の灯をここで消させたくない一心である。

田舎道を人力車が二台連なって走るのは婚礼以外に滅多に見られぬ景色であった。畠にいる者はのび上って見た。片山の家では呆気にとられた。

ふじは来意を述べたが、手土産をさし出し、上品な物腰とおだやかな挨拶は先方を恐縮させた。分ってみれば、やはり田舎の人なのだ。二人を座敷に上げ、丁度居合せた老婆をひき合せた。

玉水アキはこのとき六十八歳、小柄な、眼に愛嬌のある老媼《ろうおう》だった。計算すると、夫の安国寺さんとは二十近くも年齢が違っていた。きけば俊虓とは初婚で、村の者が護聖寺に居つくよう無理に嫁にとらせたということであった。従って鷗外が小倉にいる頃は、まだ嫁にきていないのだった。

しかし生前の夫俊虓から、小倉の鷗外のことを、やはりいろいろ聞いていた。

七

耕作はともかくこれまでのベルトランと俊虓未亡人との話のメモをまとめて草稿をつくり、東京のK・Mの許に送った。Kをえらんだのは、かねてその著書も読んでいたし、鷗外全集の編纂委員の一人であることも知っていたからだ。

耕作はKに手紙をかいて、まだ途中のものだが、このような調査が価値のあるものかどうか先生にみて頂きたいと乞うた。

これは全く彼の本心からの声だった。自分だけでは安心が出来なかった。何か自分がひどく空しいことに懸命になっているような不安に度々襲われた。ここで誰か権威ある人にきいてみないと心が落着けなかった。意義のないことに打ち込んでいる一種のおそれであった。Kに手紙を出したのは、全くそれを確かめるためだった。

二週間ばかり経って、良質の封筒の裏に名前を印刷されたKの手紙をうけ取った。耕作は胸を躍らしてしばらく封を切るのが怕《こわ》かった。返事は次の通りだった。

拝啓

貴翰並貴稿拝見しました。なかなかよいものと感心しています。まだはじめのことで何とも云えませんが、このままで大成したら立派なものが出来そうです。小倉日記が不明の今日、貴兄の研究は意義深いと思います。折角御努力を祈ります。

来た、と思った。期待以上の返事であった。みるみる潮のように、うれしさが胸一杯にどっと溢れてきた。文面をくり返して読めばよむほど、歓喜は増した。

「よかった。耕ちゃん、よかったねえ」

とふじは声をはずませた。母子は顔を見合ったまま、涙ぐんだ。これで、耕作の人生に希望がさしたかと思うと、ふじはうれしさをどう表わしようもなかった。自分の心も暗い地の底からやっと出口の光明を見た思いだった。ふじはKの手紙を神棚に上げ、その夜は赤飯をたいた。

白川のところへ耕作は手紙をみせに行くと、白川は何度も読み直してはうなずき、よろこんでくれた。江南などはわがことのように昂奮して、K先生からこんな手紙を貰うとは大したものだと、会う者ごとに吹聴《ふいちょう》した。

さあ、これで方向は決った、と耕作は急に自分が背伸びして、胸の鳴るのを覚えた。これが、これから後の調べはすすまなかった。鷗外が初め移った家は鍛冶町だった。これは現在ある弁護士が住んでいるが、家主はずっと以前から宇佐美という人だった。耕作は母と一緒に宇佐美を訪ねた。ふじがついてきたのは三岳に行ったときの経験からだが、以来ずっとふじが耕作の通訳のような形でつき添ったのである。

宇佐美の当主は老人だったが、来意をきくと、さあ、といって首を傾げた。私は養子に来たのだから何にも知らぬ、家内が子供の時に可愛がられたそうだから、家内にきけば何か覚えているかも知れぬ、しかし何分、旧いことですからなあ、と笑って老妻を呼んだ。

小説『鶏』はこの家である。だから耕作は是非何かききたかった。しかし、呼ばれて出てきた老婦人は眼尻にやさしい皺をよせて笑っただけで、

「もう、何一つ覚えて居りませんよ。何分私が六つぐらいの時ですからね」

と答えるだけであった。

鷗外はこの家から新魚町の家に移った。ここは『独身』に、

「小倉の雪の夜の事であった。新魚町の大野豊の家に二人の客が落ち合った」

と出ている家だ。

現在はある教会になっているが、鷗外のいた頃の家主は誰にきいても全然分らなかった。耕作はふと市役所の土木課で調べることを思いつき、明治四十三年までさかのぼった帳簿で調べて貰うと、当時その土地の所有者は東という人であることが分った。この人の孫が舟町にいることを探り出し、或は訊けば分るかも知れぬと思い、訪ねて行って

みると、そこは遊廓だった。東某という妓楼の亭主は耕作の身体を意地悪くみただけで、鷗外に関係したことは何も知ってはいなかった。

「そんなことを調べて何になります？」

と、傍のふじに言い捨てただけだった。

そんなことを調べて何になる——彼がふと吐いたこの言葉は耕作の心の深部に突刺さって残った。実際、こんなことに意義があるのだろうか、空しいことに自分だけが気負い立っているのではないか、と疑われてきた。すると、不意に自分の努力が全くつまらなくみえ、急につき落されるような気持になった。Kの手紙まで一片の世辞としか思えない。忽ち希望は消え、真黒い絶望が襲ってくるのだった。このような絶望感は、以後ときどき突然に起って、耕作が髪の毛をむしる程苦しめた。

ある日、耕作が久しぶりに白川病院に行くと、一人の看護婦がなれなれしそうに近づいてきた。山田てる子という眼鼻立ちのはっきりした娘だった。

「田上さんは森鷗外のことを調べているって先生が仰言《おっしゃ》ったが、本当なの？」

ときいた。てる子の話は耳よりだった。何でも自分の伯父は広寿山の坊主だが、鷗外がよく遊びに来たことを話していた、行ってたずねれば何か面白いことが分るかも知れない、というのだ。

耕作は俄《にわ》かに青空をみたように元気づいた。

「あなたが行く時、私が案内するわね」

と、てる子は云ってくれた。

耕作は期待をもった。広寿山というのは小倉の東に当る山麓の寺で福聚禅寺といった。旧藩士の菩提寺で、開基は黄檗《おうばく》の即非である。鷗外は小倉時代に『即非年譜』というのを書いているから、よく広寿山を訪れたかも知れない。その頃の寺僧がまだ生きているとすれば、思わぬ話がきけるかも知れなかった。

それは暖い初冬の日だった。耕作は山田てる子と連れ立って広寿山に登った。歩行の緩い耕作にてる子は足を合せてより添った。林の中に寺があり、落葉を焼く煙が木立の奥から流れていた。

てる子の伯父というのは、会ってみると、七十くらいの老僧だった。

「森さんは、寺の古い書きものや、小笠原家の記録など出して上げると、半日でも丹念にみて居られた。先代の住職が生きていたら、もっと分るのじゃがな。二人が話をしているのを、わしはよく遠くから見かけたものじゃ」

僧は茶を啜《すす》りながら、こうも云った。

「一度、奥さんと一緒に見えたことがある。奥さんの記憶はないが、この寺で奥さんの詠まれた歌をご存じか」

老僧は干乾《ひぼし》したような顔を傾けて思い出すように、その文句を考えると、紙にかいて見せた。
払子《ほっす》持つ即非画像がわが背子に似ると笑ひし梅散る御堂
鷗外が新妻と浅春の山寺に遊んだ情景が眼に見えるようだった。
「そうじゃ、森さんは禅にも熱心でな、毎週日をきめて同好の人と集っていたよ。堺町の東禅寺という寺じゃ」

八

耕作とてる子はあとで開山堂の方に廻った。暗い堂の中には開山即非の木像が埃をかぶって、くすんだ黝《くろ》い色で坐っていた。

「鷗外さんて、こんな顔に似てたのかしら」

とてる子は白い歯なみを見せて面白そうに笑った。即非の顔は怪奇であった。

二人は林を抜けて下山にかかった。道の両側は落葉がうず高く積って、葉を失った裸の梢の重なりから、冬の日射しが洩れ落ちていた。足の不自由な耕作は、てる子に手をとられていた。柔らかい、やさしい指だし、甘い匂いも若い女のものだった。

耕作は自分の醜い身体を少しも意に介しないようなてる子の態度に少からず立迷った。若くて美しい娘なのだ。こういう女が、こんなに馴々しく身近かにより添ってくることは初めての経験だった。耕作はこれまで自分の身体をよく知っていたから、女に特別な気持を動かすことはなかった。が、てる子から手を握られ、まるで愛人のように林間を歩いていると、さすがに彼の胸も騒がずには居られなかった。この冬の一日、てる子と逍遥した記憶は次第に忘れ難いものとなった。

耕作は三十二になっていた。今までも嫁の話はあった。が、見合となると必ず破談であった。格別資産家でもない、このような不具者のところへ誰もくる者はなかったのだ。嫁さえきてくれたらと、ふじの心労は大抵ではなかった。あらゆる人に世話を頼んだが、話はいずれも出来なかった。若い頃、降るような縁談に困ったふじは、息子の嫁を迎えることが出来ず、云いようのない辛さを味わっていた。

こういうときに、てる子のような女が現われたのは、ふじにとっても大きな希望だった。てる子は耕作の家にも、度々遊びにくるようになったのだ。広寿山に行って以来、彼とてる子とはそれほど打ちとけた間になっていた。

が、耕作の感情を、てる子が知っていたかどうか分らない。彼女の天性のコケットリイは白川病院に出入りするどの男性とも親しくしていた。彼女が耕作の家に遊びに行くようになったのも、いわば気紛れで、深い仔細があったのではなかった。

しかし、ふじも耕作も、てる子の来訪を一つの意味にとろうとしていた。彼の家に、てる子のような若い美人が遊びにくることは殆ど破天荒なことだった。ふじはてる子が来ると、まるでお姫さまを迎えるように歓待した。

だが、ふじはさすがに、てる子に息子の嫁に来てくれ、とは頼む勇気はなかった。これまで、てる子と比較にならない器量の劣った女から、ぴしぴし縁談を断られてきたのだ。ふじはてる子に心の隅で万一を空頼みしながらも、半分は諦めていた。が、その諦めの中にも、やはり、何か奇蹟のようなものを期待していた。

東禅寺は小さい寺だった。塀の内側から木犀《もくせい》が道路にみえていた。ふじと耕作とが庫裡《くり》に廻ると眼鏡をかけた小肥りの僧が白い着物をきて出てきた。胡散《うさん》げに耕作をじろじろみた。

ふじが丁寧に、広寿山の方で聞いたのだが、こちらで明治三十二、三年頃、鷗外先生などで禅の会があったそうですが、御承知でしょうかというと、僧は無愛想に、

「何か、そんなことも聞いたようだが、わしの祖父さんの代だし、何も分りません」

といった。その硬い表情からは、これ以上きいても無駄のように思われた。

「その時のことが、何か書きものにでもなって残っていませんか」

と念をいれたが、

「そんなものはありません」

と返事はやはりにべもなかった。

失望して寺の門を出た。四十年の年月が今更のように思われた。時間の土砂が、痕跡を到るところで埋めているのだった。

道路を歩いていると、後から声が追いかけてきた。振返ると、先刻の白い着物の僧が手招きしている。

「今、思い出した。その頃の寺に寄進したという魚板があるが見ますか。名前が刻んであります」

と僧は云った。やはり根は親切な人のようだった。

魚板は古くて黒くなっていた。寄進者の名は探してやっと判読出来る程である。が、その名前を見て耕作は息を詰めた。

寄進　玉水俊虠
　　　森林太郎
　　　二階堂行文
　　　柴田董之
　　　安広伊三郎
　　　上川正一
　　　戸上駒之助

思いがけない発見に耕作はよろこび、手帳に書写した。これは重要な手がかりだった。鷗外、俊虠以外の人の名は耕作も知らぬし、この寺僧も心当りがなかった。が、何とかして、その身許を探し出せば、新しい資料を得る途が開けそうだった。

耕作は小倉に古くからいる知人に殆どきき廻ったが、誰もそれらの名前を知ってはいなかった。江南も心当りがないと云った。耕作は白川のところへも行った。白川は種々な人が出入りするから、何か分りそうだった。

「僕にも分らんな」

と白川は、その名をみて云った。

「しかし、この安広伊三郎というのは伴一郎の何かに当るかも知れんな。実六さんにでもきいてみたらどうだ」

安広伴一郎は満鉄総裁などやったことのある男だ。反対党から『アンパン』とアダ名された。この人の甥が安広実六で、独身で、酒好きの老画家だった。

耕作は実六の家を訪ねて行った。露地裏の長屋の一軒で、出てきたのは同居人だったが、

「安広さんなら東京に行きました。当分帰りませんよ」

と教えた。

がっかりして家に帰ると、耕作に意外な人から手紙がきていた。それは鷗外の弟の森潤三郎からだった。

文意は、貴下のことはK氏から承ったが、今度自分が兄のことを書くに当って小倉時代のことを知りたい、貴下の御調査で差支えなくば御高教を仰ぎたい、という非常に鄭《てい》重《ちょう》な文面だった。

耕作はよろこんで書き送った。

昭和十七年に出た森潤三郎著『鷗外森林太郎』の中には、

「小倉市博労町の田上耕作氏は、在住中の兄の事蹟を調べて居られるが、――」

と耕作がベルトランに会った話などが載っている。

九

『鷗外全集』をみると、鷗外が小倉時代に書いて地元紙に発表したのは次の通りだ。
『我をして九州の富人たらしめば』——明治三十二年　福岡日日新聞
『鷗外漁史とは誰ぞ』——明治三十三年　福岡日日新聞
『小倉安国寺の記』——明治三十四年　門司新報
『和気清麻呂と足立山と』『再び和気清麻呂と足立山と』——明治三十五年　門司新報
耕作が考えたのは、鷗外の原稿は当時新聞社の小倉支局が連絡に当ったかも知れないことだった。門司新報はずっと昔に無くなっているから、福岡日日新聞の後身、西日本新聞社についてきくより外はない。
明治三十二、三年頃の小倉支局長の、名前と、若しまだ存命であれば、その住所が知りたいと、新聞社の総務課宛に郵便でき合せた。
この返事に期待することは殆ど不可能だった。五十年に近い昔の一地方支局長の名をいまだに新聞社は記録に残しているであろうか。而も社は途中で組織が変っているのだ。もし仮りに幸運にも名が分ったとしても、恐らく生きてはいないだろう。無論、現住所なども分るまい。耕作の問合せは万一の僥倖を恃《たの》んだに過ぎなかった。
しかし、しばらく経って届いたその返事をみると、奇蹟というに近い感じだった。

「調査の上、明治三十二年―三十六年の小倉支局長は麻生作男。現在、当県三潴郡《みつまぐん》柳河町の寺に居住の由なるも、寺名不詳」

寺名など分らなくてもよかった。これだけで充分だ。小さな町だから寺をたずね廻れば分るに違いない。

耕作は矢も楯も堪らない気持になった。

「それなら一緒に行っておたずねしようよ」

と、ふじが話をきいていったのは、耕作が望むなら、どこまでもついて行ってやりたかったのだ。

二人は汽車に乗った。もう、その頃は戦争がかなり進んでいた。汽車の窓からみる田舎の風景も、農家の殆どの家が『出征軍人』の旗をたてている。車中の乗客の会話も、戦争に関連していた。

小倉から汽車で三時間、久留米で下りて、更に一時間ほど電車に乗ると柳河に着いた。有明海に面し十三万石のこの城下町は近年水郷の町として名を知られてきた。道を歩いていても柳を岸辺に植えた川や濠が至るところに見られたが、町はどことなく取り残された静かな荒廃が漂っていた。

柳河の某寺とのみで、寺の名は知れなかったが、行けば田舎のことだから二、三の寺を廻るだけで何とか分るものと勢い込んできたのだが、町の人にきくと、

「柳河には寺は二十四もあるばんも」

ときかされて、ふじも耕作も途方にくれた。これだけの寺の数があろうとは予想もしなかったのだ。

それでも、四つ五つの寺をたずねたが、心当りは更に得られなかった。

二人は道端の石の上に腰を下して休んだ。そこにも濠が水を湛《たた》えていて、向い岸の土蔵造りの壁の白さをうつしていた。空は晴れ渡り、ただ一きれの小さな白い雲が不安定にかかっていた。それは妙に侘しいかたちの雲だ。見るともなくそれを見ていると、耕作の心には、また堪え難い空虚な感がひろがってくるのだった。こんなことを調べてまわって何になるのか。一体意味があるのだろうか。空疎な、他愛もないことを自分だけが物々しく考えて、愚劣な努力を繰り返しているのではないか。——

ふじは横に並んでいる耕作の冴えない顔色を見ると、可哀想になってきた。それで引き立てるように自分から起ち上り、

「さあ、元気を出そうね、耕ちゃん」

と歩き出した。ふじの方が一生懸命であった。

二十四の寺々を一つ一つ尋ね廻らねばならないかと思われたが、案外なところに手蔓《てづる》をみつけた。道を歩いているうちに、ふと、『柳河町役場』の看板を見つけ、ここにきいてみる工夫を思い附いたのである。

粗末な机に向って書類をかいていた女事務員には、麻生作男の名前だけで、心当りがあった。が、寺の名はやはり覚えぬと云い、傍の年上の同僚に相談していた。それなら

誰々さんにきいたら分るだろうとその女がいうと若い女事務員はうなずいて、その誰々に電話をかけに席を立った。

電話はなかなか交換手が出ないらしかった。何度か指で電話機をかちゃかちゃいわせていたが、一向に手応えなかった。

「この頃は局が混んでいるものですから、なかなか出ないのです」

と女事務員は云い訳のようにいった。それは二十ばかりの娘だったが、全体の顔の輪郭から眼許のあたりが、どこか山田てる子に似ているとふじは思った。

近頃、局が混んでいるというのも戦争の慌しさが、この片田舎の城下町にも押しよせているのだった。やっとのことで電話が通じ、女事務員は相手と問答しながら紙に鉛筆を走らせた。

「麻生さんはここに居られるそうです」

と彼女はそのメモを渡し、道順を詳しく教えてくれた。

ふじは丁寧に礼を述べて表に出た。やっと分ったという安心と女事務員の親切が心を明るくした。山田てる子に似ていたということも微笑《ほほえ》みたい気持だった。

ふじには、てる子が今の事務員のように親切な女のように思えた。嫁になったら耕作のような不自由な身体をやさしくいたわってくれそうだった。そう考えると、てる子にどうしてもきて貰いたかった。ふじは横にならんで歩いている耕作に話しかけた。

「ねえ、耕ちゃん。てる子さんはお嫁にきてくれるかねえ？」

耕作は何とも返事をしなかった。その顔は苦しそうだった。それは不自由な肉体を引きずって、こうして不案内な土地を歩き廻っている苦痛からか、てる子の真意が摑めずにいる苦しみからか分らなかったが、ふじは耕作のために小倉に帰ったら、思い切って必死に話をてる子に切り出そうと決心した。

天叟寺《てんそうじ》は禅寺だった。藩祖の父に当る戦国武将の菩提寺である。案内を乞うと四十くらいの女が出てきて、私が麻生です、といった。

「麻生作男さんと仰言るのは？」

「はい、父でございます」

元気だという返事である。まだ生きていたのだ。耕作もふじも思わず叫びたいくらいうれしかった。早速に来意をいうと、

「さあ、もう老齢ですから、どうでしょう」

と首を傾けて笑った。

「おいくつでいらっしゃいますか？」

「八十一になります」

それから、一度奥へ引込んだが、すぐ出てきて、

「どうぞ、お上り下さい。父がお会いすると申して居ります」

といった。

十

耕作は柳河から帰ると、麻生の話を整理した。

直接鷗外に接触していただけに麻生作男の話は期待以上のものがあった。八十一というが非常に元気だった。記憶の薄いところはあるが、呆けたようには見えなかった。

「鷗外先生には大へんお近づきを得ていましたな。役所から帰られると、よく私の家の表から、麻生君、麻生君と呼ばれて、一緒に散歩などに連れ出され、安国寺にも度々お供をしました。そんな時の先生はまことに磊落《らいらく》でした。私が仕事で司令部に伺っても軍医部長室に招じられて、大声で馬鹿話をしては笑われたものです。ある時など隣の副官室で、閣下（当時少将）があんなに面白そうに話される相手は誰だろうというので、出て見ると私なので、麻生はよほど閣下と親しいに違いないといっていた程です。鷗外といえば、むつかしい人のように思われるが、なかなか我々に対してはざっくばらんでしたよ」

という話のはじまりだった。ここに三時間ばかりいたが、鷗外の私宅まで自由に出入りしたという老人は、鷗外の日常生活を最もよく知っていた。耕作の資料は、これで可なり豊富になった。

「しかし公私の別は非常にやかましかった。一旦軍服同士のつき合いとなると厳格でした。一度私が親戚の者で薬剤官をしている者が遊びにきたので心安だてに先生のところへ連れて行ったのです。その男はその時、大尉か何かの軍服で行ったのですが、いやもう、大変な扱い、みていて可哀想なくらいでした。ところが二、三日して、その男が今度は和服でゆくと、前とは打って変って鄭重な客扱い、玄関まで送って下さるという次第でした。小倉の町を着流しで散歩の時などは、知った者がお辞儀をすると、ていねいに笑顔で礼を返されたものですが、軍服を着て小倉駅に人を迎えに出ていられた時など、汽車の着くまでプラットホームに椅子を出させて腰をかけ、傲然《ごうぜん》とでも云いたげに控えていて、答礼もロクにはしませんでした。先生はまた時間にやかましい人でな、会合などでも遅れてきた者は絶対に、どんな有力者でも室には入れなかった。婦人関係には細心なほど気を配り、自分が独身だものだから、女中も必ず二人は置いた。止むを得ず一人しか居ない時は、夜は近所に頼んで寝泊りにやるという具合でした。三樹亭という料亭があって、ここの娘が先生は気に入ってよく出かけていたが、決して一人だけを呼ぶということはない、いつもその妹娘と二人をよんでいました。時の師団長の井上さんも独身でしたが、この方は本能の赴くままの行動で、先生といい対照でしたよ。何しろ勉強家で、夜は三、四時間しか眠らないということでした。『即興詩人』の訳稿もその頃つづけて居られました。各藩の古文書も熱心に調べていました。私がもともとお近づきになったのも、柳河藩の古記録をお世話したことからです。それから小倉藩士族の藤田弘策という心理学者からも心理学を習っていました。この人の孫が小倉の魚町にいる筈です。先生が心理学に興味をもって居られたのは、同郷の西周《にしあまね》の影響ではないかと思われます――」

麻生の話はこういうことから入って行って、鷗外の生活を語って尽きるところがなかった。

耕作はかねて疑問に思っていた東禅寺の魚板に刻《ほ》った名前を持出してみせた。

「ああ、これは――」

と老人は訳もなく云った。

「二階堂は門司新報の主筆です。柴田は開業医、安広は薬種屋、上川は小倉裁判所の判事、戸上は市立病院長です」

これをきいて思い当ることがあった。『独身』に出てくる『病院長の戸田』『裁判所の富山』はこの人達がモデルであろう。

耕作は麻生の話を草稿にする一方、極力、東禅寺のメンバーの行方を探した。これは身許が分って了えば、困難な仕事ではなかった。柴田董之の長女が市内の医者の妻になっていることが分ると、その人に会い、その口から他の人達の所在も次第に知ることが出来た。殊に戸上駒之助がただ一人、福岡に尚も健在でいたことは彼を有頂天にした。

安広の老画家も東京から帰ってきたし、鷗外の家に女中でいたという行橋《ゆくはし》在の身内の人からも手紙が出た。これは耕作のしていることが、新聞の記事になって出たからである。鷗外が偕行社でクラウゼヴィッツの戦争論を講じていた時に、聴いていたという老軍人、始終宴会に使われていて鷗外をよく知っているという旅館『梅屋』の主人であった故老、藤田弘策の息子など、小倉の鷗外に関係をもつ人が次々にさがし出された。耕作がこうして躍起となったのは、山田てる子が縁談を断ってから猶更であった。てる子はふじに、

「いやね小母さん、本気でそんなことを考えていたの」

といって、声を出して笑った。彼女は後に入院患者と恋愛が生じて結婚した。このことから母子の愛情はいよいよお互により添い、二人だけの体温であたため合うというようになった。

耕作の資料は次第に嵩《かさ》を増して行った。

が、戦争が進むにつれ、彼の仕事は段々と困難を加えてきた。誰もこんな穿鑿《せんさく》など顧《かえり》みるものはなくなった。敵機が自由に焼夷弾を頭上に落している時、鷗外も漱石もあったものではない。人々は明日の命が分らないのだ。人をたずねて歩くなど思いもよらない。終戦まで耕作もまた巻脚絆をつけて、空襲下を逃げ惑わねばならなかった。

十一

戦争が終ると、しかし更に一層悲惨であった。もともと、その前より彼の病状は少しずつ昂進していたが、食糧の欠乏が一層症状を悪化させた。老人と病人とでは買出しにも行けなかった。麻痺症状はひどくなり、歩行は困難となり、殆ど起きていることさえ出来なくなった。

耕作はずっと寝たきりとなった。インフレが激しくなり、家賃以外に殆どたよる生活費はなかったが、その家賃が僅かな値上げでは追附かなかった。

家作が一軒ずつ失われて行った。思えば白井正道もこのようにして母子の急場を助けようとは、予期しなかったであろう。ふじはヤミ米やヤミ魚を買って耕作にたべさせた。

「どう耕ちゃん、うまいかえ。これは長浜の生き魚だよ」

近くの漁村からとれる釣り魚である。耕作は、うなずきながら、腹這いになって、手摑みで飯と魚をたべた。も早、箸を握ることも出来なくなったのである。

江南はよく耕作を訪れた。よく気のつく彼は、来るごとに卵や牛肉のようなものを、どこからか、手に入れて持ってきた。

「早くよくなって、あれを完成させろよ」

と江南が上から覗きこんでいうと、この頃はだいぶいいから、またぼつぼつはじめようとおもっている、というような意味をいつもよりは、もっと分りにくい言葉でいった。その顔は肉を削《そ》いだようにやせていた。

終戦後、数年の間に、家作の全部は売られ、自分の住居も人に半分は貸して、母子は裏の三畳の間に逼塞《ひっそく》した。長い歳月と、絶えず玄海灘の潮風に曝《さら》されているこの家は、殆ど軒も傾きかけていた。建具のたてつけは、どこもかしこも、がたがたであった。

耕作はやはり寝たままであった。病状は、停頓しているのか、よくもならず、悪くもならなかった。どうかすると、床の上に腹這って、自分の書いたものを出して見ることがあった。それは風呂敷包みに一杯あった。足で歩いて蒐めた彼の『小倉日記』だ。彼は江南にたのんで整理して貰おうかと思った。が、まだまだ身体は癒るという確信があった。癒った時の空想をいろいろ愉しむ風だった。

昭和二十五年の暮になって、急に彼の衰弱はひどくなった。ふじは日夜寝もせずに看病した。

ある晩、丁度、江南が来合せている時だった。今までうとうとと睡ったようにしていた耕作が、枕から頭をふともたげた。そして何か聞き耳をたてるような恰好をした。

「どうしたの?」

とふじがきくと、口の中で返事をしたようだった。もうこの頃は日頃の分りにくい言葉が更にひどくなって、唖に近くなっていた。が、この時、猶もふじが、

「どうしたの?」

ときいて、顔を近づけると、不思議とはっきりと物を言った。

鈴の音が聞える、というのだ。

「鈴?」

とき返すと、こっくりとうなずいた。そのまま顔を枕にうずめるようにして、なおもじっときいている様子をした。死期に臨んだ人間の溷濁《こんだく》した脳は何の幻聴をきかせたのであろうか。冬の夜の戸外は足音もなかった。

その夜あけ頃から昏睡状態となり、十時間後に息をひきとった。雪が降ったり、陽が

さしたり、鷗外が『冬の夕立』と評した空模様の日であった。

ふじが、熊本の遠い親戚の家に引取られたのは、耕作の淋しい初七日が過ぎてで、遺骨と風呂敷包みの草稿とが、彼女の大切な荷物だった。

昭和二十六年二月、東京で鷗外の『小倉日記』が発見されたのは周知の通りである。鷗外の子息が疎開先から持ち帰った反古《ほご》ばかり入った箪笥《たんす》を整理していると、この日記が出てきたのだ。田上耕作が、この事実を知らずに死んだのは、不幸か幸福か分らない。

——三田文学（S27・9）

恐《きよう》喝《かつ》者《しや》

一

雨は三日間降りつづいて一日晴れた。その夜半からまた降りだした。朝はさほどのことはなかったが、十時過ぎから眼もあけられぬような土砂降りとなった。雨という感じではなく、水がじかに地軸を狂暴に殴るのだ。すさまじい音である。水煙が立ちこめ視界がきかなかった。墨をうつしたような雲で、薄暮のように暗かった。あとで調べてみて、この一日の降雨量が六〇〇ミリあった。東京地方の年間の平均降雨量は約一、五〇〇ミリだから、一年じゅうの三分の一以上の雨量が一日に降ったことになる。

人間は家の中に小さくなり、声をのんで、飛瀑《ひばく》のような雨を眺めた。恐怖は当った。この雨が、福岡、熊本、佐賀等の九州各県にわたって死者六六〇名、行方不明一、〇〇〇名、家屋の全壊流失六、〇〇〇を出したのである。

午前十一時ごろ、筑後川《ちくごがわ》は危険水位を突破した。赤い色をした奔流は両岸の堤防の高さいっぱいに満々とみなぎって押し流れていく。

日ごろ、岸の青草に牛を遊ばせているおだやかな川の姿とは打って変った形相だった。警戒に川岸に出ていた消防団員もあまりの悽愴《せいそう》さに息をつめた。

十二時ごろ、これらの人の間から、

「堤防が危ないぞ」

という声が上った。

筑後川、矢部川はこれまで何回となく汎濫《はんらん》して、被害を与えている。たびたびの洪水《こうずい》は日本の治水工事の貧弱を語っている。

「堤防が危ない」

という声は、おびえた人々の心に真っ黒い恐怖を与えた。

K拘置所は筑後川から千メートル南の距離にあった。このとき、二百名の受刑者を収容していた。

堤防が危ない、と伝わったとき、拘置所長は受刑者全部を隣接の地方裁判所支部の二階に移させることを決心した。拘置所は古い一階建だから、堤防が切れたら濁流に沈んでしまう。

「全員、監房から出して集合させよ」

と、太った老所長は部下に命じた。

豪雨のため、所員の出勤はきわめて少ない。この日は、検務官七名で二百名の受刑者を監視することになった。

監房から出した二百名を整列させ、所長が誘導して地裁支部の二階に収容した。空部屋や廊下にすわりこませた。

受刑者たちは監房から出されて喜んでいた。珍しそうに窓の外の雨を眺めている。顔色に生気が返っていた。世間が豪雨で騒いでも、隔離された彼らにはなんの関係もない。かえって興味があるくらいだ。彼らは世間に一種の敵意をもっている。

二百名はあぐらをくんだり、膝をかかえたりして、それまではおとなしくしていた。所内のつもりだから手錠も拘束していない。七名の検務官がところどころに立っていた。

午後一時ごろ、空が少し明るくなって雨の降りかたが少なくなった。それで人々がやや愁眉《しゆうび》をひらいたときに、人間の甘さをわらうように、筑後川の堤防が決壊した。

赤い色の濁流が暴れ狂って市中に流れこんできた。絶叫が起っている。町が川になり急流となった。飛沫《ひまつ》をあげて水が家の内へ流れこむ。水圧で戸をつぶし、渦巻いて奔《はし》りこむのだ。家が揺らいだ。

水嵩《みずかさ》はみるみる増した。庇《ひさし》がつかり、屋根の下が沈んだ。流木が箭《や》のように流れる。悲鳴をあげて人間が流れていく。

このとき、動揺した受刑者たちが騒ぎだした。

「所長。ここも危険だ。われわれを自由にすべきだ」

「人命に危険のあるときは釈放する規定があるぞ」

「そうだ、そうだ」

口々に叫んで手を振った。

所長は狼狽《ろうばい》した。

「静かにせよ」

「騒ぐな。騒ぐな」

七名の検務官が懸命に押えにかかった。

もはや、尻をつけてすわっている受刑者はいない。眼の前に見る異変に興奮し、二百名が殺気立っている。

「所長。釈放だ、解散させよ」

「釈放だ。釈放だ」

うわあ、と声を上げた。

所長は手をあげて何か言っている。

「落ちつけ、落ちつけ。かたまれ、散るな。静かにせよ」

と、七名の検務官は必死に押えていた。いずれも顔から脂汗《あぶらあせ》がふいていた。

異様な喚声が起った。

窓ぎわにいた受刑者の一団の中から、とつぜん窓を越し、逆巻いて奔っている濁流に飛びこむ者が出た。つづいて何秒の早さで四五人が身を投じた。

未決を合わせた受刑者二十三名の洪水中の集団脱走であった。

二

尾村凌太《おむらりようた》は、夢中で泥流《でいりゆう》の中にとびこんだ。彼は漁師の伜《せがれ》だ。泳ぎには自信がある。

逃げるつもりはなかったが、他の受刑者がわれもわれもと、とびこむのを見て、思わず窓に足をかけて身を躍らせたのだ。

水をもぐった。本能的に人家の密集している方角を避けて、疎《まば》らな地帯を目指して泳いだ。犯罪者の心理である。

犯罪といっても、彼のは傷害罪で送検された未決である。喧嘩《けんか》をして相手を刺した。彼の刺さなければ自分がどうかされていたから、五分と五分で悪いとは思っていない。彼のような男は喧嘩や賭博《とばく》は罪の意識にはいっていない。

後ろめたいのは拘置所を脱走したということである。看守の手不足に乗じて脱走したから一種の破獄である。さすがに、これは罪だと思っている。

その意識が人家の少ない方へと凌太を泳がせていく。

雑多な浮遊物が流れてくる。崩れた家、箪笥《たんす》のような家財、板、電柱、樹。いちばん危ないのは何千と押し流されてくる材木だ。

筑後川の上流は材木の産地である。豊後《ぶんご》の山奥から伐《き》りだした松、杉、檜《ひのき》が日田《ひた》の町付近で集結する。日田は二つの支流の合流点で、水郷も氾濫した水でひどい惨害をこうむった。そこに集結した材木がいっせいに流れ奔った。

凌太はそんな危険物をよけながら泳いだ。水勢で身体《からだ》が押し流されそうだ。市中と反対に筑後川を横ぎり、人家のない田舎へ逃れようというのだ。そのため、水勢のいよいよ激しい方面へ泳いでいくことになる。

しだいに凌太は疲れてきた。気負っていた彼もこの奔流を乗りきることができないと悟った。すでに、泳いでいることが危険になった。

もう、どうでもなれ、と思った。

眼についた一軒の家に泳ぎついた。階下は沈み、二階だけが水の上に出ている家である。

凌太は柱につかまり、下の屋根に上った。水面すれすれである。頭の出た庭木が水草のように揺れそよいでいる。

彼は二階のてすりを跨《また》いで座敷にはいった。立派な部屋だ。一間床に黒光りしている床柱。掛軸、違い棚《だな》、置物、青畳、つい先刻まで暗い板の間の監房に過してきた凌太には御殿のようである。

彼は濡《ぬ》れた受刑衣を脱ぎ、わが家のように押入れをあけた。眼のさめるような色彩の蒲団《ふとん》がいれてある。その上にたたんである雪のように白い敷布。清浄な寝衣。藍《あい》の色濃い男物の柄《がら》だ。

凌太はその寝衣を引っ張りだして着るとごろりと畳の上に横たわった。身体が抜けるようにこころよかった。

自由とはありがたいなと、つくづくわかった。

家の周囲に渦巻いている濁流の水音も気にならなかった。歌でもうたいたい気持だ。

凌太は眼をつむった。

その時、畳を踏む音がした。

「あっ」という女の叫びが起った。

凌太は驚いてとび起きた。若い女が蒼《あお》い顔をして立ちすくんでいる。この家に誰もいないと思ったのに、人が残っていたのだ。凌太もびっくりして女を見た。二十三四か、美しい女である。眼をいっぱいに見開いて、顔から血の色がひいている。

「すみません。お邪魔をして」

と、凌太は頭を下げた、とっさによい言いわけが出ない。へんな挨拶《あいさつ》になった。

「奥さんですか。たいへんだ。私は水に流されてきました」

と、自分の立場を説明した。

女にとってこれは安心にならないふうだ。現にその家の寝衣を着ているのである。女は恐怖をまじえた強い眼で男を見つめた。

「どなたですか」

と、女はふるえ声で言った。

「この水で流された者ですよ。やっとお宅に摑《つか》まって這《は》いあがったのだ。助かった」

と、凌太は言った。

「奥さん。煙草《たばこ》を一本ください」

と無心したのは、相手に安心を与えるためだった。応接台の上に置かれたケースから煙草をとって口にくわえた。

女は不安を解かずに身構えている。それと、他に誰も出てこないのは、この家にこの女が一人だということを凌太は知った。

「奥さんは一人ですか。逃げおくれたね」

と、凌太は言った。

女は蒼くなった。弱点を知られた恐怖だ。瞳《ひとみ》が宙にすがりつく表情だった。

「出てください」

と、女のこわばった唇が開いた。

「出る？」

この水の中にか？　凌太が呆《あき》れてわらおうとした時、家がぐん、と揺らいだ。

「危ない」

と、凌太は短く言った。

三

凌太が身体を外に乗りだしてみると、この家の壁に、流れてきた大きな材木が四五本も引っかかっている。まだ後からマッチの軸を箱からばらまいたような無数の流木だ。このうえ、それが引っかかって溜まると、その圧力で家はばらばらに潰《つぶ》れて流されてしまう。

「奥さん、出ていくのは私だけじゃない、あんたもですよ。ほら、この家が潰れるよ」

と、凌太が指さした。

十何本の材木が流れに躍りながら突進してくるのが見える。

家がまた揺らいだ。

女は思わず凌太の方に走った。眼は恐怖に吊《つ》って鼻翼《こばな》が苦しげに呼吸している。

「ご亭主は？」

「出張しているんです」

と、本音を吐いた。

「他に誰もいないのか。子供は？」

女は頭《かぶり》を振った。唇が合わない。

「そうだ。泳ぎは？」

「少しはできますが、この流れでは——」

「よし。じゃ、私の身体につかまって」

女は一瞬身を退《すさ》ったが、凌太はその手を強く引っぱった。家が崩れたらそれまでだ。

「さあ。早く。とびこむぞ。いろんな物が流れているから気をつけて」

女のあえぐような身体を抱えるようにして凌太は濁流に身を投げた。

水にもぐった瞬間から、凌太は女の激しい暴れかたに驚いた。泳ぎを少しは知っていると言ったが、まるで知っていない。抱きついたり、蹴ったり、首をとらえたりする。

それに、水嵩《みずかさ》が増して、いちだんと水勢が激しくなって、先刻とは勝手がはなはだしくちがった。まるで身体が無抵抗に流されていくのだ。凌太は狼狽した。

女は水の中で滅茶苦茶にもがいてしがみついている。凌太の身体はぐんぐん鞠《まり》のように沈んでいった。

それから何分経ったかわからない。どれくらい流されたかもわからない。時間も距離も方角もわからない。

とにかく身体が何か堅いものに引っかかった。凌太は無我夢中でそれに摑まった。足をかけて顔を水面に出した。水を吐いて、太い息を吸った。それは橋桁《はしげた》だとわかった。橋の上部は流失して姿もない。

この時、まだ女が凌太の身体から離れていないのに気がついた。凌太の片手が女の胴《どう》脇《わき》を抱いていたのは無意識だった。

やっと苦心して岸に辿《たど》りついた凌太は女をそこに降ろした。女は蒼い顔をして意識を失っている。水をずいぶん飲んでいるようだ。

岸といっても普通の川岸でなく、高い地形になった木の多い麦畑の中だ。低地の森や林は海のようになった一面の水の中に半分没している。

刈入れ前の麦で、黄色く熟れている。女の身体を寝かせておくと丈《たけ》の伸びた麦の束がなびいて倒れた。自然の床となった。

凌太は女を抱いた。水の中で抱えていた感覚とは違う。冷たく濡れた肌に、そこはかとない温《ぬく》もりがある、身体は、しっとりと重く、粘《ねば》い。冷たく濡れた着物の上半身を脱がせた。

五時近くだが、黒い雲がかぶさって、日暮れのように暗い。その暗さに女の身体の白さが仄浮《ほのう》いている。

凌太は片膝をつき、立てた膝に、女をうつ向かせてみぞおちに当て、片手で女の額を持ち、片手で背中を叩いた。女は無意識に苦しんで水を吐いた。

海辺に育った凌太は溺《おぼ》れた人間の手当を見てきている。

さいわい、雨がちょっと降りやんだ。

水を吐かせてから、また、もとの姿勢に仰向きに寝かせた。意識がまだ戻っていない。白い肢体《したい》はぐったりとなっている。

凌太の顔に真剣な表情があった。思いきって、女の身体にまたがって乗り、両膝をついた。両手の掌《てのひら》を女の胴の下に当て、撫《な》でおろしては突きあげた。一つ、二つ、一つ、二つと一定の速度を計って人工呼吸をつづけた。

女の上半身がそのたびに揺れる。髪は乱れ、眼は閉じ、格好のよい鼻孔がみえる。かたちのしまった唇が仰向いて半開きとなり、白い歯がのぞいていた。

凌太は息が乱れた。十五分。二十分。今にも何かの別の意志が起りそうだった。

溜息《ためいき》が女の歯から洩《も》れた。微《かす》かにうごめく。

女の意識がかえったのだ。凌太はほっとした。

女は眼を見開いた。眼は見えてもしばらく意志が働かない。不思議そうに見ている。

「おお、気がついたな」

と、凌太は声をかけた。

女は顔の上に覗《のぞ》いている男の顔を意識した。半裸の男が自分の身体にまたがっているのだ。

「あぁっ」

と、女は絞るような声を咽喉《のど》の奥から迸《ほとばし》らせた。自分の裸と姿勢に何かを直感したのだ。

凌太はあわてて女に説明しようとした。

悪いことが起った。

二三人の人声が近づいてきたのである。脱走囚の凌太は本能的に逃げだした。

逃げる時に凌太は女の耳にいそいで弁解をささやいた。

「奥さん、心配することはないよ」

狼狽している時だが、まずい言葉だ。これではどうとも取れる。心配なことはなかったよ、と言えばよかったかもしれぬ。

女は悲痛な声で哭《な》いた。

四

九州の脊梁《せきりよう》に近い山奥の渓谷に川の上流が蛇行《だこう》して流れている。その渓流を堰《せ》きとめて水力発電に利用するダムの工事が今すすんでいる。

昭和二十六年に着工したこの工事は、まだ半分もできていない。完成すれば出力一万余キロワットの発電が可能である。

九州の西海岸の幹線の駅から支線に乗り換えて山の方へ三時間。終点からバスで四時間、さらに工事場専用のトラックで一時間を要する不便な地点である。海抜五六〇メートル。渓流は深まり、硲《はざま》が迫っている。

尾村凌太は、このダム工事場の人夫に雇われていた。

あれから一年、凌太は転々として各地を日雇い労働者のようなことをして渡ってきた。追われている意識が常についてまわったが、一年もするとなんとなく不安がうすくなった。

それでも、ある町でのダムの人夫の募集に出あったのでたちまち行く気になったのは、山の中だという安心である。

「賃金はどれだけくれるか」

と、凌太は募集員にきいた。

「一日四百円だ。夜勤《やきん》は手当がある。おまえは身体《からだ》が良いからいくらでも働けるぞ」

と、募集員は日に焦けた凌太を上から下まで見て言う。凌太は五尺七寸である。二十七歳の若さが精力を弾《はじ》きだしている。

「食費はいくらかかる？」

「日に三食で百五十円だ。それに蒲団の貸料が一枚十五円だ。その他にはわずかな日用品代がかかるだけでなんにもいらん。残るぞ」

「タコ部屋ではあるまいな」

「ばかなことを言うな。昔とは違う。今は法律があるでな。労働基準法にしたがって、八時間勤務。病気になれば医者がいるし、よくなるまで休ませてくれる。厚生施設もある」

「とにかく、行ってみよう」

こうして山中の工事場に来たのである。世間からはるかに離れた山岳重畳《ちようじよう》たる奥地だから、凌太は安心した。

工事現場を中心にして、いろいろな建物がある。施工側の職員宿舎、請負側の職員宿舎など相当のものだが、凌太がはいった飯場《はんば》の納屋《なや》は、粗末なバラックの一棟《ひとむね》だ。それを幾部屋にも仕切ってある。

工長と呼ばれる親方が一人、その下に世話役、帳付が一人ずつ、この三人が広い部屋をとってあと八畳ぐらいの間に十人が寝る。この飯場には六十人ばかりいた。

こういう飯場が△△組といったような工事請負業者の下に何十とあるのだ。

鑿岩機《さくがんき》を使ったり、ケーブルクレーンやベルトコンベアーの機械方、トラックの運転手のような熟練工は、工夫といって人夫と区別して呼んでいる。

人夫は凌太のような手に職のない雑役夫だ。土を運んだり、トロッコを押したり、岩を掘ったりする。

「おまえはこの仕事だ」

と、世話役が凌太に命じたのは原石を掘る組だ。原石は機械で粉砕してコンベアーで運び、コンクリートにして堰堤《えんてい》の枠《わく》に流しこむ。みんな大じかけな機械作業である。

原石を採る山は、山肌を裸に露出して、そそり立っている。見上げるような高さだ。凌太はその山に登る。

ダイナマイトを仕かけて爆破させるのだが、音は地をびりびりふるわせて、四囲の山や谷を遠雷のように響かせる。

凌太はこの音を聞くのがこころよかった。

空には白い雲がすぐ近くに流れている。見渡すと深緑の山岳は波のように重なり、千メートル以上の山がいくつも見える。

下を見おろすと渓流がかすかに見え、完成すれば高さ一三〇メートル、敷幅一四〇メートルにおよぶという真っ白いダムの堰堤が、まだ三分の一の高さで緑の渓谷にはさまっている。

動いているケーブルクレーン、トラック、豆粒のような労務者、光っているいろいろな建物の屋根、響いてくる機械の音、深山幽谷の自然を削る壮快な人工の営みだ。

「ああ」

と、凌太は仕事の休憩には岩に腰を降ろしていつもこれを見ていた。煙草がうまい。

「おい、何をまた眺めているのや」

と、離れたところから加治宇一《かじういち》が声をかけた。加治は三十を越している男だが、凌太と同じ人夫で同じ飯場にいる。そして同じ賭博《とばく》仲間だ。大阪から流れてきた渡り者である。

「うむ?」

「おい、おい。あれを見いな。あれを」

加治が指さした方を見ると、下の方から二台の青色の自動車が陽《ひ》に輝きながら曲った道を登ってくる。

「なんだ?」

「A電の今度の出張所長や。今日は初の視察というとこや」

工事の監督として施工側のA電気株式会社も職員を出張させている。彼らの高級社員は社宅に住み、その他は宿泊所に合宿している。出張所長は最近更迭となった。

「ふうん」

と、凌太はその自動車をぼんやり眺めた。

五

二台の自動車は原石山の前で止った。中から人が降りる。六七名ぐらいだ。ならんで、こちらを見上げた。中央の男二三人が何か説明している。これが新しい所長らしい。業者の幹部が従っている。

が、凌太の眼は彼にない。その横にならんでいる女の白い顔に射るように向けているのだ。純白のスポーティなワンピースを身につけた品のいい姿だ。

その顔に見覚えがある。あのときの女だ。拘置所から逃げだしていっしょに濁流を泳いだあの女である。水を吐かせ、人工呼吸をしてやったあの女だ。一年前のあの顔に見忘れはない。

凌太は不思議な気持がした。ふたたびこんな場所で会おうとは知らなかった。A電の出張所長の女房として再会しようとは、世の中は広いようで狭いものだと思った。しかも、こんな山奥でだ。

女は凌太にむろん気がつかない。説明が終ると、皆とまた自動車に戻っていった。きらきらと車体の艶《つや》を光らしながら一行の高級車は去った。

「どうや。いい女やったなあ。久しぶりに別嬪《べっぴん》見たわ。柏部《かしわべ》じゃ見られへんで、あんなの。あんな女抱かすんやったら一晩三千円でも出したるわ」

と、横で加治が言った。柏部というのは、このダムから二里くだった山の温泉場で、安芸者や接客婦もいる。加治はときどきそこへ出かける。

「どうや、凌やん、おまえよう見てたが、ムシ出えへんか、今晩思いだして気分出したらあかんで」

と、加治は大口をあいて笑った。

凌太は黙って考えていた。

その夜、彼は賭博に負けた。なんとなく気が落ちつかない。勝負に乗っていけないのだ。

賭博場は他所《よそ》の飯場の納屋で開かれる。現場からいちばん遠い飯場で裏は渓流になっている。巡査の手のはいらない山の上だが、それでも人眼にかくれた場所を選ぶ。労務係が禁《と》めているからだ。谷川の高い音を聞きながら花札を争った。

収入が知れているから高い金は賭《か》けなかった。二百円三百円を張る勝負である。

凌太は六百円負けてそこを出た。加治は凌太をちらりと見て、

「なんや、もうバンザイか」

と言ったが、自分は勝ち運らしく残っていた。バンザイとはお手上げのことだ。

凌太は自分の納屋に帰りかかって、ふと足をとめた。A電の社宅の方へ行ってみたくなったのだ。今までになかった気持である。

行ってみてどうというつもりはない。ただなんとなく社宅が見たくなった。

社宅は、工事現場を展望する高所にあった。広幅の道をつくり、台をならして植木や草花を体裁よく植えてある。

凌太はそこまで登って見上げた。誰一人いない深い夜だ。星のある夜空を背景に、同じ格好の社宅が三軒ならんで黒い影になっていた。いちばん左の端が所長の社宅であることを凌太は知っている。

窓に灯《ひ》の明りは消え、真っ暗だった。

あの家の中に、あの女が眠っている。――凌太は自分の両膝の下に仰向いているあの時の女の顔を思いだしていた。

昼の機械の騒音はなく深山の夜の瘴気《しょうき》がひしひしと凌太の肌に迫った。

翌日から凌太は昼間の仕事をしながらも、ちらちらと社宅の方を眺めるようになった。社宅は高台に小さく見える。三軒の左の端の家だ。昨夜と違い、陽に明るく浮いている。人影は見えない。あの女の姿でも見えないかと思うのだが、ついぞ影がない。

凌太はあの女と会いたかった。会って別段の気持はない。話をしたいのだ。いっしょに奔流を流れて命拾いをした。なつかしい。ただ、なつかしいだけだ。それだけの気持だと思った。

一度、訪ねていこう。が、仕事のある日は行けない。汚れてもいるし、工長や、世話人の眼が光っている。そうだ。今度の雨の日にしよう。仕事が休みだ。現場にも人が少ない。皆からあまり見られないで訪ねていくことができる。――凌太はそう決心した。

夜訪ねることはやはり気がひけた。

日給だから労務者は仕事のできない雨の日を嫌う。が、凌太は、次の雨降りを待った。

二三日たったが、天気ばかりだ。

「雨が降らんかなあ」

と、仕事の帰りに凌太が空を仰ぐと、

「何言うてんねん、土方は雨が降ったら口の干上りや」

と、横で並んでいた加治が言った。

——その雨の日が来た。

六

凌太は洗濯《せんたく》しておいたシャツとあまり汚れていないズボンをはき、納屋を出た。傘《かさ》がないので作業帽をかぶり、合羽《かっぱ》をきた。

部屋にごろ寝をしていた加治が首を上げて、

「よう、よう、色男、早《は》よから出かけて柏部にでも女郎《めろ》の面《つら》見にいくんかいや」

とどなった。

凌太は山坂道を登りながら、心が弾《はず》んだ。会えば、向うもきっとびっくりするだろう。なつかしがってくれるに違いないと思った。

社宅に行く広い道に出た。砂利をしいたきれいな道だ。左の端の家に近づいてくる。なんとなしに胸が鳴った。

きれいな玄関だ。飯場の納屋とはまるで違う。気がひけて裏に回った。磨《みが》いた窓硝子《まどガラス》に水玉模様の紗《しゃ》のカーテンが下がっている。部屋の調度が透いて見える。

はっとなって足が止った。

裏口の戸が開いたのである。それから、蛇《じゃ》の目《め》を開いてこちらに顔を向けた白いエプロン姿の女が、凌太を見て電気に打たれたように棒立ちになったのだ。眼をいっぱいに見開いて極端な驚愕《きょうがく》を表わしている。額は蒼ざめ、唇がふるえた。凌太はびっくりした。これは凌太を一年前あの家の中で初めて見たときと同じ表情だ。いやよく見れば、女にはもっと複雑な表情があった。

「奥さん」

と、凌太が言いかけたとき、たちまち女は身をひるがえして家の内に駆けこんだ。

凌太は、あっと思った。言葉も出なかった。音をたてて閉じた裏の扉《とびら》を睨《にら》みつけた。なんという女だ。出張所長の女房が、そんなに偉いのか。水の中を救ってくれた男が、この現場の人夫だったら口もきけないのか。拳《こぶし》を握った。憤怒《ふんぬ》が声になって、今にも喚《わめ》いてこの裏扉を破れるばかりに叩きそうだった。

が、やっとこらえた。胸を撫《な》でるとはこのことだった。よし、誰が見向きもしてやるものか。すべため。

土の上に唾《つば》を吐いた。胸が容易におさまらぬ。帰りかかった。悪態をひとりでつきながら、十歩も行ったであろうか。急に後ろで戸の開く音がした。おや、と思った。振りかえった。

あの女が駆けてくるのだ。

凌太は息をのんだ。何が起ったのか。

女は凌太の前三歩の所にきて立ちどまった。

凌太を凝視した。強い眼だ。いや、もっと必死の眼の色だ。

「ここに寄りつかないでください。さ、これを上げます。二度と来ないでください」

激しい口調で言うと、凌太に紙包みを差しだした。凌太が思わずそれを手にとると、

「わかったわね、これきり、来ないで」

と、女は前よりいくぶんやさしく言った。瞳《ひとみ》に何かうったえる色があった。

そのまま逃げるように帰った。戸がまた閉る音がした。

凌太はあっけにとられた。それは五分間ぐらいの出来事だったが、あっという間だった。彼は手に残された紙包みを開いた。錯覚でない証拠だった。五千円はいっていた。

五千円。なんの金だ。

凌太は頭を振った。どういう意味でこの金をくれたのだ。五千円、五千円。なんの金だ。

雨に濡れて滑りそうな山道を下りながら考えた。洪水のときの礼でないことはわかっていた。あの態度はそうではない。別のことだ。

ではなんだ。五千円。どういう金だ。

雨が強くなった。合羽が薄く、下に通った。シャツが濡れはじめた。皮膚にひやりとする。

おお、あれだ、と思いあたった。歩いていた足がひとりでに止った。

あのとき、水から抱いて上った時、女は水をのんで意識がなかった。麦の上に寝かせて濡れて冷たい着物を脱がせた。女が気づいたとき、彼は人工呼吸の姿勢のままだったが、馬乗りだった。そうだ。あの気づいた時、女は何か泣きだしたようだった。勘違いされては困ると思って、彼も何か言うつもりだったのに、人が来たのであわてて逃げるためろくに言えなかったが。——そうだ、忘れていた。

無理もないが、あの女はまだ勘違いしているのだ。意識のない間に半分裸にされて、どうかされたと思っているのだ。

それであんなに彼を恐れているのだ。きっと亭主に秘密にしているのだろう。それで彼があの家に近づくのが恐いのだ。

五千円——わかった。口止め料だ。

凌太はここでひとりで笑った。

——わかったわね、これきり、来ないで、だと。

女の根性がわかればこっちも出ようがあるというものだ。

「面白い。ばかにするな。五千円で追っぱらわれてたまるか」

と、これは声になって口から出た。

雨がひどくなって凌太の足もとの赤土を数条の川になって流れた。

七

その女——竹村多恵子は尾村凌太を思いもよらぬ場所で見た時、魂が消えるほど驚いた。失神しそうな驚愕の次に感じたのは、ふるえだしそうな恐怖だった。

多恵子は洪水の日の麦畑の出来事が悪夢のようだった。彼女は意識がなかった。あの男と二人きりだった。何があったか知ることができない。わかっているのは意識が戻った時、裸同様にされた彼女と男との肢体の格好だった。それが決定的だった。

男は、ぱっと逃げだした。「奥さん、心配することはないよ」と言った。肉をしゃぶった後の悪魔のささやきだ。

しかし多恵子にもわずかな余地はあった。それは、〝何かされたかもしれない〟という危惧《きぐ》はあっても、〝そのことがあったという実証〟はないことだった。それが救いでないこともなかった。が、絶対になかったとは言いきれなかった。すべて意識を失った間の出来事であり、意識が戻ってからも、気持の異常な動転は、冷静に何も確かめてはいなかった。その辺は後になるほどどこまでも曖昧《あいまい》だった。結局、救いは救いではなかった。

夫には言えなかった。言えることではない、永久に真っ黒い陰惨な秘密であった。洪水に流されて岸に打ちあげられたところを通行の人に助けられたという幸運を夫は信じているのだ。

夫が社からこのダム工事場の出張所長となって転勤にきまったとき、単身でいいものを、せがんでこの山の中についてきたのだ。人のいる町から一年か二年、山奥にはいって魂を休めたかった。

が、ところもあろうに、そこにあの男がいようとはなんの業《ごう》か。

凌太と社宅の裏で出会った時、多恵子は本能的に身の防衛を考えた。あの男がどうして彼女の家へやってこようとしたかの理由を直感した。やっぱりあのとき、忌《いま》わしいことがあったのか。それで彼女を見つけて会いにくるのだ。まるで情婦でも訪ねるように断わりもなく裏から来るのだ。

夫に知られてはならないという防御の気持が電光石火に働いた。家にはいって、五千円を紙に包んで渡した。思慮が働く前の、本能的な処置だった。男をここによせつけたくない一心だ。

が、このとっさの思慮のない方法は、身を守ろうとして、かえって自ら相手の前に餌《え》食《じき》としてとびこんでいったようなものである。

ただ、彼女に会ってみたいだけだった凌太に、その致命的な弱点を彼女自ら知らせることになった。

それから地獄がはじまった。

十日ばかりたって、裏の戸口をこつこつ叩く者があるので、あけてみると凌太が立っている。多恵子は真っ蒼《さお》になった。

仕事がすんだ夕方で、泥まみれの作業服を着ていた。作業服の肩には薪《まき》を三束かついでいた。

「奥さん。薪をつくってきました。使ってくださいよ」

と、凌太は含み笑いをして言った。

「薪なんていらないわ」

と、多恵子は低いが叱《しか》るように言った。夫が部屋にいるのだ。はらはらした。

「このあいだのお礼です。——それから、すみませんが二千円貸してください」

多恵子は顔を硬直させて凌太を睨んだ。

薪を持ってくるのは、ちゃんと体裁をつくろった計算なのだ。

多恵子は負けまいとして凌太を睨《ね》めつけたが、凌太の長身の眼だけ光っている日焦《ひや》けした顔に意気地なく彼女は、だんだん力がなくなっていった。

箪笥《たんす》に金をとりに戻ると、夫はまるい肩を見せて新聞を読んでいた。その後ろ姿が恐ろしかった。

千円札二枚を凌太にわざと裸で渡して、

「もう来ることはお断わりです。今度から絶対にだめよ」

と言った。語気は叱るより哀願に近かった。

（どうして、あんたにそんなことをわたしに要求する権利があるの。わたしとあんたは、どんな関係があるの）

と、竹村多恵子は相手の返事が恐ろしくて言えない。そんな強い言葉で対抗できない弱みが、さらに男に一歩も二歩も踏みこまれる隙《すき》を与えた。

それから一週間ばかりして、凌太によってまた戸が叩かれた。

薪をかついで笑っていた。

「いらない、帰って」

と、必死に言っても動じなかった。彼女はまたも二千円の金を部屋にとりに戻るより仕方がなかった。

多恵子は利口な女であったが、あまりにも自分を恐れ夫を恐れていた。妊娠を極度に恐れると想像妊娠さえ起る。彼女は自己の妄想をもはや、真実のように確信していた。その恐怖から無制限に金を与えねばならぬ羽目をつくった。

煉獄《れんごく》の苦しみだ。凌太は何度も無心に来る。

が、竹村多恵子にとっては、このことはもっと苛酷になっていった。

八

加治は、尾村凌太が近ごろ急に金まわりがよくなりはじめたのに、ひそかに不審をもった。

以前は彼と同じようにぴいぴいしていたのに、このごろでは給料前でも財布の中に千円札が何枚か重なって畳んではいっていないことはなかった。

賭博場でも、今まで二百円か三百円だったのに、五百円も六百円も張る。負けつづけて一文もないだろうと思っていると、翌日はちゃんと千円札を持っているのだ。

現場の近くでは、商売人が農家を半分借りて、労務者目当ての店を開いていた。酒や焼酎《しょうちゅう》の一ぱい飲み屋や飯屋、三四台の機械をもったパチンコ屋まである。

凌太はそんなところでの金使いが荒くなった。

加治は、何かある、と思った。それは彼のような渡り者特有の嗅覚《きゅうかく》だった。

「凌ちゃん、なんぞええ金蔓《かねづる》でも摑《つか》まえたんと違うか」

と、冗談を装って探りを入れたが、

「違うよ」と凌太は鼻で笑っていた。加治はこの野郎と思った。

加治は凌太の行動を気づかれぬように監視しはじめた。うまいこと、おのれ一人でさすかい、という妬《ねた》ましさがある。

加治のような男がその気になって監視しだしたら、凌太の行動を突きとめるに骨は折れない。

加治はある日、凌太の出ていくあとをわからぬように尾《つ》けていって、様子をうかがった。

凌太がA電の出張所長の裏口を叩き、出てきた夫人から金を取るのを見たときは、思いもよらぬことだったので信じられぬほど、啞然《あぜん》とした。

いったい、どんなつながりがあるのか。

漠然とわかることは、凌太があの女を脅迫して、金をとっているらしいことだ。原因はわからぬ。わかるに越したことはないが、あの女が脅迫されているということだけでも収穫だ。

さて、どうしたものか――あの美人の夫人が相手だけに、加治は、一人で煙草をたのしそうにふかしながら考えた。

凌太に言って、(おい、俺《わい》も一口乗せてんか)と申しこもうか。いやそれでは、断わられたらそれまでだ。脅迫の種がわからぬから弱い。だいいち、わりまえが少ない。分け前の少ないのは加治は嫌いだ。

加治は結局、女に直接当ってみることにきめた。何もかも知っているぞ、という顔をするのだ。あの女の亭主が何も知らないというくらいは察しがつく。これが勘どころだと思った。

凌太にわかったら、どうしよう。わかったらわかった時のことだとタカをくった。あいつのやっている同じことを俺《わい》がやるだけの話だ。

それに彼は、ここのダムの工事にそろそろ飽きてきた。この山をくだる駄賃《だちん》に、思いどおりのことをしておきたかった。

加治は初めてあの女が自動車からおりたのを見て、凌太に、(あんな女抱かすんやったら、一晩に三千円でも出したるわ)と言ったが、ことによったらタダで、いや、小遣いは向うから持参で、その機会がくるかもしれない。

が、加治はすぐには行動にはいらなかった。機会は一度しかない。失敗したらそれまでだ。

しかし、機会は偶然の名でもっと早く来た。

凌太が負傷した。ダイナマイトが爆発したとき、退避が不完全だったため、落下した岩石の破片が左の肩胛骨《けんこうこつ》を叩いてひびをいれ、肉が裂けて五センチばかり縫ったのである。

凌太は納屋に寝たきりとなった。五日も六日も熱がつづいた。

病気で寝ついてみると、今まで仕事から帰って、夜寝るだけの納屋とは、まるで別な感じだった。見知らぬ、妙に心細い場所に寝ている感じがした。

凌太は心が寂しい。病むと己《おの》れの孤独が身に沁《し》みた。

蒲団の上に寝ていて考えるのは、あの女のことである。

凌太は彼女を苦しめている。そんな関係でもなかったら、彼女とはなんのかかわりあいもないのだ。彼女にそう思わせ、その仮設の弱点を餌《えさ》に金をまきあげる以外に、二人の間になんのつながりもない。二人の関係を結ぶ一つの紐《ひも》は、彼女のところへ金を脅迫に行くという行為だけである。その時だけが、人夫の彼が所長夫人と対等なのだ。いや、優越者なのだ。

凌太は彼女を愛していたかもしれなかった。そのゆえに、彼女を苦しめることがやめられないのだ。その行為がつづくかぎり、彼は彼女に会えるからである。

女は彼が来るたびに憎悪にみちた眼で睨む。女にとっては、これはこの世の地獄なのだ。地獄の鬼が金をゆすりに来るのだ。凌太の姿を見ると、無力な女の顔色はあらんかぎりの軽蔑《けいべつ》と瞋恚《しんい》で蒼《あお》すごむ。

凌太はそういう彼女を見るたびに、心がひるむが、負けたらそれまでだった。彼と彼女を結ぶ紐が切れてしまう。その苦痛のほうが絶望的なのだ。

凌太は彼女が好きなのだ。会いたい。嫌われても憎まれてもよい。意のままに会いに行けるこの立場を失いたくなかった。——

歩いて行けない今が不安であった。

凌太は蒲団に腹這《はらば》って、女にあてる便箋《びんせん》に薄い鉛筆を走らせた。この手紙は加治に届けてもらうつもりだった。

九

加治はこころよく手紙を引きうけ、届けるふりをして途中で破って中身を見た。

(奥さん。私はケガをして寝ています。この手紙をもってきた人に二千円ことづけてください。ケガはたいしたことはありません)

加治はその手紙を破りながら、

「あほんだら。われだけの勝手にさせるかいや」とほくそ笑んだ。

彼は所長の宅をたずねた。わざと玄関から呼鈴を押した。主人の留守の時刻ということはわかっている。いよいよ戦場だ。

多恵子が出てきた。ああ、この女だ、と加治は心でうなずいた。

加治を見て、怪しむ眼つきをしている。凌太に苛《いじ》められて、神経質になっているんかいな、と思った。

「奥さんでんな。えらいお邪魔さんだす。じつは――」

と言いかけて、玄関に片足を入れて内にはいった。とにかく、玄関に立たねばならぬ。

多恵子が、ぎくりと身をひいた。

「じつは、私《わて》は奥さんのお知りあいの若い者を使っている者でして。へえ。どうも」

と、意味なく頭を下げた。が、これが意味ありげなのだ。はたして多恵子の顔色が変った。

「あいつ、近ごろ金のつかいようが荒いよって、私《わて》も監督上、おまえ、なんぞ悪いことしてへんかちゅうて問いつめました。はじめ、なかなか白状しまへんでしたが、だんだんきいてると、とんでもない、お宅さんから金いただいていると言いだしよりましてな。私《わて》もはじめでたらめやと思いましてん――」

ねちねちと、一人でしゃべりながら、それとなく、女の方を見ると、膝においた手の指がかすかにふるえていた。

効果はある、と加治は内心にやりと笑んだ。

加治は多恵子から一万円まきあげた。

彼はこう言ったのだ。凌太を二度と来させてご迷惑をかけることはない。が、どんな事情があるか知らぬが、最後のぎりぎりと思って一万円出してほしい。それで凌太を納得させる——。

多恵子は凌太が負傷していることを知らない。凌太は傷が癒《なお》るまで、ここに来ることはないのだ。そのあとは俺《わい》の知ったことかい、と加治は思った。この女をだませばよいのだ。だまして一万円とりあげ、この女の身体《からだ》も俺《わい》のものにして逃げるのだ。

その計画は、こんなふうに話をもっていった。

この金は、たしかに凌太に渡す。しかし、私《わて》の口だけでは奥さんが不安であろうから、明日私と一緒にこの家に来て、凌太に誓わせよう。もっとも、お宅が都合が悪かったら、他の場所でもよい、と言った。

この、もっとも以下の言葉が策略なのである。この家に来られるのが嫌なのはわかっている。

もう、二度と会いたくないというのが本音だろうが、女は凌太に会って一万円の効果を知りたいはずだ。

「この家は困ります。どこか他に場所はありませんか」

はたして女は思う壺《つぼ》にはまってきた。

「ほなら、私《わて》が明日、お迎えに上がりますわ。口で言うたかてわかりまへん。あまり人の眼につかん場所がよろしまっしゃろ」

女は白い顔を不安そうにうなずかせた。

その場所も考えてある。人のめったに来ぬところだ。亭主に告げてやるぞ、と脅すのだ。今まで凌太に金を出してきたのが、なによりの弱みではないか。これが最後だ。俺《わい》の要求がきかれぬことはあるまい。多少の危なさはあるが、そのほうが面白い。

加治は、ほくほくしそうな顔で飯場に帰ってきた。この飯場とも、明日かぎりだ。

凌太の枕もとに立った。

「おい、手紙たしかにやっといたで」

と、加治はわざと無造作に、大きな声で言った。

「ありがとう、何かくれなかったか?」

と、凌太は不審そうにきいた。

「何もあらへん」

(あほめ。何も知らんでけつかる)

と、加治は心でわらった。

凌太は加治の顔をじっと見て黙っていた。

十

あくる日、凌太が床の中にいると、

「加治の奴《やつ》、社宅の奥さんと山道を上っていくのに会ったが、どこに行くつもりだろう」

と話している声が耳にはいった。

それは昼を交替する人夫であった。

凌太は床の上にとび起きた。

「加治が。どこで見たんだ？」

と、食いつくようにきいた。はっと胸の騒ぐ予感がした。

人夫は、自分が会った場所を教えた。

凌太は手早く支度をした。肩の傷がめまいがしそうに痛んだ。熱がある。

「凌太、凌太。危ない。どこへ行くんだ」

と言う声がしたが、振り向きもしなかった。眼はすわって、心臓が激しく動悸《どうき》をうった。

長らく床にいたので、足が宙を歩むように安定感がない。身体がふらふらする。凌太は歯を食いしばった。

かっと明るい陽だ。が、白い堰堤も、ケーブルクレーンも鉄塔も、尖《とが》った原石山も、緑の山岳も妙に黒ずんだ陰陽画を見るように、現実感がない。青いはずの空が黒い。太陽が白っぽい。

息切れがする。死ぬかと思った。

加治に会うまでは倒れてはならんぞと思った。あの女に何か悪いことが起りつつあるようだった。加治が何か企《たくら》んでいる。加治はそういう奴だ。凌太は、足を教えられた山道の方角に運びながら加治のすることが察しがついた。凌太の行動に感づいた加治が、あの女を脅迫しはじめたのだ。憤怒《ふんぬ》が燃えた。加治を許せない。凌太は自分の卑劣な醜悪さを加治から見せつけられて逆上は二倍になった。加治に怒っているのか、自分に怒っているのかわからなかった。

木が茂っている。夜のように暗い茂み。その下をぬけると、白い陽が草にこぼれた。行く手に一、四五〇メートルの山岳がみえる。

話し声が耳にはいる。遠いような近いような声。方角だけはわかる。路《みち》からはずれた、雑木の茂った奥だ。争っている声だ。

多恵子を草の中に押えていた加治が、凌太を見て、ぱっと放した。雑草がはねあがる。

「加治」と凌太がすすんで迫った。嫉妬が火になった。

ああ、とか、おおとか呻《うめ》くような声を出しながら加治が逃げ腰になった。五尺七寸、長身の凌太は無気味な眼光と幽鬼のような顔色で立ちはだかって進んでいった。

眼の隅に、ちらりと彼女の姿がはいった。

それも一瞬、加治へ突進して組みついていった。二つの身体が一つになって倒れた。
「危ない、危ない」と加治が絶叫した。
ころころと転がった。
宙を動くケーブルの音がすぐそこにしていた。
「うわあ」
と、加治が悲鳴をあげた。
木の枝がぱりぱりと折れる音がした。草が波のようにそよいだ。
その草の間から二人の身体が下の切り立った渓流の断崖《だんがい》へ抜け落ちていった。
木の葉や、折れた小枝や、土が雨のようにその後から降りそそいだ。

——オール讀物（S29・9）

第二章

マイ・フェイバリット

前口上　宮部みゆき

そもそも私の好きな短篇をセレクトしているコレクションなので、この章で特に「フェイバリット」と銘打つのは、好きのなかでも特に「好き！」な作品四作であります。

「一年半待て」

名作中の名作。これを読まずしてミステリを語るまじ。

筋書きの核となっている、刑事訴訟法上のある決まり事「〇〇〇〇」（伏字にするのは書くとネタばれになるからでして、すでに読んだことのある方は、「そうそうそう」と、大きな声で相槌を打ってくださいね）をテーマとしたミステリの秀作佳作は他にもありますが、これはまさしく嚆矢《こうし》。刑事裁判の際、〇〇〇〇によってこういう結果が生じる可能性があるという事実を、一般に広く知らしめることとなりました。

昭和三十二年、週刊朝日別冊誌上でこれを読んだ多くの読者が、日本中であっと声をあげたであろうことを思うと、何かこう胸がすっとするというか小鼻がふくらんじゃうというか、自分のことじゃないのにそんな僭越《せんえつ》な気分になってしまうのは、この名作の芳香に酔っ払っているからです。

作中で、実に気の毒な役回りを振られている女性評論家の高森たき子女史。現代でも、運悪くこういう立場に立たされる言論人がいそうですよね。ワイドショーとかニュースショーで。

「**地方紙を買う女**」

新聞には、大きく分けて全国紙と地方紙の二種類があります。作家が新聞連載小説を書くとき、それが全国紙ならば直《じか》にその新聞社と約束を交わし、執筆された小説はその新聞にのみ連載されますが、地方紙の場合は事情が違い、作中で簡潔に説明されているとおり、作家が個々の地方新聞社と契約するのではなく、「地方新聞の小説の代理業をしている」通信社に原稿を渡し、その通信社から地方紙に配信される形になります。多くの場合、全国の複数の地方新聞社に配信されますが、作家の手元にはすべての掲載紙が来るわけではなく、「基準掲載紙」（たいていは最初に掲載した新聞です）が郵送されてくるのが通例です。ですからこの作品では、「甲信新聞」が、主人公にして探偵役の作家杉本隆治の連載小説『野盗伝奇』の基準掲載紙だったわけですね。

地方紙の連載は、全国紙といういわばひのき舞台よりは地味なものではありますが、たいへん楽しいものです。地方紙の紙面には、全国紙レベルではけっしてニュースにならないその地方の小さなトピックや、お国柄の偲ばれる記事がいくつも載っているので、作家も親近感を覚えながら書き進めることができるからです。独特の心の距離の近さがありますから、読者からお手紙をもらったりすると、嬉しさはひとしお。

そういう土台があるところですもの、わざわざ他所の土地から取り寄せて読んでくれている読者がいる！ なんてわかったらもう、拝んじゃうくらい嬉しい。記憶に残ります。

と、縷々《るる》書き連ねたような事柄すべてが、この短篇を構成する仕掛けであります。冒頭、女性がひとり、「うら寂しい飲食店」で中華そばをすっています。ラストまで読み終えた後、もう一度頭に戻ってここを読み直してみてください。彼女がぽつねんと腹ごしらえをしていたのは、その後にどんな用事が控えているからだったのか。それがわかると、この中華そばは痛いほど悲しい。

「理外の理」

最近は、小説のなかでは、漢字で一文字「理」と書いて「ことわり」と読ませる用法が増えていますね。この作品のタイトルは「りがいのり」と読みますが、お話のテーマはずばり、「人を動かす心のことわり」であります。

白川静先生の『常用字解』(平凡社)には、

「玉を磨きあげて、玉の表面の筋をあらわすことを理といい」

そこから用例として「理解 物事の道理を悟り知ること」と書かれてあります。昨今は天然石ブームで、アクセサリーやお守りが流行していますが、「理」という漢字の成り立ちにも、玉が隠れているとは驚きました。

作中で、寄稿家須貝玄堂の手になる縊鬼のエピソードは、岡本綺堂の『半七捕物帳』にも出てきそうです。人に首をくくらせたり、度を失わせて刃傷沙汰を起こさせる悪霊――というか、「通りモノ」「通り魔」については、江戸の読み物のなかにたくさん書かれています。縊鬼は目に見えない場合もありますが、板っきれや布きれみたいな形をしていて、塀を越えてヒラヒラ飛んできた――なんて話もあるんですよ。「通りモノにあたる」という表現は、まさにこういう板きれや布きれに触られて、にわかに乱心してしまうことを示しているのでしょう。

この作品、非常にブラックで怖い終わり方をします。その恐怖の伏線として、

「いや、あの女はわたしから逃げましたよ」

と、あっさり言った。(傍点宮部)

須貝玄堂の、この台詞が効いています。

「削除の復元」

平成二年の作品です。一読すると、清張さんが巨匠となり、創作の最晩年期にかかっても、小倉時代の森鷗外に、デビュー以来変わらぬ強い興味を抱いておられたことがよくわかります。

でも、それと同時に、生身の人物を研究対象とする際に、知的好奇心だけで突っ走ってはいけない、対象への敬愛と謙譲の念、そして事実に対する冷静な観察眼がなければ、

どれほど調べ尽くし考察を尽くしても、何か大事なものが欠けてしまうのだ――という、真摯な信念も伝わってきます。これは、後進の作家たちに対する清張さんの直言であり、託す希望でもあったことでしょう。小説家畑中利雄と白根謙吉との白熱したやりとりは、そのまま、清張さんが若い作家たちに贈る言葉だったのだと、私は思います。

作品の終わりに、畑中利雄はシュテファン・ツヴァイクの著書を読みます。ツヴァイクはオーストリア生まれの著名な伝記作家で、多くの人物評伝を書きました。マリー・アントワネット伝でご存知の方も多いでしょう。伝記を正しく物語ることについて、これほど誠実な一文をしたためたこの作家は、ナチスドイツの台頭に絶望し、自殺によってその生涯を閉じました。

もしツヴァイクが生き延びてヒットラーの評伝を書いていたら。もし清張さんが今もお元気で、たとえばオウム真理教事件を取材し、小説を書いたなら。

ああ、読みたかったなぁ。

一年半待て

一

まず、事件のことから書く。

被告は、須村さと子という名で、二十九歳であった。罪名は、夫殺しである。

さと子は、戦時中、××女専を出た。卒業するとある会社の社員となった。戦争中はどの会社も男が召集されて不足だったので、代用に女の子を大量に入社させた時期がある。

終戦になると、兵隊に行った男たちが、ぼつぼつ帰ってきて、代用の女子社員はだんだん要《い》らなくなった。二年後には、戦時中に雇傭《こよう》した女たちは、一斉に退社させられた。須村さと子もその一人である。

しかし、彼女は、その社に居る間に、職場で好きになった男がいたので、直ちに結婚した。それが須村要吉である。彼女より三つ年上だった。彼は中学（旧制）しか出ていないので、女専出のさと子に憧れのようなものをもち、彼より求愛したのであった。この一事でも分るように、どこか気の弱い青年だった。さと子は、また彼のその心に惹かれた。

それから八年間、夫婦に無事な暮しがつづいた。男と女の二児をあげた。要吉は学校出でないため、先の出世の見込みのなさそうな平社員だったが、真面目に勤めていた。

給料は少いが、僅かな貯金もしながら、生活出来た。

ところが昭和二十×年に、その会社は事業の不振から社員を整理することになった。さして有能とは見られていなかった要吉は、老朽組と共に馘首《かくしゆ》された。

要吉はあわてた。伝手《つて》を頼んで二、三の会社を転々とした。仕事が向かなかったり、あまりの薄給だったりしたためである。そこで、さと子も共稼ぎしなければならなくなった。

彼女は、はじめ相互銀行の集金人になったが、身体が疲れるばかりで、いかにも歩が悪く、出先で知り合った女の紹介で△△生命保険会社の勧誘員になった。

最初はものにならなかったが、次第に成績が挙がるようになった。要領は、先輩の紹介してくれた女が教えた。さと子は、さして美人ではなかったが、眼が大きく、ならびのいい歯を見せて笑う唇のかたちに愛嬌がある。それに女専を出ているから、勧誘員としてはまずインテリの方で、客に勧める話し方にもどこか知的なものを感じさせた。それで客に好感をもたれるようになり、仕事もし易くなった。保険勧誘の要領は、根気と、愛嬌と、話術である。

彼女は一万二、三千円の月収を得るようになった。よくしたもので、一方の夫の要吉は完全に失業してしまった。何をしても勤らない彼は、何にもするものが無くなったのである。今はさと子の収入に頼るほかはない。彼は妻に済まない済まないと云いつづけて、家の中でごろごろしていた。

しかし、さと子の収入は、無論、月給ではなくわずかな固定給がつくだけで、大部分は歩合である。成績が上らない月は、悲しいくらいに少かった。

各保険会社の勧誘員たちの競争は激しい。広い都内に一分のすきまもなく競争の濁流が渦巻いている。もはや、これ以上の新規開拓は不可能に思われることもあった。都内に見込みが薄いとすれば、何かほかによい道はないかと彼女は考えた。

さと子が眼をつけたのは、ダムの工事現場であった。各電力会社は電源開発で、ダム工事は一種のブームになっていた。この工事は××建設とか××組とかいう大きな土建業者が請負うのだが、一つの工事場で働く人は何千人、あるいは万を超えるであろう。その人々は、いずれも、高い堰堤《えんてい》作業やダイナマイト爆破作業などで、生命や傷害の危険にさらされている。場所はたいてい交通不便な山奥で、機敏な保険勧誘員もそこまでは足を伸ばさない。いや、気がつかなかった。

これこそ処女地であると、さと子は気づいた。彼女は仲のよい女勧誘員をさそって、二人で近県の山奥のダム工事現場に行った。旅費一切はもちろん自弁だった。

渡り者で居住不定の人夫は除外し、土建業者直属の技師とか、技手とか、機械係とか、現場主任とかいうものを対象にした。これは会社員だから安心だと考えたのである。

この新しい分野は、大へんうまくいった。彼らは一応、集団保険に加入しているが、危険は身をもって知っているので、勧誘すれば困難なく応じてくれた。成績は面白いほど上った。掛金は集金の不便を思って、全部一年払いにしてもらった。

彼女の発見は成功した。収入は倍くらいになり、三万円をこす月がつづいた。生活はやっと楽になりかけた。すると夫の要吉は、それに合せたように怠惰になった。依存心が強く、今はさと子の働きにすべてを頼っている姿勢となった。勤めを探す意欲を全く失い、安易な気分に、日が経つほどならされてきた。

のみならず、要吉は、これまで遠慮していた酒を飲んで歩くようになった。いつも外に出ているさと子は家計費を夫に任せていたのである。彼はその金から飲み代を盗んだ。はじめは少額ずつだったが、段々に大胆になった。収入がふえたからだ。

さと子は自分が外を出歩いている間、留守をしている夫の気鬱さを思い、多少は大目にみた。それに彼女を恐れるように、こそこそと飲む彼の子供のような卑屈さが嫌で、時には帰宅後、夫に自分から飲みに行くように勧めることさえあった。そんな時の夫は、いかにも安心したように嬉しそうに出て行った。

その要吉が、外で女をつくったのであった。

二

あとの結果を考えると、それもいくらかは、さと子に責任があろう。その女を要吉に紹介したかたちになったのは、さと子だったからだ。女は彼女の旧い友だちであった。

女は脇田静代といって、女学生時代の級友であった。ある日、路上で偶然に出遇った。静代は夫に死別して、渋谷の方で飲み屋をはじめているという。名刺をそのときにもらった。女学生のころはきれいだった静代も、見違えるように瘻《やっ》れて痩せ、狐のような顔になっていた。その容子《ようす》で、飲み屋の店も構えも想像出来た。

「そのうち、遊びに行くわ」

と、さと子は別れた。静代は彼女の収入をきいて、羨ましいと云っていた。

さと子は帰って要吉に話した。

「一ぺん飲みに行こうかな。お前の友だちなら、安く飲ませるだろう」

と彼は云って、さと子の顔を横眼で見た。

さと子は、どうせ飲むなら安いところがいいし、静代も助かると思って、

「そうね。行ってみるがいいわ」

と返事した。

しばらくして、要吉は本当に静代の店に行って、その報告をした。

「狭くて客が五、六人詰めれば、いっぱいなんだ。きたないが、酒は割合にいいのを置いている。お前のお蔭でおれには安くしてくれたよ」

そう、それはよかったわね、とその時は云った。

さと子は、月のうち一週間くらいはダムの現場に行った。顔馴染になれば、別な工事場を紹介してくれる人があって、Aのダム、Bのダム、Cのダムと回って仕事は暇になることがない。収入は下ることなく続いた。

金は全部、要吉に渡して家のことをみて貰った。ここでは主人と主婦の位置が顚倒し

ていた。それが悪かったのだと、彼女はあとで述懐している。

要吉の怠惰は次第に募り、小狡《こずる》くなるのは金をごまかして酒を飲むことばかりである。それも時が経つに従って、大胆になってきた。さと子が勤めを終って帰ってきても、二人の児は腹を空かして泣いている。要吉は昼から出たまま、夜おそく酒の息を吐き散らして帰ってくるのだった。

さと子が肚に据えかねて咎めると、要吉は居直って怒鳴り返すことが多くなった。おれは亭主だ、女中ではないぞ、酒を飲むのは世間の男なみだ、少し稼ぐかと思って大きな顔をするな、とわめいた。

はじめは要吉の卑屈から出た怒りかと思い、それに同情もしていたが、さと子は次第に腹が立ってきた。それで口争いが多くなった。要吉は、意地になったように金を握っては、夜遅く酔って帰ってくる。さと子は、勤めから帰って食事や子供の世話に追われる。ダムに出張のときは、隣りの家に留守中の世話を頼んで出ねばならなくなった。

気の弱い男の裏に、このような狂暴さが潜んでいたか、と思われるくらいであった。要吉によって打《ぶ》ったり蹴ったりが日毎に繰り返される。何より困ったことは、要吉の浪費によって貧窮に追い込まれたことだった。三万円の収入がありながら、配給の米代に困ることがあった。子供の学校のＰＴＡ会費や給食代も溜る仕儀となった。着る服も新しいのが買ってやれない。それだけでなく、要吉は酔うと寝ている子供を起して乱暴を働く悪癖が出るようになった。

知っている人が見兼ねて、要吉に女が居るとこっそりさと子に知らせてくれた。それが脇田静代と分った時には、彼女は仰天し、無性に腹が立った。信じられない、とその人には云った。さぞ、ばかな顔に見えたであろうが、それが理性だと思って感情の出るのを抑えた。相手の女の所に駆けつけたり、近所隣りに知れるような声高い争いをしなかったのも、その理性の我慢であった。

要吉に低い声でなじると、

「お前などより、静代のほうが余程いい。そのうち、お前と別れて、あの女と夫婦になるつもりだ」

と放言した。それからは、いさかいのたび毎に、この言葉が要吉の口から吐かれた。

要吉は、片端から簞笥《たんす》の衣類を持ち出しては質に入れた。さと子が留守の間だから勝手なことが出来た。彼女の着るものは一物も無くなり、着がえも出来ない。質入れの金は悉く女に入れ揚げた。要吉が静代を知って半年の間に、そんな窮迫した生活になった。

さと子は、世に自分ほど不幸な者はあるまいと思って泣いた。子供の将来のことを考えると、夜も睡られなかった。それでも朝になると、腫れた瞼を冷やして、笑顔をつくりながら勧誘にまわらなければならなかった。

昭和二十×年二月の寒い夜、さと子は睡っている子供のそばで、泣いていた。要吉の姿は帰った時から無い。子供にきくと、父ちゃんは夕方から出て行ったと答えた。

十二時が過ぎて一時が近いころ、要吉は戻って、表の戸を叩いた。四畳半二間のせまい家だった。畳も破れて、ところどころにはボール紙を当てて彼女は修繕している。その畳を踏んで土間に下り、彼女は戸を開けた。

それからの出来事は、彼女の供述書を見た方が早い。

三

「主人はべろべろに酔い、眼を据えて蒼い顔をしていました。私が涙を流しているのを見て、子供たちの枕もとにあぐらをかいて坐り、何を泣くのだ、おれが酒をのんで帰ったから、わざと涙なんか出して面当てをしているのだろうと、罵りはじめました。

私は、折角働いて貰った給金が半分以上飲み代に持って行かれ、子供の学校の金も払えず、配給米代にも困る状態で、よくも毎晩酒をのんで帰れたものだと云い返しました。それは、いつも繰り返す二人の口争いです。主人の様子は、その晩、一層荒れていました。

少々稼ぐかと思って威張るな、お前は俺が失業しているから馬鹿にしているのだろう。俺は居候ではないぞ、と居丈高になりました。それから、お前は悋気《りんき》しているのだろう、馬鹿な奴だ、お前の顔は悋気する面ではない、見るのもいやだ、といって、いきなり私の頰を撲りました。

また、乱暴がはじまったと思い、私が身体をすくめていますと、もうお前とも、夫婦別れだ、静代と一緒になるからそう思うがよい、とおかしそうに笑い出していうのです。

しかし、私はその侮辱に耐えていました。不思議に嫉妬は湧きませんでした。静代がどんな性格の女になっているか知りませんが、まさかこのぐうたらな男と夫婦になるつもりがあろうはずはなく、結局、金めあての出まかせな口車に乗っている主人に腹が立つばかりです。

すると主人は、お前のその眼つきは何だ、それが女房のする眼つきかといい、ええい、面白くない、と叫ぶなり、立ち上って私の腰や脇腹を何度も足蹴にしました。私が息が詰って身動き出来ないのをみると、今度は、子供たちの蒲団をぱっと足で剝がしました。

寝ている子供たちが目をさますのを、いきなり衿をつかまえて叩きはじめました。それは酔って暴れているときの主人のいつもの酔狂です。子供たちは、母ちゃん、母ちゃんと、泣き叫びます。私は夢中で起き上ると、土間に走りました。

子供たちの将来の不幸、自分の惨めさ、それにもまして恐ろしさが先に立ちました。本当に怖くなりました。私の手には、戸締りに使う樫の心張棒が、握られていました。

主人はまだ子供を叩いています。上の七つの男の子はわめいて逃げましたが、下の五つの女の子は顔を火のように赤くし、目をむきながらひいひいと泣き声をからして、折《せっ》檻《かん》をうけています。

私は、いきなり棒をふり上げると、力まかせに主人の頭の上に打ち下ろしました。主人は最初の一打でよろめき、私の方をふり返るようにしましたから、恐ろしくなって私はあわてて、棒で打ちました。

主人はそれで崩れるようにうつ伏せに仆《たお》れました。たおれてからも、主人がまた起き上るような気がして、恐ろしいので、私は三度目の棒を上から頭に打ち下ろしました。主人は畳の上に血を吐きました。ほんの五、六秒の間ですが、私には長い労働のあとのように思われ、疲れてへたへたと坐りました。……」

須村さと子に関する夫殺しの犯罪事実は、大体このようなことであった。

彼女は、自首して捕われた。彼女の供述によって警視庁捜査一課では詳細に調査したが、その通りの事実であることを確認した。須村要吉の死因は樫の棒の強打による後頭蓋骨骨折であった。

さて、この事件が新聞に報ぜられた時から世間は須村さと子に同情して、警視庁宛に慰めの手紙や未知の人の差し入れが殺到した。多くは婦人からであったことは無論である。

これが公判に回ると、更に同情はたかまった。事実、婦人雑誌は殊に大きく扱い、評論家の批評を添えて掲載した。無論、須村さと子に同情した評論だった。

評論家のなかでも、この事件に最も興味をもち、一番多く発言したのは、婦人評論家として知られている高森たき子であった。彼女は新聞に事件が出たときから意見を述べていたが、諸雑誌、殊に婦人向けのものには、詳細に文章を書いた。彼女の発表したものを総合すると、次のような要領になるのであった。

「この事件ほど、日本の家庭における夫の横暴さを示すものはない、生活力のない癖に家庭を顧みないで、金を持ち出して酒を飲み、情婦をつくる、この男にとっては、妻の不幸も子供の将来も、てんで頭から無いのである。しかも、その金は、妻が細腕で働いて得た生活費なのである。

中年男は、疲れた妻に飽いて、とかく他の女に興味をもって走り勝ちであるが、許すことの出来ない背徳行為である。日本の家族制度における夫の特殊な座が、このような我欲的な自意識を生み出す。世間の一部には、まだこのような誤った悪習を寛大に考える観念があるようだ。これは断じて打破しなければならない。

殊にこの事件はひどい。情婦のもとから泥酔して帰っては、生活をひとりで支えている妻に暴力を振い、愛児まで打つとは人間性のかけらもない夫である。

須村さと子が夫をそこまで至らせた許容は、これまた誤った美徳的な妻の伝統観念である。彼女には高等教育をうけ、相応な教養をもちながら、まだこのような過誤があった。だが、その欠点を踏み越えて、私は彼女の夫に女性としての義憤と大きな怒りとを感じる。自分を虐待し、愛児が眼の前で打たれているのを見て、彼女が将来への不安と恐怖に駆られたのは尤もなことである。

この行為は、精神的にはむしろ正当防衛だと思う。だれでもその時の彼女の心理と立場を理解しないものはあるまい。判決は彼女に最小限に軽くすべきだ。私としては、寧ろ無罪を主張したい」

高森たき子氏の意見は世間の女性の共感を得た。彼女のところへは、その意見に至極同感であるとの投書が毎日束になって届けられた。なかには、先生自身が特別弁護人になって法廷に立って下さい、と希望する者も少くなかった。

高森たき子氏の名は、そのことによって一層高くなったように世間に印象づけられた。彼女は、自ら盟主の感のある婦人評論家の仲間を動員して、連名で裁判長に宛てて、須村さと子の減刑嘆願書を提出した。実際に彼女は特別弁護人を買って出たくらいであった。彼女の肥った和服姿は、被告のうつむいている姿と一緒に、写真が新聞に大きく出た。それに煽られたように、全国から嘆願書が裁判所に集中した。

判決は「三年の懲役、二年間の執行猶予」であった。須村さと子は一審で直ちに服した。

四

ある日のことである。

高森たき子氏は、未知の男の来訪をうけた。一度は、忙しいからといって断ったが、須村さと子のことについて先生の教えを頂きたいことがあるというので、とに角、応接間に通して会うことにした。名刺には岡島久男とあり、左側の住所のところはなぜか墨で黒く消してあった。

岡島久男は、みたところ三十歳くらいで、頑丈な体格をもち、顔は陽にやけた健康な色をしていた。太い眉と高い鼻と厚い唇は精力的な感じだが、眼は少年のように澄んでいた。たき子氏は、その眼のきれいなのに好感をもった。

「どういうことでしょうか。須村さと子さんのお話というのは？」

彼女は、赤ン坊のような丸こい指に名刺をつまんできいた。

岡島久男は素朴な態度で、突然、多忙を妨げた失礼を詫び、須村さと子の事件については、先生の御意見を雑誌などで悉く拝見して敬服したと述べた。

「でも、よござんしたね、執行猶予になって」

と、たき子氏は丸い顔にある小さい眼を一層細めてうなずいた。

「先生のお力です。全く先生のお蔭です」

と、岡島はいった。

「いいえ、私の力というよりも」

と、たき子氏は低い鼻に皺をよせて笑って答えた。

「社会正義ですよ。世論ですよ」

「しかし、それを推進させたのは先生ですから、やっぱり先生のお力です」

たき子氏は逆らわずに笑った。くびれた顎が可愛い。薄い唇が開いて、白い歯が出た。相手の讃辞を聞き流す満足が出ていた。名士の持っているあの適度の自負的な鷹揚さが微笑となって漂っていた。

しかし、この男は一体何をききに来たのであろう、口吻《くちぶり》からみると須村さと子にひどく同情しているようであるが。高森たき子氏は、さりげなく眼を逸《そ》らして、応接間の窓から庭を眺めた。

「私は須村さんをちょっと知っているのです」

と岡島はたき子氏の心を察したようにいった。

「須村さんの勧誘で、あの会社の生命保険に加入しましたのでね。それで今度の事件が満更、ひとごととは思えなかったのです」

「ああ、そうでしたか」

たき子氏は合点がいったように顎をひいた。顎が二重の溝になった。

「愛想のいい、親切な、いい女《ひと》でした。あんな女が夫を殺すなどとは信じられないくらいです」

岡島は印象を述べた。

「そんなひとが激情に駆られると、思い切ったことをするものですよ。何しろ、我慢に我慢を重ねてきていたのですからね。わたしだって、その立場になれば、同じことをしかねませんよ」

たき子氏は、相変らず、眼を細めていった。

「先生が？」

と、岡島は少し驚いたように眼をあげた。彼は、この冷静な女流評論家も、夫が愛人に奔《はし》れば、そんな市井の女房のような取り乱し方をするであろうかと、疑わしそうな眼つきであった。

「そうです、かっとなると、理性が働く余裕を失うものです。須村さと子さんのような、女専を出た女でもね」

「その、逆上ですが」

と岡島は、澄んだ眼でのぞき込んだ。

「須村さと子さんに、何か生理的な関連はなかったのですか？」

たき子氏は、突然に岡島の厚い唇から生理の言葉が出たので、やや狼狽した。そして、それは当時の裁判記録も読んで、犯行時が彼女の生理日でなかったことを思い出した。

「別段、そんなことはなかったと思いますが」

「いや」

岡島は、少してれ臭い顔をした。

「その生理のことではないのです。つまり、ふだんの肉体的な夫婦関係のことです」

たき子氏は、微笑を消した。この男は、少し何か知っているらしいが、何をききたいのであろう。

「と、いうと、夫の須村要吉の方に身体の上の欠陥でもあったというのですか？」

「逆です。須村さと子さんの方になかったかと思うのです」

たき子氏はちょっと黙った。そして間をつなぐように、冷めかけた茶を一口のんで、改めて岡島に顔を向けた。

「何か、その根拠がありますか？」

いつも論敵に立ち向ったとき、相手の弱点を見つけるため、先ず冷静に立証を求める態度に似ていた。

「いや、根拠というほどではありませんが」

と、岡島久男は、たき子氏から眼を据えられたので急に気弱な表情になった。

「つまり、こうなんです。私は、須村要吉の友人をちょっと知っているのですが、その友人の話によると、要吉は前々から、そう、一年半ぐらい前から、女房がちっともいうことをきいてくれないといって、こぼしていたそうです。それで、若しかすると、須村さと子さんの方に、そんな夫婦関係の出来ない生理上の支障があったのではないか、と思ったのですが」

「知りませんね」

と、たき子氏は、やや不機嫌そうに答えた。

「裁判のときの記録は、特別弁護人に立つ必要上、みましたがね。そんなことは書いてありませんでした。予審では、当然、そのことも調べたでしょうがね。記録に無いところを見ると、さと子さんの身体には、その生理的な支障の事実はなかったと思います。それは要吉が、情婦のところへ通うから、さと子さんが拒絶していたのではないですか？」

「いや、それが、要吉君が脇田静代と親しくなる前なのです。だから、おかしいのです。そうですか、さと子さんに身体上の支障の事実が無いとすると、少し変ですね」

岡島は考えるような眼つきをした。

五

高森たき子氏は、眉の間にかすかな皺をよせた。その眉は、彼女の眼と同様に細く、そして薄かった。

「変？　それはどういう意味ですか？」

「なぜ夫を拒絶したか分からないんです」

岡島は細い声で云った。

「女というものは」

と、たき子氏は男を軽蔑するように答えた。

「夫婦生活に、時には激しい嫌悪感に陥るものですよ。そういう微妙な生理的心理は、ちょっと男の方には、分らないかもしれませんね」

「なるほど」

岡島はうなずいたが、その通りに、よく分らないといった顔つきだった。

「ところで、さと子さんが、そういう状態になったのは、夫の要吉君が脇田静代と親しくなる半年くらい前だと、考えられるのです。つまり、さと子さんの拒絶の状態が半年ばかりつづき、そのあとで要吉君と静代との交渉がはじまったのです。この二つの事実には因果関係があると思うのですが」

岡島は、わざとむつかしい因果関係という言葉をつかったが、その意味は、たき子氏には分った。

「それはあるでしょうね」

と彼女は薄い眉を一層よせて云った。

「要吉の不満が、静代にはけ口を見つけた、という意味ですね」

「まあそうです」

岡島は、次の言葉の間に、煙草を一本ぬき出した。

「その脇田静代は、さと子さんの旧い友だちです。要吉君を静代の店に最初に行かせたのは、さと子さんです。彼女に、その意志は無かったでしょうが、結局夫と静代とを結びつける動機をつくったのは、さと子さんですからね」

岡島が、煙草に火をつける間、たき子氏の細い眼はキラリと光った。

「あなたは、さと子さんがわざと夫を静代に取りもったと云いたいのですか？」

「いや、そこまでは断言出来ません。しかし、結果から云えば、少くとも結びつきの役目をしたことになりそうです」

「結果論をいえば、キリがありません」

たき子氏は少し激しく答えた。

「結果は、当人の意向とは全く逆なことになり勝ちです」

「そりゃ、そうです」

岡島は、おとなしく賛成した。彼の厚い唇は青い煙を吐き出した。煙は、窓から射しこんだ陽のところで明るく匍《は》った。

「しかし、思い通りの結果になることもあります」

と、彼は、ぽつりと云った。

おや、とたき子氏は思った。岡島の云い方に太い芯が感じられた。

「じゃ、さと子さんに、矢張りはじめからそのつもりがあったというのですか？」

「気持は、本人だけしか分りませんから、推定するだけです」

「では、その推定の材料は？」

「さと子さんが要吉君に金を与えて、静代の店に飲みに行かせていたことです。はじめの間だけですが」

「だが、それは」

と、たき子氏は、細い目をちかちかさせて反駁した。

「さと子さんのやさしい気持からですよ。夫は失業して、家のなかで、ごろごろしている。妻の自分は、仕事のために留守にし勝ちだから、さぞ、夫が気鬱であろうと思って親切でしたことです。

静代の店に行かせたのは、飲み代を安くしてくれるに違いないと思ったからだといいます。それに、同じ飲むなら、困った友だちを、よろこばせたい気持があったのです。その親切が仇になって、あんな結果になるとは、夢にも想わなかったことですよ。あなたのように逆から判断する考え方には不賛成です」

「じゃあ、それは、彼女の寛大な気持から出発したと考えてもいいです」

岡島は、またうなずいてからつづけた。

「そういう親切から計ったことなのに、要吉君はさと子さんを裏切って、静代に夢中になってしまった。女房の稼いだ金は、女と酒に費ってしまう。質草は持ち出す。生活が見る見るうちに窮迫してくるのも構わず、女のところに遊んで、毎夜おそく帰ってくる。帰ってきては酒乱から女房子供を虐待する。さと子さんの寛大さが禍いして、今や静代のために生活が滅茶苦茶になったのです。いわば、静代はさと子さんにとって憎んでも足らぬ敵になりました。

それなのに、どうしてさと子さんは静代のところに、一度も抗議に行かなかったのでしょう？　少くとも、そこまで行きつく前に静代に頼みに行ってもよさそうなものですが。知らぬ間では無いのです、友だちです」

「よくあるケースですね」

たき子氏は静かに応じた。

「世の中には夫の愛人のところに怒鳴り込む妻があります。愚かなことで、自分自身を傷つけるようなものです。教養のある婦人は、世間体の悪いそんな恥かしいことはしません。夫の恥は妻の恥です。妻の立場としての面目や責任を考えます。さと子さんは女専を出たインテリですから、無教養な真似は出来なかったのです」

「なるほど、そうかもしれませんね」

相変らず岡島は、一度納得を示した。

「しかしですな」

と彼は同じ調子でいった。

「さと子さんは理由も無く半年もの間、夫を拒絶しつづける。そのまま、夫を脇田静代にひき合せる。相手は未亡人で飲み屋の女です。夫は酒好きで、生理的に飢渇の状態に置いてある。危険な条件は揃っています。当然に両人の間には発展があった。それを彼女は傍観でもしているように相手の女には抗議をしない。こうならべると、そこに一つの意志が流れているように思われます」

六

高森たき子氏の睡そうな細い眼の間には、敵意の光りが洩れた。氏の応接間は落ちついた調和が工夫されてある。壁の色、額の画、応接セット、四隅の調度、いずれも氏の洗練された趣味を語っている。

しかし、主人公である氏自身は、その雰囲気から、今や浮き上ってしまった。彼女の表情は苛立たしさに動揺していた。

「意志というのは、須村さと子さんが何かそのような計画をしていた、というのですか？」

たき子氏は少し早口になって訊き返した。

「推定です。これだけの材料からの推察ですが――」

「非常に貧弱な材料からの推定ですね」

たき子氏は言下にいった。

「およそ人間は、その人を見れば、私には分りますよ。私はこの事件に関係して以来、厖大《ぼうだい》な調書をよみ、また特別弁護人として須村さと子さんに度々会いました。

記録のどこにもあなたの邪推するようなところはありません。また、さと子さんに会っていると、その知性の豊かな人柄に打たれます。あの澄み切った瞳は純真そのものです。

こんな人がどうして夫の横暴な虐待をうけなければならなかったか、改めて彼女の夫に義憤を覚えました。あんな立派な、教養をもった婦人は、そんなにざらにはありませんよ。私は自分の直感を信じます」

「さと子さんの教養の豊かなことは、私もあなたの御意見に同感です」

と岡島は厚い唇を動かしていった。

「全く、そう思います」

「一体、あなたは、何処でさと子さんを知っているのですか？」

たき子氏は質問した。

「前にもちょっと申上げたように、私は須村さと子さんから生命保険加入の勧誘をうけた者です。申し忘れましたが、私は東北の山奥の△△ダムの建設工事場で働いている者です。××組の技手です」

岡島久男は、はじめて身分をいい、

「山奥でのわれわれの生活は、仕事以外は全く無味乾燥です」

と話をつづけた。

「何しろ鉄道のある町に出るまでには、一時間半もトラックに揺られなければならない山の中です。仕事が済み、夜が来ると、何一つ愉しみがありません。食べて、寝るだけの生活です。

それは、なかには勉強する者もありますが、段々周囲の無聊《ぶりよう》な空気に圧《お》されてくるのです。夜は、賭け将棋や賭け麻雀がはやります。月に二回の休みには、一里ばかり離れた麓の小さな町に行って、ダムを目当てに急に出来たいかがわしい家に入って、鬱散するのが精いっぱいです。そこでは、一どきに一人が一万円も二万円も費います。

そして、また、山にとぼとぼ上って帰るのですが、満足感はだれにもないのです。われわれは学校を出て、好きでこの仕事に入ったのですが、山から山を渡り歩いていると、さすがに都会が恋しくなります。雄大な山岳だけでは、やっぱりもの足りないのです」

岡島は、いつか、しんみりした調子になっていた。

「そりゃ、恋愛する人間も無いではありません。しかし、それは相手がみんな近在の百姓の娘なのです。知性も教養も何も無いのです。ただ、女というだけで、対象に択んだに過ぎません。ほかに無いから仕方なくそうしただけです。環境上、別に方法が無いからです。不満には変りはありません。そういう連中は後悔し、次には諦めていますよ。可哀想なものです」

たき子氏は黙って聞いた。肥った身体を少し動かしたので、椅子がかすかにきしった。

「そこに現れたのが、保険勧誘に、はるばる東京から来た須村さと子さんと藤井さんという女の人です。藤井さんは四十近い女だったから、そうでもなかったのですが、須村さと子さんはみんなの人気を得ました。

さして美人ではないが、男に好意を持たせる顔です。それに話すと、知性がありました。それをひけらかすのではなく、底から光ってくる感じでした。顔まで綺麗に見えて来るから妙です。いや、山奥では、たしかに美人でした。それに、彼女の話す言葉、抑揚、身振り、それは永らく接しなかった東京の女の人です。みんなの人気が彼女に集ったのは無理も無いでしょう。

それに、彼女はだれにでも親切でやさしかったようです。無論、商売の上からでしょう。皆はそれを承知しながら、それを悦びました。自分が保険に加入することは勿論のこと、すすんで知人や友人を紹介しました。彼女の成績は予想以上に上ったと思います。彼女は一カ月に一度か、二カ月に一度、姿を見せましたが、みんな歓迎しました。彼女はそれに応えるように、時々、飴玉など土産にもってきました。他愛のない品ものですが、みんな悦びました。東京のデパートの包紙を見てさえ、懐しがる者があるくらいです」

ここで、岡島は、ちょっと言葉を切って、冷えた茶の残りをのんだ。

「ところが、みんなに好意を寄せられる、もう一つの原因が彼女にありました。それは、彼女が未亡人だと、自分で云っていたことです」

半分、閉じかかったたき子氏の眼が開いて岡島の顔を見た。

「これは仕方のないことでしょう。保険勧誘も、その人の魅力が、だいぶ作用しますからね。極端にいえば水商売の女が、みんな独身というのと同じです。独りだから、こうして働いているのだと須村さと子さんは微笑しながら主張しました。その言葉をだれも疑うものはありません。ですから、なかには、彼女に恋文めいた手紙を送るものさえ出てきました」

七

岡島は、消えた煙草に火をつけ直して、つづけた。

「むろん、さと子さんは自分の住所を教えていません。手紙はすべて会社あてに来るのです。こういう小さな欺瞞《ぎまん》は許されるべきでしょう。彼女のビジネスの上から仕方のないことです。だが、これは、はっきり彼女にいい寄ってくる何人かの男をつくりました。彼らのなかには、彼女に二人連れで来ないで、単独で来るようにすすめる者があります。彼女らの宿、それは現場に視察に来る人のために、たった一軒ある宿なのですが、そこに押しかけて、遅くまで粘っている者もありました。しかし、さと子さんは、いつも微笑《わら》って、その誘惑をすり抜けていました。職業のために、相手に不快を与えないで、巧みに柔らかく遁《に》げる術《すべ》を彼女は心得ていました。彼女は決して不貞な女ではありませんでした。それは断言出来ます。しかし……」——しかし、と云ったときから、岡島の言葉の調子が少し変ったようだった。それは瞑想しながら呟くといったいい方であった。

「しかし、ダム現場には、もっと立派な沢山の人がいます。この仕事に生命を燃やしている男たちです。しゃれた云い方をすれば、重畳《ちょうじょう》たる山岳の大自然に挑んでいる人たちです。それを人間の力で変える仕事です。本当に、男らしい男です。そんな男を見る毎に、さと子さんの心の中には、ぐうたらな自分の亭主が、嫌悪の対象として泛《うか》んだに違いありません。その対比は日と共にますますひどくなったでしょう。一方は、いよいよ逞しく立派に見え、一方はいよいよみすぼらしく厭らしく——」

「お話の途中ですが」と、聴いていた女流評論家は、不機嫌を露骨に表わして、遮った。

「それは、あなたの想像ですか？」

「想像です。私の」

「想像なら、長々と承ることはありません。わたしもこれから仕事がありますから」

「済みません」

と、岡島久男は、頭を一つ下げた。

「ではあとは簡単に申上げます。須村さと子さんがその山の男の一人に好意を感じたと想像するのは不自然ではありません。相手の男も彼女に好意以上のものを持っていたと仮定します。それは無理もありません。彼女を未亡人と思い込んでいたのですから。そして、世にこれほど、知性のある女性は、居ないと思ったでしょう――。

さと子さんは悩んだでしょう。彼女には要吉君という夫があります。しかも、厭で厭でならない夫です。一方に心が傾くにつれ、この夫からの解放を、彼女は望みました。要吉君は彼女を絶対に放さないから、離婚は到底考えられません。彼女が解放されるのは夫の死亡だけです。彼女の言葉通りに未亡人になることです。不幸にして要吉君は身体は頑健でした。早急な死が望めそうにないとしたら、彼を死に誘うよりほか仕方がないことになります」

高森たき子氏は、蒼くなって、言葉も急に出なかった。

「しかし、夫殺しは重罪です」

と、岡島は話をすすめた。

「夫を殺しても、自分が死刑になったり、永い獄中につながれたりしたら、何の意味もありません。頭のいい彼女は考えました。夫を殺害しても、実刑をうけない方法は無いものかと。たった一つあります。執行猶予になることです。これだと再び犯罪をおかさない限り身体は自由です。この方法しかありません。

しかし、それには情状酌量という条件が必要です。当時の要吉君は生活力こそ無いが、その条件にははまりません。ですから、条件をつくるより外ありません。彼女は冷静にその条件をつくりました。要吉君の性格を十分に計算してからのことです。あとは掘った溝に正確に水を引き入れるように、要吉君を誘い込めばよいのです。彼女は一年半の計画でそれをはじめました。

まず最初の半年の間は、彼女は要吉君を拒絶しつづけて、彼を飢餓の状態に置きました。これで第一の素地をつくっておきます。次に未亡人で飲み屋の女のところへ行かせます。渇《かわ》いた夫は、必ずその女を求めることを計算したのです。

もし、脇田静代で失敗したら、別な女を考えたでしょう。そういう種類の女は、多いに違いありませんから。しかし、脇田静代は注文通りの女でした。要吉君は夢中になりました。彼の破滅型的な性格は、酒乱癖と共に生活を破壊してゆきました。彼女の供述の事実の通りです。ただし、一々、その場に立ち会った証人は居ないから、彼女の中立てに誇張があるかも分りません。この過程が、約半年です。

半年の間に、要吉君は彼女の予期したような人物になり果て、思う壺の行為をしました。つまり、情状酌量の条件はすっかり出来上ったのです。彼女の計画と要吉君の性格とが、これほどきっちり計算が合ったことはありません。

それから彼女は、実行を果しました。そのあとは、裁判です。判決は見事に計算の答の通りでした。この判決までが約半年です。つまり、はじめの条件の設定にかかってから、一年半で完了になりました。そうそう、計算が合ったといえば、いわゆる世論のことも――」

と、いいかけて岡島は、婦人評論家の顔を見た。

高森たき子氏は真蒼になっていた。彼女のまるい顔からは、血の色は失くなり、薄い唇は震えた。

「あなたは」

たき子氏の低い鼻翼《こばな》はあえいだ。

「想像でいっているのですか？　それとも確かな証拠でもあるのですか？」

「想像だけではないのです」

と、陽焼《ひや》けした顔の岡島久男は答えた。

「須村さと子さんは私の求婚に、一年半待ってくれ、といったのですから」

そういい終ると、彼は煙草の箱をポケットにしまって、椅子から立ち上る用意をした。

それから歩み去る前に、もう一度、女流評論家を顧みていった。

「しかし、こんなことを私がいくらいい立てても、さと子さんの執行猶予には、変りはありませんよ。それはご安心下さい。たとえ、その証拠が上っても、裁判は一事不再理ですからね。一度判決が確定すれば、本人の不利益になる再審は法律で認められていないのです。さと子さんの計算は、そこまで行き届いていたようです。ただ――」

彼は子供のような瞳をじっと向けて、

「ただ、たった一つの違算は、一年半待たした相手が逃げたということです」

と、いい終ると、頭を下げて部屋を出て行った。

――別冊週刊朝日（S32・4）

地方紙を買う女

一

潮田芳子は、甲信新聞社に宛てて前金を送り、「甲信新聞」の購読を申込んだ。この新聞社は東京から準急で二時間半ぐらいかかるK市に在る。その県では有力な新聞らしいが、無論、この地方紙の販売店は東京には無い。東京で読みたければ、直接購読者として、本社から郵送して貰うほかはないのである。

金を現金書留にして送ったのが、二月二十一日であった。そのとき、金と一緒に同封した手紙には、彼女はこう書いた。

——貴紙を購読いたします。購読料を同封します。貴紙連載中の「野盗伝奇」という小説が面白そうですから、読んでみたいと思います。十九日付の新聞からお送り下さい……。

潮田芳子は、その「甲信新聞」を見たことがある。K市の駅前の、うら寂しい飲食店のなかであった。註文の中華そばが出来上るまで、給仕女が粗末な卓の上に置いて行ってくれたものだ。いかにも地方紙らしい、泥くさい活字面の、鄙《ひな》びた新聞であった。三の面は、この辺の出来事で埋っていた。五戸を焼いた火事があった。村役場の吏員が六万円の公金を費消した。小学校の分校が新築された。県会議員の母が死んだ。そんなたぐいの記事である。

二の面の下段には、連載物の時代小説があった。挿絵は二人の武士が斬り結んでいる。杉本隆治というのが作者で、あまり聞いたこともない名である。芳子は、それを半分ばかり読んだときに、中華そばが来たので、それきりにした。

しかし芳子は、その新聞の名と、新聞社の住所とを手帖に控えた。「野盗伝奇」という小説の名前も、そのときに記憶した。題名の下には（五十四回）とあった。新聞の日付は十八日である。そうだ、その日は二月十八日であった。

まだ三時まで七分ぐらいあった。芳子は飲食店を出て町を歩いた。町は盆地の中にある。この冬には珍しい暖かな陽ざしが、高地の澄んだ空気の中に滲み溶けていた。盆地の南の涯には、山がなだらかに連なり、真白い富士山が半分、その上に出ていた。陽の調子で、富士山は変にぼやけていた。

町の通りの正面には、雪をかぶった甲斐駒ヶ岳があった。陽は斜面からその雪に光線を当てた。山の襞《ひだ》と照明の具合で、雪山は暗部から最輝部まで、屈折のある明度の段階をつくっていた。

その山の、右よりの視界には、朽葉《くちば》色を基調とした、近い、低い山々が重なっていた。その渓谷までは見えない。が、何かがそこで始まろうとしている。その山の線の行方は、芳子には、示唆《しさ》的で、曰《いわ》くありげだった。

芳子は駅の前に引返した。そのとき、駅の広場には、大そうな人集《ひとだか》りがしていた。字を書いた白い幟《のぼり》が、いくつか黒い群衆の上になびいていた。字は「歓迎××大臣御帰郷」と書かれてあった。新しい内閣が一カ月前に成立して、幟の名の新大臣が、この辺の出身であることを芳子は知った。

そのうちに、群衆の間にどよめきが起り、動揺が生じた。万歳と叫ぶ者がいた。拍手がしきりに起った。遠くを歩いている人は、駈け足でこの集団の端に入った。

演説がはじまった。一段と高いところに上って、その人は口を動かしていた。禿げた頭に冬の陽が当っていた。胸には、白い大きなバラの花を飾っていた。群衆は静粛になり、拍手のために、時々、爆発的になった。

芳子は、それを見ていた。が、それは、芳子ひとりではない。彼女の横に立った或る男もこの光景を眺めていた。それは演説を聴くためではない。群衆で行くてが塞がっているために、止むなく佇んでいるという風だった。

芳子は、その男の横顔をぬすみ見た。広い額と、鋭い眼と、高い鼻梁《びりょう》をもっている。かつては聡明な額だと思い、頼母しげな眼と好ましい鼻だと考えた一時期もあった。その記憶は、今は虚しいものになっている。が、男からの呪縛《じゅばく》は、今も昔も変らない。

演説は終り、大臣はやっと壇から降りた。群衆が崩れはじめた。隙間がひろがった。その中に、芳子は歩きはじめた。男も、それから、もう一人も。——

甲信新聞社宛の現金書留は三時の郵便局の窓口にやっと間に合った。うすい受取証を芳子はハンドバッグの奥に入れ、千歳烏山《ちとせからすやま》から電車に乗った。渋谷のお店までは五十分かかった。

バー・ルビコンというネオンの看板があった。芳子は裏口から入った。

「お早うございます」

とマスターや朋輩やボーイたちにいう。それから着替部屋にかけ込んだ。化粧をする。店は、これから眼が醒めるところだった。肥えたマダムが、美容院から帰ったばかりの髪を皆に讃められながら入ってきた。

「今日は二十一日で土曜日よ。みんな、しっかりお願いしてよ」

マスターがそのあとで、マダムを意識しながら女給たちに訓示した。Aさんの衣裳はもう新調した方がいいな、などと云っている。その子は赤くなっていた。

芳子は、ぼんやりそんなことを聞きながら、もう、このお店も止そうと思っていた。彼女の眼には、一隻の船が波を裂いてよぎっていた。近ごろは、夜も昼も、それが眼にうつる。ドレスの胸に手を当てると動悸が苦しいくらいに打った。

二

甲信新聞は、それから四、五日して着いた。三日分を一どきに郵送してきた。丁寧にも、御購読して頂いて有難い、という刷り物のはがきまで添えてあった。

註文通りに十九日付の新聞からだった。芳子はそれを開いた。社会面を開いた。どこかの家に盗賊が入った。崖崩れがあって人が死んだ。農協に不正があった。町会議員の選挙がはじまる。詰らぬ記事ばかりであった。それからK駅前での××大臣の写真が大きくのっている。

芳子は二十日付をひらいた。格別なことはなかった。二十一日付を見た。これも平凡な記事ばかりである。彼女はそれを押入れの隅に投げ込んだ。包み紙か何かにはなるであろう。

それから毎日その新聞は郵送されてきた。ハトロンの帯封の上に、潮田芳子の名前と住所がガリ版で印刷されてある。月極め読者なのである。

芳子はアパートの郵便受に、毎朝それを取りに行く。寝床の上でその茶色の帯封を切った。夜は十二時ごろ帰るので、朝は遅いのである。蒲団の中で新聞をひろげて、隅から隅までゆっくりと読んだ。格別に興味を惹くものは無かった。芳子は失望して、枕元にそれを投げ出す。

そんな繰り返しが何日もつづいた。失望はその都度つづいた。しかし、茶色の封紙を切るまでは、彼女に期待があった。その期待を十数日も引きずってきた。だが変化は相変らず何も無かった。

変化は、ところが十五日目に起った。つまり、新聞の郵送が十五回つづいたときである。それは新聞の記事ではなく、思いがけなく来た一枚のはがきであった。杉本隆治と署名してある。この差出人の名に、芳子はどこか見覚えがあった。身近かな記憶ではないが、たしかに曖昧な憶えがある。

芳子は裏をかえした。下手糞な字である。その文句をよんで、たちまち分った。

――前略。目下甲信新聞に連載中の小生の小説「野盗伝奇」をご愛読下さっている由、感謝いたします。今後もよろしく。右御礼まで……。

杉本隆治は帯封にたたまれてくる新聞の小説の作者であったのだ。思うに、芳子が購読の申込みの理由に書いた連載小説を読みたいという意見を新聞社の者が作者に報らせたのであろう。作者の杉本隆治は大へんに感激して、この新しい読者に礼状をくれたものらしい。

小さな変化である。だが、予期したものとは別なものだった。余計なはがきが一枚とび込んだという恰好であった。その小説など読みはしないのだ。どうせ、そのはがきの文字と同様に拙いにきまっている。

が、新聞は毎日正確に送られてきた。これは料金を払っているから当然である。芳子が朝の寝床でそれを読むことも狂いはなかった。やはり、何も無い。この失望はいつまでつづくか分らなかった。

ようやく申込みから一カ月に近い日の朝であった。

そのときは、貧しい活字で、依然として田舎の雑多な記事を組み上げていた。農協の組合長が逃亡した。バスが崖から転落して負傷者を出した。山火事があって一町歩を焼いた。臨雲峡に男女の心中死体が発見された。……

芳子は、心中死体のところを読んだ。臨雲峡の山林のなかである。発見者は営林局の見回り人。男女の腐爛《ふらん》死体。死後一カ月くらいで半ば白骨化している。身許は分らない。珍しくない事件であった。奇巌と碧流から成っているこの仙境の渓谷は、また自殺や情死の名所でもあった。

芳子は新聞をたたみ、枕に頭をつけて蒲団を顎までひいた。眼を天井に向けていた。このアパートも、もう建築が古い。燻《くす》んだ天井は板が腐りかけている。芳子は虚ろに凝視をつづけていた。

翌日の新聞には、それが義務であるかのように、情死死体の身許を報道していた。男は三十五歳で東京の某デパートの警備課員、女は同じデパートの女店員で二十二歳だった。男には妻子があった。ありふれた、平凡なケースである。芳子は眼を上げた。感動の無い表情であった。感動の無い安らぎともいえる。この新聞も詰らなくなった。又しても彼女の眼には海を走っている船が明るく映った。

二、三日すると、甲信新聞社の販売部から、

「前金切れとなりました。つづいて御購読下さるようお願い申上げます」

とのはがきが来た。大そう商売熱心な新聞社である。

芳子は返事を書いた。

「小説がつまらなくなりました。つづいて購読の意志はありません」

そのはがきは、お店を出勤する途中に出した。ポストに投げ入れて歩き出したとき、

「野盗伝奇」の作者は失望することだろう、とふと思った。あんなこと書かなければよかったと後悔した。

三

杉本隆治は、甲信新聞社から回送されてきた読者のはがきを読んで、かなり不愉快になった。しかもこの女の読者は、一カ月くらい前に、自分の小説が面白いからといって新聞をとってくれた同じ人物なのである。そのときも新聞社からそのはがきを回送してもらった。たしか簡単な礼状を出しておいた筈である。ところが、もう面白くないから新聞をやめるという。

「これだから女の読者は気紛れだ」

と杉本隆治は腹を立てた。

「野盗伝奇」は、彼が、地方新聞の小説の代理業をしている某文芸通信社のために書いたものである。地方新聞に掲載というので、娯楽本位に、かなり程度を合せたものだが、それはそれなりに力を入れた小説だった。決しておざなりな原稿ではない。自信もあった。だから、わざわざその小説を読みたいという東京の読者があったと知らされて、愉快になって、礼状を書いたくらいだった。

ところが、その同じ読者から、「つまらなくなったから、新聞を読むのを止める」といってきた。隆治は苦笑したが、少しずつ腹が立ってきた。何だか翻弄されているようである。それから頭を傾けた。その読者が「面白いから読みたい」といった回よりも、「つまらないから」と購読を止めた回の方が、はるかに話が面白くなっているところなのだ。筋はいよいよ興味深く発展し、人物が多彩に活躍する場面の連続なのである。自分でも、面白くなったとよろこんでいた際なのだ。

「あれが、面白くないとは」

と彼は変に思った。ウケル自信があっただけに、この気儘な読者が不快でならなかった。

杉本隆治は、いわゆる流行作家にはほど遠いが、一部の娯楽雑誌には常連としてよく書き、器用な作家として通用している。読者ウケするこつを心得ているとかねがね自負している。いま甲信新聞に連載している小説は、決して悪い出来ではないのだ。いや、自分では気持よく書けて、筆が調子づいているくらいだ。

「どうも、いやな気持だな」

と彼は二日間くらいは、その後味の悪さから脱け切れなかった。さすがに三日目からはその気分も薄れたが、やはり心のどこかにそのこだわりが滓《おり》のように残っていた。それが一日のうちに時々、気持に浮び出た。力をこめて書いた作品を玄人《くろうと》に不当に貶《けな》されたよりも、まだ嫌であった。自分の小説のせいで、新聞が一部でも売れなくなったという、はっきりした現実が不快であった。大げさにいうと、新聞社にも面目を失ったような気持だった。

杉本隆治は、頭を振って机を離れて、散歩に出かけた。いつも歩きなれた道で、このあたりは武蔵野の名残りがある。葉を落した雑木林の向うには、J池の水が冬の陽に、ちかちかと光っていた。

彼は枯れた草むらに腰を下ろし、池の水を見ていた。外人が池のほとりで大きな犬を訓練していた。犬は投げられた棒を拾いに駈け出しては主人のところに走って戻る。繰返し繰返しそうしていた。

彼は、無心にそれを眺めていた。単調な、繰り返しの反覆運動を見ていると、人間は、あらぬ考えが閃くものとみえる。杉本隆治は頭脳の中で、突然一つの疑問を起した。

「あの女の読者は、おれの小説の新聞を途中から読みはじめた。面白いからという理由だったが、その前、それをどこで知ったのだろう？」

甲信新聞はY県だけが販売区域で、東京には無い。東京で知った訳では無論あるまい。すると、この潮田芳子と名乗る東京の女は、かつてY県のどこかに居たか、或は東京から行ったときに、その新聞をみたのではなかろうか？

彼は眼だけを犬の運動に着けながら、じっと考え込んだ。仮りにそうだとしたら、その小説の面白さに惹かれて、わざわざ新聞社に直接購読を申込むほどの熱心な読者が、僅か一カ月もたたないうちに、「面白くない」と購読を断る筈がない。しかも、小説自体は面白くなっているのだ。

おかしいぞ、と思った。これは、おれの小説を読みたいから新聞をとったのではなさそうだ。それはただの思い付きの理由で、実際は何かほかのことを見たかったのではないか。つまり、彼女は新聞から何かを探していたのではなかろうか。そして、それが見つかったから、あとの新聞を読む必要が無くなったのではなかろうか。——

杉本隆治は、草から腰をあげて、足を早めてわが家に向った。頭の中は、いろいろな考えが、藻のように、もやもやと浮動していた。

彼は家に帰ると、状差しの中から、以前に新聞社から回送された潮田芳子のはがきを抜き出した。

——貴紙を購読いたします。購読料を同封します。貴紙連載中の「野盗伝奇」という小説が面白そうですから、読んでみたいと思います。十九日付の新聞からお送り下さい……。

女にしては、かなり整った文字だった。が、そんなことよりも、申込みの日より二日前に遡って、わざわざ十九日付からというのは、どういう意味だろう。新聞記事は、早ければ一日前の出来事が出る。甲信新聞は夕刊をもたない。だから十九日付から読みたいというのは、十八日以後の出来事を知りたいという意味になるのだ。彼はそう考え出した。

彼の手もとには、新聞社から掲載紙を毎日送って来ている。その綴込みを、彼は机の上にひらいた。二月十九日付から、彼は丹念に見ていった。社会面を主に読んだが、念のため、案内広告欄も見のがさなかった。

　ことをY県の何処かと東京を結ぶ関係のものに限定してみた。その考えで、毎日の記事を拾って行った。二月いっぱいは何もそれらしいものはなかった。三月に入る。五日まではそれらしいものはなかった。十日までもなかった。十三日、十四日。遂に十六日付の新聞に、彼は次のような意味の記事に行き当った。

　――三月十五日午後二時ごろ、臨雲峡の山林中で営林局の役人が男女の心中死体を発見した。半ば白骨化した腐爛死体で、死後約一カ月を経過している。男は鼠色のオーバーに紺の背広、年齢三十七、八歳位、女は茶色の荒い格子縞のオーバーに同色のツーピース、年齢二十二、三歳位。遺留品は化粧道具の入った女のハンドバッグが一つだけである。その中に新宿からK駅までの往復切符を所持しているところから東京の者と見られる。……

　翌日の新聞は、その身許をのせていた。

　――臨雲峡の情死死体の身許は、男は東京の某デパート警備員庄田咲次（三五）、女は同店員福田梅子（二二）と判明した。男には妻子があり、悲恋の清算と見られている。……

「これだな」

　と杉本隆治は思わず口から言葉を吐いた。東京とY県を結ぶ線はこれより他にない。

この記事を見て潮田芳子は新聞の購読を止めたのであろう。彼女は、これが見たさに、わざわざ土地の新聞をとり寄せたのに違いない。東京で発行の中央紙には勿論載らない記事なのだ。

「待てよ」

と彼は、またしても考えを追った。

「潮田芳子は二月十九日付からと指定して新聞をとり寄せた。死体の発見は三月十五日で、死後約一カ月経過とある。すると、この情死は二月十八日以前に行われたとみても不自然ではない。時間的な符節は合っている。彼女はこの男女の情死を知っていた。新聞でその死体の発見される記事を待っていたのだ。何故だろう？」

杉本隆治は、急に潮田芳子という女に興味を起しはじめた。

彼は新聞社から回送された潮田芳子の住所を、じっと見詰めた。

四

杉本隆治が頼んだ某私立探偵社からの返事は、それからおよそ三週間ばかりして、彼の手元に届いた。

――御依頼の潮田芳子に関する調査を次の如く御報告いたします。

潮田芳子の原籍地はH県×郡×村。現住所は世田谷区烏山町一××番地深紅荘アパート内です。原籍地よりの戸籍謄本によると潮田早雄の妻となっています。アパートの管理人の話では、彼女は三年前より独りで部屋を借り受けておとなしい人だという。最近、ソ連に抑留されていた夫が遠からず帰国してくると語っていたそうです。勤め先の渋谷のバー・ルビコンで女給をしています。

バー・ルビコンに行ってマダムに話をきくと、ここには一年前から勤めて居て、その前は西銀座裏のバー・エンゼルに居た由。素行はよく、馴染客は数人あるが、特別な関係は見られないそうです。ただ、一人、三十五、六位の瘠せた男が、月に二、三度くらい彼女を名指してくるが、その都度、勘定を彼女が払っているところをみると、この男だけが前のエンゼル時代から深い交渉をもっているのではないか、とマダムは云って居ります。いつも二人きりでボックスで低い声で話していたそうです。いつぞや友達の女給が、あの人はあなたのいい人か、と訊いたら芳子は嫌な顔をしていたといいます。芳子はその男が店に来ると、暗い顔をしていたそうです。男の名前は、誰も知っていません。

バー・エンゼルに行って話をきくと、芳子はたしかに二年前まではそこで女給をしていて、やはり評判はそう悪くはありません。ただ女給としては、ぱっと明るい方ではないので、大した客はつかなかったといいます。ここでも、ルビコンで聞いたような男が訪ねて来ていたそうですが、それは彼女が店をやめる三カ月くらい前から顔を見せはじめたとのことです。つまり、その男が彼女のところに来るようになって三カ月後に、ルビコンに勤めの店を変えたことになります。

次に、御依頼の某デパート警備員庄田咲次について、その妻を訪ねると、死んだ自分の主人ながら悪口を云いました。女と心中したことが、よほど憎いとみえました。警備員というのは、デパート内の万引や泥棒を警戒する役目ですが、庄田は給料を家に半分くらいしか入れず、あとは、女関係に使っていたといいます。心中した相手の同デパート店員の福田梅子のことは細君も知っていて、いい恥さらしだと彼女は悪態を吐きました。

「私は主人の骨壺を仏壇なんかにあげていませんよ。縄で括って押入の隅に放り込んであります」

と云ったくらいです。潮田芳子のことをきくと、

「そんな女は知りませんが、女遊びの好きなあの人のことだから、何をしていたか分りませんね」

という返事でした。ここで細君をなだめて、庄田咲次の写真を一枚借りることに成功しました。

この写真を持って、バー・ルビコンとエンゼルを訪ねると、マダムも女給も、芳子を訪ねてきた男は、確かにこの人物だ、と証言しました。

再び深紅荘アパートを訪ね、管理人にこの写真を示すと、管理人は頭をかいて、

「実はいいことではないので隠していたが、たしかにこの人が潮田さんを月に三、四回くらい訪ねてきて、一晩くらい泊ってゆくことも珍しいことではなかったようで

す」

と答えました。これによって、潮田芳子と庄田咲次との間は、情人関係であったことが確実です。ただ、いかなる機会で二人が結ばれたかは、不明です。

尚、御指示により、二月十八日の彼女の行動を管理人にきくと、日付は、はっきりと覚えていないが、たしかにその頃に芳子は朝十時ごろアパートを出かけて行ったことがある。いつも朝起きるのが遅い人が珍しいことがあるものだと思ったので記憶がある、と答えました。ルビコンに行って、出勤表を見せて貰うと、二月十八日に芳子は欠勤となっています。

以上、現在までの調査を御報告いたしました。更に特別の御依頼があれば、その点を調査いたします。……

杉本隆治は、この報告書を二度ばかり繰返して読んで、

「さすがに商売ともなればうまいものだな。よく、こうも調査が行き届いたものだ」

と感心した。

これによって、庄田咲次と福田梅子の情死事件に、潮田芳子が関係していることが、はっきりと分った。確かに彼女は、この二人が臨雲峡の山林で心中したことを知っていた。それは彼女が朝早くアパートを出かけ、バー・ルビコンを欠勤した二月十八日が情死行の日であった。臨雲峡は中央線のK駅で下車する。彼女は二人を何処で見送ったのであろう？　新宿か、K駅か。

彼は時刻表を繰ってみた。中央線でK市方面行の列車は、準急が新宿から八時十分と十二時二十五分と二本出ている。夜行は問題ではあるまい。緩行列車も一応除外しておく。行くなら、やはり準急に乗ったに違いないからだ。

潮田芳子が朝十時ごろアパートを出たといえば、十一時三十二分発の普通列車にも間に合うが、次の十二時二十五分発の準急に乗ったとみる方が正しいようだ。これはK駅に午後三時五分に到着するのである。K駅から臨雲峡の心中現場まではバスと徒歩で一時間はたっぷりかかるだろう。庄田と梅子の情死者二人は、冬の陽の昏《く》れかかる間近かな時刻に、運命の場所に辿りついたことになるのだ。杉本隆治の眼は、突兀《とっこつ》たる巌石に囲まれた山峡の林の中を彷徨《ほうこう》する男女二人の姿を想像していた。

その情死は、約一カ月後に営林局の役人によって腐爛死体として発見されて世間に知れるまで、潮田芳子だけが知っていた。彼女は、その情死の事実が世間に知れる日を、地元の新聞を読んで知りたがっていた。彼女の位置は、一体、どこに在ったのであろう。

彼は、もう一度、二月十九日付の甲信新聞を開いてみた。崖崩れ。農協の不正。町会議員の選挙。格別なことはない。郷土出身という××大臣のK駅前での演説の写真が大きく載っている。

彼の眼は、この写真に固定した。いつか犬の退屈な反覆運動を眺めていた時のように、頭の中ではさまざまな思考が湧いていた。

杉本隆治は、明日に迫っている締切の原稿をそっちのけにして、頭を抱えて考え込んだ。彼の小説に愛想を尽かした一読者が、ここまで彼を引摺って来ようとは思わなかった。

女房は、彼が小説の筋で苦悩しているとでも思っているに違いない。

五

潮田芳子は四、五人の仲間に入って、客にサービスしていたが、朋輩から、

「芳子さん、ご指名よ」

といわれて立ち上った。そのボックスに行ってみると、四十二、三の髪の長い小肥りの男がひとりで坐っていた。芳子には、まるきり見覚えがないし、このバー・ルビコンでも初めての客であった。

「君が芳子さんかい？　潮田芳子さんだね？」

とその男はにこにこして云った。

芳子は、この店でも変名は使わず芳子と名乗っていたが、潮田芳子か、と姓名をきかれて、その客の顔を見直した。ほの暗い間接照明のなかに、卓上には桃色の蔽い《シェード》のかかったスタンド・ランプが灯《つ》いている。その赤い光線の中に浮き出た顔は、全く心当りが無かった。

「そうよ、あなたは、どなたですの？」

と芳子は、それでも客の横に腰を下ろした。

「いや、僕は、こういう者だよ」

と男はポケットを探って、角のよごれた名刺を一枚くれた。芳子が灯に近づけてみると、「杉本隆治」と活字がならんでいた。彼女は、あら、と口の中で云った。

「そうですよ、あなたが愛読してくれている『野盗伝奇』を書いている男だよ」

相手の表情を見て、杉本隆治は顔いっぱいに笑いながら云った。

「どうも有難う。甲信新聞社から知らせてくれたのでね。たしかお礼状を上げた筈だった。それで実は昨日、あなたの住所の近くまで来たので、失礼だと思ったがアパートに寄ってみたのだが、お留守だった。きいてみるとここにお勤めだということなので、今夜、ふらりとやって来た訳ですよ。一ぺん会ってお礼を云いたかったのでね」

芳子は、なあんだ、と思った。そんなことに興味を起して、わざわざ寄ったのか。「野盗伝奇」なんか本気で読んだこともない。随分、うれしがりやの小説家もあるものだと思った。

「まあ、先生でしたの。それは、どうも、わざわざ恐れ入りました。小説はとても面白く拝見していますわ」

と芳子は、身体を近くににじり寄せて愛想笑いをした。

「どうも」

と杉本隆治は、ますます上機嫌に笑いながら、てれ臭そうにあたりを見廻し、

「いい店だね」

と讃めた。それから芳子の顔を、おどおどとみて、

「なかなか美人ですな」

と、ぼそぼそとした声で云った。

「あら、嫌ですわ、先生。私もお目にかかれてうれしいわ。今晩は、ゆっくりして下さいな」

とビールを注ぎながら、流し眼をくれて笑った。この男は、まだ自分があの小説を読んでいると思っているのだろうか。たった一人の読者にこんなに感激して会いに来るとは、よほど流行《はや》らない作家だな、と思った。それとも女の読者だというのに興味を抱いて来たのであろうか。

杉本隆治は、あまり酒が飲めないとみえてビール一本に顔を真赫《まっか》にしてしまった。尤も、芳子が飲むし、ほかの女給が二、三人たかったので、卓の上は瓶が七、八本と料理の皿で結構賑やかなものとなった。

杉本隆治は、女どもから「先生、先生」といわれて、すっかりいい気持になったようで、一時間ばかりで帰って行った。

ところが、すぐそのあとで芳子が、あら、と叫んだ。彼が坐っていたクッションのすぐ下に茶色の封筒が落ちていたのを拾い上げたのである。

「今のお客さんだわ」

急いで戸口まで出て行ったが、姿は見えなかった。

「いいわ、また今度来るに違いないから、その時まで預っておくわ」

芳子は傍の女給に云って、和服の懐の中に押し込んだ。それきり、忘れてしまった。

それが再び彼女の意識に上ったのは、店が退《ひ》けて、アパートに帰り、着更えのために帯をといた時であった。茶色の封筒が畳の上に舞い落ちた。

ああ、そうだった、と思い出して、それを拾い上げた。封筒の表も裏も、何も書いてない。封は閉じてなく、新聞紙のようなものが覗いていた。それが彼女を安心させて、ひき出して見る気になった。

新聞紙の半分くらいを更に四つに切ったくらいの切り抜きが折ってあった。芳子はそれを披《ひら》いた。眼が愕いた。まさしく甲信新聞の切り抜きで、××大臣がK駅前で演説している写真であった。

真黒い群衆の上に白い幟旗がいくつもなびいている。群衆より高いところに大臣の姿がある。芳子が、たしかにかつて現実として眺めた光景であった。写真はそのままであった。

芳子は瞳を宙に置いた。持った指が、少し震えた。腰紐一つだけの懐が、だらりと開いたままだった。

これは偶然だろうか。或は、故意に、杉本隆治が自分に見せるために置いて行ったものなのか。彼女は迷いはじめた。足が疲れて、畳の上に坐った。蒲団を敷く気も起らなかった。杉本隆治は何を知っているのだろう。彼は何か目的をもって、この封筒を置いて行ったように思えてきた。直感である。これは、偶然ではない。決して偶然ではない。人の好い通俗小説家だと思っていた杉本隆治が、芳子には急に別な人間に見えはじめてきた。——

それから二日置いて、杉本隆治は、また店に現れた。芳子は指名された。

「先生。今日は」

と芳子は笑いながら彼の横に坐った。ビジネス用の笑いが硬ばった。

やあ、と杉本隆治も笑いながら応じた。相変らず底意の無さそうな笑顔であった。

「先生。先日、これをお忘れでしたわ」

芳子は一旦立って、自分のハンドバッグから茶色の封筒をとり出して、さし出した。唇から微笑は消えないが、眼は真剣に相手の表情を視た。

「あ。ここで忘れたのか。どこかで落したのかと思っていたが、いや、有難う」

彼は封筒をうけ取ってポケットに入れた。依然としてにこにこしているが、細めている眼が芳子を見て、瞬間に光ったように思えた。が、すぐそれは外《そ》らされて、泡の立っているコップに落ちた。

芳子は焦躁を感じた。それから或る試みを思い立った。危いな、と思ったが突き止めずには居られぬ実験だった。

「それ、何ですの？　お大事なもの？」

「なに、新聞に出ていた写真だよ。K市で大臣が演説をしている写真だがね」

と杉本隆治は、白い歯を見せながら説明した。

「その聴衆のなかに、ちょっと気にかかる顔が写っているんだ。僕の知ってる奴で、臨雲峡で心中した男だ」

まあ、と声に出していったのは、居合せた二人の女給であった。

「そいつは分っているが、すぐその横に二人の女が居る。どうもそれが同伴《つれ》らしいのだ。群衆のかたまりから少し離れて立っている具合がね。その日は奴が心中した日だと思う根拠がある。しかし心中するのなら相手の女一人でよい筈だが、女が余分に一人居る。どうも変だね。僕は、その女二人の顔をよく見たいと思うのだが、何しろ小さくうつっているので分らん。それで、この新聞の切抜きを新聞社に送って、原板から引伸ばして送って貰おうと思ったのさ。もの好きのようだが、これは少し調べてみようと思ってね」

「まあ探偵のようだわ」

と傍の女給二人は声を合せて笑った。芳子は、息が詰った。

六

芳子が、杉本隆治の真意を知ったのは、その時からであった。

杉本隆治は嘘を吐いている。あの写真にはそんな顔などありはしないのだ。それは自分がよくその写真を注意して見たのだから知っている。庄田咲次も福田梅子も、それから自分も、全然写真には出ていなかった。

写って居ないものを、写っているという杉本隆治の企みは、はじめて彼女に明確な決定を与えた。彼は自分を試したのだ。彼が庄田咲次と友人だというのも嘘に決っている。試された！　そのことは大した脅威ではないだろう。怖ろしいのは、彼があのことを少しでも嗅ぎつけていることである。その嗅覚の発展が恐ろしかった。

その畏怖の影が、もっと彼女の心に濃く落ちたのは、次のような、さりげない実験が杉本隆治によってなされてからだった。

一週間ばかりして彼はまた店にやってきた。やっぱり彼は芳子を指名した。

「この間の写真は駄目だったよ」

と彼は、邪気の無い笑顔で云い出した。

「新聞社には原板を捨ててしまって無いそうだ。残念だな。あの写真から面白い手がかりが摑めそうなのになあ」

「そう。惜しかったわね」

芳子は云って、コップのビールを飲んだ。芝居をしている彼が悪《にく》かった。

すると杉本隆治は、そこで言葉の調子を変えた。

「そうそう、写真といえば、僕はこの頃、人なみにカメラをはじめてね。今日、焼付けをさせたばかりなんだ。見てくれるかい？」

「見せてよ」

とお世辞の相槌を打ったのは、一緒に居た朋輩の女給であった。

「これだ」

彼はポケットから二、三枚の印画をとり出してテーブルの皿の横に置いた。

「あら、いやだ。同じアベックの写真ばかりじゃないの？」

女給が手にとるなり云った。

「そうさ、背景と合って、いい写真だろう」

杉本隆治は、にやにやしながら云った。

「へんな趣味ね、よそのアベックを撮ったりして。芳子さん、ごらんよ」

女は、写真を回した。

芳子は、杉本隆治がポケットから写真をとり出したときから、或る予感がしていた。悪い予感である。警戒が心を緊張させ、微かに震えさせた。それが的中したのは、写真を手にとり、視線を当てた瞬間からであった。

男と女が田舎道を歩いている後姿だった。武蔵野のあたりらしく、早春の雑木林が遠近に濃淡を重ねていた。平凡な、普通の写真である。が、芳子がいきなり瞳を据えたのは、人物の服装であった。男は薄色のオーバーに濃いズボンをはいている。女のオーバーには荒い格子縞が、はっきり写っていた。黒白のこの写真から、庄田咲次の鼠色のオーバーに紺色の背広、福田梅子の茶色の格子縞《チェック》のオーバーに同色のスーツが、芳子の瞳にありありと色彩を点じた。

やっぱり来たな、と芳子は思った。覚悟を決めると、動悸はさほど打たなかった。彼女はうつむいて写真を凝視した。が、実は杉本隆治を凝視しているといえた。彼の細い眼の中に光っている瞳と、空中で火花を散らしていることを意識した。

「お上手ね」

と、芳子は、圧力に抵抗するように、やっと顔を上げた。さりげなく写真を持主に返した。

「うまいもんだろう」

そう云って、ほんの一、二秒だが、杉本隆治は芳子の顔をじっと見詰めた。彼女が写真を見ていながら意識したと同じ光った眼がそこにあった。

杉本隆治は、矢張りあのことを嗅いでいる。彼はやがて知るかも知れない。芳子の心に風が吹き荒れていた。その夜、彼女は朝の四時まで睡れなかった。——

潮田芳子と杉本隆治の間は、それから急速に親しいものとなった。彼女は彼が店に来ないと電話をかけて誘った。手紙も書いて出した。女給たちがビジネス・レターと呼んでいる客に出す形式的な誘惑の手紙とは異った、感情の籠った文句で綴った。

誰が見ても、特別に贔屓《ひいき》の客と、馴染の女給の間となった。杉本隆治がバー・ルビコンに遊びに来る回数とくらべて、それがどんなに速く醸成されたかは、芳子は彼とこのような約束をするほどになった。

「ねえ、先生。近いうち、どこかへ連れて行って下さらない？　わたし、一日くらい、お店を休むわ」

杉本隆治は鼻に皺を寄せて、うれしそうに笑った。

「いいね。芳べエとなら行こう。何処がいい？」

「そうね。どこか静かなところがいいわ。奥伊豆なんかどう？　朝早くから出かけて」

「奥伊豆か。ますます、いいね」

「あら清遊よ。先生」

「なあんだ」

「だって、すぐ、そうなるの嫌ですわ。今度は清遊にしましょう。誤解の無いように、どなたか先生のお親しい女の方を一人お誘いして。いらっしゃるんでしょ、そういう方？」

この問いをうけて、杉本隆治は眼を細め、遠くを見るような瞳をした。

「無いことも、ないがね」

「よかった。その方、わたしもお親しくなりたいわ。ね、いいでしょう？」

「うん」

「何だか、お気がすすまないようね」

「芳べエと二人きりでないと、意味ないからな」

「いやだわ、先生。それは、その次からね」

「ほんとうかい」

「わたしって、急にそんなことに飛び込めないのよ。ね、分るでしょ？」

芳子は、杉本隆治の手を引きよせ、その掌を指で掻いた。

「よし。仕方がない。今度はそうしよう」

と、彼は、退いた。

「そんなら、ここで、日取りと時間を約束しよう」

「え、いいわ、待っててね」

芳子は立ち上った。事務室に時間表を借りに行くためである。

七

杉本隆治は、懇意にしている雑誌の婦人編集者を特に頼んで同行してもらった。理由は特に打ち明けなかった。婦人編集者の田坂ふじ子は、この先生なら安心だと見縊《みくび》ったのか、簡単に承知してくれた。

杉本隆治、潮田芳子、田坂ふじ子の三人は昼前には伊豆の伊東に着いていた。ここで山越しに修善寺に出て、三島を回って帰ろうという計画であった。

これから何かが始まろうとしている。杉本隆治は危険な期待に、神経が針のようになっていた。それを普通の顔色にするのに骨が折れた。

芳子は平然としていた。片手にビニールの風呂敷包みを抱いていた。弁当でも入っているのであろう。いかにもピクニックに来たという風に愉しげな様子であった。女二人は打ちとけて話し合っていた。

バスは伊東の町を出た。絶えず山の道を匍い上った。上るにつれて、伊東の町は小さく沈み、相模湾の紫色を含んだ春の海がひろがった。遠くは雲の色に融け入っていた。

「まあ、素敵」

女編集者は無心に讃めた。

その海も見えなくなった。天城連山の峠をバスは喘《あえ》ぎながら越すのである。乗客は少く、大半は窓から射す陽の暖まりと、退屈な山の風景に飽いて眼を閉じていた。

「さあ、ここで降りましょう」

芳子が云った。

バスは山ばかりの中に停った。三人を吐き出すと、再び白い車体を揺すって、道を走り去った。停留所は、農家が四、五軒あるだけで、山のうねりが両方から逼《せま》っていた。

この辺の山中で遊んで、次か次のバスで修善寺に向うというのが、芳子の提唱した案であった。

「この道を行ってみません？」

芳子は曲って林の中に入っている一本の山径を指した。浮々していて、額が汗ばんでいた。

径は、湧き水のために、ところどころ濡れていた。桜には早く、梅は老いかけていた。気が遠くなるような静寂が、人間の耳を圧迫した。どこか遠方で猟銃の鳴る音がした。

灌木の茂みがあった。其処だけは森林が穴のように途切れていて、草の上に陽の光が溢れて光っていた。

「ここいらで、お休みしましょう」

芳子が云った。田坂ふじ子は賛成した。

杉本隆治は、あたりを見回した。随分、山の中に入ったな、と思った。此処なら、人は滅多に来ないだろう。彼の眼は、臨雲峡の山林を想像していた。

「先生。お坐りなさいよ」

と芳子が云った。包みを解いたビニールの風呂敷が親切に草の上に拡げてあった。

女二人は、臀《しり》にハンカチを敷き、足を揃えて草の上に伸ばした。

「お腹が空いたわ」

と女編集者はいった。

「お弁当にしましょうか？」

と芳子が応じた。

女二人は互いに持参の弁当を出した。田坂ふじ子はボール箱に入ったサンドウィッチを開いた。芳子は折箱に詰めた巻ずしを出した。それと一緒に、ジュース瓶が三本草の上に転がった。

田坂ふじ子は、サンドウィッチを一つ口の中に入れて、

「おたべなさいよ」

と芳子と杉本隆治にすすめた。

「御馳走さま」

と芳子は遠慮せずにサンドウィッチに手を出し、

「わたし、すしを持ってきたけれど、いつも食べつけているので、何だか沢山だわ。よかったら食べて下さらない？」

田坂ふじ子と杉本隆治へ小さな折詰をさし出した。

「そう。じゃ、交換しましょうか？」

田坂ふじ子は躊躇《ためら》わずに、折詰をうけ取って、すしを二つの指ではさみ、唇に持ってゆこうとした。が、その時、すしは指から離れ、草の上に飛んだ。

「危い、田坂君」

彼女の指を叩いた杉本隆治が、血相変えて立ち上っていた。

「毒が入っているんだ、それは！」

田坂ふじ子が呆気にとられて、彼を見上げた。

杉本隆治は、潮田芳子の蒼褪《あおざ》めていく顔を見詰めた。芳子は怕《こわ》い眼付をし、男の視線を正面に受けて外さなかった。火が出るような瞳だった。

「芳べエ。この手で臨雲峡で二人を殺したな。心中死体と見せかけたのは君だろう」

芳子は返事をせずに、震える唇を噛んでいた。立てた眉が凄い形相をつくった。

杉本隆治は、その顔へ昂奮で吃りながら云った。

「君は二月十八日に庄田咲次と福田梅子を誘って臨雲峡に行った。今の方法で二人を毒死させ、自分だけ逃げたのだ。あとの男女の死体は心中と見做《みな》されて残る。誰も犯人があることに気がつかない。場所も心中の名所でお誂《あつら》え向きだった。何だ、また心中か、珍しくもない、と片づけられてしまった。君の狙いはそれだった」

杉本隆治は、咽喉を動かして唾をのんだ。

八

潮田芳子は口をきかなかった。女編集者は眼をいっぱいに見開いている。ちょっとでも動くと、空気が裂けそうだった。遠くで銃声がした。

「君は目的を果した。しかし、一つだけ気にかかることがあった」

杉本隆治は、つづけた。

「それは、死んだ二人が、どうなったかという心配だった。君は、二人が仆《たお》れるのをみて逃げ帰ったのだから、その結果が知りたかった。それでなければ落ちつかない。どうだ、そうだろう？　たいていの犯人は、あとで犯行現場の様子を見に来るという心理がある。君はそれを新聞を見ることで代行した。或は他殺か、心中かの警察の決定も知りたかったであろう。しかし東京で発行の新聞には、地方のそんな瑣末な事件は出ないかも知れぬ。それで君は臨雲峡のあるY県の地元地方紙の購読を申入れた。それは賢明だった。ただ、君は二つの誤りを冒した。君は申込みに際し、新聞社に何か理由をつけねばならぬと思ったのであろう。僕の書いている『野盗伝奇』が読みたいから、とつけ加えた。それは君が、怪しまれてはならぬという心の怯えからだった。余計なことを書いたものだ。それが僕を怪しませるきっかけをつけた。もう一つは十九日付から送れと云った。それで僕に事件はその前日の十八日に起ったと推定させた。果して、調べたら、その日君は、店を休んでいた。まだ詳しく云いたいが君には無用のことだろう。ただ種々の想像を加えて、君は新宿を十二時二十五分の準急に乗ったに違いないと思った。この汽車はK駅には三時五分に着く。これから臨雲峡に行くのだが、その時刻には偶然に××大臣がK駅前で大そうな人を集めて演説していた。それは写真入りで新聞に載っていた。僕は、必ず、君がそれを見たに違いないと思った。よし、この写真で君を試そうと思った」

杉本隆治はまた唾をのんだ。

「僕は或る所に頼んで、君と庄田咲次の関係を調べてもらった。もはや、君と庄田との間に一本の線がつづいていることは明瞭となった。しかも庄田は相手の福田梅子とも関係がある。心中死体にしても世間は疑わない。僕の推理の自信は、いよいよ強くなった。僕は××大臣の新聞写真をわざと置き忘れて、君に見せたね。ちょっとした嘘も云った。それで君が必ず僕に疑惑をもつと思ったからだ。つまり僕が君を試していることを、知って貰いたかった。それだけでは弱いから、心中死体の服装を新聞記事で知って、或る若い友達にそれに似た服装をして貰って写真を撮り、君に見せた。君は、僕が試していることを確実に知ったであろう。君は僕が気味悪くなり、恐ろしくなったに違いない。次は僕が、君の誘いを待つ番だった。果して君はそれをやった。君は急速に僕と親しくなろうとし、今日、ここに誘い込んだではないか。君は女の友達を一人連れて来いと云った。僕一人の死体では心中にならないからな。田坂君と僕がそのすしを喰ったら、その中に仕込んだ青酸カリか何かで、忽ち息を引取る。君は、こっそりこの場を去る。三から一を引いて二つの情死死体がこの奥伊豆の山中に残るというわけだ。ああ、他人《ひと》のことは分らないものだな、あの二人が心中するほどの仲とは知らなかったと世間はおどろく、女房は僕の遺骨を押入れの中に足蹴にして投げ込むかも知れない」

突然、笑いが起った。潮田芳子は口の奥まで見せて、仰向いて笑った。

「先生」

と彼女は笑いを突然消すと鋭く云った。

「さすがに小説家だけに、うまく作るわね。じゃ、このすしに毒薬が仕込んであるというの？」

「そうだ」

小説家は答えた。

「そうですか。それじゃ、毒薬で死ぬかどうか、わたしが、この折のすしを全部食べてみるから見ていて頂戴。青酸カリだったら三、四分くらいで死ぬわね。ほかの毒物だったら、苦しみ出すわ。苦しんでも、ほっといてよ」

で口の中に入れはじめた。

潮田芳子は、呆然としている田坂ふじ子の手から折詰を引ったくると、忽ち指で摑んで口の中に入れはじめた。

杉本隆治は息を呑んで、その光景を見詰めた。声が出なかった。眼をむいているだけである。

巻ずしは輪切りにして七つか八つあった。芳子は次々にそれを嚙んで咽喉に通した。非常な速さで、ことごとくそれを食べつくしたのは、無論、意地からであった。

「どう、みんな食べたでしょ？　お蔭でお腹がいっぱいになったわ。わたしが死ぬか苦しむか、そこで待っていて頂戴」

そう云うと、彼女は長々と草の上に寝そべった。

温和な太陽は彼女の顔の上を明るく照らした。彼女は眼を閉じた。鶯《うぐいす》が啼いている。長い時間が経過した。杉本隆治と田坂ふじ子とが、傍で声も出さずに居るのに変りはない。更に長い長い時間が過ぎた。

潮田芳子は眠ったようである。身動きもしない。が、瞑《つむ》った眼の端から、泪《なみだ》が一筋流れ出た。杉本隆治は、危く声をかけるところだった。

そのとき、彼女はぱっと飛び起きた。刎《は》ねるような起き方であった。

「さあ、十分くらいは経ったわね」

と彼女は杉本隆治を睨んで云った。

「青酸カリだったら、とっくに息が止っているわ。ほかの毒薬でも、徴候がはじまっているわ。だのに、わたしは、こんなに、ぴんぴんしているわ。さあこれで、あなたの妄想の出鱈目が分ったでしょ。あんまり失礼なことを云わないでよ」

彼女は云い終ると、さっさと空箱と瓶をビニールの風呂敷に包み、草を払って立ち上った。

「帰ります。さよなら」

潮田芳子は、その一言を残すと、大股で道を元の方へ歩き出した。どこにも変ったところの見られない、しっかりした足どりであった。姿は、林の枝の煩瑣な交叉の中にすぐ消えた。

九

潮田芳子が杉本隆治に送ってきた遺書。

――先生。

わたしの犯罪は、あなたの仰言った通りです。どこも訂正するところはありません。たしかに臨雲峡であの二人を殺したのは、わたしでした。何故、殺したか。それはまだあなたの推理には届いていないようですから、最後に申上げます。

わたしの夫は終戦の前年に満州に兵隊としてとられてゆきました。結婚後、半年も経っていませんでした。わたしは夫を愛していましたから、終戦と同時に、満州の大部分の将兵がシベリアに連れ去られたことを聞いて、大そう悲しみました。しかし元気であれば、いつかは帰ってくるものと信じ、長い間それだけを待っていました。

夫はなかなか帰ってきませんでした。わたしが舞鶴まで無駄な出迎えに行ったことも一再ではありませんでした。が、夫はもとから身体は頑健でしたから、いつかは帰ってくるものと信じ、長い長い歳月をひとりで待っていました。いろいろな仕事に転じました。女一人で楽には暮せません。最後の職業がバーの女給でした。西銀座裏のエンゼルです。

女給という職業は、かなり衣裳が要るものです。パトロンの無い身には、その衣裳づくりに苦労します。わたしは無けなしの貯金をはたき、或る日デパートにドレスを買いにゆきました。見かけだけの、一番安いものを買いました。それだけで帰ってくればよかったものの、ふとレースの手袋が買いたくなって、特売場に行きました。いろいろ漁《あさ》って一対を求め買物袋に入れました。それから一階に下りて戸口を出ようとしたら、一人の男に鄭重《ていちょう》に呼びとめられました。彼はこのデパートの警備員でした。わたしの買物袋の中をちょっと見せてくれというのです。人気の無い場所に連れて行かれ、袋の中からとり出されたものは、二対の手袋でした。一対は包装紙で包んであったが、一対はそのままでした。デパートの買物検印の無い品です。わたしはおどろきました。多分、特売場の台から、この軽い品がわたしの買物袋の口に落ち込んできたに違いありません。

わたしは弁解しましたが、その警備員はきいてくれません。わたしの住所と氏名を手帳に控えました。わたしは真蒼になりました。万引女にされたのです。その男は、にやにや笑いながら、とも角、その日は帰してくれました。

　しかし、それで済んだのではありません。もっと恐ろしいことがあとにつづきました。ある日、その男が、わたしのアパートに訪ねてきたのです。ちょうど出勤前でした。男は畳の上に上り込み、今度は自分の量見で内密にしてやると云いました。わたしは喜びました。自分の故意にしたことではないにしろ、そんな誤解の恥から脱《のが》れたことに、ほっとしました。もしお店やアパートの人たちにこれが知れたらどうしようと毎日生きた心地も無かったからです。

　そんな女の弱味につけ込んだその男の行動が、それからどんな風に変ったかは御想像がつきましょう。わたしが弱かったのです。勇気が欠けていたのです。わたしは、その男の強要に抵抗を失いました。その男、つまり庄田咲次はそれからわたしに付きまといました。彼はわたしの身体を欲しがるばかりでなく、時には小遣銭まで捲き上げてゆきました。お店に来ては、わたしの支払いで酒もタダでのんで行きます。わたしはヒモをもったのです。

　わたしは夫をうらみました。何故早く帰ってきてくれないのか。あなたが帰ってくれてさえいたら、こんな地獄の目に会わなくとも済んだものをと思いました。逆恨みかもしれません。夫に済まないのは、わたしの方でした。でも、ほんとにそう思ったのです。

庄田という男は下劣で、とても夫の比ではありません。それに、女が随分ありました。福田梅子もその一人です。彼は、しゃあしゃあと福田梅子をわたしにひき会わせるのです。多分、わたしの嫉妬を煽って愛情をつなぐつもりだったのでしょう。それにわたしが、いくぶんでも乗ったというのは、どういう心理でしょうか。

そのうち、音信のなかった夫から便りが届きました。近いうちに帰国出来るというのです。わたしはよろこびました。青空を仰ぐような気持でした。それから悩みました。庄田咲次のことです。夫が帰ってきたら、すべてを白状して裁きを待つつもりでしたが、その前に庄田と手を切らねばなりません。庄田に事情を云って頼むと、彼は受けつけないばかりか、かえってわたしに情欲を燃やすのでした。わたしの彼に対する殺意は、こうして生じました。

殺した方法は、あなたの推理された通りです。福田梅子を誘って臨雲峡に行こう、というと、庄田はこの奇態なピクニックをよろこびました。情婦二人を連れてゆくことに彼は変態的な誇りを感じたのでしょう。

汽車は新宿発の十二時二十五分に約束しましたが、わたしはわざとその前の十一時三十二分発の普通列車にしました。汽車の中で三人一緒に居るところを知った人に見られたく無かったからです。この列車はK駅に十四時三十三分につきます。庄田たちの乗っている準急がつくまで、三十分ばかりありました。その間に、わたしは駅前の飲食店で中華そばを食べながら、あなたの小説の載っている甲信新聞を読んだのでした。汽車から下りた庄田たちと一緒になったときに、駅前で××大臣の演説がありました。

わたしは庄田と梅子に臨雲峡の山林で青酸カリの入った手製のおはぎ餅を食べさせました。二人はあっという間に倒れました。あとは、わたしが残りの餅を片づけて帰れば、心中死体が残るわけです。それは、うまく運びました。

わたしは、ほっとしました。これで安心して夫の帰りが待てます。ただ、気にかかるのは、二人の死体を果して情死と見てくれるか、或は他殺となるか警察の判断が知りたかったのです。そのため、飲食店でみた甲信新聞をとることにしました。あなたの小説を理由にしたため、そこからあなたの不審を招く結果になりました。

わたしは、夫をどうしても欲しいのです。それで、今度はあなたを抹殺しようと思いました。庄田を殺した同じ方法で。

だが、それも見破られました。あなたは、私の弁当のすしを疑いましたが、毒物は実はジュースに入れていたのです。すしを食べたあと、咽喉の乾きにジュースを一息にのんで頂こうと思って。

そのジュース瓶は、わたしがその場で持ち帰りましたね。無駄ではありません。これから、それをわたしが飲むところです……

——小説新潮（S32・4）

理外の理

ある商品が売れなくなる原因は、一般論からいって、品質が落ちるか、競争品がふえるか、購買層の趣味が変るか、販売機構に欠点があるか、宣伝に立遅れがあるか、といったところにだれの結論も落ちつく。商業雑誌も——その「文化性」を別にすれば——やはり商品の範疇《はんちゅう》に入るにちがいない。したがってその種の雑誌の売れ行きが思わしくなくなった場合、上記の原則に理由が求められるだろう。

不振の商品売れ行きを挽回《ばんかい》するには、品質の向上を図って競争品を引き離し、購買層の動向を察知して商品のイメージ転換をなすことが先決である。他の販売機構の不備とか矛盾とかは、商品が好評を博するとあとを追って自《おの》ずから改まるものだし、宣伝も生き生きとしてくる。利潤が増大すれば経営者は宣伝費を奮発するようになる。この一般論は営利を目的とする雑誌にも適用されよう。何種類かの雑誌を発行しているR社が、社長の裁断で、そのなかの一誌である娯楽雑誌「J——」の衣裳替えをするようになったことについては、この一般的な法則がぴたりと当てはまった。

R社の他の雑誌はともかくとして、ここ五、六年来「J——」誌の売れ行きは下降するばかりであった。この社は戦後に設立されたのだが、当初は「J——」誌が売れ行きの看板雑誌であった。それがどうして不成績になったかというと、べつに競争誌がふえたわけでもなく、品質を落したのでもなく、購買層たる読者の趣味傾向が変ってきたからである。読者の教養が高くなって、戦後の活字なら何でも読むといった無秩序な一時期から尾を引いた「低級な」通俗小説が次第に読まれなくなったのだった。一般商品でいえば「流行遅れ」になったのである。

社長に嘱望されて別の出版社の腕利きが編集長として入社してきた。新編集長が「J――」誌の内容・体裁にわたって変革を企図したのはいうまでもない。入社前の彼の意見によると、戦前の娯楽雑誌は小学校卒や高等小学校卒が読者の水準だったが、現在は高校卒が基準になっている。いや、高校卒よりも大学卒のほうがふえつつある現状だから、娯楽雑誌もその知的水準に焦点を合せた性格に脱皮しなければいけない、いつまでも総振りガナの活字雑誌のイメージでは自滅の運命にある、というのだった。その証拠に、他の知性や教養のかなり高い小説雑誌はいずれも売れ行きがよいではないか、あれを見よ、あの雑誌の仲間に入るべきだ、競走の激甚はもとより覚悟であるが、内容の質さえよければ十分に勝算がある、と力説した。これは目下の雑誌の赤字難に悩む社長もかねて考えていたことであったから意見は完全に一致し、かつ、彼は編集長として懇望されたのだった。雑誌の変革計画については一切新編集長に任された。

まず執筆者である。新しい革嚢《かわぶくろ》には新しい酒を、の道理で、古い酒と入れかえなければならない。長い間の交際で編集者としては従来の常連執筆者に対し情誼《じょうぎ》においてまことに忍びないものがあったが、新編集長の厳命で、やむなく部員が各執筆者の間を手分けしてまわり事情を説明して、当分の間は原稿依頼ができないだろうといって陳弁した。執筆者は全部といっていいほど不満顔だったし、なかには、使える間はこき使っておいて、方針が変れば弊履《へいり》のように棄てるのか、とそこまでは露骨には云わないにしても、皮肉はずいぶんと吐かれた。係の部員はただ両手を突くだけである。

しかし、それでも、何とかして新方針の雑誌にも自分の原稿を従前通りに採用してもらえないかと頼みにくる人もないではなかった。寄稿家須貝玄堂《すがいげんどう》もその一人だった。

須貝玄堂は小説家ではない。いわゆる随筆的読物の執筆家だが、それも江戸時代の旧《ふる》い話を随筆に書くのが得意であった。とにかく、江戸期のいろいろな書籍を博《ひろ》く読んでいる。年齢は六十四、玄堂は号で、本名は藤次郎。頭は禿《は》げているが、前から頭の毛はイガ栗に短く刈っていた。もとは遠州浜松にある禅寺の僧侶だったというが、本人は否定しているので、たしかなことは分らない。だが、漢籍の白文《はくぶん》を流れるように読み、古文書のひねくれた字体も活字のように速読できるということだった。とにかく博覧強記の人である。編集者はかげで、玄堂翁とか玄堂老人とかいっていた。

須貝玄堂はそういう人だから、江戸の考証ものを書く実力は十分にあった。しかし、それでは「J――」誌にはむかない。それで、江戸期の巷説《こうせつ》逸話を同誌むきにこなした読物を書いてもらっていた。三枚ぐらいのときもあれば五枚程度のこともあり、多くても二十枚を出ない。もちろん編集者の注文からだった。当時の玄堂はそのほか二、三の雑誌にも同種の読みものを書き、そういうのを集めた単行本も五、六点出していた。そのころが玄堂の最盛期だったが、そうした雑誌も今は潰《つぶ》れたか、残っていても、やはり時世に合わないためか彼に依頼しなくなっていた。然《しか》るべき雑誌さえあれば、須貝玄堂は特徴ある読物作家になり得るのだが、彼はその舞台にも伯楽《はくらく》にも恵まれなかった。原稿に万年筆を使わず、鉛筆などはもってのほかで、毛筆で楷書《かいしょ》に近い几帳面《きちょうめん》な字を書いてくる。墨字の和紙の罫紙《けいし》は枚数ぶんがきちんと観世縒《かんぜより》でもって右上隅で綴《と》じられてある。誤字、当て字、脱字などはない。一説によると、墨を硯《すずり》に摺《す》るのと観世縒をつくるのは、玄堂の若い女房の役目だということだった。先妻は十年前に死んだ。いまの後妻は三年前から彼のアパートの本棚に囲まれた部屋に坐るようになったが、そのとき玄堂は、訪ねてきてびっくりする編集者に、目もとを赧《あか》らめ、てれ臭そうに短く紹介しただけであった。その女房は二十二、三も年下で、もとは派出家政婦をしていたらしいという噂《うわさ》だった。色白で、体格もよく、容貌も悪くない。難をいうと、口かずが少なく愛嬌《あいきょう》がなかった。それを補うように、玄堂が来客に対して饒舌《じょうぜつ》になっているかたちで、ずいぶんと気を遣っていた。はたの者にも初老の彼が若い女房に目のないことが知れた。

晩春の或る日、玄堂がR社に、これまで係だった編集者の細井を訪ねてきた。受付からそれを報らされた細井は困った顔をした。細井は係としてのひいき目だけでなく玄堂を買っていた。これまでも須貝玄堂の原稿をずいぶんと雑誌に載せていた。原稿料も細井の計らいで小説の原稿なみに高く払っていた。読物の稿料は小説の半分ぐらいに安いのである。しかし、どのように細井が個人的に玄堂の書くものを評価したところで、新編集長の方針はその採用を断乎として拒絶させた。雑誌の改革は社の方針なのである。

ところが、玄堂はその後も新しい原稿を書いては細井に見せにくるのである。面白い内容なら必ず採用してくれるという自信が玄堂にあって原稿を書いては持ってくるというよりも、何とかそれを使ってもらって金に代えたい希望だとは目に見えていた。瘠《や》せて、身体《からだ》が小さく、四十キロぐらいしかない玄堂老人は、今度は雑誌の新性格むきに話も文章も高尚に書いたといってその都度細井に原稿を見せにくるのだが、編集長は、江戸の巷説ものは古いといって一顧もしなかった。編集長は話の内容よりも従来の執筆者の名を目次面から抹消する意図だった。ことに須貝玄堂の名は常連の一人だったから、編集長の拒絶の意志は絶対であった。

細井は、玄堂から前回に預かったままになっている和紙罫紙に墨字の原稿の入った封筒を握って、階下の応接間に降りた。椅子に遠慮がちに坐っていた身体の小さい玄堂は、細井が片手に持っている封筒を見るなり、忽《たちま》ち失望の色をそのしょぼしょぼした眼に現わした。玄堂はいつものことだが、原稿によほどの期待をかけていた。これまで長い間、細井のほうが玄堂に執筆をお願いに行く立場だったが、新方針によって一挙にして玄堂は「持込み」をする哀れな立場に転倒していた。実はこれで十一回目の持ちこみであった。

「このお原稿を面白く拝見しました」

細井は、失望に悄気《しよげ》ている玄堂に云い、封筒をテーブルの上に置いた。彼にはその返却原稿が石のように重く感じられた。

「やっぱり駄目ですか。わたしは話の中身は面白いと思うんですがねえ。文章がいけませんかねえ？」

玄堂は嗄《しわが》れ声で呟《つぶや》くように云い、小首をかしげるようにした。文章を気にするのは、もちろん衣替《ころもが》えした雑誌の新方針の「高尚」に彼なりの焦点を置いているのだった。が、その考慮がかえって新しい原稿を漢語まじりの硬い文章にさせていた。玄堂はそういう文体を高級のように思っているらしかった。

細井がその原稿を面白く読んだというのはまんざらのお世辞でもなかった。話の筋はこういうことだった。

――或る藩に何の（姓不詳）弥平太という飲むと酒癖の悪い藩士がいた。あるとき、藩中の剣術の師匠を中心に門人どもが酒盛りをした。剣術の師匠は藩主の師でもあったから一同はとくに師匠に敬意を表していた。それが弟子でない弥平太には不愉快だったのだろう、飲むほどに酔うほどに悪い癖が出て座の者を罵《ののし》り、はては剣術は自分の上に出る者はいず、ここの師匠といえども実力は自分に及ばないなどと暴言を吐くようになった。面憎《つらにく》しと思った門人らが、それなら師匠とこの場で立合ってみよ、というた。弥平太は年三十ばかりの大の男である。師匠は竜鍾《りょうしょう》たる老人の、筋骨こそ太けれ、肉落ちて、背も少しかがみ、声も低い。しかし、剣の技は格別である。剣の奥儀を極めた師匠であれば一撃のもとに憎い暴言男を叩き伏すと門弟らは思ったから、師匠に立合いをすすめ勝負の結果に溜飲を下げようとした。だが、師匠はひたすらに固辞した。それが門弟どもには師の謙虚な態度として奥床しく思われた。しかるに酔漢は、師匠が臆したと見たか、いよいよ傲慢《ごうまん》に云い募る。門人どもは師匠に早く彼奴《あやつ》めを懲らせよと慫慂《しょうよう》する。

師も今は辞するに言葉なく、木刀を持って立ち上がった。かくて弥平太と道場の中央で対峙《たいじ》した。勝負は、門弟の見まもるなかで瞬時についた。年寄りの師匠は血気の弥平太の一撃に血を吐いて倒れたのである。師匠は謙遜《けんそん》から試合を拒んだのではなかった。それを奥床しと勘違いした門人らが師匠を否応ないところに追いこみ、無理に試合に起たせて、殺した結果になった。……

玄堂が書いたこの掌篇などは、短篇小説として時代ものでも現代ものでも書ける素材になっている。

しかし、老人の須貝玄堂にはそれを換骨奪胎して他の小説に仕立てる才能はなかった。彼はただ江戸期の随筆もの、たとえば「反古《ほうぐ》のうらがき」とか「奇異珍事録」とかいった類いから話を拾って、そのまま小話にするだけであった。といって、この種の原稿を紹介取次ぎしてあげる他の適当な雑誌社の心当りも細井にはなかった。

「まことに残念ですが、これはお返しします」

細井は封筒の端を指先で玄堂のほうへ軽く押した。

五日ほど経って、細井はまた須貝玄堂の第十二回目の原稿をあずかることになった。社に訪ねてきた玄堂の前では、中を読まないうちにその場で原稿を突返す真似はさすがにできなかった。拝見しておきます、といったものの結論ははじめから出ていた。

「これがあなたに云う無心の最後になるだろうと思います」

玄堂はさすがに半ば諦《あきら》めたように、沈痛な顔で細井にいった。

「これで採用にならなかったら、わたしは原稿を持ってくるのをもう断念します。三日後に結果を聞きにきますから、それまでに読んでおいてください」

細井は三日後に玄堂に来られるのが、身を切られるように辛かった。いっそ受付に手紙といっしょに返却原稿を預けて居留守を使おうかと思ったが、玄堂とのこれまでの仕事上のつき合いと、必死にすがりついてくるような老人の様子を見ると、そんな残酷な行為はできなかった。返却という同じ残酷さでも玄堂の顔を見て謝り、老人の気持が和《なご》むようにできるだけつとめ、慰めてあげたかった。

実際、玄堂が欲しいのは金だった。Ｒ社が出す原稿料だけが今の玄堂夫婦の生活を支える当てであった。二十以上も年下の女がなぜに玄堂といっしょになったのかよく分らないが、三年前というと、玄堂もＲ社のほかにも二、三の雑誌に原稿をよく書いていて、単行本も数点出し、それほど多額ではないが、印税も入ってくるといった彼の最盛期であった。派出家政婦が玄堂の収入と、些少《さしょう》の「名声」にひかれていっしょになったことは想像できる。彼女はいい着物をきて鷹揚《おうよう》に坐り、編集者を何となく見下し顔の「夫人」気どりでいるようにみえた。細井は、雑誌が新方針に変って以来、もう三カ月もそのアパートには行っていないが、そういう後妻に惚《ほ》れて生活を維持しなければならない玄堂はたいへんだろうな、と思った。たぶん今は蔵書でも売って食いつないでいるにちがいなかった。蔵書の中には江戸期の古書や漢籍の珍しいのがあったはずである。

細井は、憂鬱な気分で玄堂の十二回目の持込み原稿を机の上でまずぱらぱらと繰ってみた。今度は原稿が二回ぶんあった。これが無心をお願いする最後です、といった玄堂老人の言葉が思い出された。

第一の話の筋はこうである。

――麴町《こうじまち》に屋敷がある某の組内《くみうち》に早瀬藤兵衛という同心がいた。酒を飲むと落し咄《ばなし》などを身振りおかしくすることで組中の人気者であった。春の日の永いころ、組頭《くみがしら》の家で同役の寄合いがあって夕刻から酒宴になったが、約束した藤兵衛が現れない。組頭の家人も藤兵衛の余興を愉しみにしていたが、待てど暮らせど当人はこなかった。不機嫌になっていたところに藤兵衛がようやくその家の玄関に姿を見せた。ところが彼はひどく急いだ様子で、家来に云うに、実はやむを得ない用向きでご当家の御門前に人を待たせている、それでご一座できないことをお断わりに参ったので、これよりすぐに立ち帰るといった。家来は許さず、まず主人と一座の客人にその旨を通じるからそれまでここにお控えをと止めた。藤兵衛は甚《はなは》だ難渋の体《てい》であったが、やむなくひとまずその通りに従った。かくて家来から主人にそのことを報らせると、何用か知らねど、先刻より一同で待ち侘《わ》びているのに、たとえやむを得ない用事にしてもそれを云わずに去って行く法はないと無理して藤兵衛を座敷に引き上げた。そこで組頭をはじめ皆が藤兵衛に用事の次第を聞いた。藤兵衛が答えるに、それはほかでもない、実は喰違《くいちがい》門内で首を縊《くく》る約束をしたから、ここにぐずぐずしてはいられない、早くお放ちを、と云うなりひたすら中座を請うた。主人の組頭は頗《すこぶ》る訝《あや》しんで、さてこそこやつは乱心したと見える、こういう際には酒を飲ませるに限ると、大杯につづけさまに七、八杯を無理に藤兵衛に飲ませた。では、これで御免くだされ、と落ちつかなく云う藤兵衛の口に皆してまた七、八杯を注ぎ込んだ。主人は、では例の声色《こわいろ》を所望するぞ、というと藤兵衛は一つ二つ声色を落ちつかなく云っただけで、また立ち去ろうとする。それを取り押えてまた酒を飲ませた。そうしてかわるがわる大杯をすすめながら組頭がじっと藤兵衛の様子を見ると、彼は次第に落ちついてきて、ここを出るとは忘れたように云わなくなった。別に乱心とも見えぬ。そのとき、家来が入ってきて、ただ今、喰違御門内に首縊り人があったと組合からいってきた、当家人をさし出したものかどうか、と主人にきいた。

組頭はそれを聞いて膝を打ち、さてさて縊鬼《いき》は藤兵衛がここにいたため殺すことができなかった故、他の者を代りに殺したとみえる、もはや、縊鬼は藤兵衛から離れたぞ、と大声でいった。そのあと、組頭に様子をたずねられた藤兵衛はぼんやりした顔でこう答えた。夢のようでよくおぼえていませんが、手前が喰違門前にさしかかったのは夕刻前でありましたが、一人の男がいて手前にここで首を縊れと申します。手前は断わることができず、いかにもここで首を縊ろう、しかし今日は組頭の家の寄合いに出る約束をしているので、そこに行ってお断わりをしたのちにそのほうの言う通りになろうと申しました。その人は、それならば、と御門前まで手前について参り、早く断りを言うてこい、と申します。その言葉がいかにも義理ある方の云いつけのような気がして、その人の言葉に背《そむ》いてはならぬように思われました。どうしてあんな気になったのか今となっては、手前にもさっぱり分りません、と藤兵衛は夢からさめたような顔で語った。聞き終った組頭が彼に向かい、では今から首を縊るつもりがあるかと訊くと、藤兵衛は自分で首に輪を捲く真似をして、ぶるぶる、とんでもありませんと身を慄《ふる》わせた。縊鬼に見こまれたのから脱《のが》れ、一命が助かったのも酒を飲んだお陰であると皆は云い合った。

……

第二の話の筋は短い。

——宝暦年間のことである。江戸に「オデデコ」という見世物の人形が出て、たいそう流行《はや》った。これは男の人形に浅黄の頭巾《ずきん》をかぶらせ、袖なしの羽織を着せ、人形の胴体をなしている簀《す》の尻に紐《ひも》をつけて人形遣いが持つ。後ろのほうで囃子方《はやしかた》が三味線や太鼓の鳴物入りで「オデデコデン、ステテコテン」と囃す。そのたびにいろいろな品を取り替える。その取替えが早いということで江戸中の人気となり、あっちにもこっちにも「オデデコ」の見世物人形が続出した。しかし、江戸っ子の気は変りやすい。ほかに目さきの変ったもの、目新しい趣向のものが現れると、たちまち人気はそっちのほうに向かい、さしも流行をきわめた「オデデコ」も廃《すた》れてしまった。人形も物置に投げこまれ、埃《ほこり》にまみれたままになった。さて、両国吉川町新道に弥六という見世物師がいた。この者があるとき、にわかに高い熱を出してどっと床に就いた。その様子がただの風邪とは違う。弥六の目つきは異常となり、言葉も狂人のようにあらぬことを口走るようになった。呂律《ろれつ》のまわらぬその言葉を傍《はた》の者がよくよく聞いてみると、弥六はしきりと詫《わ》びているふうで、済まねえ、済まねえ、オデデコが受けて流行っているときはおめえにチヤホヤいってこき使っておきながら、流行《はやり》がすたるとまるで廃物のようにおめえをうっちゃっておいたのは、まったく申し訳がねえ、おめえが憤《おこ》るのは尤《もっと》もだ、おれがあんまり身勝手過ぎた、どうか勘弁してくれ、頼む、この通りだ、勘弁してくれ、と言っているのである。そうして許しを乞うように物置の方にむかって手を合せたりしている。弥六は使い捨てたオデデコ人形の恨みの霊にとり憑《つ》かれたのだった。流行るときは調子よくおだてて使う、衰えて利用価値がなくなると、古草履のように捨ててしまう。人情の浅ましさ、人形でさえこの通りである。まして人に於《おい》てをやで、人間は一度受けた恩を忘れてはならない。……

細井は、須貝玄堂の二つの小篇を読み、あとの「オデデコ人形の怨み」に玄堂の痛烈な忿懣《ふんまん》と皮肉とが籠められているような気がした。そこには江戸時代の見世物人形に託して、使われなくなった寄稿家の雑誌社に対する怨念《おんねん》が伝わっているようであった。

細井は、とにかくこの原稿を編集長に見せた。どうせ掲載しない原稿だが、とにかく最後として編集長の眼に入れたのは、玄堂の憤りを少しでも伝えたかったからである。

編集長は山根という名で他の雑誌社を二度ほどわたり歩いてきたこの道のベテランであった。中背だが、小肥りの体格で顔つきは精悍《せいかん》、皮膚には脂が滲《し》みこんで光っている感じだった。山根は玄堂の原稿を読了すると、さすがに下唇を突き出して苦笑した。

「玄堂老人というのはずいぶん皮肉なことを書いて来たもんだね。オデデコ人形なんて、おれたちとの間のことをそのままに書いているじゃないか。いったい、これは老人の作り話かね、それとも何かの本から見つけてきたのかな？」

玄堂老人は決して創作はしない、みんな史料から引いてくるのだと細井は説明した。

「それにしても、ちょうどいい材料が史料にあったもんだね。なかなか、やるじゃないか。第一話の喰違門で首縊りを命令する鬼の話なんか面白いじゃないか」

「それじゃ、こっちのほうだけでも使いますか？」

「駄目々々。いまさら須貝玄堂でもないよ。目次面にその活字がならんだだけでも、雑誌が元に逆戻りして陳腐にみえる。まあ、これも時代の流れだから、老人には気の毒だが、致しかたがないと諦めてもらうんだな」

山根も、ちょっとしんみりした調子になっていった。

編集部内では玄堂の「縊鬼」の原稿が話題になった。江戸の実話らしいが、こういうことがあるだろうかという現実性の問題である。江戸時代なら迷信の多いときだからあり得るだろうという者がいる。いや、いくら昔でもこんな莫迦《ばか》なことがあるはずはない。実話だというが、多分、世間の噂を書きとめた当時の随筆だろうからアテにはならないという者がいる。結局、玄堂老人の考えを聞いてみたらどうか、ということになった。

原稿を採用するならともかく、いよいよこれきり縁切りとなる玄堂に細井もそんなことはきけなかった。しかし、その話には強い興味もあった。彼は迷った。

約束の三日後、細井が苦にしていた須貝玄堂が彼を訪ねて社に現れた。応接間に降りて行く細井の心も足どりも錘《おもり》を何本もぶら下げたようだった。しかし、その心配も憂鬱も、玄堂にいざ面会してみると、案外にそれほどでもなかった。というのは玄堂は結果を見通していたのか、入ってきた細井の持っているふくれた封筒を一瞥《いちべつ》しても、前のようには顔色を変えなかった。そうして細井が吃《ども》りがちに、しかし断りの口実は従前と同じに、陳謝しながら述べるのを、終りまで聞かずにおとなしく云った。

「もう結構ですよ、細井さん。ぼくも一昨日《おととい》の晩あたりから考えて自分が間違っていたことがわかりました。所詮《しょせん》はこれも時代の流れです。いま流行作家として景気よく売れている人たちも、いつかは時代の波に置き去られるときがくるでしょう。これは自然淘《とう》汰《た》、人類進化の法則ですから、何人《なにびと》にとってもどうしようもないことです。まして、わたしのような老人がいつまでも執筆に未練や執着を持っていたのは心得違いでした。どうも、あなたには度重ねてご迷惑をおかけして申し訳ありませんでした」

老人は椅子に坐ったまま両膝に手を置き、細井に深々と禿げた頭を低《さ》げた。

「そうおっしゃられると、ぼくも一言もありません。なんとお詫びしてよいか……」

細井も胸が詰まったが、老人が案外に淡々とした調子でいるので彼も救われた。

「そんなに心配してくださらなくても、いいですよ。この原稿のことでしたら、ほかの雑誌社で買ってくれる見込みがつきましたから。もっとも三流の雑誌ですがね」

三流の雑誌であろうが三文雑誌であろうが、原稿の採用先の当てがついたと聞いて細井もほっとした。道理で今日の玄堂は明るい顔で現れたと思った。細井は老人に祝福の言葉を述べ、お世辞でなく、お原稿は拝見して結構に思いました、その雑誌の編集部もよろこぶでしょう、といった。実際、細井もそれをよそに渡すのが惜しい気がした。が、須貝玄堂の名を目次面に出したのでは雑誌そのものが色褪《あ》せて見える、という山根編集長の意見も道理なので、編集長を無理に突き上げることもできなかった。

玄堂の明るい様子に細井は、気楽に「縊鬼」の現実性について質問することができた。

すると、玄堂は真面目な顔でいった。

「この話は化政期の鈴木酔桃子が書いた『反古のうらがき』から取りました。鼠璞《そはく》十種という近世随筆集にも収められています。ところで、今の若い方は万事が合理主義で、こういう話をナンセンスだと一笑に付されるでしょうけど、昔の話だといって、そう莫迦《ばか》にしたものでもありません。世の中には理屈では解けない、理外の理といったふしぎなことが少なからずあるものです。この『縊鬼』にしても、心理学者の先生方に訊けば、一種の催眠術的な心理現象だとか何とかいわれるかもわかりませんね。けど、そういう理論通りに割り切れない現象もあるんですよ」

そう云ったあと玄堂はふと何かを思いついたように別な目つきになり、

「どうですか、細井さん、ものは試しで、ひとつこの『縊鬼』の条件通りにして実験してみませんか?」と、係だった編集者の顔をのぞきこむようにした。

「それはやってもかまいませんがね」

細井は、老人がそんなことを云い出すまでに心の余裕をとり戻したかと思うと自分も、つい、明るい気持になって、老人に対する詫びのしるしも兼ね、意を迎えるためにも応じることにした。もちろん、それには好奇心が先行していた。

老人が冗談半分に出した「縊鬼」の第一の条件とは、喰違門は現在の千代田区紀尾井町だからそこまで来てもらいたいというのであった。

「喰違門というのは、現在、四谷見附と赤坂見附との間の濠端《ほりばた》に沿って行く途中の喰違見附、紀尾井町にむかって狭い土堤《どて》の道を渡ったところにありました。今でも門の石垣が残っています。そうです、そうです、ホテル・ニューオータニに行くあたりですね。ホテルの建っている辺が井伊掃部頭《かもんのかみ》の中屋敷、その隣りが紀州家の中屋敷、井伊家の前が尾張家の中屋敷というように三つの中屋敷がならんでいたので、この三家の名前を一字ずつ取って間の坂を紀尾井坂と付けたのです。喰違門といっても実際は城門をつくらず、乾《いぬい》の方位に当るため柵《さく》を設けただけでした。土堤口と門との位置も少しずれていたので喰違門の名が起ったのでしょう。今でもその柵門のあとの石垣が残っていますね」

このへんの考証になると玄堂老人の得意の場であった。さて、玄堂がつづいて云うには、その喰違門跡の石垣の角に明後日の晩十一時半ごろに来てほしい。いまどき、「縊鬼」のような幽鬼は出まいから、わたしが仮にここで「縊鬼」となって、あなたに喰違門内に来て首を縊れと命令した、ことにする。……

「つまり、細井さんが早瀬藤兵衛の役になるのです。どうしてもその時刻に首を縊る約束の義理を果すために、その場所に行かねばならない。いいですか、元の赤坂離宮前から濠を東の紀尾井町のほうに向かって渡った土堤口のところですよ。ホテル・ニューオータニが右手に見えるところです。間違わないでください」

細井さん、あなたが其処《そこ》においでになってもよいし、あなたは早瀬藤兵衛の役だからよんどころない用事が出来たことにして来なくともよい、そのかわり、首縊りの代人として誰かを寄越してください、「縊鬼」の話の条件通りにやってみましょう、その代人がくればその人は自分から首を縊る気持になるでしょう、世の中に「縊鬼」の話のような理外の理があることがわかりますよ、けど、気味が悪ければ、どなたもおいでくださらないでよろしい、とにかくわたしだけは見物のつもりでそこに行っておりますから、といった。

細井はその冗談半分の約束を決めたが、少しばかりうす気味悪くなってきたのはわれながら妙であった。小さな身体の玄堂老人は、歯の欠けた口を開けてげらげらと笑った。

老人が椅子から立ち上がったとき、細井はこれが編集者としては最後の面会だと考えたから、思わず云った。

「奥さんにどうぞよろしく」

玄堂は、どうも、と頭を低《さ》げて応えるかわりに、今度は微笑して、

「いや、あの女はわたしから逃げましたよ」

と、あっさり云った。

「えっ、い、いつですか？」

細井はおどろいた。

「一カ月ぐらい前です。黙ったまま家出しましたよ。やっぱり年の違いすぎる後添《のちぞ》いはいけませんな。これからは何もかも新規蒔《ま》き直しです。幸い、この原稿もよそに売れ口が決まりそうですから」

玄堂老人のむしろ明快な調子だった。


二日経った夜、編集長の山根は指定の喰違見附の土堤口に洋傘をさしてひとりで出向いた。十一時半である。右手のホテルの高い建物も窓のほとんどが明りを消していた。濠端の道路には走る車の灯が多かったが、ここに出入りする車は少なかった。朝から小雨が降ったり熄《や》んだりする天気で、いまも雨が少し降っていた。空は真黒であった。そのせいか、この時刻では人通りも絶えていた。

山根が、早瀬藤兵衛役の細井の代人を買って出たのは、編集部で「縊鬼」の実験が話題になり、それなら俺が行ってみようと云い出したからである。山根は強がりである。好奇心も少なくはない。が、それを実行する気になったのは、一つには自分が編集長になって以来、原稿を突返してきた須貝玄堂に対して後ろめたいものがあり、こういう戯《じよう》談《だん》めいた対面を機に軽く詫びたい心があったのだった。山根は係の細井ばかりを使っていて、自分は玄堂に直接面会したことがなかった。

喰違門があったという土堤口の石垣の角に大きな風呂敷包みを背負った低い人影が、その背の荷物を石垣に凭《もた》せかけるようにして立っていた。寂しい外灯の光や遠いホテルの玄関の灯がその老人の半顔を浮き出していた。石垣の上には松の木が繁っていた。

「須貝先生ですか?」

山根は距離を置いて声をかけた。

「はい。あなたは?」

玄堂はこっちを見透かすように見たが、その眼の半分が外灯の加減でぴかりと光った。

「ぼく、J誌の編集長の山根です。……いつも、細井がお世話になりまして」

近づいた山根は洋傘を傾けて頭を深々と下げた。詫びの気持であった。彼は玄堂が若い細君に逃げられたことも細井の口から聞いていた。その原因となったらしい玄堂の収入の道を絶ったことにも責任を感じないではなかった。が、それだからといって公私の混同はできないと思っていた。

「いやどうも。あなたが山根編集長さんですか。わたしこそ長い間御誌にはお世話になりました」

須貝玄堂はうす暗い中で明るい声を出し、ていねいに挨拶した。その様子には微塵《みじん》も恨みがましい様子も、ひねくれた態度もみえなかった。気遣っていた山根も安心した。実は、玄堂に遇ったら、どんな悪罵《あくば》を浴びせられるかわからないと半分は覚悟してきたのである。まさか殴られることもなかろう。暴力を振われても相手は年寄りだし、そのほうはタカをくくっていた。部員の一人二人がいっしょについて此処《ここ》にくるというのを、それでは約束の「縊鬼」の実験条件に反すると彼は断わってきたのである。一人でも大事はない。事実、いま眼の前にいる玄堂は、体重四十キロそこそこの、背の低い、貧弱な老人であった。

「あなたが、藤兵衛役の細井さんの代りにこられたんですね？」

老人は笑いながら云った。

「縊鬼のために、首を縊らされに来ました」

山根も笑って応じた。

「この石垣の中から喰違門内になります。まあ、石垣の上の土堤に上ってみましょう」

老人は片手に洋傘をさし、大きな風呂敷包みを背負ったまま土堤の上によろよろした脚どりで登った。土堤の高さは下の道から五、六メートルはある。土堤上は幅六、七メートルの遊歩道になっていて、両側は松や桜の並木になっていた。ベンチがいくつか置かれてあったが、雨のためにアベックの影もなかった。外灯には雨が降りそそいでいた。濡れたベンチの前がずっと下に落ちたグラウンドだが、これは濠を埋めたのである。遠くに四谷辺の灯がならんでいた。

「どうですか、自分で首を縊る気が起りそうですか？」

遊歩道を歩きながら、荷物を背負った玄堂がやはり笑いながら横の山根にきいた。小男の彼は山根を見上げるようになる。身体が背中の重味でうしろに引張られている恰好だった。

「いや、まだ起りそうにないですなア」

山根は莫迦々々しいと思いながらも興じたように答えた。

「それじゃ、もう三十分だけここに居ましょうかね」

玄堂が云った。三十分が一時間でも、いや、夜が明けるまでここに残っていても自分から首を縊る気づかいはまったくなかった。催眠術的心理状況になるには、自分の肉体も神経もあまりに健全すぎるのだと山根は思った。

玄堂は相変らず風呂敷包みを背負ったままである。それでよけいによろよろしていた。

「なんですか、その背中の荷物は？」

山根はさっきから気になっている風呂敷包みのことを老人に訊いた。

「わたしの蔵書です」と、玄堂は答えた。「知合いの古書店に晩に持って行ったのですが、値段が折り合わずに持って帰るところです。けど、家に戻って出直すとここにくるのが遅くなりそうなので、仕方なしにこんなものを背負ってまわっているのです」

「書籍なら重いはずです。ぼくがちょっと代ってあげましょう」

山根は見かねて申し出た。

「そうですか。……済みませんねえ。助かりますよ」

　本の入った大風呂敷は山根の背中に移った。五、六キロの重さはあった。小肥りの彼は、風呂敷の端を前で結んだが、短めのために結びが固くなり、頸《くび》の上にかかった。片手に傘を持っている彼は片手を結び目のところにかけていた。二人はもとのほうに引返しかけた。

「山根さん、本が一冊落ちそうです。その鉄柵の上にそのままで荷の底を置いてください」

　玄堂の声に、山根が遊歩道わきの鉄柵の上に、背負ったまま風呂敷包みを乗せた。高さ一メートル足らずの鉄柵をはさんで玄堂が背後にまわると、もうよい、といった。その声に山根が背を起す。玄堂が傘を捨てた。

　後ろの風呂敷包みの上に玄堂が取りついて全身をかぶらせた。四十キロの老人の体重が六キロの本の包みの上にかかった。身体の安定を失った山根は、両手を上に挙げて後ろに傾いたが、背中と風呂敷包みとの間に鉄柵が挟《はさ》まり、その柵の上に腰の上あたりを当てはしたものの、上部が浮いて足の先が地から離れた。背後の玄堂は風呂敷包みの上にかけた重量をいっこうに除《の》けぬ。包みの固い結び目が、山根の仰向いた顎《あご》の下に喰いこんだ。声も出ない。身体は背の柵に阻まれて地に落ちもせず、後ろにのけ反《ぞ》って両脚の先を空《くう》に蹴《け》り、宙吊《ちゅうづ》りになった恰好である。

《重い風呂敷包みを背負っている際に、包みの固い結び目が頸動脈を圧迫して窒息させた事故死の珍しい例である》と法医学の本は書いた。

——小説新潮（S47・9）

削除の復元

一

小説家の畑中利雄は、北九州市小倉北区富野の工藤徳三郎という未知の人に手紙をもらった。畑中はときおり自作のことで読者から手紙やハガキがくる。批判もあれば疑問の質問もある。賞められることはめったにない。

工藤徳三郎という人の手紙は質問だったが、しかし、畑中の書いたものではなく、I書店から出版された『鷗外全集』(決定版)の「小倉日記」についてだった。同書店では『鷗外全集』をこれまで昭和十一年版と昭和二十七年版と二回出しているが、三回目の『鷗外全集』は大型の装幀で「決定版」と銘打ち、「小倉日記」収録の第三十五巻は昭和五十年一月二十二日発行であった。

工藤徳三郎の手紙には、「小倉日記」の「後記」のコピーが同封してあった。この「後記」は第一回はもちろん第二回にもないもので、今回の「決定版」に初めて付せられたものだった。

だから畑中も「決定版」ではじめてこれを知ったのだった。「後記」には、「三五二頁下段8行　旧婢元来り訪ふ。稿本左のようであったのを上から和紙を貼って削除してある」と説明してある。

毛筆で書く鷗外は、削除する場合にいつも墨で棒を引いている。「小倉日記」は鷗外が他の者に毛筆で清書させたものだが、そのかなりな部分を上から和紙で貼ってあるのは、削除の文章が長すぎたせいであろう。

「後記」によると、貼られた和紙の下はこういう文になっていた。

《旧婢元来りていふ。始て夫婿《ふせい》の家に至りぬ。曾根停車場より車行二里、路頗《すこぶ》る嶮悪なり。されど家は海に面し山を負ひ、景物人に可なり。後山躑躅花多きをもて、間ゝ遊屐《ゆうげき》を着くるものあるを聞くと。夫婿は企救《きく》郡松枝村字畑の友石定太郎なり。現に東京商業学校に在りて、老母を留めて家に在り。元は往いてこれに仕ふるなり》

工藤徳三郎の手紙にはこう書かれていた。

「拝啓　初めてお手紙をさし上げます。私は小倉の富野の一隅に居住する工藤徳三郎と申し、企救郡松ヶ江村字畑（現北九州市門司区畑）の友石定太郎の一族とは多少の縁続きの者であります。友石家は、同封のコピーの如く、森鷗外の小倉鍛冶町八十七番地の家に仕えていた『婢元』が称するところの婚家先であります。

私なりに調べてみましたところ、友石定太郎は明治二十二年十月十四日に友石類太郎の長男として生れ、大正八年五月五日三十一歳にして上海はドイツ租界の同仁病院にて病死しております。その間、彼は一度も婚姻をしておらず、独身を通しております。

友石家は昔は松ヶ江村字畑の大庄屋で、その一族からは学者や医者などが多く出ており、教育面には非常に尽した家柄であります。

鷗外の女中だった元《モト》が結婚のため鷗外のもとを辞めたのは明治三十三年十一月二十四

日（『小倉日記』による）であり、当時定太郎は数え年十二歳でありました。その後も定太郎が東京商業学校に学んだ事実はありません。

前記のように元は定太郎よりは九歳も年上です。三十二年九月二日の『小倉日記』に、婢として傭《やと》い入れたとき木村元は年二十とあります。その前、彼女が気の染まぬ結婚を強いられ、それに耐えられないで逸走し、鷗外の女中となったが、すでに妊《みごも》っていたのは、貴下が『小倉の鷗外』で書かれたとおりであります。

それにしても鷗外家を明治三十三年十一月二十四日に退めた元は、それより六日後の同月三十日に鷗外を訪問して、なぜ『夫婿の家』についてそのような虚言を云ったのでしょうか。鷗外はいったん彼女の言葉を信じて日記に載せたが、あとで事実でないとわかり、上に和紙を貼って抹消したのだと思います。貴下の作品『小倉の鷗外』にあるように、鷗外家の『婢』にはろくな女はいませんでした。盗癖のある女、朝帰りをする女、狡猾《こうかつ》な女、米や野菜を運び出す老婢などばかりです。そのなかで元さんだけは誠心誠意、鷗外に仕えました。鷗外も元さんがやめて去るのを惜しんでいます。それなのに、どうして元さんは鷗外宅をやめてから一カ月も経たないうちに同家を訪ね、先日まで旧主だった鷗外に婚家についてそんな嘘の報告をして裏切ったのでしょうか。それが私にはどうしても合点がゆきません。

しかも、夫婿の家は曾根停車場より車行二里、路頗る嶮悪、されど家は海に面し山を負ひ、後山躑躅花多き、というのは、現在でも実景に即しております。元さんは松ヶ江村畑の友石家へじっさいに行ったことがあるとしか考えられないのです。

以上が私の疑問であります。お忙しいところを恐縮ですが、『小倉の鷗外』を書かれ、『婢元』についてかなり触れられた貴下に御教示を頂ければ幸甚に存じます。　敬具」

畑中はたしかに以前に鷗外宅に傭われた「婢」のことを「小倉日記」から拾って一種の台所太平記ふうに書いたことがある。そのなかで元のことも登場させた。しかし、それほど深く調べたわけではなかった。

そこで畑中は工藤徳三郎に、

「元《モト》女が旧主鷗外のもとに来て夫婿について虚言を云ったとすれば、それはたぶん女の見栄《みえ》からではないでしょうか。あまり貧乏くさい家庭に嫁いだとあっては旧主に耻《はずか》しい気持があって、つい、無邪気に事実を曲げたのではないかと思われます」

と、とおりいっぺんの返事を出した。

それにたいして工藤から、

「私もそのように感じていたところです。ありがとうございます」

と丁寧な礼状がきた。

畑中と工藤徳三郎との交渉はそれきりとなった。

しかし、畑中には心残りがあった。工藤への返書だけでは自分でも満足できなかった。工藤の指摘する松ヶ江村畑の友石家が、「旧婢元」の鷗外に語る内容とあまりにも合致しすぎている。モトはどこで友石定太郎のことを聞き知ったのだろうか。

鷗外は明治二十二年、男爵・海軍中将（造艦術の大家）赤松則良の長女登志子と婚し、二十三年九月に長男於菟《おと》を儲け、同月末に離別した。以来十年間独身を通してきている。

小倉では鍛冶町八十七番地の宇佐美家の借家に住んだが、独身ゆえに他からの嫌疑を避けるため二人の女中を傭い入れた。兵僕（従卒）は夜になると兵営に帰る。東京から連れてきた馬丁の田中寅吉は厩《うまや》に臥す。家の裏《うち》に眠るのは鷗外と女中吉村春《ハル》のみである。鷗外は宇佐美家の雇い女を借りて夜は春と寝させていたが、それも長つづきしなかった。宇佐美家の女中が鷗外宅の給金の高いのを知って他に転じたからである。やむなく鷗外は「婢二人」を雇う仕儀となった。

春が罷《や》めて去ると口入れ屋が、木村モトと吉田春とを世話した。

三十二年十一月十五日、木村モトのおば・末次はなが鷗外を訪ねた。日記に曰《い》う。

《十五日。婢元のをば末次氏はな至る。始て延《ひ》き見るに、色白く丈高き中年の婦人にして、才気面に溢《あふ》る。曰はく。現に京都《みやこ》郡今井の小学教員たり。元は孤にして貧し。前日親族胥謀《あいはか》りて、強ひて一たび某氏に嫁せしめしに、少時にして遁《のが》れ出でたり。当時親族は義としてその自ら擅《ほしいまま》にせるを允諾《いんだく》すること能はず、元に夫の家に復らんことを勧めき。元は絶て復た帰らん意なし。幸に主公に仕ふることを得たるは、親族の喜に堪へざる所なり。而《しか》るにこゝに一事の主公に告げざるべからざるあり。元の震《はら》めることある是なり。婚嫁の日より推すに分娩の期は明春に在るならん。主公猶暫くこれを役することを嫌はざるやと。予諾す》

三十三年一月十四日の日曜日、モトの姉のでんが門司から鷗外を訪ねてきた。でんの夫・久保忠造は門司で商売をしている。

《十四日。日曜日なり。でんは今井善徳寺の住職某の長女なり。長頎白皙《ちようきはくせき》の婦人にして歯微《すこ》しく出でたり。元は次女なり。三女某年十四ばかり。其壻は独学林に在り。寺職を襲《つ》がんとすと云ふ》

畑中は福岡県の地図を買ってひろげた。京都郡という郡名はある。今井という地名はずっと南の行橋《ゆくはし》市の近くにある。

現在の「北九州市門司区畑」は、足立山《あだちやま》のある半島の東側で、北の突端が関門海峡、東は周防灘《すおうなだ》に面している。いわば門司市街の裏側といったところ。ゴルフ場などの記号も付いている。旧《もと》の「松ヶ江村字畑」である。日豊本線でこの地に入るには下曾根駅である。鷗外によって和紙で貼られ抹消された「婢元の談話」にある旧「曾根停車場」である。

これで読めた、と畑中は思った。モトが友石家のことを知っていたのは、松ヶ江村字畑の友石家と交際のある今井の友人に連れられて同家へ行くか、またはその話を聞くかしたのであろう。現場の描写にリアリティがあるのは、一度ぐらいその家の閾《しきい》を上がったのではあるまいか。

これでいちおう工藤徳三郎の手紙にある懐疑も、また自分の疑問も解決したと畑中は思った。だが、まだ腑に落ちぬことがある。

モトのおば（伯母か叔母か不明だが、仮に叔母としておく）で今井の小学校教員末次はなは、鷗外を訪ねて「元は孤にして貧し」と述べている。ところがモトの実姉で門司に居る久保忠造の妻でんは鷗外に語って、自分は今井の善徳寺住職某の長女で、モトは次女、末は年十四歳で、その壻《むこ》は学林に在学し将来は寺職を嗣がせるつもりですと云っている。

叔母の話と実姉の話とは大きく喰い違っている。前者だと、モトは孤にして貧、薄倖である。後者だと、モトは父親が寺の住職で、三姉妹あり、恵まれた家庭である。

いったい、どちらの言葉がほんとうか。こともあろうにモトが仕える主人にむかって、身内の者がそらぞらしくつくりごとを云うとは思えない。主人は陸軍少将相当官軍医監第十二師団軍医部長である。

畑中は頬杖を突き、煙草を二、三本喫って考えた。その煙草の烟《けむり》の先に浮んだのが和紙で蔽《おお》われた抹消の「注」である。

「後記」の「注」によると、明治三十三年十一月二十四日「婢元《モト》罷め去る」は、稿本の「婢元去りて人に嫁す」を訂し、同月三十日の項「旧婢元来りていふ。始て夫婿の家に至りぬ」以下を全面抹消する。

これは木村モトに何かよほどの事情があったようだ。明治三十三年（一九〇〇）といえば九十年前のことである。だが、以前に『小倉の鷗外』を書いた畑中は、鷗外による旧婢モト報告の「全面抹消」が気になってならなかった。

畑中は、思いきって小倉に近い今井の善徳寺を訪ねてみようと思いたった。むろん明治三十二、三年の住職がいるわけではない。現在の住職は四代目か五代目であろう。檀徒は固定していて、代々相継いでいるから旧いことはわかっていよう。

「小倉日記」を読むと、鷗外がもっとも好感を持ったのは最初に傭い入れた「吉村氏春」である。これは家主の宇佐美氏の家人が彼女の行水するのを偸《ぬす》み見てその妊っているのを鷗外に告げ口したのだった。

《婢姿容あり。性質豁如《かつじよ》たり。恒《つね》に笑を帯び事を執り、而も些の媚態なし。予頗る愛す。是に於いて婢に問ひて曰く。人汝が身めることあるを疑ふ何如と。答へて曰く。非なり。然れども既に外間の言説あり。請ふらくば此より辞せんと。予の曰く。汝何《はなは》れの処にか去る。曰く郷に反る。曰汝盤纏《ばんてん》を要せば特に給せん。曰平生賜ふところ太だ厚し。請ふらくは檀那意を労すること勿れと。袱《ふく》を挟みて径《ただ》ちに去る》

予頗る愛す、と鷗外は明瞭に書いている。もっともこの場合の愛すとはもちろん恋愛感情の意味ではない。鷗外は彼女について「恒に笑を帯び事を執り、而も些の媚態なし」と書いているが、「恒《つね》に笑《えみ》を帯び」ていることに何か色気を感じさせる。春は「肥後国比那古の産」とあるが、比那古は熊本県葦北《あしきた》郡日奈久《ひなぐ》である。ここは著名な温泉地。春はその温泉場に働いていたのかもしれぬ。そう解すれば彼女が鷗外宅に奉公の際すでに妊娠していた謎もわからぬではない。春のような女中だとだれしも好感をもつだろう。彼女が暇をとるに際し、郷里に帰る路銀を上げようかと鷗外が云うと、春は、平素からだんなさまにはたいそうよくしていただいておりますから要りませんと辞退した。「袱（風呂敷包み）を挟みて径ちに去る」の一句にきびきびとした吉村春の姿が目に見えるようだ。

春のあとに傭った木村モトにはとくべつな感想を鷗外は記していない。「元は白く肥え」（三十二年九月二日）とあるだけで、具体的な筆はない。

しかし、モトは辛抱強い女であった。彼女もまた前の春と同じく奉公にきたときから妊娠していた。吉村春はそれを否としたが、否定は羞恥からだと鷗外は想像した。しかしモトの場合は、強いられた結婚のためであって、臨月が迫るまで当家に置いていただけるでしょうかと、叔母末次はながはじめから鷗外に打ちあけている。

鷗外が「大婢・元」を気に入ったのは彼女が忠実に働くからである。そのあとに入れた「小婢」（年下の女中）が落ちつかず、素行不良で辞めさせる者が多いなかで、モトの仕えかたには陰日向《ひなた》がなかった。

畑中は『小倉の鷗外』の中ではモトのことも書いている。工藤徳三郎からの手紙を読んで、旧作を想う念がしきりと湧いてきた。折から書いている原稿が行き詰まって苦しんでいる時でもあった。

夏の終りであった。山にも海にも出かけなかった鬱《うつ》を散じる気持もあった。

福岡の板付空港から博多駅に着いて新幹線で小倉駅までは二十分、日豊本線に乗りかえた。乗りかえの待ち時間も少なく、小倉から行橋までは急行で二十分であった。

行橋駅前で今井の善徳寺に行ってほしいと構内タクシーの運転手に云うと、年配の運転手は首をかしげ、善徳寺というのは聞いたことがなか、祇園《ぎおん》さんの近くけえ、と逆に問い返した。地図にはたしかに須佐神社と記入されてある。今井の祇園社はこのへんで有名らしかった。

その祇園さんも不案内だと畑中が云うと、運転手はどこかできいてあげまっしょ、といい駅前通りの交番に入った。壁に掲げられたせまい区域の地図には寺が五つもあったが、善徳寺の名は見えなかった。寺の二つを回った。

善徳寺は無かったのである。九十年前でも、田舎のことだし、寺だけは変りがないと思っていたが、甘い判断だった。ここは戦災を受けた様子もない。

善徳寺を訪ねに東京からきたことを知ったタクシーの運転手は、行橋市の市役所へ回ることをすすめた。途中で、寺のこつなら社会課か教育委員会ならわかるかもしれんばい、といった。くるときに通った色づく稲田の道を引返した。

けっきょく教育委員会で事が判った。明治・大正の事物はすでに郷土史に属していた。真宗の善徳寺は大正十一年にやはり同宗の宗玄寺に吸収されていた。併合当時の善徳寺の住職は杉原了俊というのだが、明治三十三年の住職名はわからなかった。三十三年に、久保忠造の妻でんが鷗外に語るところによると、自分ら三姉妹の父親は「今井の善徳寺の住職」であった。

宗玄寺の名がわかれば、道順を聞くまでもなかった。今井は狭い町である。タクシーはもういちど同じ道を東へ逆戻りした。稲田の向うに大きな川が見え隠れしていた。あれは祓川《はらいかわ》じゃ、と心やすくなった運転手は云った。

《婢元のをば末次はな、現に今井の小学教員たり》の「日記」の文章が畑中に浮んだ。

「今井の小学校はどのへんにあるかね」

「小学校は二つあるけんど、どっちのこつですか」

「さあ、それはちょっと聞き洩らしたけれど。今井には末次さんという家があるかね」

「末次家は多かです。みんな分家とかそれからの縁つづきになっとるとです。わたしの親戚にも末次家があります」

畑中は口をつぐんだ。うかつなことは云えなかった。

宗玄寺に着いた。ちょっとした駐車場もあるほど大きな寺である。反りをうった大屋根がそびえ、高床の階《きざはし》の前には大きな棕櫚《しゅろ》の葉が八方にひろがっていた。予期しなかっただけに畑中はその立派さにおどろいた。

庫裡《くり》も大きかった。広い玄関先の漆喰《しっくい》の土間には男女の下駄や靴がおびただしく揃えられてあった。檀徒の集会でもあるらしかった。

中年の僧が現れた。住職はいま京都の本山へ行っています。わたしは留守をあずかっている番僧ですが。集まっている方々は俳句の句会の人たちです。わたしとは関係がありません。どんなご用事でしょうか。

「市の教育委員会で教えられたのですが、こちらは大正十一年に善徳寺さんを吸収されたそうですが」

「そうです」

「そのときの善徳寺の住職は杉原了俊さんということですが、明治三十二、三年ごろの住職はどなたでしたか」

「さあ、わかりません」

「木村さんとはいいませんでしたか」

「そんな旧いことは知りません。住職が居ればわかるかもしれませんが」

住職が京都の本山へ行って不在なら仕方がなかった。畑中は庫裡を出た。

寺の前の道は三方に岐《わか》れていた。これくらいの寺だと大きな共同墓地があろうと思い、通りがかりの人に聞くと、まっすぐに三百メートルほど行けばよいと教えられた。

共同墓地は森を削った低い丘にあった。ほとんど赤土で、そこは森を伐りひらいてまだ墓地の拡張をしていた。げんに土建会社の作業員たちが排水路を工事中で、肩を汗だらけにして働いていた。太陽はまだ強かった。

畑中は森近くの通路へ足をむけた。森林下の墓地が総じて古いのは墓石が揃って黒くなっていることでも知れた。四角い塔の間には五輪塔や宝篋印塔《ほうきょういんとう》もあった。宝篋印塔は豊後《ぶんご》に多いと畑中は何かの本で読んだことがある。彼は大分県内に足を入れたような気がした。

松林は繁るにまかせて荒れ、いわゆる「霊園」のような風致はなかった。だらだら坂下になった森林の奥の墓地はうす暗かった。

松林と拓《ひら》けた台地との境が主な通路で、そこから左右に細い枝道がいくつも岐れて共同墓地のそれぞれの前へ導かれていた。主要通路沿いの墓石はいずれも古いが立派で、玉垣で囲われていた。位階勲等が入ったのは軍人であろう。

畑中の足は、ある墓石の名の前で痺《しび》れたようにとまった。

その墓所は三坪ばかりで三段の石段があり、高い基壇と台石の上に一メートルばかりの角石塔が乗っていた。

《末次はな之墓》

上に家紋が彫ってある。横木瓜《もっこう》である。御影石は古色蒼然となっているが、刻字は深く、文字も紋章も新しいくらいに黒々としていた。

《娉元のをば末次氏はな至る。始て延《ひ》き見るに、色白く丈高き中年の婦人にして、才気面《おもて》に溢る。……》

印象的な女性の描写として、鷗外研究の諸家の多くがこの文を引く。

畑中も墓前が去りがたかった。

末次はなの墓は善徳寺のものが宗玄寺へ引き継がれたときにここに移されたのである。

三人ほど人が通路を歩いてきて畑中の背後を通り抜け、振り返り振り返りした。いつまでも墓碑を眺めている畑中を、遠くから来た縁故者かと思っているようであった。

畑中はそこを離れ、枝道へ入ってみた。赤土の広い丘がそこからはじまっていた。このあたりには見劣りした墓標が集まっていた。区画といっても整理されたものではなく、かなり乱雑だった。

これは注意して見なければいけないと思った。ここも善徳寺の墓地が移されたのである。もしかすると、でんとモトの両親の木村氏の墓があるかもしれない。

十五分ぐらい、段丘にならぶ墓列の中を探していた畑中は、高い石塔と石塔の間に沈みこむようにならんだ二基の、黒ずんだ低い墓石の文字を見つけて、眼が凍った。

《木村デン之墓》

《木村モト之墓》

でんは、いつ、木村姓に還ったのか。

久保忠造と離婚しているのだ。

墓石は台石だけでいかにも貧しい。竿石《さおいし》も他の半分くらいの低さである。側面にまわった。木村デンは「明治三十七年三月二十七日歿」、木村モトは「明治四十三年十一月五日歿」とあった。

畑中は姉妹の墓の前に踞《かが》んだ。線香も花も水桶も用意してこなかったことを悔やんだ。貧しい墓石を見ていると末次はなの云う「元は孤にして貧し」の実感が迫った。鷗外に「三人姉妹」などとあらぬ虚言を云った長姉でんも、離婚したその後半生はどうだったのか。

帰り途には、ふたたび末次はなの墓の前を通った。畑中はまたその立派な石塔を見上げた。

「才気面に溢る」るこの婦人だけがほんとのことを云っているような気がした。

二

畑中は書斎に戻って「小倉日記」を読みなおした。ずいぶん以前に『小倉の鷗外』を書くときに熟読したつもりだが、今井の旧善徳寺の墓地で、はからずも「大姨元。でん。をば末次はな」の墓石に遇ったので、明治三十二、三年時の「小倉日記」がまるで現在のように思われた。

《雨未だ歇《や》まず。姨元に飛白《かすり》布を買はせ、新に衾裯《ふすま》を製せしむ》（三十二年九月七日）

《(元の姉でんは）長頎白晳の婦人にして歯微しく出でたり（三十三年一月十四日）

《姨元のをば末次氏はな至る。始て延き見るに、色白く丈高き中年の婦人にして、才気面に溢る》（三十二年十一月十五日）

畑中は初めて気がついた。

鷗外は「元は白く肥え」（三十二年九月二日）と書いているだけで、器量がいいのか悪いのかわからない。

だが、姉のでんは「白晳の婦人」である。おばの末次はなも「色白く」である。モトも「白く」である。色白は木村家とその親族の特徴のようである。

想像するに、モトは姉のデンが「歯微しく出でた」に似て、さらにそれを稍《やや》出ていたのではあるまいか。つまりは十人なみの容貌というところか。彼女が鷗外の気に入ったのは、その誠実な奉仕からであった。鷗外はモトに絣《かすり》の蒲団をつくらせたりしているが、そこにも主従の家庭的な雰囲気が出ている。彼女が暇をとった際の「まめなりし下女」との作句には鷗外の実感が溢れ出ている。

今井の宗玄寺から手紙が来た。住職山田真円の名が書いてある。

「先日はわざわざ御光来いただきましたのに、生憎《あいにく》と拙僧こと京都の本山へ上っておりまして誠に失礼いたしました。御用向の件は帰山後留守僧より承りました。何ぶんにも若い者のこと故、御無礼の次第が多々あったことと存じますが、何卒御容赦の程をお願い申上げます」

便箋に毛筆書きで、なかなかの達筆である。

「尊台の御著書『小倉の鷗外』はかねてより拝読仕り、深く感銘いたしております。今回の御来訪も当寺が吸収いたしました善徳寺の明治三十二、三年頃の住職について御下問の由、これも鷗外先生の『小倉日記』に見える『木村氏元』に関連するものと拝察し、変らぬ作家的御精進ぶりにますます感歎之を久しゅうする思いであります。

扨《さて》、譲り受けました善徳寺の木村デン殿、モト殿の御姉妹の御両親は、士族・農業木村良高殿、妻タツ殿であります。木村良高殿は勿論、善徳寺の住職ではありません。

猶、以下のことは御内聞に願い度く存じますが、福岡県京都《みやこ》郡苅田《かんだ》町に町営の共同墓地があり、その丘の中腹に一基の童子の石塔が立っております。童子と名づくるのは一歳余にて不幸にしてこの世を去った幼児に付けられる戒名であります。その一基の戒名は『釈正心童子』であります。隷書《れいしょ》体風の文字で刻されております。

この童子の墓については近辺で一つの風説が以前から横行しております。もとより無責任なる道聴塗説、とるに足らぬものですが、仮令《たとい》浮説にしても、若しそこに一片の真実らしき残影が深奥に潜んでいるとせば、失礼ながら尊台の『小倉の鷗外』をも動揺せしむるものかと愚考いたします。この点に関しては誤解を懼《おそ》れ拙僧よりは敢て申し上げることをご遠慮致します。何卒貴下御自身において御納得のゆかれるよう充分な御調査の程をおすすめ申し上げます」

畑中は今井の宗玄寺の住職に礼状を出した。留守中にとつぜんお邪魔したこと、善徳寺から移された墓地に回って木村氏デン、モト姉妹の墓碑にはからずも詣ったこと、ならびに姉妹の両親の名を手紙で教えていただいたことを感謝した。その最後に、

「福岡県京都郡苅田町の共同墓地にある『釈正心童子』の墓碑はなにやら近郷に浮説があり、それが拙作『小倉の鷗外』にも影響するやの御文面のようで、気にかかりますが、とるにたらぬ道聴塗説との仰せのこと故、この次に御謦咳《けいがい》に接することができましたなら、冗語笑声の裡《うち》に御教示願いたく存じます」

と結んだ。

こう書いたのは、まともに問うても住職は応じてくれそうには思えなかったからである。といって、畑中が東京から出直してわざわざ行橋在今井の宗玄寺へ行けば、この思わせぶりな住職は、おどろいてかえって口を固くするであろう。

山田真円住職からは返事がこなかった。うかつに手紙を出して、通信のやりとりが始まり、ずるずると面倒ごとに引きこまれるのを坊さんは怕《おそ》れているようであった。お寺さんは檀家をはじめ界隈の数村に気を配らねばならない。住職は聞き役ではあるが、そのことを人にしゃべってはならなかった。聴聞僧と同じであった。

しかし、何かがありそうである。『小倉の鷗外』を動揺せしめるという何か秘密めいた書き方だ。とるに足らぬ浮説、と断わっているのも気をひくような筆であった。

畑中は考えあぐねた末、白根謙吉を思いついた。白根は亡き友人の弟で、いま某私大の文学部助手をしている。近世文学専攻の教授の下にいて、助教授や講師陣の研究グループに同僚らとともに入り、年に二回くらい「紀要」のような機関雑誌に何か書いている。

江戸文学をやっている男に鷗外関係とは畑違いかもしれないが、なまじ現今の文学にたずさわっている連中に頼むよりも厄介がなくていい。だが、それにしても鷗外の文学そのものとは関係なく、いわば「小倉日記」のヒロイン的女性の行方についての詮索、よくいえば考証だが、好事《こうず》家《か》のような仕事を彼が引きうけてくれるだろうか、と顎鬚《あごひげ》の濃い、頬のすぼんだ、亡兄そっくりな白根謙吉の顔を見ながら迷いが先に立った。

忙しいかと聞くと、

「忙しいような、忙しくないような」

と白根は曖昧《あいまい》な笑いをした。

三十分ばかり雑談をした。その中には、西鶴や十返舎一九などの作品の輪講を、明治・大正文学研究家で評論家の勝本清一郎のようなドイツ実証派(?)的な論法でやれば面白かろうという白根自身の話も入っていた。

畑中は頃合いをみて、森鷗外のことをすこし調べてもらえないだろうか、と切り出した。

「鷗外? どんなことですか」

「鷗外の小倉日記に関連したことだがね、ひとくちには云えない。いま、ノートを持ってきて話すから、それを聞いたうえで、否応の返事をしてもらいたいんだよ」

「そうか、畑中さんは前に鷗外の小倉時代のことを書いておられましたね。しかし、なんだか、たいへんなようですな」

白根は伸びた顎鬚を撫でた。

「ちっともたいへんじゃない。きみだって、きっと好奇心を動かすよ」

畑中は、ノートを貼り付けた工藤徳三郎の来信から見せた。白根はそれを読んで、

「モトさんが鷗外に結婚先を素封家《そほうか》と偽ったのは女の虚栄心からだろうという畑中さん

の意見に、ぼくも賛成です。けど、そんなすぐにシリの割れるような嘘を彼女はどうして旧主の鷗外先生に云ったのでしょうな」

と不思議がっていた。

それから一週間ほど経った。白根謙吉から小倉局消印のハガキが来た。

「前略。門司区畑の友石家の外観を見てきました。国道からちょっと入りこんでいますが、白塀と赤煉瓦塀とが一町四方ばかりとり巻き、土蔵が三棟ならんでいます。塀の中は樹木が鬱蒼と繁り、正門からは母屋も玄関も見えません。前栽《せんざい》が多いからです。いくつかの屋根が上からのぞいています。東へ歩いて行くと周防灘で、海上には小嶋が浮んでいます。北側は低い丘になっていてその斜面も林です。鷗外が和紙で上から貼って削除した『旧娉元の夫婿・友石定太郎』の屋敷にそっくりで、その古さといい、いまも明治三十三年当時と変りなく思われます。モトさんが鷗外に語った話はリアルです。季節外れでツツジの花を見ることはできませんでしたが」

二日経って白根からまたハガキが来た。福岡・苅田局消印だった。

「福岡県京都郡苅田町は小倉と行橋の中間です。石灰岩の山があり、セメント工場があります。与原《よばる》というところには、前期古墳時代の巨きな前方後円墳があります。共同墓地のある山の斜面から眺めると、古墳の全容がみごとでした」

セメント工場とか前方後円墳とかはたぶん付け足しであろう。白根は共同墓地に、「釈正心童子」の墓を見に行ったのだ。

墓石を見たからには俗名と歿年と墓の建立者の名をも彼は知り得たにちがいない。それから宗玄寺の住職が云う童子の墓をめぐる近辺の浮説がどういうものなのかも聞いてくるかもしれない。

畑中が白根を呼んで全部を話したとき、彼はけっきょく心を動かし、畑中の代りに調査をひきうけてくれたのだった。

童子の墓が行橋と小倉の中間の苅田にあるというのも何かがありそうだった。行橋市今井は木村モトの生れた村、小倉には彼女が奉公した鍛冶町八十七番地鷗外の家がある。

畑中は白根謙吉の帰りを待ったが、それから十日過ぎても音沙汰なかった。

大学の助手は、ひまなときはひまだが、教授や助教授の気まぐれで忙しくなると酷使されるらしい。こちらはいわば道楽半分に無理に彼に頼んだことなので、あれからどうなったかと催促がましい連絡を遠慮した。ひたすら白根が姿を見せるか、電話なりハガキをくれるのを待った。

その間も畑中は仕事の合間に「小倉日記」をくりかえして読み、「鷗外の婢」を中心にしてメモをとった。

○（明治三十三年一月二十三日）婢元の産期ようやく近づき他に移ることとなる。よって三日前に、一婢を傭う。荒木氏玉《たま》。醜にして媚《こび》がある。昼間から酒を買って飲む。昨日、玉は金を盗むところを見られて逃げた。今日は試しに一婢を傭った。平野氏まさ。

稍と容姿がある。

○（二十七日）小婢まさは操行が修《おさ》まらない。夜出て暁に帰る。げんに情夫がいる。彼女は炊事することもできない。巧慧譎黠《こうけいけっかつ》、妄語が口を衝いて出る。真に恐るべし。この日、これを帰した。

○（二月四日）夜、でんが門司から来て泊まった。妹の元《モト》が罷めるため後任者を探しに小倉に来たのである。

この日、東京の賀古鶴所《かこつるど》から封書がくる。それには新聞の告喪文の切抜きが入っていて、宮下道三郎妻登志子が遠州見付村赤松則良方に於いて去る一月二十八日に死去した旨が告知されてある。登志子は明治二十三年に離別した旧妻である。

○（四月四日）元が女の児を産んだと聞く。

○（十五日）老婢さきは性貪婪《どんらん》甚だしく、役所に行っている留守中に米や野菜類を盗み、大風呂敷にしてこれを鳥町の女婿の家に運ぶ。直ちに老婆を問い詰めて、これを解雇した。

この日、元が産婆の家から鍛冶町の家に帰ってきた。

○（二十五日）でんが門司から来た。

○（二十六日）末次伝六の妻が今井から来た。元の祖母で、年七十。

○（十一月三十日）旧婢元来り訪う。（以下を和紙を貼って全文削除）

○（十二月二十四日）鍛冶町の家より京町五丁目百五十四番地の家に遷《うつ》る。

門前は船頭町に面し、近くに劇場があり、下等料理店も軒をつらねてすこぶる喧騒である。
○（三十四年二月二十四日）でんが京町の宅に養女と共にきた。
○（三十五年一月四日）旧臘上京。茂子を娶《めと》る。茂子は元大審院判事荒木博臣の長女。同日観潮楼で披露した。
○（八日）茂子とともに小倉の寓宅に帰った。

以前に『小倉の鷗外』を書いたとき、畑中は小倉日記から「鷗外の婢」の記事を拾い上げたつもりだが、まだ眼がじゅうぶんに届いていなかった。

視角が違ってきたというか、視野が広くなったというか、そうした転機になったのは『鷗外全集』（決定版）の「後記」によって初めて知らされた明治三十三年十一月三十日「旧婢元来り訪ふ」につづく彼女の夫婿についての報告である。もしこの「決定版」の「後記」が眼に入らなかったら、前の全集に収められた「小倉日記」を百遍読んでもわからなかった。いや、この「決定版」の「後記」を読んで疑問を抱いた小倉北区富野在住の工藤徳三郎の手紙によって、はじめて畑中も眼を開かされた。

その眼で、女児を産んで鷗外宅に「帰ってきた元」の周囲を畑中はもう一度見ることにした。

モトが再奉公するようになってから、彼女の肉親が鍛冶町八十七番地の家に遠慮なげに現れるようになる。でんが泊まりにくる。祖母が今井から出てきて泊まる。祖母のつれあい末次伝六も訪ねてくる始末である。

　モトの家族はあまりに狎々《なれなれ》しいではないか。モトを中心にしてあたかも鷗外と親戚づきあいのような感じである。モトは「婢」の立場を超えているようにみえる。それが産婆の家から戻った彼女の変化である。

　畑中はつくねんと坐って腕を拱《こまぬ》いた。仕事もろくにできなかった。

　白根謙吉から電話があったのは、そんな矢先だった。彼は受話器にとびついた。

「どうも、あれ以来ご無沙汰しています」

　白根の声は変らなかった。

「小倉と苅田からのハガキをありがとう。あれからあとの通信を首を長くして待っていたんだけどね」

「どうもすみません。それについては今日、報告に上がりたいのですが、すこし話が長くなりそうです。お時間をいただけますか」

「いいとも。きみのご入来を待ち受けていたんだから」

三

　白根がその後長いあいだ連絡してこなかったのは不満だが、先方も用事のある身だし、文句を云ってもはじまらなかった。それよりもげんにこうして現れてくれると今までの不足も消えた。時間が長くなると云うところをみると何やら収穫があるらしい。

「報告ですが」

白根は、ぼさぼさの長い髪を掻き上げた。

「北九州市門司区畑の友石家の外観は前便でとりあえずご報告したとおりですが、友石家は現在でも旧家として知られています。畑というのは昔は松ヶ江村の字《あざ》でして、小倉にある足立山の東裏側のすこし北寄りにあるんです」

「足立山。そうか。鷗外に足立山と和気清麻呂の事蹟とか何とかいう考証的な随筆があるね」

「それから今井にも行きました。宗玄寺の共同墓地のうち、旧善徳寺の墓地を見てきましたが、先日畑中さんから聞いた話のとおりです。ぼくもあれから『小倉日記』を読んだので、『末次はな之墓』を見て感慨を催しました」

「そうだろう。鷗外の小倉日記には数行しか出てない末次はなはたいそう印象的だからね」

「木村デンと木村モトのお墓に詣りました。畑中さんの話を聞かなかったら、デンが久保忠造と離婚して木村姓に戻っているのにおどろくところでした」

「あの姉妹の墓は気の毒なくらいに周囲から見劣りがしている」

畑中も眼前にその低い二基を泛《うか》べた。

白根謙吉は、手提げ鞄を引き寄せ、中からかなり部厚い横封筒をとり出した。自分が撮った素人写真ですがごらんくださいといって畑中に渡した。

写真は手札型で、六枚が重なっていた。いちばん上は共同墓地の全景で、山の斜面に墓地がヒナ壇式にならんでいる。松林や雑木林がまわりにあった。遠景に白い尖った山があった。裏を返すと白根のペンで（福岡県苅田町共同墓地全景）とメモしてあった。

次は御影石の低い墓であった。一段台石と共に前に線香・蠟燭《ろうそく》立てが付いているが、墓石はいかにも古くて黒く、斑《まだら》を帯びている。が、そのような観察をする前に「釈正心童子之墓」の薄れた刻字が眼に入った。風化のために彫りがうすれ、文字がところどころ掠《かす》れたように消えている。それは山中に放置された石のように銭苔《ぜにごけ》が付いているためでもあった。白根の撮影苦心は刻字の陰影を浮き出させるのに成功していた。裏のメモは（釈正心童子之墓。高さ七〇センチ、台石三〇センチ）とある。

その次の一枚は墓石の裏側である。が、ここには文字は一字もなかった。ひどい風化で、まるで石の表面が剝ぎ除《と》られたようになっていた。長いこと手入れをせず、荒廃がすすむままに任せた結果らしい。

四枚目は墓の側面で、近接写真の刻字。これもよく影を浮き出させている。

《明治四十三年八月二日歿》

裏のメモ。（東側。幅一二センチ）。五枚目は（西側）の側面で、刻字は一字もない。

最後の六枚目は線香立てを正面から撮っていた。これは墓石以上に見づらい。御影石が一面に風化して角が欠けている。裏をかえしたが白根のメモはなかった。線香立てではメモの要はない。

「これが、宗玄寺の住職の手紙にある浮説の中心という釈正心童子の墓碑か」

畑中は六枚の写真を机上にならべて云った。

「そうです。道聴塗説では、小倉在住時代の森鷗外と、『娉元』として仕えた木村モトとの間に生れた遺児ということになっています」

畑中はおどろかなかった。

白根が撮ってきた「釈正心童子之墓」の写真を見ているうちに、宗玄寺の山田真円が寄越した手紙にある「(その『浮説』は) 尊台の『小倉の鷗外』をも動揺せしむるもの」という一節が浮び、それが何を指しているか想像がついてきたからだ。そのうえ、山田真円もまたその「浮説」を「真実なり」と信じている一人であることも察した。

というのは、山田住職はそれ以上のことは書かず、たとえ今井に再度来訪あろうともお話はできないという意を言外に匂わせている。もし住職が「浮説」を信じなかったのであれば、かれは笑ってその理由を語るはずである。避けて言を濁し、しかも「娉元」を登場させている『小倉の鷗外』を動揺せしむるなどと非難するのは、遺児説を真実だと思いこんでいるからである。

「で、今井とか行橋とか、あるいは苅田、小倉あたりでは、今でもその浮説が行なわれているのかね」

畑中は新しい煙草を取った。

「そこまでは、旅行者のぼくには調査できません。しかし、山田住職が手紙にそう書いているからには、現在でもその底流はあるでしょうな」

「きみは、どう思う？」

「そうですね。ぼくは半信半疑のほうです」

「半信半疑だって？　じゃ、半分は疑っているのか。文学評論にしても何にしても実証主義のきみが証拠もない浮説を半分でも信じるなんて、おかしいよ」

畑中は白根の顔を改めて見た。

「そうくるだろうと思いましたよ」

畑中は石塔の側面の写真に眼を移した。

「明治四十三年八月二日歿。生年はないね」

「墓碑には生年を刻みません。しかし、『童子』とあるから、おそらく年を享《う》けること二年くらいでしょうね」

「俗名は刻んでなかったかね」

「俗名と、建立者の名は墓碑の裏面に刻字してあるものです。それが写真でご覧のように剝離していて、一字も残っていません」

「そうだね」

畑中は写真をじっと見て、おかしいな、と呟《つぶや》いた。

「なにがですか」

「だって墓石の裏面が剝離したなら表のほうも同じく剝離していなければならんはずだがね。それが、風化はしていても表のほうは完全に残っている。薄くはなっているが、釈正心童子という隷書体のような刻字もはっきり読めるからね」

「さすがに鋭いですね」

「何が？」

「いや、おっしゃるとおりです。裏面は、風化による自然の剝離ではないです。人工による剝落ですね」

「人工だって？　人が削り落したのか」

おどろいて畑中が眼を上げると、白根は複雑な表情で、長い髪に指を突込んで掻いた。

「ぼくの撮った写真ではよくわかりませんが、じっさいに肉眼を近づけると、削り落したとしか見えません。それも石工によるものではなく、素人がタガネと金槌を使って乱暴に削ったのでその痕がデコボコになっているのです。それが九十年近い歳月を経て風化による剝離に見えているんですね」

「釈正心童子の俗名と墓の建立者の名を、故意に削ったのか」

「まあそういうことです」

「なんのために？」

「なにかの都合で、それらの刻字を残したくない人の行為でしょうね」

墓碑から刻字を作為的に誰かが削り除《と》る。——それは葬られた児の戒名以外、いっさいの痕跡を抹殺したことになるのではないか。

畑中は煙草をとり出した。が、口にくわえたままで、しばらく火をつけなかった。指先に挟んだ手を顎にやった。

「白根君。きみは釈正心童子が小倉時代の鷗外さんとモトとのあいだに生れた子だという土地の浮説に信を措《お》くかね」

煙草にライターを近づけて畑中はきいた。

「浮説は信じません。自分で納得ができるまではね。いわゆる道聴塗説の類はいっさい排します」

「きみの納得というのは何を手がかりにするのかね」

「やはり鷗外の小倉日記です」

「モトの夫婿が素封家の友石定太郎だというくだりを鷗外が和紙で蔽って抹消した一件かね」

「いや、あの大きな抹消はあの箇所だけです。そのほかは前の版も決定版もさして違いはありません」

「では、あの妙な抹消以外に何か発見があったのかね」

「明治三十三年四月十五日の条に、『元、産婆の家より還る』とありますね。この日、老婢さきを解雇しています」

「その老婢の性が貪婪だからだ。主家の米や野菜などを盗んで娘の家へ運んでいたからだ。解雇されるのは当然だ」

畑中はノートを開いて云った。「小倉日記」から抜萃《ばっすい》した手控えである。

「それにしては、女児を産んで産婆の家から帰るモトを待つようにして鷗外はその日の直前に老婢を追い出したみたいですね」

「なんだか持ってまわったような云い方をするじゃないか。まるでモトを家に入れると、老婢が邪魔者になるようにとれるよ」

「そう見られても仕方がないところがあります。三十二年九月一日の日記に、馬丁は厩に寝る、家裏で眠るのは予と婢とのみ、遂に二婢を蓄えざるべからず、とあります。ところがいわゆる小婢たちはいずれも永つづきがしない。よく辛抱して仕えるのは大婢のモトだけです。隣りの家主宇佐美家からも夜だけ泊まりにくる雇い女を寄越さなくなった。三十三年の一月二十三日に、産期が近づいたモトを他に移すために『婢平野氏まさを傭《やと》ふ。稍〻姿色あり』とありますが、これも退めていった。だから、家裏で眠るのは鷗外とモトだけという期間があったのです。老婢さきを雇うまではね」

畑中はノートのメモを見ながら黙然と煙草をふかしている。

「ですから、モトと馬丁はひそかに通じているという、さきが鷗外へ告げ口する口実になったのです。しかし、彼女がじっさいに疑っていたのは主人とモトとの間でしょうね。さきはほうぼうで女中奉公をしてきた女だけに、そのへんの気のまわしかたというか、邪推というか、睨《にら》みは利いています。鷗外先生は、この老婢に恐れをなして解雇したと思います」

「きみこそ気をまわすじゃないか」

「そうかもしれません。だが、そうでないかもしれません。鷗外ほどの日記となると、後に公刊されるのを当人が意識するものです。どうしても威厳を整えた書き方になります。げんに『小倉日記』は自筆を他者に清書させたものです」

「それだったら小倉日記からは正確な手がかりはつかめまい」

「そうでもないです。裃を着けたような文章でも、さすがに鷗外は正直に書いています」

「どういうところだね」

「老婢さきが去ったあと、モトは一人になります。東京から連れてきた馬丁の田中寅吉は相変らず厩に寝ます。家の裏《うち》で眠るのは主公とモトだけです。これだと、どんな想像でも起されますよ。普通なら日記に書かないところです」

「するとなにかね、鷗外とモトとは、実際に交渉があったと考えられるのかね？」

畑中は白根の眼をじっと見た。

彼にもモトが女児を産んで鷗外の鍛冶町の家に戻っていらい、モトの縁族があたかも親戚のようにぞろぞろと同家に出入りし寝泊りにきていた記事が浮ぶ。あれはまるで特別な事情ができたことを示しているようだ。

白根はそれには直接答えずに、

「例の『全集』の『後記』にある旧婢元の夫婿友石定太郎の家を語る抹消ですがね。あれは記事の上から和紙を貼ってあると後記に注されています。和紙でべったりと蔽って糊で貼ったものが、どうして下の文字が読めたのでしょうか。和紙を剝がして、下の文字を読んだのでしょうか」

と、畑中を見返した。

そう聞かれると畑中は、詰まった。「後記」を読んだとき、白根と同じ疑問は感じたが、一流出版社の事業だからそこはなんとか技術的に復元したのだろうくらいに思っていた。

すると白根は鞄の中から一枚の紙をとり出した。

「これが『小倉日記』の明治三十三年十一月三十日の条のコピーです。日記を保存している鷗外記念館へ行って写してきました」

畑中は手渡されたコピーを凝視した。

「三十日。旧婢元来り訪ふ」のすぐ下からつづいて以下七行の文字がうすれている。うすれているけれど読むことはできる。「始て夫婿の家に至りぬ。曾根停車場より……」の百三十九字の墨字が透かし見えている。上から貼った和紙が極めて薄いからである。

日記の墨字は他人に清書させた楷書体である。

「これはおどろいた」

畑中は、まじまじと眺め入って云った。

「やっぱり実物を見ないとわからないものだね。こんなに薄い和紙で蔽ってあるとは思わなかったよ」

「ぼくもこれを見たときは、まったく意外でした。さぞかし、もっと厚い和紙で蔽って、下の文字が読めないように隠してあると思っていましたからね」

「どうして鷗外は厚い和紙で貼らなかったのだろう？」

「うすい和紙で蔽っている部分はほかにもあります。それは鷗外の癖らしいのです。けど、ほかの箇所は小部分で、たいした抹消ではありません。こんなふうに七行にもわたる抹消で、しかも信頼していた旧婢モトの虚言が透かして見えるような薄い和紙で貼ったのは、鷗外に似合わず慎重を欠いたというべきです。げんに、『全集』の『後記』にこれが採録されて、工藤徳三郎氏や、畑中さんや、ぼくの疑問を惹いたんですからね」

「きみの？」

「そうです。素封家の友石定太郎と婚姻したというモトの虚偽の報告だけではなく、鷗外宅を罷めたモトはその後どうなっているのか、それもぼくは知りたくなりました」

「調べたのか」

「ある人を介して調査しました。明治の末の遠い昔のことですが。時間がかかりました。ご無沙汰したのはそのためです」

「で、わかった？」

「輪廓《りんかく》はおぼろに知れました。久保忠造は二十三年三月にデンと婚姻し、三十五年十月に離婚しています。デンは三十七年三月に歿しています。そして、三十九年四月にデンの妹モトと婚姻し、四十年八月にモトと離婚しています」

白根は手帖に眼を落して云った。

「ちょっと待ってくれ。だいぶんややこしいから、年表にして見せてほしいね」

白根は応じて、その場で鉛筆をとった。
○(明治)二十三年三月、久保忠造はデンと婚姻。
○三十五年十月、デンと離婚。
○三十七年三月、デン死亡。
○三十九年四月、忠造はモトと婚姻。
○四十年八月、モトと離婚。
「うむ。これなら頭によくはいる」

畑中は「年表」にじっと見入った。

「小倉日記には三十三年十一月二十四日に『婢元罷め去る』とあり、『まめなりし下女よめらせて冬こもり』の鷗外の句がある。それから一週間後の同月三十日にモトが鷗外を訪ねて、松ヶ江村畑の素封家友石定太郎と結婚したという報告は虚偽だった。すると、彼女はほんとうは何処へ行ったのだろう？」

「ぼくの推測では」と白根は云った。「鷗外宅から暇《いとま》をとったモトは、その足で門司の久保忠造の妻で実姉のデンのもとへ赴き、そこに身を寄せたと思いますね。この年表にあるとおり、デンは忠造と二十三年三月に婚姻していますから、それより十年経った姉夫婦の家にモトは同居したことになります」

「なるほど。モトはほかに身寄りがないから姉を頼ったわけだね。そのことをモトは罷めるときにどうして鷗外に云わなかったのだろう？」

「そこが謎です。友石定太郎に嫁したという虚偽と共に」

「どういう意味だ？」

「友石家に嫁に行ったという話だって、ずいぶん不自然なつくりごとです。モトはこの年四月四日に、鷗外宅にくる前に初婚のときに妊《みご》った女児を産んでいます。そんな身のモトが畑の旧家でもあり素封家の子息と結婚できるわけはありません。恋愛でもなく、ただ媒酌人の世話でね。この不自然さを鷗外はどうして見抜けなかったのでしょうか」

「きみに云われてみるとその通りだ。訪ねてきたモトの言葉をそのとおりに信じて日記に書き、あとでそれを和紙を上から貼って削除した鷗外の気づきかたは遅きに失するね」

「あとで気づいたですって？　鷗外からいえばそうかもしれません。しかし、この話にはウラがあると思います」

「ウラだって？」

「これはたぶん久保忠造が脚本を書いた話だと思いますよ。彼は門司の人です。松ヶ江村畑は門司の東隣りの村です。だから忠造は友石家の邸の様子や付近の風景を知悉《ちしつ》していたはずです」

畑中は唸《うな》った。これまでは、友石家のことを知っている今井の友だちから話を聞いていたモトがそれにもとづいての創作だと考えていた。いま白根の言葉を聞いて、そっちのほうが説得力があると思った。

「では、なぜ久保忠造は鷗外にたいしてモトにそんな嘘を云わせたのだろう？　それによって忠造はどんな利益があるのかね」

白根は答えず、しばらく口辺に笑みを浮べていた。

「あ、そうか。きみはモトと鷗外との間に男女関係ありとの推説だったね」

「容疑濃厚で、まっ黒です。しかしモトは鷗外だけではありません。彼女は、姉の亭主忠造とも関係があったと思います」

「忠造と？　義兄とかい？」

「ぼくの推測ではね」

「どこからそんな推測が生れる？」

「モトは産期が近づいて産婆の家に移りますね。三十三年三月末のことです。その産婆は久保忠造やデンが世話したものでしょう。産婆の夫は福岡地方裁判所小倉支所の前に事務所を構えていた代書人です。代書人は現在の司法書士です。その産婆の亭主と久保忠造が友だちだったんです」

よくもそんな枝葉《えだは》のことまで調べたものだと畑中は白根の云うことを聞き流した。

白根は額にかかる長い髪を掻き上げてつづけた。

「で、その産婆の家で女児を産んだモトは姉のデンに嬰児を托しました。子のないデンはこの児を養女にしました。小倉日記の三十四年二月二十四日の条に『でん養女と倶《とも》に至る』とあるのがそれで、デンは京町に移った鷗外宅へこの児を連れて行っています。しかし、それはあとのことで、今はモトが三十三年四月十五日に産婆の家から帰り、鍛冶町の鷗外宅で働く時点に戻ることにします」

「そこで何か持ち上がったのか」

「モトは、姉の家に預けた女児の顔を見るためにしばしば鷗外宅から門司の久保家に行っていたことは容易に想像されます。小倉日記にはそんなこまかいことまでは書いてないですがね」

「モトの気持をそのように想像するのに異論はない」

「デンは常に家に居るとは限りません。デンの留守に児の顔を見に来たモトに忠造が手を出した。そして両人の関係ができたと思います」

「たいへんな想像力だ。で、その拠《よ》り所は何だね」

「忠造がデンを離別した四年後にモトを妻にしているからです。戸籍の上では四年後ですが、実際はデンを離別してすぐにモトを家に引き入れたと思われます。忠造はデンを離別する前から、モトとの関係をデンに知られ、三人の間に揉めごとが起ったのでしょう」

白根のその「調査」を疑えばきりがないが、おそらく事実に近いことをつかんだのであろうと思われた。

「では、前に返って、友石家の子息定太郎と婚姻したというモトの話は久保忠造の脚本だというきみの説だが、その理由はなんだね」

畑中はかなり鬱陶《うっとう》しい気持になった。

「あれは久保忠造の鷗外さんへのイヤガラセだと思います。忠造はモトと鷗外とが関係あったと睨《にら》んでいました。デンにかくれてモトを無理強いに自分のものにした忠造は、そんな台本を書いて鷗外を当てこすったのだと思います。しかし、鷗外は気がつかず、モトの言葉に乗って日記にもそれを誌《しる》した。あとでその虚言は例の和紙貼りの抹消となったんです」

畑中は黙って煙草を喫う。

「最後まで残る問題は釈正心童子の墓の問題だ。これを解決しないとどうにもならん。これがすべての謎のゴーディアン・ノットだ。少々古くさい形容だがね」

「建立者の名をも剝ぎ取ったりして一切の関連を消しているのは、墓の謎を作るためでしょうね」

「墓の謎？　葬られている童子が鷗外の隠し子だという浮説を流すためにか」

「写真で、墓碑の表の刻字を見てください。釈正心童子は隷書体になっている。それもタテ長や正四角ではなく、横幅のある字形です。それは鷗外の小倉時代の書幅が示すとおりです。もっとも『自紀材料』などがいい手本ですが、この公刊は鷗外死後だから間に合いませんね。童子の墓をつくった人は鷗外の筆蹟を模したのです。そうしていかにも釈正心童子が鷗外の遺児で、その子が夭折《ようせつ》し、墓碑を鷗外が書いたようにみせかけたのだと思います」

畑中は写真の墓の字に眼を凝らした。鷗外の筆蹟は「自紀材料」や森潤三郎『鷗外森林太郎』や森於菟『父親としての森鷗外』などの写真版で見知っている。白根謙吉の云うとおり、墓石の五文字は鷗外の筆蹟を真似ているが、形崩れ、勢いなく風格はまったくない。

しかし、明治四十年代にはこれらの著書は、もちろん一冊も出ていない。鷗外の筆蹟を真似るとすれば、鷗外が第十二師団軍医部長として師団隷下の各地を巡視するとき旧家に乞われて揮毫《きごう》した書幅があるだけだ。

「きみの云うとおりだ。何者かがいかにも鷗外がこの墓石を建てたように細工していると思われるね。ひどい話だ。しかし、これから墓の主が鷗外の隠し子だという噂が発生したのか」

「そうです。だが、その噂もまったく根拠のないことでもないのです」

「え、それはどういうわけだ？」

「宗玄寺の山田住職は、畑中さんに宛てた手紙で、この墓を鷗外の隠し子といっているのは道聴塗説だと口を濁しているけれど、それは山田住職が或る事実を知っているからです」

「そうか。では、きみはその或る事実というのを突きとめたのかね」

「突きとめました」

おうむ返しに白根は答え、すぐにつづけた。

「それは墓石に残っている『明治四十三年八月二日歿』の刻字からです。この歿年が手がかりになりました。しかし、この歿年はあまりアテになりませんね。というのはこの墓そのものがこしらえごとですからね。実際に童子が死亡した年ではなさそうです。ほんとうはもっと早く死んだかもしれない。したがって生れたのも早いわけです。十年の加上があれば、それを差し引くとモトはまだ小倉鍛冶町の家で鷗外に仕えているときです。明治三十三年です」

「それはあまりにきみに都合よすぎる仮定だよ。きみは鷗外とモトとの間を黒だと断定している確信犯だからね」

「畑中さんのその批判は理解できます。ぼくもその点を考えまして、明治三十三年と四年当時の久保忠造の生活状態を調べてみたんです。ある伝手《つて》を求めましてね。苦労した末にやっと知り得たのは、久保忠造には三十四年五月二十九日生の男の子があったことです。忠造、デンが結婚して十一年目に儲けた子です。平一という名で入籍されています。その出生の日から推すと、母親の胎《はら》に入ったのは三十三年八月ごろになるはずです」

「平一の母親はデンではないか」

「戸籍上はデンです。しかし、平一を産んだのはモトだと思いますよ。その前にモトが初婚で懐妊した女児を産んだのは三十三年四月四日、産婆の家から鷗外宅に戻ったのは十五日ですが、嬰児はデンが扶養している。モトは嬰児の顔をみたさに門司の姉夫婦の家へしばしば出かけていたのは前に申したとおりです」

　畑中は溜息をついた。

「きみの推測だと、モトは鷗外とも関係があり、また門司に出かけてデンの眼をぬすみ忠造とも関係をつづけたことになるね」

「そうだと思います。その仲がデンに知られ、家の中に波乱が起り、とうとうデンが忠造に離別される結果になったと思います。忠造はそのあとにモトを引き入れるのですね。モトは鷗外宅を罷めたあとの『嫁入り先』の口実に、例の松ヶ江村畑の友石定太郎を使ったのです。鷗外もそれを本気にして、『まめなりし下女よめらせて』の句になるわけですね」

「きみの執念めいた調査ぶりには驚歎のほかはない。敬服するよ。そこまできみが情熱を燃やしてくれるとは予想もしなかった」

　この近世文学専攻の学徒に畑中は愕《おどろ》きを隠さなかった。まったくそれは調査魔というべきであり、まるでデーモンが憑《つ》いたようであった。

「執念めいたと云われますがね」

白根はてれ臭そうに残った茶を飲んで、

「それはですな、このことを調べてゆくうちにぼく自身が面白くなったというか、非常に興味をおぼえてきたからですよ。はじめは頼まれ仕事だと思って手をつけたんですがね」

「いい加減にやるつもりだったか」

「そうでもありません。畑中さんには死んだ兄貴もいろいろとお世話になりましたからね」

「そんな義理にからませて、きみにこの調べごとをお願いしたのは申しわけがない。しかし、興味を持ってくれてなによりだ。ありがとう。……ところで、まだ新発見がありそうだな？」

畑中は白根の口もとを眺めた。

「あります。ぼくは平一の真の歿年月日を知りたくなりました。その真実を得るにはどういう方法があるかと思索した末に、ふと思いついたのがお寺さんです。久保家の菩提《ぼだい》寺《じ》です。そこには過去帳があるにちがいない、とね」

菩提寺は真宗と見当をつけた。門司はそう広くない街である。明治期から遺っている真宗の寺は三個寺であった。白根が当ってみると、そのうちの円応寺に久保家の過去帳があった。明治十二年から起筆してある。大部ある過去帳中から明治三十年代のものを見せてもらった。三十六年十月分の連記の間に、久保家の名を見出した。

久保平一。久保忠造長男。三十四年五月二十九日生。三十六年十月十二日歿。享年三。戒名、釈正心童子。

「やったね」

畑中は思わず叫んだ。

「それを見つけたときはぼくも快哉《かいさい》を叫びました。だが、そのあとで、京都郡苅田町の共同墓地にある『釈正心童子』の墓碑には、明治四十三年八月二日歿となっているのを思い出しました。過去帳の三十六年十月十二日歿とは七年もズレている」

「ずいぶん違うね」

「これはどうしたことかとぼくが手帖を出して迷っていると、傍にいた十何代目かの住職が黙って過去帳をめくって、明治四十三年八月二日のところを指してくれました。これです」

白根はそれを写しとったメモを出した。畑中はその文字を見るなり胆《きも》を奪われた。

《森平一。三十四年五月二十九日生、三十六年十月十二日歿と三十六年十月十三日故人の父久保忠造の届出によりて記載せるも、四十三年八月二日久保忠造の再度の届出により、久保平一を森平一と訂正し、且その出生を久保方《かた》、木村モトと改め、その歿せるを四十三年八月二日と訂す。釈正心童子の戒名は如故《モトノゴトシ》》

白根は顔色を変える畑中を見た。

「ぼくが、ここにある『久保方』というのはどういう意味ですかと住職に訊くと、それは何々の家に寄留している女性が産んだ子が死亡した場合、供養を頼むとか墓を建てるとかするときに寺に届ける際の形式だそうです。たとえば遊廓のお女郎が私生子を死なせたとき、楼主の某がその菩提寺に某方の某童子とか某童女として届けるのだそうです。だから森平一の場合は、久保家に寄留する木村モトになっているのです」

「それまでの俗名久保平一が、急に森平一に改名したのは、なんとも云えない奇怪な話だ」

畑中は顔から血の気が引くのをおぼえた。

「まだ、奇怪なことがありますよ。円応寺の住職が、過去帳の四十三年八月のところをさっと披《ひら》いたので、この部分を前に閲覧した人がありますか、とたずねると、それは行橋市今井の宗玄寺の住職だと答えたんです。宗玄寺の山田真円住職とは同じ真宗でもあり、気が合ってよく往来していると云うのですな」

畑中は脳天を撃たれたようになった。

宗玄寺の山田真円が手紙で、苅田の墓地にある釈正心童子の墓標を鷗外の隠し子だと近傍で噂するのはとるにたらぬ道聴塗説だとする一方で、畑中の『小倉の鷗外』を動揺させると書いた。畑中はこの作品で「元」を気だてがよく、鷗外に忠実に仕える女として描写している。さらに真円の手紙の行間には奥歯にものが挟まったような口吻《くちぶり》があり、二度と手紙を寄越さなかった。真円は、円応寺の過去帳で、釈正心童子がモトの産んだ「森平一」であるのを知っていたのだ。

久保忠造による円応寺への平一の届けは二回にわたっている。二度目は初度の届けの訂正というよりは改竄《かいざん》に近い。市役所の戸籍係の法規の厳しさとは違って、寺は檀家の届けの云いなりになるのだろう。円応寺は久保家の菩提寺だから、当時の住職は久保忠造と昵懇《じっこん》だったにちがいない。それならなおさら住職は忠造の云うことを諾《き》く。

「いったい久保忠造はその時期になってなんのためにそんなひどい訂正の届けを寺に出したのだろうか」

畑中は云った。

「もう一度その年表を見てください。忠造がモトを離別したのが明治四十年八月です。はじめ長男久保平一と寺の届けにしていたのが、モトを離別したあと、とたんに長男でなくなり、他人の森平一に変っています。どうやらこのへんに忠造の特異な意図がありそうです。それというのが忠造はかねてから平一を鷗外の子ではないかと強く疑っていた。それがモトの離縁によって彼の心の表面に浮び出て、平一の久保姓を森姓に変更し、寺への届けになったと思うんです。忠造のモトと鷗外に対する憎しみからでしょうね」

畑中は背を前に折って煙草を性急に喫った。新しい一本に替えたが、逆のフィルターのほうへ火をつけていた。

モトと鷗外に対する忠造の憎悪か。

混乱した頭の中にさらに霧が渦巻いた。

畑中はついと立って書架から鷗外全集二冊を取り出してきた。三十五年の「小倉日記」は三月二十八日をもって閉じられている。それより六年間の鷗外日記はない。釈正心童子が久保平一として数え年三歳で死んだ三十六年十月十二日ごろの鷗外の動静は「自紀材料」で見るしかなかった。「自紀材料」は鷗外がいつか自叙伝を書くつもりでメモしたものという。

《三十六年十月十一日、大塚俳諧温古展覧会を観に往きて、芭蕉翁手柬《しゅかん》の事を報ず。十六日、軍医部会議を開く》

「遺児」が門司で死んだことなどはここに何の影響も出ていない。

鷗外の日記は明治四十一年からふたたび「全集」で見られる。

家の者が三度目の茶を運んできた。庭の樹にはいつしか夕方の赤い陽が当っていた。

四

「忠造の憎悪という君の発想はどこから得た?」

畑中に催促されて、白根謙吉は語りだした。

「釈正心童子の歿年が明治四十三年八月二日になっているのがヒントでした。『年表』を見てください。久保忠造がモトを離別したのは四十年八月です。もしこの童子の墓の主がモトと鷗外の間に生れた子とすれば、この歿年は合いません。なぜかというと、戒名に童子と付けるからにはその幼児は二歳未満、せいぜい三歳まででしょう。仮に数え年二歳で早世したとすれば、明治四十一年の生れになる。鷗外は三十五年三月に第一師団軍医部長となって、小倉を去っているからモトの妊娠時に隔たること遠しで絶対に合いません」

「そりゃそうだ。釈正心童子が鷗外の隠し子であるわけはない」

畑中は晴れ晴れとした顔になった。「晴れ晴れ」とは鷗外が小説によく使う語彙《ごい》である。

「しかし、そうもゆかないところが難儀な点です」

「なに？」

「明治四十三年八月の鷗外の日記をざっと眺めると、鷗外は陸軍軍医総監兼医務局長として軍医部の最高位を極めています。前々年にはコッホ博士の来日に接待の衝にあたり、文芸界では与謝野鉄幹・晶子夫妻、上田柳村（敏）、吉井勇、幸田露伴、佐佐木信綱などと交遊する一方、旧主亀井伯、津和野藩の元宿老福羽《ふくば》家の当主などにも挨拶を怠っていません。山県有朋の椿山荘には賀古鶴所と共に常磐会《ときわかい》の幹事として歌会に参加しています。相州小田原の山県の別荘古稀庵にも伺候《しこう》し、『古稀庵記』を呈上している。四十二年八月に鷗外にとってちょっと痛かったのは雑誌『昴《スバル》』に載せた『ヰタ・セクスアリス』が官辺で問題となり、次官石本新六から戒飭《かいちょく》を受けました。石本新六は森林太郎医務局長と合わず、志げ子夫人はパッパ（鷗外）が石本次官と合わないのを心配していたそうです」

「そのくらいは、ぼくだって知らないではないよ、そんな話と、釈正心童子とどんな関係があるんだ？」

畑中は少々憤然となった。

「たいへんまわり道になりましたが釈正心童子の歿年が明治四十三年八月になっていることです。どうしてかというに鷗外は『ヰタ・セクスアリス』のあとに小倉時代に材を得た『鶏』と『独身』とを四十二、三年の『昴』に発表しています。『鶏』は例の狡猾な老婢さきがモデルの一人で、なんということはないが、『独身』は見る眼によっては問題です」

「どう問題だ？」

「あの中に独身生活の主人公の家に二人の友人が来て酒を飲みながら、中年者の独身生活はとかく世間からいろいろと噂を立てられるものだと云う。すると友人の一人がこんな話をした。宮沢という新潟県の新発田《しばた》の裁判所に勤めている独身の判事試補がいた。あいつがいつまでも独身でいるのは吝嗇《けち》だからだろうとか何とか友人間にいわれていたが、本人は今の安月給では妻子を養えないと思っているだけのこと。だが、そのうちに妙なことから使っている『下女』に手を出して、一緒になったという挿話です。そのくだりをここに写して来ましたから、畑中さんはとっくにご承知でしょうが読んでみます」

こう云って白根は朗読をはじめた。

《土地が土地なので、丁度今夜のやうな雪の夜が幾日も幾日も続く。宮沢はひとり部屋に閉ぢ籠つて本を読んでゐる。下女は壁一重隔てた隣の部屋で縫物をしてゐる。宮沢が欠《あくび》をする。下女が欠を噛《か》み殺す。さういふ風で大分の間過ぎたのださうだ。そのうち或晩風雪《ふぶき》になつて、雨戸の外では風の音がひゆうひゆうとして、庭に植ゑてある竹がをりをり箒で掃《は》くやうに戸を摩る。十時頃に下女が茶を入れて持つて来て、どうもひどい晩でございますねといふやうな事を言つて、暫《しばら》くもぢもぢしてゐた。宮沢は自分が寂しくてたまらないので、下女もさぞ寂しからうと思ひ遣《や》つて、どうだね、針為事《はりしごと》をこつちへ持つて来ては、己は構はないからと云つたさうだ。さうすると下女が喜んで縫物を持つて来て部屋の隅の方で小さくなつて為事《しごと》をし始めた。それからは下女が、もうお客様もございますまいねと云つて、をりをり縫物を持つて、宮沢の部屋へ来るやうになつたのだ。（略）

下女が或晩、お休みなさいと云つて、隣の間へ引き下がつてから、宮沢が寐《ね》られないでゐると、壁を隔てて下女が溜息をしては寝返りをするのが聞える。暫く聞いてゐると、その溜息が段々大きくなつて、苦痛の為めに呻吟《しんぎん》するといふやうな風になつたさうだ。そこで宮沢がつひ、どうかしたのかいと云つた。これ丈《だけ》話してしまへば跡は本当に端折《はしょ》るよ》

畑中は膝の上に両指を組み合せ、両の親指の先だけを高く合せ、印《いん》を結んだような形をつくっていた。小倉時代の鷗外の友人で曹洞宗安国寺、または小説の上では寧国寺さんとして出てくる玉水俊虠《しゅんこ》のように座禅の相をつくり、眼を閉じていた。白根の云うのを聞いていた。

「くり返しますと、モトは四十年八月に久保忠造と離婚し、四十三年十一月に死亡しました」

白根はつづけた。

「忠造がモトを離別したさいにかねてから彼の心のわだかまりとなっていた平一のことが強力に意識されたに違いありません。三十四年五月生れといえば三十三年八月にモトが懐妊したことになります。戸籍上の届けに多少のズレはあったにしても。三十三年八月は、モトが鍛冶町の鷗外宅に奉公中です」

「……………」

「そんなわけで、久保忠造としては、長いこと平一はおれの子ではないと思っていた。鷗外の『独身』を読んだときに久保平一の名では我慢できなくなった。長いあいだの疑惑が、この時点で爆発したのです。そこで、彼は友人の小倉裁判所前にいる代書人に相談をした。モトが女児を産むときに預けられた門司の産婆の亭主です。こいつが忠造に悪い知恵を付けた、とぼくは思います」

「どういう悪い知恵だ？」

畑中は思わず引込まれた。

「久保忠造は森林太郎に対して、前妻モトの代理人として故長男平一を林太郎の実子として認知するよう要求する、ついてはその訴えを起すのを公表する用意のあることを通告する、といった内容のものを鷗外へ送ることでしょうね」

「そんなことは、きみ、そんな無茶なことは通らないよ。モトは別れた前妻だ、久保忠造が代理人になる資格はない。認知しろといっても、その子は嬰児のうちに死亡している。不条理きわまる要求だ」

「それははじめからわかっています。しかし、要求を鷗外さんに突きつけること自体に意味があるのです。だから代書人の悪知恵であり、それに乗った久保忠造の鷗外さんへの仕返しがあるというわけです」

畑中は、瞑目を続けて、白根謙吉の説くことを聞いていた。しだいに身体の中が熱くなった。

「その不条理な要求に応ぜざるを得ないはずです。なぜなら、もしこの要求が新聞などに洩れたら、『ヰタ・セクスアリス』を書いて世間をあっといわせ、石本次官から戒飭処分を受けたばかりの鷗外だ、使っている女中に子を産ませるとはさもありなん、という声が澎湃《ほうはい》として起り、鷗外の弁解などは一つとして通らないです」

「………」

「対手《あいて》は普通の人ではありません、軍医総監・陸軍省医務局長、文芸界の巨頭、宮内省方面からも諮問を承っている。陸軍省を退職したらいずれは宮内省入りとの下馬評にのぼっている。そんな立場の鷗外が、久保忠造の理不尽な要求に対して、忽《たちま》ちにして屈するのは火を見るよりも瞭《あきら》かです。忠造はそう読んだでしょう」

畑中は、うむ、うむ、と白根謙吉の云うことにうなずいて感心した。心理洞察はかなり行きとどいている。

「墓碑の裏側は『俗名・森平一。森林太郎次男。母木村モト建之』とあったのか？」

「そのとおり」

「碑の刻字を削り落したは？」

「久保忠造」

「なぜに削った？」

「モトがこの年、明治四十三年十一月五日に死亡したからです。かんじんのモトが死んでしまっては、さすがの忠造も打つ手がありません。で、墓碑の裏はのちに禍根を遺すと忠造は思って、削り落したのです。それが九十年も経っているので風化で剝離したように見えたんです」

「それはきみの独断だ」

「あらゆる状況を帰納しての、当然の推理です」

畑中は胃の底に溜まっていた異物が咽喉元まで衝き上げてくるのを覚えた。彼は印《いん》を結んだような両指をばらりと解き、座禅に似た胡座《あぐら》を坐り直し、正座に改まった。

「白根君」

畑中は声も改めた。

「きみの取材能力、調査才能には感歎のほかはない。まったく敬服のほかはない。おそらく現在なに人といえどもきみの右に出る者はないであろう。……しかし、しかし、だ、惜しい哉《かな》、鷗外について根本的に認識を誤っている」

白根も坐り直した。畑中の怒気がその表情と声とに現れたので、彼も顔色を変えた。

「その誤りはどういう点でしょうか」

反問の調子ではなく、恐れるように先輩の血管の浮いたこめかみを見上げた。

「森鷗外は、きみも知ってのとおり、明治二十二年赤松登志子と結婚、翌二十三年九月十三日長男於菟が生れた。この月、鷗外は妻登志子が意に染まず一方的に離別した。二十九歳のこの年から明治三十五年一月後妻の荒木志げ子と結婚するまで約十年間、独身生活を送ったのは、鷗外が自己の肺疾患を自覚していたからだ。結婚が肺病を進行させることは医者の鷗外が誰よりもよく知っていた」

白根は少しく頭をさげて聞いている。

「わたしは鷗外が好きなほうだ。軍務のかたわらあれだけの量の創作、評論、翻訳をなし得た者があろうか。その贔屓《ひいき》から云うのではないが、何よりも彼の克己心を買う。今は詳しく云う時間はないが、彼は赤松登志子を一方的に離縁したのが因で初期の有力な政治的庇護者から見放され、それにつながる軍医部内でも出世が遅れ、山県有朋などにとり入っても鷗外が期待するほど酬《むく》われるところはなかった。それでも彼は黙々としてよく耐えた。ただ彼には文芸があった。人は文豪森鷗外に眼を奪われて、孤影蕭条たる官僚森林太郎に気がつかん」

畑中は肩を上下させて、ひと息吐く。

「鷗外の忍耐・克己心は、自己の肺結核を妻の志げ子をはじめ於菟、幼い茉莉《まり》、杏奴《あんぬ》の子らはもとより妹の喜美子にも知らせぬ。その夫医博小金井良精《よしきよ》と賀古だけは最後に知った。鷗外が徹頭徹尾隠していたからだ。鷗外の死因は萎縮腎となっている。現在の人物事典や文芸辞書類にもそう書かれているのが多い。しかし、もう一つの主因は肺結核だ。壮年時代から長くひそんでいた結核病巣が老年に入るにつれて活発化したのだ。鷗外の最期を診察したのは賀古鶴所の姪を妻とする医者額田晋《ぬかだすすむ》だが、額田は於菟と友人でもあったんだ。……於菟の書いたものがあるよ」

畑中は勢いよく立ち上がり、書架から一冊の本を抜き出してきた。森於菟『父親としての森鷗外』である。その巻末近い「鷗外の健康と死」の小題のところをばらりと披《ひら》いた。

「ここには主治医額田晋の話としてこう出ている。額田が鷗外の喀痰《かくたん》を顕微鏡で調べると、結核菌がいっぱいで、まるでその純培養を見るようだった。鷗外は額田に、これできみもわかったろうと云い、しかし、このことは妻にも、子供たちにも絶対に洩らしてくれるなと口止めした。額田が志げ子夫人に鷗外の日ごろの様子を聞くと、鷗外は吐いた痰を紙に包み庭の隅へ持って行っていたと志げ子は答えた。そうしてそっと焼いて処分していたのだろう。

鷗外は大正十一年七月九日の朝七時に息を引きとった。六十一歳だった。その臨終前に、賀古鶴所の計らいで永井荷風がそっと病室に入れてもらっている。鷗外は鼾声雷《かんせいらい》の如《ごと》しだった。六十一歳といえば、今の時代ではまだ壮年の期に入る。わたしなどは慙愧《ざんき》に堪えないしだいだ。

鷗外の訃報を於菟は留学先のベルリンで受けとった。電報の発信人は叔父にあたる小金井良精からで『林太郎腎臓病安らかに死す帰るな』とローマ字で綴ってあった。

二年後、於菟が帰国し、観潮楼に志げ子を訪ねて行くと、なにごとにもあけすけな彼女は『パッパが萎縮腎で死んだなんて嘘よ。ほんとうは結核よ。あんたのお母さんからもらったのよ』といった」

畑中は本を除《の》けた。白根謙吉に云うだけのことはほとんど云えたので気持がずっと楽になり、次第に落ちついてきた。

「於菟はそう書いているけれど、鷗外はもっと早く自分の結核に気がついていたのじゃないかな。鷗外の次弟の篤次郎、内科の医者だが、三木竹二のペンネームで劇評家として名があった。その篤次郎も肺結核で死んでいる。

鷗外と離婚した赤松登志子は、ほどなく良縁を得て再婚し一男一女だかを挙げたが、そのあと明治三十三年に肺結核で死去した。その死亡広告の載った新聞切抜きを小倉鍛冶町の鷗外のもとに賀古鶴所が送ってきたのは、小倉日記にもある。鷗外も前妻が結核で療養しているくらいは風聞で耳にしていただろうから、自分の結核菌には神経過敏になっていたはずだ。

その鷗外が十年間にわたる独身生活をうち切って三十五年一月、四十一歳にして十八歳年下の荒木志げ子となぜ再婚したか。志げ子も最初の結婚に失敗した女だが、初老期に近づく鷗外をして結核に危険な夫婦生活に入らしめたのは、志げ子が世にも稀な美人だったからだよ。鷗外さんは、いわゆる面喰《めんく》いなのだ。『小倉日記』の色白く丈高き末次はな、最初の婢、肥後国比那古の産の吉村氏春にもその趣味があらわれているじゃないか。

赤松登志子がもうすこし美しい顔だったら、鷗外は彼女を離別しなかったろう。彼女は漢文でも未見の白文を読むこと流るる如しだった。その教養はお志げさんの比ではない。

鷗外が小倉の独身生活を通じて、極度に結核菌の活動を警戒し、衝動を抑制したのは疑いない。何度も云うが、鷗外は克己心の人だ。

忠実に仕える女中木村モトに好感は持ったろうが、はじめに来た吉村春のような女としての愛情を含んだ好意とは違う。小倉日記には、木村モトの顔や姿については一行の説明も描写もない。いちばん長く仕えた女なのにね。だから、鷗外とモトとに男女関係ありとするきみの断定は誤っているよ。……」

——畑中がここまで云って前を見ると、白根謙吉の姿は、まるで影《シャドウ》のように搔き消えていた。

それから一週間経った。

畑中はふとシュテファン・ツヴァイクの本を読んだ。

《――しかし、記録を徹底的に精査すればするほど、その記録に、すべての歴史的証言（と共に叙述）がもつ不確かさが、ますます痛切に認められてくる。なぜならば、手蹟《しゅせき》が本物で、古いもので、文書として認証されていても、それだからといって、ある記録が、信頼できて、人間的にみて真実であるということにはすこしもならないからである。同じ時に、同一の事件が、同時代の観察者たちによって、どんなにとてつもなくかけはなれた報告になりうるものであるかを、メリー・スチュアートの場合ほどはっきりと確認できる場合はないといってよかろう。

記録的に証明された肯定のどれにも、記録的に証明された否定が対立し、どの非難にも、弁護が対立している。にせものが本物に、でっちあげが事実に、実にまぎらわしく混りあっているので、実際、あらゆる種類の解釈を、きわめて信用できるものとして証拠づけることができるくらいである。（略）

伝記においては、はりつめた、決定的な瞬間だけがものをいうのであり、であるから、そうした瞬間においてのみ、また、そうした瞬間から見られたときのみ、伝記は、正しく物語られるのである。一個の人間がその全力を賭けるときにのみ、彼は、自己自身にたいしても、他人にたいしても、ほんとうに生きているのである。いつの場合でも、彼の魂が内に燃えあがり、燃えさかるときにのみ、彼は外面的にも形姿をえるのである》

（『メリー・スチュアート』。古見日嘉訳より）

鷗外の評伝類は汗牛充棟ただならぬものがある。しかしその資料の多くは鷗外自身が誌した記録か、鷗外の遺子たち三人や実妹が書いた想い出の類である。このような資料を基にして書いた鷗外の伝記にどこまで忠実な信憑性《しんぴょうせい》があるだろうか。記録的に証明された肯定のどれにも記録的に証明された否定が対立し、どの「非難」にも「弁護」が対立するとツヴァイクはいうが、幼かった家族の想い出（「母から聞いた話」など）などでは正確には記録的証明とはいえないであろう。

白根の「調査内容」は、鷗外のいわゆる「人間的な瞬間」を捉えたものといえるかどうか。鷗外が小倉に居たときから九十年経っている。もうすぐ一世紀に近くなる。ことはもはや歴史に属する。「歴史的証言の不確かさ」だけが残るという云い方もある。

白根謙吉は、あれから畑中のところに現れない。

——文藝春秋（H2・1）

第三章

歌が聴こえる、絵が見える

前口上　宮部みゆき

この章では、ちょっと切り口を変えて鑑賞してみたいと思います。

前者は完全犯罪もの、後者は絵画の贋作ものとして、定番的に有名な作品であります。

「捜査圏外の条件」と「真贋《しんがん》の森」。


「捜査圏外の条件」

この作品のなかで重要な役割を果たすもの。

それは鼻歌です。

主人公の妹、光子が、家事をしながら折に触れて口ずさむ歌。

物語のなかで、決定的な役割を荷なう飲み屋の女中（この若い女中さんには名前さえないですが、実に大事な役どころ）が、お運びしながら口ずさむ歌。

「上海帰りのリル」というこの流行歌は、昭和二十六年に、津村謙という歌手が大ヒットさせたものです。作中にも引用されている、

「リル、リル、どこにいるのかリル、誰かリルを知らないか」

この部分が聴かせどころ。宮部も、ここだけなら何となく歌うことができました。そ

れぐらい耳に残り、ひょこっと鼻歌で出ちゃうようなメロディなのです。

苦い犯罪ドラマであり、復讐劇であるこの作品を読んでいると、「ここ！」という決めのポイントでは、必ずこの歌が、はっきりと聴こえてきます。♪だぁれかリルを　知らぁないか〜　ある場所では光子の明るく甘い声で。ある場所では、主人公を追い込む裁きの神の怜悧《れいり》な声で。

ちなみに、一番の歌詞はこんな感じです。

船を見つめていた
ハマのキャバレーにいた
風の噂はリル
上海帰りのリル　リル
あまい切ない　思い出だけを
胸にたぐって　探して歩く
リル　リル　どこにいるのかリル
だれかリルを　知らないか

歌詞のなかの男のリルに対する恋情が、主人公の亡き妹への愛情に重なってきます。

「捜査圏外の条件」が、別册文藝春秋に掲載されたのは昭和三十二年のことなので、

「上海帰りのリル」の大ヒットからは、やや年数が経っています。何がきっかけで、清張さんはこの流行歌を思い出し、作品に使おうと思い立たれたのでしょうか。想像すると楽しいですね。

小説のなかで音楽を使う、それも、読者の耳に音が聴こえてくるほど効果的に使うというのはものすごく難しい。活字には、どうやったって音声はつけられないからです。でも、名手の技がそれを可能にすることもあるという、これはお手本。

作家が作中で音楽を描くためにどんな工夫をし、苦労をするか。これについてもうちょっと知りたいなという方は、斎藤美奈子さんの『文学的商品学』(紀伊國屋書店)をどうぞ。「いかす！　バンド文学」の章で、有名なヒット作が分析されてます。ふむふむと膝を打ちつつ苦笑いをしてしまうこと、請け合いです。

「真贋の森」

小説家には、文章だけでなく絵画もプロ級という人が、さほど珍しくありません。この二種類の創作には、それぞれまったく別のセンスが要ると思うのですが、「描写」という言葉が表すとおり、小説でも確かに人物や風景を「描く」ことが多々あり、その才能が、絵筆を持つことに通じる場合があるのでしょう。

同じ理由で、絵画をテーマにした小説というのも数多い。確かに「書く」と「描く」は近いところにあるけれど、近いだけであってけっしてイコールではない。だからこそ小説家はそそられてしまうのです。美術の世界に存在する、「活字にはない何か」に憧れ、恋い焦がれる。

ところが、この恋路を渡るのは辛いんだ。

いざ絵画を小説で書くとなると、どうしても説明せざるを得なくなります。とりわけミステリの場合、その絵画に何か謎や謎解きのヒントが秘められているとなると、読者に対してフェアに情報を提供することに真摯になればなるほど、情緒的な筆を抑えて事実を伝えていかねばならなくなりますから、なおさらです。

その困難を、どう乗り越えるか。

ひとつは、徹底的に書き込む手法。その絵画のなかにどんな事物が描かれ、どんな彩色がされ、構図はどう採光はどう遠近法はどうと、みっちり書く。もちろん、作者の画家にとってはこれがどんな作品で、どんな状況下で描かれ、美術史のなかの位置づけはどうで評価はこうという蘊蓄《うんちく》も、しっかり網羅するやり方です。そして、作中に登場する画家とその作品が実在する場合には、装丁画や口絵に、実物の絵画を使う。もっとも、絵が実在しないので、小説家が自分で描いちゃったという例もあります。

もうひとつは、これとまったく対照的に、あまり具体的な事柄を書かずにおく手法。その絵画に描かれているモチーフが何か、色合いはどんなふうか、印象はどうか、というような基本的なことをさらりと描写し、後は読者の想像力に任せるのです。

この手法がぴたりと決まって素晴らしい作品に、アガサ・クリスティの『五匹の子豚』があります。クリスティの描写はいつも簡にして要、ですから紋切り型だと悪口を言われることも多いですが、どうしてどうして、『五匹の子豚』に登場する女たらしの画家が描く絵画は、どれもこれもみんな、こみいった描写はされていないにもかかわらず、読者の目には、いかにもそれらしく艶《なまめ》かしく美しく「見えて」くるのです。

前置きが長くなりました。「真贋の森」には、浦上玉堂という画家と、その作品が登場します。先に白状しておきますが、この著名な日本画家を、宮部、知りませんでした。きっと清張さんが創造した画家だろうと思い込んでいたのですが、ふと思いついて国史大辞典をひいてみたら、ちゃんと載ってた。こういうとき、無学な自分が恥ずかしくなりますねえ、あっはっは！　すみません。

さて、玉堂と彼の作品を描写するのに、清張さんは、あまり細々したことを書かないという手法を選ばれました。ひとつには、玉堂が有名な画家なので（無知な宮部みゆきは別として）、名前をあげるだけでパッとイメージの湧く読者がいると判断されたからではないか。それともうひとつは、この作品に登場する人物たちにとっては、読者以上に、浦上玉堂といったらもう説明不要の人物であって、語り手にして贋作の指導者である「おれ」が、彼について長々と蘊蓄を傾けるような場面があったら不自然になると考えられたからではなかったか。この「不自然」は「アンフェア」と言い換えることもできますね。

以上のように宮部は推察するわけでありますが、それにしても、作中で見事に浦上玉

堂の絵が「見えて」くることには感動しました。いろいろなふうに想像できてしまいます。ですから読了するとすぐに、

「絵の約束ごとに縛られない奔放気ままなものだ」

「玉堂の捉え方は、もっと感覚的で抽象的なんだ」と描写される玉堂の作品の実物を、ぜひ見てみたいものだと思ってしまいました。私の想像した絵と合ってるかな？　と。

玉堂の作品は、ひとつの場所にまとまっているのではなく、いくつかの美術館に散らばって所蔵されているそうです。調べて訪ね歩くのも楽しいですが、画集でもいいから手近なところで何点も鑑賞してみたいという方には、新潮日本美術文庫の⑬「浦上玉堂」の巻をお薦めいたします。

捜査圏外の条件

一

……殿

殿とだけ書いて、名前が空白なのは、未だに宛先に迷っているからである。或は警視庁の捜査官宛の名前になるかもしれぬ。或は、然るべき弁護士の名を書き入れるかもしれぬ。若しかすると、このまま空白で置くかも知れない。その決着はこの手紙の最後まで書かないと今の自分には決心がつかない。

その上、これが手紙であるか、手記であるか判然としない。手紙とすれば甚だ蕪雑《ぶざつ》な字句で不遜である。手記にすれば、宛名の部分を設けて個人宛の体裁に過ぎる。宜《むべ》なるかな、文章を両股《ふたまた》に掛けているのは、もっと別な意味にもなろうかとの仮構である。

これを書くに当って、先ず昭和二十五年の四月のことから誌《しる》さねばならない。今から七年前である。

当時、自分は東京の某銀行に勤めていた。三十一歳であった。勤務先の銀行は日本で一流であった。独身だし、環境に不足はなく、生活は面白かった。前途に人なみの希望をもった。

自分は阿佐ヶ谷の奥に一軒借りて、妹と共に住んだ。今はどうなっているか知らないが、当時はまだ近所に小さな雑木林が残っていて、無理に嗅《か》げば、武蔵野の匂いが無くはなかった。自分は心愉しく通勤した。

妹は光子といって、当時二十七歳であった。十九歳の時に結婚し、終戦間際に夫を喪った不運な戦争未亡人であった。兄妹二人であるから自分が引き取っていたのである。幸い、子が無かったから、良縁があれば再婚させたいと思い、密かに気をつけていた。

妹は朗らかな性格で、歌をうたいながら、台所の片づけや洗濯をするという風である。あまり煩《うるさ》いと自分は叱った。銀行が退《ひ》けて家の近くまで来ると、「上海帰りのリル」などが聞えてきたりする。その頃、流行《はや》りはじめた唄で、妹はそれが好きであった。近くに住んでいる同じ銀行の笠岡と一緒の時は、恥かしくなる時があった。

「いや朗らかで結構だよ」

と笠岡は自分を見て笑った。彼は、当時四十二、三で、直接の上役では無いが、別の課の課長であった。家が同じ方向なので、往き帰りにはよく一緒になった。

「おい、いい年齢《とし》をして、大きな声で唄ったりして、いい加減にしろ」

格子を閉めるや否や、玄関から自分は妹に怒鳴った。光子は舌を出したが、

「あら、私、そんなに年齢《とし》かしら」

と云った。

「そうだ。女は三十近くなれば、お婆ちゃんだ」

「いやだわ。三つも逆にサバよんだりして。だって、私をお嬢さんと呼ぶ人が随分多い

わ」

それはその通りで、光子は小柄のせいか、若く見えた。結婚生活が短かった故《せい》でもあろう、気が幼く、派手な洋服が似合った。

「そんなことを云うと嗤《わら》われるぞ。今も、笠岡さんと其処まで一緒だったが、大きな声が聞えるので苦笑していたぞ」

「あら、そんな筈はないわ」

妹は云った。

「笠岡さんは、私の唄が上手だとほめて下すってるのよ。お愛想がいい方ね。はじめ、私を見たとき、二十《はたち》か二十一だとお思いになったんだって」

「ふん、いい気なもんだ」

自分は不快になった。それは妹にもだが、いつの間にか妹にそんな口を利くようになった笠岡に対しても厭な気持になった。見えないところで、自分に係りなく或ることが進行しているのは些少《さしょう》でも不愉快なことだった。

それに、笠岡というのは、年齢こそ四十を出ているが、眉の濃い、鼻の大きな精力的な感じの男で、これまで女出入りが度々あって細君が苦労したという噂であった。これは気をつけなければいけない。何か徴候が見えたら、妹に注意しなければと考え、それから様子をそれとなく観察したが、別段のことはなかった。何も無いのに、自分も殊更に云う訳にはゆかなかった。かえって自分の余計な思い違いを反省した。

それから数カ月して、六月の末であった。朝食のあとで光子が自分に云った。

「兄さん。明後日《あさって》は輝男の命日で、しばらく墓参りをしていませんから、田舎に遣らせて下さい」

輝男は光子の亡夫で、田舎というのは山形であった。なるほど光子は二年も行っていなかった。

「そうだな。あんまり無沙汰しても悪い。それじゃ行っておいで」

自分は快く承知した。その日、銀行に出ると、給料の前借りをして、帰って光子に渡したくらいであった。

「いいのよ。お金、あんまり要らないわ」

光子は遠慮したが、自分は無理に握らせた。あとで思うと、言葉通りかも知れなかった。

あくる朝、光子は元気よく家を出た。うれしいのか、暗いうちに起きて支度しながら、例の「上海帰りのリル」を唄っていた。さすがに低声だったが、自分は叱言《こごと》を云わなかった。恰度《ちょうど》出勤する自分と新宿駅まで同行した。

「さよなら」

とホームに立って、東京行の満員電車の中の自分に彼女は手を振った。夏の朝の陽が顔の半分を光らせていた。

それが、生きている光子の姿を見た最後であった。

二

光子は、それきり失踪した。

はっきり、そう知ったのは、一週間の後、こちらから、山形の彼女の元の婚家に対して打った電報に、返電が来てからであった。光子は一度も来て居ないというのである。自分は愕然となった。

念のため、自分は山形まで急行したが、実際に来ていなかった。先方も案じ顔である。相談の上、帰ってから警視庁に捜索願いを出すことにした。年齢、身長、体重、家出当時の着衣、特徴を詳しく書き、最近の写真を添えて提出した。悪い想像が次々と湧き、不安と危惧で眠れぬ夜がつづいた。捜索願いに、半分は期待をかけ、半分は諦めていた。もっと大きな事件に追われている警察が、そんなことに親切に構ってくれるとは思えなかったからだ。

光子が家を出る原因は少しも思い当らなかった。無論、そんな様子も無かった。もし、行方不明となったら、自らの意志では無く、他から強制されたものだった。女ひとりを旅立たせたことに自分は後悔を感じた。といって、二十七にもなるのだから、まさか付添う必要も無いのだが、こうなってみると、ついて行かなかったことが重大な手落ちのように悔まれた。日が経つにつれ、最悪のことしか考えられなくなった。自分は急に新聞を三種とって社会面の記事を毎日さがした。それは怖しくもあったが、見ない訳には行かなかった。

光子が出発して四日目くらいであったろうか、ちょっと会わなかった笠岡に、朝の出勤の途中に出遭ったことがあった。

「このごろ、妹さんはいらっしゃらないのですか？　君の留守には戸が閉っているが」

彼は訊いた。

「ええ、田舎に行っています」

「ほう。田舎はどちら？」

「山形です」

まだ光子が失踪したと分っていない時であった。自分は、彼と肩をならべて電車の吊皮にぶら下り、世間話をしながら銀行まで同行したことであった。

いよいよ光子が行方不明と判ったとき、笠岡も自分に見舞を云った。それは銀行の同僚にも知れたことだったから、彼もほかの者と同じように見舞をいったのだ。

「妹さんが大変だそうですね」

彼は心配そうに、低い声で云った。

「どうもご心配をかけます」

「警視庁へ捜索願いを出しましたか？」

「ええ。出して置きました」

「ただ出し放しでなく、上の方に知った人があれば、頼みこむと親切にやってくれるそうですよ」

彼はそんな助言をしたりした。それから、朗らかでいい妹さんだったが、早く無事に帰られるといいがね、と慰めた。

光子の消息が分ったのは、家出してから二十一日目、捜索願いを出してから十日目であった。やはり捜索願いに効果があった。

「該当者らしいのが、I県のY警察署から云って来ている。変死体では無いので、写真は送って来ていないが、行ってみるかね?」

呼び出した係官は云った。Y町というのは北陸の有名な温泉地である。山形とは方角が逆なので、自分はためらった。

「届出の人相、体格、着衣が似ているのだ。温泉旅館で急死したそうだが、身許が知れないので町役場で仮埋葬してある」

その言葉で、自分はY町まで見届けに行く決心になった。夜行で発ち、翌日の午後に到着した。

三方を山で囲まれ、清冽《せいれつ》な川を一筋流している民謡で名高いこの温泉町も、自分には悲しい町となった。役場の係員の案内で、共同墓地の一隅にある仮埋葬場から発掘したのは、紛れもなく光子であった。棺の中の遺体は腐爛《ふらん》していたが、原形はまだ残っていた。自分は確認して、歔《な》いた。

別に保存された洋服、下着、化粧道具を入れたスーツケース、ハンドバッグなど見たが、悉く光子のものであった。

「何か無くなった物はありませんか？」

係員がいったので、自分は調べたが、ただ一つ、いつもハンドバッグに入れていた光子の名刺入れがなかった。

「名刺入れがありません」

自分が答えると、係員は、立会いの他の者と顔を見合せて妙な表情をした。一人がスーツケースの一カ所を示した。名刺挟みが毟《むし》られていた。そう気づくと、光子の頭文字を縫いつけたハンカチも見当らなかった。

そこで初めて事情をきいた。光子は狭心症を起して旅館の座敷で急に絶息したのであった。心臓はかねて悪かった。午前五時ごろ発作を起し一時間後に医師が駈けつけた時は鼓動が無かった。

「お一人では無かったのです」

係員は遠慮そうに云った。もうおよその想像はしていたが、自分は顔が火照って、まっすぐには上げられなかった。

旅館に行って迷惑をかけた詫びを云った。主人も女中も間の悪そうな、気の毒な顔をして事情を説明してくれた。

光子は七月一日にこの旅館に男と二人連れで投宿した。それは光子が自分と新宿で別れた翌日だから、東京から真直ぐにここに直行したことになる。その晩は何のことも無かった。気に入ったから、もう一泊すると二晩目に泊った払暁《ふつぎょう》に不幸な発作が起ったのであった。

大騒動になると、男は大いに狼狽《ろうばい》した。医師が臨終を告げ、女の顔に白い布が女中の好意でかかると、男は俄かに洋服を着替え、郵便局に行ってくると宿をとび出した。宿の者は電報を打ちに行ったのだろうと思っていた。いつ、男が折鞄をもって出たのか、いつ女のハンドバッグから名刺入れを抜き取ったのか、混雑の時とはいえ、宿の者は気がつかなかった。それきり男は戻らなかった。駅に走ったものと思いこんでいた。

宿帳の記名は偽名であった。電報は付箋がついて返ってきた。宿では仕方なく、役場に新仏を引き取って貰った。

「あんな、薄情な、ひどい男はいない」

女中たちは今日まで、罵りつづけてきたと云った。

自分は、その男の人相を詳しく聞き、宿帳につけた筆蹟もみた。旅館には光子と二人分の料金に礼を添えて払い、翌日、妹を骨にして東京へ持って帰った。

三

笠岡勇市ほど卑怯な男は存在しない。

光子が誘惑されたのは、彼女にも半分の過誤があるから、それは咎めない。ただ温泉旅館で光子が急死すると、ひとりで遁《に》げ還った行為が憎いのである。彼はこの不慮の突発事故のため、細君をはじめ、自分にも、世間にも万事が暴露する結果を恐れたのであろう。彼にとっては、光子の急死は思わぬ災難であり、色を失って逃げた心理は解らなくはない。然し、光子の兄である自分は宥《ゆる》せない。光子は死後までも彼に侮辱されたである。己れの行為を匿すため、彼女の名刺を奪い、身許不明人として死体を遺棄した卑怯さに自分は憎悪を燃やした。思うに彼が何喰わぬ顔で、妹さんは留守のようですな、と自分に挨拶したのは、Yから遁げ帰ってきた翌日でもあったろうか。その後、捜索願いについての助言も、事を悟られまいとする擬装であった。

旅館で聞いた人相も、宿帳の筆蹟も笠岡のものであった。自分は銀行で彼の書いた書類をひそかに検べたが、癖のある字体は全く同一であった。聞くところによると、彼は七月初めから一週間の予定で郷里に帰ると称して休暇をとっていたそうである。符節はすべて合っていた。

光子の葬式の時は、笠岡はさすがに顔を見せないで、微恙《びよう》を理由として細君を代理に寄越した。何も知らない細君は、狐のような顔をして丁寧に霊前に礼拝した。自分は、妹は親類先で病死したと取りつくろって置いた。銀行の連中も、多少の疑問は抱いていたらしいが、自分はそれで押し通した。妹の人格のためでもあり、自分の羞恥のためでもあった。まだ、ぼんやりとではあったが、もう一つの考えからでもあった。

笠岡勇市に会ったのは、葬式のことが済み、自分が出社した第一日であった。自分は彼に屋上に同行することを求めた。そのときから彼の顔色は変っていた。

屋上には人の姿が無く、風が吹いていた。強い陽をうけた東京の街衢《がいく》が眼下に展《ひろ》がっていた。鈍い歌声のような騒音が匐《は》い上ってくる以外は、無機物のようであった。笠岡は紙のような顔色をしていた。強い日光の照射ばかりでないことは分っていた。彼は眼も、鼻も、口も歪めていた。Yでの行動を詰問すると、彼は頑強に否認した。関関西の郷里に帰っていて、全く関りの無いことだと主張した。自分は嗤い、

「そんなことを云うなら、Yの旅館の女中を連れて来て会わせてもいいか?」

と云った。それで彼は沈黙した。

彼が告白をはじめるまでには、多少の時間を要した。風が渡り、彼の少い頭髪を乱した。宥して下さい、と彼は云った。それが自白の皮切りであった。自分は、光子との間は二カ月前から成立していた。これまで五回の交渉があったと云った。自分は、己れの迂遠に愕き、腹が立った。瞬間、光子まで憎くなった。旅行は、無論、両人で示し合せたのであった。自分は給料の前借を光子に与えたとき、彼女は遠慮したが、実はその分の旅費を彼が出したのであった。

自分は、妹をそのような淫奔な女とは思っていない。かなり陽気な性格ではあるが、一面、地道なところがあった。結婚生活は僅かな期間で、夫を失ってからは自分の家に同居し、友達もなく、外出もあまりしなかった。要するに世間知らずであった。一方、笠岡はこれまで女出入りの多い男であったから、光子を誘う術は何でも無かったに違いない。女に経験の多い笠岡を一度知った二十七歳の光子が、どんな速度で滑って行った

かは想像に困難ではなかった。予感があったというのか、いつぞや自分はひそかに警戒したが看破出来なかったのは迂闊《うかつ》であった。もはや、悔んでも追付くことでは無い。

光子が宿で発作を起し、苦悶をはじめたとき、笠岡は愕き、すぐに宿の者を起して医者を迎えにやった。どういうものか、医者は容易に来なかった。苦悶は激しくなり、彼女の顔色は暗紫色となった。女中が走り廻って騒動となった。彼は狼狽するばかりであった。そのうち、胸を掻き毟《むし》るようにしていた彼女の手が休まった。死んだとは気づかなかったが、医者が来て、それと知った。

まさか死ぬとは思わなかった笠岡は、この始末に仰天した。咄嗟《とっさ》に来たのは、この結果の恐ろしさである。女房に知られてはならない、光子の兄に知れてもならない、勤め先に分ってもならなかった。惑乱しながらも、彼は光子の名刺入れを奪い、スーツケースについた名刺《カード》を千切り、頭文字の縫い取りのあるハンカチを周到に持ち去って逃げたのであった。逃げること以外、彼はそのとき考えなかった。それだけが狂暴に彼を支配していた。

「宥して下さい。僕が悪かった。どんなに殴られてもいいのです」

告白のあと笠岡勇市は跪《ひざまず》かんばかりにして云った。

「殴る？」

自分は呆れて彼を見つめた。報復の観念の度合がはずれていた。

「どんなに殴ってくれてもいいのです。その代り、このことを公表しないで下さい。公表されたら僕は破滅です。それだけは助けて下さい」

破滅とはどういう意味か。女房に知られては困るというのか。銀行に居られなくなるというのか。自分は、この男の徹底した自我を凝視するばかりであった。殴られただけで事が済むと思っている観念は、一人の女を翻弄し、やすやすと死体を遺棄して逃亡した彼の行為に通じていた。

殴ってくれ、という安っぽい、きざな言葉を彼が吐かなかったら、自分は、或は、彼に殺意を感じなかったかもしれなかった。

四

自分は笠岡勇市を殺害しようと思った。その決心の理由を縷々《るる》と書く必要はない。要するに憎悪である。光子に加えた悪徳への報復が根底にあることは間違いなかったが、感情はもっとそれから充溢していた。時間の経過につれて、それは醗酵《はっこう》し饐《す》えたといっていい。笠岡勇市なる人物が、この世にどうしても生かして置けない存在になった。

自分は、彼を殺害する方法についていろいろに考えた。そのこと自体に苦心は要《い》らない。殺害の手段はいくらもある。必要なのは、自分が加害者であることを知られない方法であった。目的を達しても、自分が捕えられたら何にもならない。報復の報復である、意味をなさない話だ。

自分はそれについてかなりの本をよんだ。多くの犯罪者が犯行を隠蔽することに汨《なみだ》ぐましい苦心をしている。しかしたいてい自滅しているのは、努力にも係らず、方法が稚《おさな》いからである。尤も本に書いてあることは殆ど犯人が判明した結果なので、世の中には知られざる犯行、捕えられない加害者が無数にある。完全犯罪を異とするに足りない。

自分は、若し殺害し得たら、笠岡勇市の屍体を匿そうとは思わなかった。多くの犯罪者がその小細工で失敗している。愚かなことである。要は、自己の犯罪と分らねばよいのだ。

自分は少々ばかり探偵小説をよんだが、実用にはならなかった。作りものの無理なトリックが目に立つだけであった。どうせ拵《こしら》えごとの読みものであるから、それでもいいが、なかには噴飯ものもある。手品師でなければ出来ないことや、無理無体なこじつけがある。

その中で、些少の参考になったのは、アリバイであった。己れが捕縛から脱《のが》れるには、これ以外にないと自分は思っていたからである。しかし、そのアリバイつくりがいかに小細工を弄するかも知った。長くて一、二時間、短いのは二、三十分の不在を証明するために、或は奇術師の如き行動をし、或は時計を操作し、或は役者のように早変りをし、或は蓄音器の手伝いを借りる。これも面白いが、実用には程遠いと思った。短い時間がいけないのである。自分は、もっと大きな時間的なアリバイを考えつこうとした。このアリバイの方法を択《えら》ぶということには、自分の決心は確固として動かなかった。

次に、自分は出来るだけ容疑者の範囲の外に立つことを考えた。どのように巧みに行動しても容疑者の中に入ったのでは危険率が極めて大きい。現在のように進歩した当局の捜査や訊問にかかっては、遂に破綻《はたん》に追い込まれる懼《おそ》れがある。容疑の眼を向けられない安全な地帯に立つことが重要であった。

ひとりの人間が殺されると、警察は、その被疑者を中心として、あらゆる人的環境を拾って洗い上げてゆく。族縁関係、友人関係、公的私的の交際関係がその円周の中に漂っている。動機の糸は手繰られて、行動は当人の記憶よりも正確に調査されるのである。これでは、結局は、脱れようがあるまい。

自分は、その円周の外に立つことを考えた。つまり、笠岡勇市なる人物との線を絶つことである。例えば、いま、彼を殺害したとしても、同じ職場の人間として、当然に自分は彼の環境の中に浮游している人物となっている。これが危険なのである。

熟考の末に、自分は漸く成案を得た。彼との線を断ち切るためには、銀行を辞めようと思った。彼との繋がりは、職場だけのことであるから、辞めさえすれば、彼の環境から遠い人物となり得る。しかし、単に銀行を辞めただけでは足りない。思い切って住居も東京から離れる必要があった。彼との距離が遠ければ遠いほど、容疑の照射は届かないのである。職業も、銀行とは全く縁の無い種類を択ぶことが効果的であった。

然し、これらのことも相当な時間の経過が必要であった。まだほかの人間の記憶の中にあったのでは危険率に変りは無い。自分——黒井忠男という名が、完全に誰の記憶からも消滅するまでの長い時間が必要であった。笠岡勇市の他殺死が発見された場合、誰も黒井忠男を想い出さないだけの消え方が必須の条件である。この条件が成立してこそ、自分は完全に捜査範囲の外側に身を置くことが出来る。

自分はその時間を三年と区切ったが、三年ではどうも危なそうである。五年としたが、それでも心許《こころもと》ない。遂に七年と決めた。七年。これなら全く笠岡勇市の周辺から消滅されるであろう。一時間や二時間のアリバイの詭計《きけい》は、何と気早やで、せせこましいことか。それだから失敗するのだ。七年といえば気永で、甚だ悠長のようであるが、失敗すれば、死刑にもなりかねないのだから、このくらいの時間待ちは何でもない。云うならば、大きな時間的不在である。巨大過ぎると、人の意識に映らぬものである。

それから、もう一つ、必要なことがあった。動機を外部に知られてはならないことである。これは重大だった。幸い、光子の死を笠岡と結びつける者は誰も居なかった。自分は誰にも口外していなかった。知っているのは、自分と笠岡だけである。

笠岡は、このことを公表してくれるな、と哀願した。自分はそれを承知することにした。二人だけの秘密にすれば、外部から自分の動機を気づく者は居まい。

自分は万事の用意が出来上ると改めて笠岡に申し出た。

「いまさら、あんたに怒っても仕方がない。妹も愛情をもっていたのだから、僕も諦めることにしよう。ただ、このことは妹のために永久に秘密にしておいて貰いたい」

笠岡は眼を輝かし、泪を浮べて喜んだ。

「本当か。君。有難う、有難う。僕は君にどんなに殴られても仕方のない人間だった。

宥してくれて有難う。無論、僕の墓場までの秘密にする」

こういうことを、臆面もなく云う人間だから、自分の彼への憎悪は燃え立つばかりであった。七年間待つ自分の執念は当然であった。

笠岡は、それがよほどうれしかったとみえ、それからは何かと自分に親しそうにした。自分もつとめてそれに応じた。辞める最後まで他人の眼に二人の仲の悪い印象を与えてはいけない。

それから一カ月後、自分は口実を設けて銀行を辞めた。

五

自分は、或る手蔓《てづる》を求めて、山口県の宇部という小都市のセメント会社に就職した。東京と本州の涯《はて》の海沿いの小さな町。銀行とセメント会社、環境の隔絶は先ず申し分が無かった。

自分の送別会には、笠岡勇市は最も騒いだ一人であった。彼は何度も自分の手を握り、別れるのが残念だと云った。もとより酒好きなのである。彼は自分の新しい前途を祝うのだと云って、自ら一同の音頭をとった。彼の躁《はしや》いだ動作を見ていると、ひどく自身にうれしそうであった。彼にとっては、自分の存在はやっぱり煙たいに違いなかった。眺めながらそう推測した。

彼は、ほかの連中と一緒に、自分を東京駅に見送った。万歳と叫び、幾度も手を振った。万歳は誰のために云っているのであろうか、もはや、誰ひとりとして彼と自分の間が険悪であったと想像する者は無かった。品川あたりの灯が流れ去ったのを最後として、当分の間、東京とはお別れであった。自分は已れから遠い距離へ隔離した。

だが、自分は無為に東京を離れたのではなかった。打つべき手は打って置いた。もとの部に重村という給仕上りの若い男が居た。かねてから目をかけて手なずけていたから自分を大そう慕ってくれていた。

「重村君。この銀行は辞めても、永く居たところだから懐かしい。向うに行っても必ず諸君の消息を知らせて欲しい。異動があったら、それも書いてくれないか」

重村は承知した。実際、彼は何年にも亙《わた》ってそれを実行した。異動があれば、社内報を同封してくれた。

自分が心配していたのは、笠岡勇市がどう変るかということであった。七年の後、彼を見失っては何にもならないのである。遠くに居ても、絶えず彼を監視する必要があった。重村の報告で居ながらにして笠岡を把握することが出来た。七年間、それを実行させるには、自分は重村に絶えず品物を送って好意を見せねばならなかった。

こうして自分は一年、二年と田舎に屈《かが》んだ。東京に帰ってみたい衝動は何回となく起ったが、その都度、辛抱して抑えた。田舎暮しの生活にも馴れてきたが、意志は変らなかった。ときに妻帯をすすめる者もあったが断った。環境によって意志が鈍ることを恐れたからである。

三年経ち四年経った。笠岡は銀行の吉祥寺支店の次長となり、目黒の次長に転じた。重村の報告は常に絶えなかった。五年目には渋谷支店の次長になった。

あと二年である。自分は我慢強く待った。意志は少しも変らなかった。知る人が見たら偏執狂《パラノイヤ》というかもしれない。見えないところで笠岡勇市に対する憎悪と敵意を燃やしていた。こうなると、妹の復讐という割り切った観念は、かえって過少に見えた。

自分の境遇にも僅かな変化はあった。会社では係長にしてくれた。好きな女も出来たが、結婚の約束はしなかった。宇部はセメントの町で、屋根には白い灰が降りている。薄雪をかぶったような家なみの向うには蒼い海がおだやかに展がった。晴れた時は、九州の山が見える。この、のんびりした景色も、自分の意志を同化しなかった。

六年目に、笠岡勇市は大森の支店長に昇進した。あと一年であった。六年というが、矢張り永かった。

もはや、完全に笠岡の環境の中に自分は存在しない。どのように円周を拡げても、黒井忠男という人物は漂っていなかった。彼との縁は完全に絶ち切られ、時間も空間も隔絶していた。笠岡の身にどのような変事があっても、自分は誰からも思いつかれない存在になっていた。不在というよりも、消失していた。

六年の終りごろに、笠岡は中野の支店長に転じた。都合のいいことに、重村も同じ支店の出納係になっていた。

「支店長になった笠岡さんは、前よりも輪をかけて酒好きになりました。殆ど毎夜、新宿の二幸裏の酒場を飲み歩いています」

　重村の手紙はそう報告した。自分にとって何にも代え難い敵情であった。とうとう七年目が来た。随分永かった。七年という重量がずしりと応える思いであった。観念するよりも、触感でそれを受け取った。意志がこの歳月をかけても少しも変色していないのが、われながらうれしかった。

　四月頃になって、自分は会社に二週間の休暇を申し入れた。二週間の必要は無かったかも知れないが、彼と出会わない空費を計算に入れたのである。彼に遇えば一時間のうちに済むことであった。ことが終れば、東京は即刻に退去する予定であった。自分が七年前に東京の銀行を辞める時から練り上げた計画であった。

　青酸加里も早くから手に入れていた。工場の関係から入手は困難ではなかった。やはりこの材料が一番よかった。勝負は早いし、確率は高い。

　それをポケットに忍ばせ自分は胸を弾ませて上京した。

　東京駅に降りた時、七年前との変りように愕いた。これまで無かった高い建物がいくつも出現していた。矢張り東京はいい。久しぶりに見る東京がなつかしかった。しかし感覚が、どこかでずれ落ちていることも同時に知った。田舎暮しの七年間が、それだけ自分を浸蝕していた。街のウィンドウに映る顔も老けていた。後半の青春が潰れている。しかし、笠岡という目標物に向う抛擲《ほうてき》の過程では惜しくはなかった。

　自分は、東京駅の下り列車の時刻は悉《ことごと》く誦《そら》んじていた。着くや否や、脱出の用意は怠らなかった。

夕方からは神田の小さな旅館に部屋を取った。新宿も近いし、東京駅も近い。目立たぬ旅館であった。

六

その夜から自分は新宿の二幸裏から歌舞伎町界隈を歩いた。十時から十二時近くであった。この時刻が、飲み歩いている笠岡勇市を発見する可能性が多かった。実際、そういう人種は沢山に歩いていた。しかし、いかなる人間に見られようとも、自分は雑踏の中の旅行者に過ぎなかった。誰も知り人が無い。どこの風来坊か分らなかった。七年前の××銀行東京本店証券係黒井忠男は、全く存在していなかった。

その夜は、笠岡勇市を発見するに至らなかった。到着第一夜で遇うのは僥倖過ぎる。

翌日は、昼間は殆ど宿から出なかった。昼間は警戒した方がよかった。万一ということがある。どんな知人に出遇うとも限らない用心からであった。

が、これは無用の用心というべきである。たとえ旧い知人に出会い、久闊を叙《の》べ合っても、笠岡勇市の変死に結びつける者は絶対に無いのである。彼と自分の線はずたずたに断ち切れていた。七年の時間と、一、〇五〇キロの空間の距離であった。笠岡の周囲のどこにも自分は立っていなかった。昼間、外出しなかったのは、いやが上にも周到な注意に過ぎなかった。

その夜、再び新宿を徘徊《はいかい》したが、同じく無駄足をひきずって帰った。このとき、少しばかり危惧が起った。病気とか出張とかがあり得るからであった。それなら二週間の期間を費消して帰ればいい。もう一度、改めて出直すのだ。少しも落胆はしなかった。七年間を待った苦労に比すれば何でもないことであった。

然し、翌晩、出かけたとき、それは杞憂であることが分った。十時二十七分、二幸裏の飲み屋から出てくる笠岡勇市の姿をまさに発見したのであった。

自分が彼の姿を見たとき格別な胸の騒ぎは起らなかった。あまりに大きな感動は生理的に平静を強《し》いるのであろうか。自分は、昨日会った人間のように、少し足もとを縺《もつ》らせて歩いている笠岡勇市の肩をたたいた。薄かった彼の頭は、すでに中央がひろく禿げていた。

「笠岡さんしばらく」

と自分は云った。普通に云ってから、はじめて感動が咽喉からこみ上った。笠岡勇市は、容易に自分が分らないらしかった。彼は自己の前に立って笑っている男の顔が、取引先の誰であったろうかと判別に苦しむようであった。尤も、時間にすればさして長くはなかったであろう。彼の顔に愕きが上り、次に、酔った者特有の大きな身振りで両手を挙げて自分の肩に激しく落した。

「よう黒井君？」

眼をむいているのは、まだ正気の驚愕が去らない証拠であった。

と彼はまた云った。あとを何とつづけてよいか迷っているらしかった。

「しばらくでした。お元気で何よりです」

自分は、彼以上の激情を抑え、微笑をもって彼を落ちつかせようとした。道の真ん中であった。人がわれわれ二人を除《よ》けて、ぞろぞろと通った。通行人の誰もこっちを注目する者は無かった。

「いつ、こっちに来た？」

笠岡はやっと云った。彼にも複雑な感情が動いているらしかったが、それを押し込んでいた。

「今です。久しぶりにやって来ました。東京もますます繁栄しますね」

自分は答えた。彼はようやく自己をとり戻して、酪酊者の顔になった。

「東京も、人と車とが矢鱈《やたら》にふえるばかりで詰まらん」

と云った。七年前より体格も風采も立派になり、ものの云い方も支店長らしく貫禄がついていた。

「あ、そうそう申し遅れましたが、支店長になられたそうでお目出度うございます」

と思わず愛嬌のつもりで云った。笠岡は自分の顔を見て、

「誰から聞きましたか？」

と反問した。自分ははっとなった。

「いや、風の便りに聞いたのです。よかったですな」

と急いで云った。お祝いを云われたので、笠岡は別段気にもとめずに、ずっと機嫌がよくなった。

「久しぶりだ。どこかで一杯やろう」

と彼は云った。自分は胸を撫でた。滅多なことを口走ってはいけない。まだ用心が足りないのだと自戒した。

笠岡が、一杯やろうと誘うのを待っていたのだ。この機会こそ、まさに狙ったものであった。順調に、手拍子よく運びそうである。

「何年になるかな、あれから？」

笠岡は歩きながら、上機嫌に云った。もはや、彼は過去も感じないように見えた。

「七年です」

「七年？　もう、そうなるかな」

と彼は云った。もう、そうなるかな、と洩らした一言が自分の敵意を更に煽《あお》った。七年間の内容も重量も彼には分らないであろう。この男のために銀行も辞め、西方の田舎に流れて行ったのだ。人生の前半は其処で潰滅した。今に、それを思い知らせてやろうと、自分は彼の広い肩をぬすみ見た。

「あ。笠岡さん」

と自分は思いついたように云った。

「飲み屋に入っても七年ぶりに会ったことを話すのは止しましょうね。七年前の記憶はどうもまだ苦手ですから」

話はそれで通じた。彼にもこの言葉は応えたらしかった。

「いいとも。ふだんの交際のように飲もう」

七

最初に入った飲み屋は、広くて客も多かった。これはいい条件であった。混雑しているほど都合がいい。

笠岡は顔馴染らしく、通りがかりの女中たちが目を笑わせていた。

「今の会社は面白いかね？」

と笠岡はそんなことをきいた。

「別段、面白くもありませんが、田舎だけにのん気です」

「のん気なのが一番だ。僕のように神経を毎日すり減らしているのは叶わん」

彼は少し誇らし気にそう云った。それから運ばれたビールを注ぎながら、飲め飲め、とすすめた。彼は酔い、自分も酔った振りをした。

永い歳月をかけて、自分が本州の西端から狙いつづけていた男が、眼の前に実在していることが実に不思議であった。どこかに錯覚があるくらいに奇妙であった。時々、彼が造り物のように思えてならなかった。

すると、彼が突然、低い声で何か唄い出した。非常に悠長な調子で、はじめ何も分らなかった。が、彼が声を上げたとき、自分は思わず彼の顔を見詰めた。それは「上海帰りのリル」であった。

ああ、この男も、何度か光子にそれを聞かされたことであろう。或は、教えられたのかも知れない。おそらく彼は光子の兄である自分を見て、それを想い出したのであろう。彼は真赭《まっか》になった顔に、ふうふうと息を吐き吐き、緩慢な調子で「リル」をうたいつづけた。何か哀しくなった。哀しくなったのは、少し酔ったせいかもしれなかった。いつか、調子を合せて自分も唄い出していた。

リル、リル、何処に居るのかリル、誰かリルを知らないか——歌っているうちに、うるさいと叱った光子の声が聴えそうで頰には泪が流れた。

「いいねえ、これは」

唄い終ると笠岡は首を振って云った。

「恰度、こいつが流行しているころだったね。想い出すよ、ね、君」

折から横を通りかかった若い女中が、ちらりとそう云う笠岡の顔を見て、次に自分の顔に視線を投げた。瞬間のことだったが、笠岡の云っていることを耳にしたに違いなかった。その証拠には、彼女も、リル、リル、と歩きながら唄い出した。自分はイヤな気持になった。何かトンネルでも通過したような暗い一瞬になった。

早くあのことを決行しなければいけないと思った。笠岡を見ると、台にもたれて眼を閉じて眠りかけていた。前にビールのコップが液体を半分残して置いてある。辺りは客が混然としていて誰一人としてこちらを視る者がなかった。

ポケットから薬包紙をとり出して拡げた。アスピリンのように白い粉が小さく堆積していた。指の先で紙を二つに折り、笠岡の前のコップをとって台のかげで上から紙を傾けた。小さな白い粉は可愛らしく落下し、黄色い液体の中で立ち迷った。胸の動悸は少しも無かった。自分はそのコップを台の上に戻し、急いでビールをふちまで注いだ。ビールは泡立ち、白い混入物は眼に見えなくなった。

「笠岡さん」

と大きな声を出した。肩を叩いた。お、と彼は赤い眼を半分開き、首を上げた。

「乾杯しましょう。さあ」

自分のコップにも注いで高く挙げた。彼はうう、というような声を出して、目の前のコップに手を出した。彼はそれを口につけ、少し顔を顰《しか》めた。自分は息を詰めたが心配したことはなかった。彼は、咽喉を動かして飲み終った。それからさも義務を果したように、再び台の上に顔をうつむけた。苦悶が始まるまでには一分ぐらいの間があると思った。自分は靴をはき、外でも覗くような恰好をして戸口から出た。出てから大股に歩き出した。絶命までに四、五分の間がある。重大なことが、実に何でも無く行われた。他愛がなさすぎた。人々は相変らず笑い、喋《しゃべ》舌りながら歩いている。関り無く、無情であった。自分は再び東京の見知らぬ外来客にかえった。

時計を見ると十一時三分すぎていた。大阪行の二十三時三十五分があることを暗記していた。旅館に帰り、支度をしても充分に間に合う。流しの車が寄ってきたので停め、ドアを開けて体を乗り入れ、「神田」と勢よく云った。

車は、速度をもって「現場」から離れて行った。今ごろは笠岡勇市の息は無いであろう。これが七年間の結果の感情であった。あまりに軽量で、充実感が湧いて来なかった。これが実際の量感となって密着するには少々時間がかかるに違いないと自分は窓の風をうけながら、ぼんやり思った。

……殿

もう、この空白の部分に宛名を書き入れるべき段階が近くなったようだ。が、まだ少し決心がつきかねている。もっと書いてみなければならない。

自分は帰りの夜汽車の中で、何か手落ちはないかと考えた。細密に検討したが過誤は思い当らなかった。一応は満足したが、どこかに少しばかりの隙が残っているように思えた。その隙が満足感を僅かに、しかし、頑固に拒んでいて気持を落ちつかなくさせた。

左側に海があったが、真暗で沖に灯も見えなかった。その暗黒の光景を見ていたとき、あ、そうだ、と隙の正体に思い当った。飲んでいるときの、飲み屋の女中の眼であった。

イヤな気持がしたが、その不吉な予感がまだ尾をひいていたのだ。自分は首を振った。心配するな、何があろう。神経質になり過ぎているのだ。不安がることはない。落ちつけ、落ちつけと云いきかせた。

自分は絶対に安全な地帯に居るのだ。笠岡勇市の周辺とは完全に隔絶されている。どのように捜査当局が人物関係を探っても、絶対に捜査圏内に浮んで来ないのだ。七年も前に職場を去った一人の男に何で思い当ろう。参考証言する連中も、黒井のクの字も思いつかないに違いない。強盗ではないから、当局は痴情関係、怨恨関係を専ら洗い立てるだろう。誰も知らないことである。自分は誰の記憶からも消滅していた。飲み屋で顔を見られたが、これは少しも心配することは無かった。混雑していたし、一度だけの新客に何の注意を払おう。たとえ人相を正確に覚えていても、東京には居ない旅行者であった。その容貌から捜査が自分を割り出すようなことは絶対になかった。自分自体が誰の記憶にも無いのだから。

長い間かかって、細密な条件を成立させてからの安全感であった。苦痛も忍耐もこれを得るための犠牲であった。

重村から手紙がきて、笠岡支店長が何者かのために青酸加里で殺害されたこと、犯人の目星がつかない事を追いかけて知らせてきた。安泰かと思われた。

しかるに、それから三週間経った今日、突然に警視庁から捜査員が来て、総務課に自分のことを訊ねたことを知った。二週間とった休暇のことを執拗に訊いたそうである。それを総務課の友人から聞かされたとき、自分は、瞬時に飲み屋の女中の眼に突き当った。あの時の嫌悪の予感が、みるみる正体を拡げた。自分は、瞬間万事を悟った。

あのとき、笠岡勇市と自分が「上海帰りのリル」をうたった。そのあとで、彼が、恰度、こいつが流行しているころだったね、想い出すよ、と感慨めいて云った。女中の耳にそれが入った。それで自分の顔に視線を向け、自分でも「リル」をうたったではないか。おそらく係官の質問に、それを云ったであろう。笠岡は店の常連である。女中というものは、馴染客が連れてきた相客を何となく注意するものだ。

捜査当局が、自分と被害者とが「リル」が流行しはじめたころ、つまり昭和二十五年ごろには呪懇《じっこん》の間柄であることを推察したに違いなかった。範囲は縮小される。そこまで到達すればあとは早いであろう。女中の見た笠岡の相客の顔から昭和二十五年の××銀行在職者の一人にそれを照合させるのは容易であった。

細密な計算も、七年間の積み上げた忍耐も、今や無邪気に崩れ去ったのである。自分はひとりで大声上げて嗤い出した。光子の「リル」が自分を落した。やはり、あの唄は煩さかった！

自分はこれ以上、これを書きつづけるには疲労した。ただ、云いたいのは、敗れたけれども、少しも後悔は残っていないということだけだ。捜査員は、間もなく、この家の戸を叩きにくるであろう。逮捕状が彼のポケットにあるに相違ない。

この文章の宛名を、捜査一課長とするか、弁護士の名にするか、或は誰にも宛てぬ遺書とするか、自分の迷いが数分の猶予の今の間でも決しかねている。

――別冊文藝春秋59号（S32・8）

真贋の森

一

醒めかけの意識に雨の音が聴えていた。眼を開けると、部屋の中はうす暗く、二階の窓からは、柿の木の先だけが見えて、伸びた葉が、濡れて光っている。

背中が汗をかいて、蒲団《ふとん》までが湿っぽい。起きて窓から首を出すと、俺の干した二枚の下着が重そうに雨に打たれている。干竿から雨滴が溜っては落ちていた。階下の煙草屋の女房も、気がつかないのかわざとなのか、とりこんでくれていない。

時計を見ると三時を過ぎている。俺はまだはっきりしない頭で坐って煙草に火をつけた。今朝、睡ったのが八時だった。詰らない雑誌に美術記事を書いたのだが、ともかく、部屋代の半分くらいは徹夜でかせいだ。金では得をしたような、労力では損をしたような気持で、ぼんやり煙草一本を喫い終ったが、後頭部にはまだ睡気がこびりついていた。

風呂へでも入ろうと、手拭いと石鹼をつつんで階下に降りた。濡れている干しものを横眼で見ながら、雨の中を外に出た。傘の骨がまた一本はずれてぶらぶらしていた。

昼間の男湯には客が少かった。湯につかっていると、幾分か頭がはっきりしてきた。窓から射す光線が薄いので、湯槽《ゆぶね》の中は昏《く》れかけたように暗い。

俺は、民子のところへ出かけようかと考えたが、もう四時に近いから多分店に出勤して留守だろうと気づき、あとで店に電話しようと思い直した。久しぶりに女に会いに行くのはいいが、この間から二万円都合してくれと頼まれていたから、今夜は五千円くらいは持って行ってやらねばなるまい。すると、あと四千円しか残らないが、四千円では十日ももつまいと思うと、それから先に入る金のアテを考えた。さし当って今朝渡した分の原稿料を早目に催促する以外にいい知恵は浮ばない。

鏡の前にしゃがんで俺は髭を剃りかけたが、外の雨で昏く、電燈もつけないので、顔が黒く映ってよく分らなかった。それでも白髪だけは鈍い逆光にひどく芸術的に光った。が、裸のシルエットは、もじゃもじゃした頭と、尖った顴骨《かんこつ》と、長い頸と、瘠せた胴と腕とを貧弱な輪郭で浮き出した。俺は洗い桶の上に臀《しり》を据えたまま、しばらく自分の影に見入った。

どう見ても、六十に近い老人としか思えない。近ごろは疲れやすく、ものを書くのも大儀になってきた。このぶんでは、民子との交渉もそう永続きしそうにない。もうその徴候は表れているのだ。鏡の中の身体の周囲から風が鳴っている。

銭湯から戻ると、裏口の階段の下に新しい下駄が揃えてあった。客が来るのは珍しくないので、気にもかけずに上った。

「これは、宅田《たくだ》先生」

六畳一間のとり散らした中で、客は隅に坐って声を出した。

「やあ、君か」

俺は濡れたタオルを釘に引っかけながら、珍しい男が来るものだと思った。門倉孝造《かどくらこうぞう》というのが本名だが、耕楽堂という雅号めいたものを称している。

「どうもご無沙汰をしております。今日は突然に伺って、お留守中に上りこみまして」

門倉耕楽堂は、坐り直して、丁寧なお辞儀をした。総髪といいたいが、真ん中がひろく禿げて、周囲だけに長い髪が縮んでとりついていた。だが、その頭の恰好は、その肥った体格と共に、貫禄がありげだった。

門倉は、画家でも何でもない。東都美術倶楽部総務といった肩書の名刺をふりまわして地方を歩いている骨董《こっとう》の鑑定屋だ。田舎には古画や仏像や壺、茶碗などを所蔵している旧家や小金持ちが多い。門倉耕楽堂は、土地の新聞に広告を出して、宿屋に滞在し、鑑定の依頼者を待つのだ。結構、いい商売になるらしい。

東都美術倶楽部と尤《もっと》もらしい名称をつけているが、名刺の肩書に《会長》とせずに、《総務》としたのは、会の規模を大きく見せかけることと、そんな権威のありそうな会から会長が地方に出張する筈はない、総務なら疑わない、という客の心理を考えたためだということだった。

名刺には、会の所在地も電話番号もちゃんと刷り込んである。架空ではなかった。あとから地方の客の問い合せの手紙や電話が来ることがあるので、のちのちの商売のためにそれは必要だった。

しかし、会は上野あたりの荒物屋の二階の間借りで、電話は階下の取り次ぎになっていた。そういう《事務》のために、門倉は一人の女事務員を置いていた。それは門倉の女房の妹だが、出戻りの三十女で、彼はそれと関係しているとかで、始終、女房との口争いが絶えないということだった。

それは人伝てに聞いたことで、俺は門倉とはそれほどの交渉はない。門倉には、俺が何となくとりつきにくい男にみえるらしいのである。相当な学問と経歴があり、鑑識眼もあり、古美術についてあまりパッとしない雑文を書いたりして独り暮しをしている宅田伊作という人間が、ちょっと得体の知れない人間にうつるらしい。しかし、その鑑定のことで教えて貰いに、年に一度か二度、思い出したように訪ねて来た。尤も、彼は始終旅をしているので東京に居ることも少かったに違いない。

「どうだね、景気は？」

俺は煙草をくわえて、向い合せに坐った。坐りながら、ちらりと眼を走らせると、門倉の横には四角い箱と、細長い箱とが風呂敷に別々に包んで置いてある。四角いのは手土産だろうが、細長いのは軸物であることはすぐ分った。何かまた鑑《み》てくれと頼みに来たのであろうと見当をつけた。

「はあ、どうやら、お蔭さまで、ぼつぼつです」

門倉は禿げた額を指で掻いた。指は節くれ立っている。顔の造作も大きい。厚い唇をにやりと笑わせると、黄色い乱杭歯があらわれた。

「今度は、どっちの方を廻ったの？」

「九州です」

門倉は云って、思いついたように、四角い方の風呂敷を解いて土産物をさし出した。雲丹《うに》の函詰めであった。

「九州か。相変らず亡者が多いだろうね」

「どこも同じように居ます」

門倉は答えた。

「このごろは鑑定料はどれくらいとるの？」

「鑑定書を書いて千円です。箱書きの場合はその倍にします。あんまり廉《やす》いと信用がないし、高すぎると客が来ません。そのへんが恰度《ちょうど》いいところです」

と門倉は声立てて笑った。

門倉の鑑定眼は普通程度にあるから、田舎を廻ったら、ごまかしは利くだろうと俺は思った。門倉はその眼を二十年くらい前に博物館に勤めていたころに養ったのだ。彼は傭員《ようインん》として博物館の陳列品の入れ替えなど手伝っているうちに、自然と古美術品に対して興味をもったらしい。その方面の教育はうけていないが係の技官などに教えてもらったりして、ついには平凡な骨董屋以上の眼をもつようになった。だが、そうなって暫くしてから彼は博物館を辞めた。解雇されたという説もある。何でも或る骨董屋に頼まれて、小さな物を流したとか、流そうとしたとかで、とにかく面白くない理由であることは確かだった。

そういえば門倉という人間には、暗い陰影のようなものが、その大きな身体のどこかに絡《まつわ》りついていた。

「それじゃ、儲かってしようがないだろう」

俺は、門倉の薄物の黒っぽい和服姿の、日本画家然とした恰好を眺めて云った。

「いえいえ、それほどでもありません。これで結構、旅をすると入費がかかりますから。地方新聞の広告料でもばかには出来ません。費用倒れで帰ることもあります」

かれは口ではそう云ったが、満更でもないという顔つきをした。そして卑屈そうにしている眼のどこかに傲岸《ごうがん》なものを覗かせて、俺の着ている塩たれた着物を軽蔑していた。

「九州の方では、どういうものが多いかね？」

俺は瘠せた肩を張って訊いた。

「画では、やはり竹田《ちくでん》ですな。これは圧倒的です。やはりお国もとですね」

門倉は顔に流れている汗をふいて云った。

「弟子の直入《ちょくにゅう》の落款《らっかん》を洗って、名前と印章を捺《お》したのもあります。これはたちのいい方で、あとはひどいものです。大雅や鉄斎のも相当あります」

「そういうものに、みんな極《きわ》め付けをするのかね？」

「商売ですからね」

と門倉は薄笑いした。

「私だけじゃないとみえて、一つの箱の中に二枚も三枚も鑑定書が入っているのですよ。先方は、いざという時にはこれを売れば財産整理が出来るといって、本気になっているのです」

「罪な話だな」

俺は煙草の殻を灰皿にすりつけて、あくびをした。門倉はそれを見ると、少しあわてたように云い出した。

「先生。実は、その竹田について、ちょっと鑑《み》て頂きたいものがあるのですが」

「それかね？」

と俺は眼を細長い包みに投げた。

「そうです。まあ、御覧になって下さい」

門倉は風呂敷に手をかけて解くと、中から古い桐箱が出た。蓋をあけると、これも古い表装の軸物が納まっており、それをとり出して、俺の前にくるくるとひろげた。

はじめから莫迦《ばか》にしていた俺の眼が、その時代色のついた着色牡丹図に落ちているうちに、少しずつ惹《ひ》かれてきた。門倉は、俺のその様子を観察するように横から窺ってい た。

「君、これはどこにあったのかね？」

俺は、軸に眼を近づけたり離したりしながら訊いた。

「北九州の炭坑主が持っていたのですがね。由緒をきくと、豊後の素封家から出たものだそうです」

「君が預って来たのかね？」

「ええ、まあそうです」

門倉は言葉を濁《にご》したが、多分、掘出し物を発見して一儲けを企らんで持って来たものに違いない。いつになく門倉の顔には、固唾《かたず》を呑んでいるような真剣な色が表れていた。

「先生、どうでしょうか？」

と門倉も一緒になって絵を覗き込んだ。

「どうでしょうかって、君にも判らないの？」

「それが、どうも。いや、正直に申しますと、これを持って来られたときは、どきりとしました。それまでいやと云うほど、ろくでもないにせ竹田ばかり見せつけられましたからね」

「すると、本物かも分らないと思ったんだね？」

「いけませんか、先生？」

門倉は懼《おそ》れるように訊いた。

「いけないね」

俺が絵から眼を離して云うと、門倉は、へええ、やっぱりね、と唸るように云って、今度は自分が絵を舐《な》めるように顔を近づけた。禿げた頭には薄毛が斑点のように生えている。その落胆した様子を見ると、よほどこれに期待をかけていたに違いなかった。門倉は俺の鑑識眼には、かねがね疑問なく信頼していた。

「君がだまされるのも無理はない」

と俺はわざと意地悪な目つきで云った。

「これは上野や神田あたりの出来とはまるで違う。といっても、京都ものでもないね。全く別種な贋作《がんさく》系統だ。これほどしっかりしたものを描くのは、よほど腕のたしかな画家だね。岩野《いわの》祐之《すけゆき》君だったら、だまされるかも分らない。兼子君あたりは、美術雑誌に図版入りで解説を書きかねないよ」

俺は、門倉に嘲笑まじりに云ったが、実は、この最後の言葉が心の片隅に、魚の小骨のように残っていたらしい。

二

門倉が帰ったのは六時ごろだった。無理に置いて行った封筒の中には千円札が二枚入っていた。鑑定料のつもりらしい。

二千円は思わぬ収入だったので、民子が帰る十二時ごろまでの間がもてず、かたがた足も遠のいているので、民子の働いている飲み屋に出かけようと思い立って、着物を着替えた。外に出ると、雨はいつのまにかやんでいた。濡れた干し物が暗い中にぼんやり白く見えた。

道を二町ばかり歩いて、都電の停留所に立っているうちに、今夜、民子が店に来ているかどうか分らないという気がした。折角、来た電車をやり過して、近くの公衆電話でその飲み屋を呼び出した。

「民ちゃんね、今夜、お休みしてるのよ」

俺の声を知っている店の女が出て云った。うしろで客の騒ぐ声が入っていた。

「昨夜ね、ひどく酔払ったのでね、今日は気分が悪いから休ませてくれって、電話があったわ」

俺は受話器をおいて、ついでに煙草を一つ買い、道を逆の方に歩いてバスに乗った。

五反田の繁華な通りを抜けて、二、三町横にそれると、この辺は寂しい通りになっていた。俺は勝手の分っている路地に入り、アパートの裏口から入ると、民子の居る部屋は一番奥にあった。コンクリートの土間に下駄の鳴るのを警戒しながら近づくと、入口の硝子戸には、いつもの通り薄赤色のカーテンが張ってあって、内側からあかりが射している。留守ではなかった。

指の先で、硝子戸を二、三度たたくと、カーテンに民子の影が動いて、黙って戸を開けた。

「お店に電話をかけたの？」

民子は、化粧気のない、くろい顔で笑った。歯齦《はぐき》まで見える笑いだった。薄い敷蒲団だけの枕元には、灰皿やコップや古雑誌などが散らかっていた。

「昨夜、飲みすぎだって？」

いつもの、黒塗りのはげた、まるいちゃぶ台の前に坐ると、民子は小さい茶棚から、湯呑を二つ出してならべながら、

「そうなの。お馴染さんが三組もかち合ってね。ちゃんぽんに飲んだものだから、酔い潰れちゃって。澄子さんに車で送られて帰って来たわ」

と云った。なるほど、薄い眉毛の下の眼蓋が腫れている。くろい顔も、蒼味がさして艶が無かった。送って来たのは、澄子ひとりではあるまいと思ったが、どっちでも構わないことだから黙っていた。

「二万円ね、まだ都合がつかないんだ。まあこれだけとっておいてくれ」

と五枚の千円札を出した。

「無理させて済まないわね」

民子は、ちょっと頂くような恰好をして、懐中にしまった。それから田舎の親に預けている十三になる男の子の肺浸潤がどうもはかばかしくないことや、父親が老衰になって動けない話などを云い出した。それは、かねがね聞いていた話なので、俺は別段の興味も起らずに生返事をしているうちに、あくびが出た。

「あら、疲れてんの？」

「うん。今朝の八時まで仕事してた」

「そう。そいじゃ横になんなさいよ」

民子は蒲団のまわりを片づけ、硝子戸の方に行って内側から鍵をかけた。それから押入れの中から糊を利かして畳んだ俺の浴衣を出した。

床の上に寝ると、民子はタオル地の寝間着になって、電燈の紐を引張った。小さな青い光が、部屋を沈め、民子の大柄な身体が傍に横たわると、俺は気圧されたような気持が起り、それが早くも虚脱感に誘い入れた。どういうものか、眼の先には、雨に打たれて軒先に重そうに垂れている白い干しものが見えた。

眼を開けると、部屋はもと通りの明るさで、民子は浴衣に着かえて、鏡に向っていた。

「よく睡ってたわ、鼾《いびき》かいて」

と民子は顔を叩きながら、眼を向けて云った。縮れ髪が少くなって、顔がひろくなっているのを、こちらは改めて発見した思いで眺めた。

「このごろ、疲れてんのね」

民子は大きな唇に薄ら笑いを泛《うか》べていた。

「いま、何時だ？」

「八時半よ。もう起きるの？　帰る？」

「ああ」

「忙しいらしいわね？」

用事があるとも、そうでないとも答えないで、俺は帰りかけた。乾いた紙のように粘着感が無かったが、じりじりした焦燥が裏側から起っていた。この部屋が狭いせいかもしれない。無気力な、濁った空気が鼻の穴を蒸し暑く塞《ふさ》いでいた。民子は強《し》いて制《と》めもせず、屈んで俺の下駄を揃え、戸を開けた。

「今度、いつ頃？」

と戸に手をかけて、細い声できいた。

「さあ、二週間くらい先だろう」

と俺は云ったが、間もなくこの女と別れることになると思った。民子の頰のたるんだ大きな顔が声を出さずに笑ったが、彼女の方でもそう思っているに違いない。

下駄の音を忍ばせて、アパートの裏口から出たが、黒い屋根と屋根の小さな空間に星が見えた。路地には人が三人立っていたが、俺の方を一どきに見た。その視線は、俺が道に出るまでの下駄の音に吸いついているように思われた。女と会ってアパートの裏から出て行く瘠せた白髪まじりの五十男の姿を、彼らはどう思って見送っているのだろうと考えた。

道に出ると、涼しい空気が、顔と胸に当った。空の星もずっと多くなっている。すると今までの虚脱した気持が、少しずつふるい落ちてゆくような心になった。弛緩《しかん》したものが何か冷たい風みたいなものに当って凝固してゆくような状態に似ていた。

道の片側は、低い家がつづき、片側は石をたたんだ崖になっていて、高いところに明るい灯をつけた大きな家がならんでいた。口数の少い男女の通行人がある。俺は歩きながら、民子と別れる決心がひどくいいことのように考えられてきた。

その寂しい道は、少し賑かな通りに出た。どこもまだ店を開けている。店の中には人が動かないでいたし、道路に投げられた灯影を踏んで通行者が歩いていた。どの人間も、俺よりはましな生活がありそうだが、俺と同じようにかなしそうに見える。こういう通りを歩いていると、過去に何度か同じような所を通ったような気がする。あれは朝鮮の京城だったか、或は山陽地方の町だったか。

　ふと、右側に、かなり大きな古本屋があるのが眼についた。表に全集ものがいくつかの山になって積み上げられてあり、本棚が広い奥行を見せていた。俺はふらふらとその中に入った。

　古本屋をのぞくのも久しぶりだった。俺の眼のゆくところは決っていた。美術関係の本のならんでいるところを探すのだ。どこの店も同じように、それは大てい奥の帳場に近い場所の棚にならんでいた。俺が立つと、横で坐っている店の女房が俺の風采をじろりと見上げた。

　この店は、割合に美術書を集めているが、格別なものはない。しかし、こういう書籍の前に立っている俺の気持は、また別種な変化がはじまっていた。本性と云おうか、学問をやって来た人間の習性である。

　本はありふれたものばかりだった。しかし、どういう人が持っていたのか、本浦奘治《もとうらじようじ》の著書が五冊もならんでいた。「古美術論攷《ろんこう》」「南宋画概説」「本浦湛水庵美術論集」「日本古画研究」「美術雑説」が同じような背文字の褪《あ》せ方で揃っている。もし、一冊か二冊きりだったら、これまでそうしたように、俺は鼻で嗤《わら》って通り過ぎたかもしれない。が、本浦奘治の著書が五冊もならんでいる光景に、俺の眼がいつもよりは改まったのだ。誰がそれを所蔵し、古本屋に売ったかは勿論関心がない。つまり、そこに本浦奘治の業績の殆どがうすい埃を被って古本のひやかし客の眼に曝《さら》されていることに別な興味が起きた。

俺はそのなかの一冊「古美術論攷」を指で抜き出し、重い本をかかえてぱらぱらと紙を繰った。殆ど読んだ形跡はなかった。しかし、この元の蔵書家が読まなくとも、俺はどの頁《ページ》も暗記したように知っている。どの活字の一行からも、細い眼に冷たい光を湛《たた》え、品のいい白い髭の下に、いつも皮肉な笑いを漂わせている背の低い老人の顔が泛び上ってくる。

最後の頁の裏側に、著者の紹介が書かれてあった。

「明治十一年生。帝大卒。東洋美術を専攻。文学博士。東京帝大教授、東京美術学校教授。日本美術史学の権威。帝国学士院会員、古社寺保存会、国宝保存会各委員。『南宋画概説』他日本美術史に関する著書多数。号、湛水庵《たんすいあん》と称して随筆多し」

字数にしたら、百字あまりの僅かな中にも、湛水庵本浦奘治の綺羅《きら》びやかな履歴が詰め込まれてあった。但し、これは生存中の出版だから、「昭和十八年歿」が脱けている。そして、「大正、昭和に亙《わた》る日本美術界の大ボス」と書かるべきである。更に云えば、少くとも、俺の眼には、「宅田伊作を美術学界から閉め出した」と追記すべきである。

俺の一生はこの人のために埋れたといってもよい。伸びた白髪まじりの頭を乱して、よれよれの単衣《ひとえ》ものを着て下駄履きでこうして立っている見すぼらしい現在の俺にしたのは、この本の著者文学博士本浦奘治であった。

もし、俺が本浦奘治教授の嫌忌《けんき》をうけていなかったら、今ごろは、どこかの大学の美術史の講座をもち、著書もかなり出している。さらにかりに教授の知遇を得ていたら、岩野祐之に代って、東大や美校の主任教授として、学界の権威になっているかもしれない。岩野と俺とは、東大の美学で同期であった。そして自負する訳ではないが、岩野より俺の方がずっと出来た筈である。これは本浦教授自身が認めていたことだろう。

当時、学生だった俺は、或る女と恋愛して同棲していた。本浦教授はそれを咎《とが》めたのだ。

「あんな不倫な奴は仕方がない」

と教授は人に話したそうである。それからは全く教授に疎《うと》まれるようになった。が、それが理由になるほど不道徳だろうか。俺はその女を愛していたし、正式に結婚するつもりでいた。教授こそ、赤坂辺りの芸者を二号に囲っている不徳漢であった。

俺は卒業と同時に、東大の助手を志望したが容《い》れられなかった。俺は美術史研究の学徒として立って行きたかったのだ。岩野祐之はすぐに採用された。俺は、京大でも東北大でも九大でも拒絶された。

仕方がないので博物館の鑑査官補を志望した。最初から無理なら雇員でもよかった。然し、東京も奈良も駄目だった。あらゆる官立系の場から俺は弾《はじ》き出された。本浦奘治の勢力は、文部省系といわず、宮内省系といわず、それほど全国に行き渡っていた。官立系ばかりではない。私立の大学にも彼の弟子や子分が布置されていたのだ。

本浦奘治に睨まれたら、学界には絶対に浮ばれないという鉄則を、学校を出たばかりの俺は早くも体験したのだった。

本浦奘治に、何故にそのような勢力があったかの理由を云うのは容易である。古美術品の所蔵家が多くは先祖から伝承の大名貴族であり、そういう貴族は大てい政治勢力をもっていた。それに財閥と、職業的な政治家が加わる。古美術学界の権威であり、国宝保存会委員である本浦奘治がそういう上層勢力に大事にされ、彼がそれを利用した結果は当然である。彼は美術行政については大ボスとなり、文部省と雖《いえど》も、彼の反対に遇うと手も足も出ないことになった。各校の美術教授、助教授、講師の任免は、彼の同意なくては実現することが出来ない。少々誇張していうと、彼は恰《あたか》もその方面の文部大臣であった。

その本浦奘治が、とるにも足らぬ渺《びょう》たる青年学徒の俺をどうしてそのように排斥したか。無論、女と同棲云々は口実であった。

つまり、彼の嫌っている津山誠一教授に俺が近づいたのが逆鱗《げきりん》に触れたのだ。そのため俺は朝鮮を放浪し、内地に戻っても田舎廻りで暮らし、遂には五十の半ばを越しながら、しがない骨董屋の相談相手や、二流出版社の美術全集につく月報ものの編集や、展覧会型録の解説などの雑文を書いて口を糊《のり》している。

俺の生涯を狂わせた基点はこの本浦奘治だった。

――俺は本を棚に返して下駄の音を立てて古本屋を出た。

三

本浦奘治の五冊の著書を見て、俺は久しぶりに昂奮したらしい。電車に乗る気もしないで、その道を歩いた。一人の瘠せ老いた男が、下駄をひきずりながら酔ったような眼で歩いているのを通行人は避けるが如くして通った。

俺の不運が、津山誠一先生に近づいたことではじまっても、そのために先生の知遇を得たことに後悔はない、と俺は歩きながら思った。

津山先生から、俺は貴重なものを教えてもらった。それはいかなる書物からも得られないものだった。実際、先生は一冊の著述もお書きにはならなかった。これほど著書の皆無な学者も珍しい。

先生は飽くまでも実証的な学者であった。国宝鑑査官として、文部省古社寺保存事業に関係され、全国の古社寺や旧家を殆ど残すところなく歩かれた。先生ほど鑑賞体験の広い学者はないのだ。その研究に関する該博な知識は、手弁当と草鞋《わらじ》がけの足の所産である。

しかも、先生は一切、権威や勢力に近づかれなかった。そういう機会は、度々、向うから手をさし伸ばして来たと想像する。殊に、本浦博士の権力好きに顰蹙《ひんしゅく》している美術好きの華族も少くはなかった。例えば、貴族院の新人といわれた松平慶明侯や本田成貞伯の如きである。が、先生は好意は謝しても、それに近づくことを好まれなかった。それは多分、本浦博士に対する遠慮があったのであろう。

伝えるところによると、本浦博士は先生に嫉妬したそうである。そうした上層階級一部の好意が、恰も自己の勢力が分割されるように懼れたに違いない。いや、己れの顧客の好意が少しでも他に亙るのが不快であったのであろう。本浦博士はそんな風な人であった。

津山先生は、本浦博士を内心では軽蔑して居られたようだ。ただ権勢欲のみではない。その古美術に対する鑑識眼の不足である。なるほど日本古美術史を学問的に確立した本浦奘治の業績は偉とするに足りよう。だが、それは早晩、本浦奘治を俟《ま》たずとも、誰かがやれる仕事なのだ。

既存の古美術作品を按配して演繹的《えんえきてき》に体系を理論づけるのは華々しいが、実証の積み重ねが空疎である。実際、本浦美術史論は大そう粗雑な、充実の無い理論であった。第一、作品についての鑑識眼がないから当然で、学究的意匠に飾られた概論の立派さに眩惑されるけれど、資料の選択に過誤があるとしたら、その上に建築された理論は傾斜している。

例えば「日本古画研究」は本浦大系の根本をなす大著だが、その資料の半分くらいは明らかに真作ではない。博士は何の疑問もなく、その贋《にせ》材料をあらゆる著書の図版に使用している。無論、博士の時代は今日ほど様式考証が発達しなかったけれど、それにしても、あれほどの大家が、贋作も、他人の作品も、後世の模作も区別がつかなかったのである。

俺が津山先生に近づいたころ、「日本古画研究」の資料の一、二品について糺《ただ》した際、先生はあの冷徹な白い顔に、謎のような微笑を洩らされただけであった。それからずっと先生の指導をうけ、一緒に奈良や京都や山陰までお供したりして、かなりの長い師弟関係が出来たとき、初めて「日本古画研究」其他の資料についての秘密を気弱そうに洩らされた。

「少くとも、あの本の中にある三分の二はいけませんね」

三分の二と聞いて俺は呆然とした。それでは殆ど本浦博士の否定に近い。しかも、それは厳密に絞ると、もっと多いということが後で分った。

「しかしね、これは本浦さんが生きている間は君は云うべきことではないのだ。それが学者の礼儀だ。本浦さんには独自の考えがあって云っていることだから」

先生は俺にそう云われた。

今から思うと、その言葉には二つの意味があったのだ。一つは、先生が《学者の礼儀》を守られたことである。津山先生は生涯、一冊の著書も書かれなかった。もし書いたら、必ず本浦博士の理論の根拠となった資料には触れられないであろう。それはつまり博士を否定することなのだ。

若し、先生が本浦博士より長生きして居られたら、きっと著書を書かれたに違いない。本浦博士が生きている間は書けない。が、死んだら書く、無論、それは本浦奘治という大ボスを先生が怖れたからではない。日本美術史を学問的に創立し、その方面の繁栄を築いた本浦博士への礼儀であった。ただ、尊敬はしなくても、先輩学者に対する《礼儀》を守られたのである。先生は、そういう気弱い学者的性格であった。先生はどんなに著書を書きたかったか知れない。俺流の忖度《そんたく》をすれば、先生は本浦博士の死を待っていたかも分らないのだ。

しかし、津山先生の方が五十歳の若さで先に死んだのである。本浦博士は、それから十五年も長く生きのびて、六十七歳で死んだ。日本美術史については、あれほど実証的な該博な知識をもたれた津山先生に、一冊の著書も無い奇異な理由がそれであった。

もう一つは、これもずっと後になって気づいたのだが、「本浦さんには独自の考えがあって云っていることだから」という意味は、本浦博士がその著書に使った資料は、選択に或る作意がなされていたということではあるまいか。その資料の多くは、権門富豪の所蔵にかかわるものが多い。作品の性質として当然である。しかし、そこに或る意識が働いて、ことさらに疑問のものでも収載するとしたら、所蔵家の好意を買うことは極めて順当な結果である。博士が鑑識眼に乏しいといっても、それは皆無ではないのだ。博士は自ら疑問と思っても、有体《ありてい》にいえば明らかにいけない物でも、権威と認められているその著書に故意に掲げたような工作があったと考えられるのだ。本浦博士が権門を背景に勢力をもった秘密がここにあった。先生はそれを見抜いて居られたのだ。それがいわゆる「本浦さんには独自の考え」の表現なのである。

津山先生の実力を最も知っていたのは、他ならぬ本浦博士であった。同時に、博士は自身の弱点もよく知っていたに違いない。博士は先生を敬遠していた。先生に対しての劣等感をたしかに持っていた。彼は、その持ち前の傲岸な顔つきにそれをかくしていたけれど、確かに先生を怖れていた。それが先生に対する陰湿な敵意と変り、先生の弟子となっている俺を憎んだのだ。

本浦博士は、蔭ではこういうことを云っていた。

「津山君の作品の見方は、骨董屋的な眼だね。あれは職人技術だよ」

しかし、作品の鑑定に学者的な粗笨《そほん》な眼がどれだけ真贋を見分け得るか。鑑定は飽くまでも具体的でなければならぬ。それには豊富な鑑賞体験と、厳しい眼の鍛錬が必要なのだ。直感でものを云うのは容易である。が、直感は何をもって基準とするか。それは観念的な学問からは割り出せない。もともと、実証は即物性で、職人的な技術を方法とするものなのだ。本浦博士の悪口は、己れの劣弱感をそんなかたちで裏返して云ったとしか思えない。

幸い、俺は先生から、その《職人的》な鑑賞技術を教えてもらった。これは何ものにも替え難い貴重なものだった。いかなる学者の著述からも学ぶことの出来ない知識であった。学術的な理論の高度な空疎よりも、何倍かの内容的な充実があった。

本浦博士に睨まれて、どこにも行き場のない俺に、朝鮮総督府博物館の嘱託の口を見つけて下さったのは先生である。

「拓務省に知人がいてね、その人に頼んだのだ。あまり気がすすまぬだろうが、しばらく辛抱していてはどうかね。そのうち内地の条件のいいポストが空いたら呼ぶようにするから」

先生は細い眼を気弱そうにまたたきながらそう云われた。

先生は本浦博士と違って、行政方面には更に縁故のない人である。その先生が不得手な就職のことを心配されたのは、よくよく俺のことを思われてのことである。無論、俺が本浦博士に嫌われてどこにも行き場のない事情を知って居られ、その原因が俺が先生の弟子であったことに因《よ》って、責任を感じられたのかもしれない。実際を云うと、俺のその時の本心は外地に行くのを必ずしも熱望してはいなかった。が、気がすすまぬなどとどうして云えよう。俺は先生のお気持を有難く思って一も二もなくお受けした。朝鮮総督府は宮内省でも文部省の管轄でもなく、かつは、外地でもあるので、さすがの本浦博士の勢力もそこまでは追跡して来なかった。或いは、津山先生の世話でもあり、正式な職員ではなく、嘱託という地位に、本浦勢力のお目こぼし的なさけで見遁《みのが》されたのであろうか。

俺は朝鮮に十三年あまりも辛抱をした。昇進は一向になく、万年嘱託であった。その間に恩師津山誠一先生は亡くなられた。俺が生涯のうち泪を流したのは、少年時代母を喪《うしな》ったときと、先生の訃《ふ》を知った時だけである。

先生には申し訳ないことだが、俺は朝鮮では荒亡の生活を送った。今では俺の顔を見て誰もが六十歳以上と考えるのは、その時の生活の肉体的結果かもしれない。妻と呼ぶ女は一度は貰ったが、すぐ別れた。その後、女を替えて同棲すること一再ではなかったが、いずれも長つづきがしなかった。胃の腑の焼けるような焦燥と絶望に陥り、安静を求めながら、どの女との生活も俺を落ちつかせてくれなかった。気違いじみた、訳の分らぬ怒りが後頭部から匍《は》い上ってくると、突然、手当り次第に乱暴を働くものだから、女が傍に辛抱する筈はなかった。

津山先生を失ってみると、適当な時期には内地に戻れるかもしれないという俺のはかない希望は全く消滅した。本浦奘治博士は、停年で大学を退いたが、相変らず大御所的な存在なのである。子分や弟子を主要な大学や専門学校、博物館などに布置し、蟻のような異分子の潜入を防いだ。上層に益々密着して、政治力は少しも衰えない。

だが、俺の焦燥は、ただ、内地に帰れないというだけではなかった。同期の岩野祐之という男がぐんぐん伸びて、助教授となり、教授となり、本浦奘治の跡を襲って、遂に帝大文学部において日本美術史の主任教授として講座をもつようになったことが、手痛い打撃となった。俺は彼が階段を駈足で上るように、その位置に昇って行く光景を、朝鮮の一角から屈辱的な気持で傍観していたのだ。

岩野祐之は頭脳《あたま》の悪い男だ。俺は学生時代の彼を知っているから、自信をもってそれを云うことが出来る。ただ、彼はいわゆる名家の子弟だった。どこかの小さな大名華族で、当主の男爵は彼の長兄に当った。そういえば、岩野は若いころはなかなか美男で、それらしいおっとりした貴族的な顔をしていた。こういう毛なみは、本浦奘治が一番好むところである。

岩野祐之自身も、己れの頭脳の良くないことを承知して、ひたすら本浦博士にとり入ることに専念した。それは殆ど奴隷的な奉仕であった。噂によると、広大な所有土地の半分はそれで喪失したというが、もとより実際は分らない。そのほかの似たような説も種々あるが、真偽は別として、少くとも、事実ありそうなことに思われる。こういう献身的な奉仕も、本浦博士のような人には気に入るところであった。彼は遂にこの愛弟子《まなでし》岩野祐之に跡目を相続させたのであった。

学問の世界に、そのようなことが通用するのかと怒るのは愚かしい。本来、アカデミズムとはそんなものだと悟ったのは、よほど経ってからであった。が、当時は俺も若かった。岩野祐之のような男が思いもよらない地位につく不合理に、恚《いか》りを燃やし、軽蔑と、嫉妬と、憎悪にのたうった。俺は頼まれても、官立系の大学や博物館に入るものかと思った。俺は、京城でも朝鮮人貧民の密集している鐘路の裏通りを、酒に酔いながら、夜、何度彷徨《ほうこう》したか知れない。今でも、あの汚ない暗い町の家なみを夢に見ることがある。パゴダ公園でも、一晩中、地面に臥《ふ》せて眠ったこともあった。だが、朝鮮あたりでそんな男が何を煩悶して何をしようと、本浦奘治も岩野祐之も知ったことではなかった。彼らと俺との間は空気の上層と地底ぐらいの距離があった。恐らく俺、宅田伊作という名前もとうに忘れているだろう。と、そう思っていたのは、しかし間違いであることが後で分った。

昭和十五、六年ごろだったか、世話する人があって、俺は十三年間の朝鮮生活をきり上げて内地に帰った。H県のK美術館に嘱託になったのだが、この美術館は民間経営としては全国的に有名で、K財閥の蒐集品を陳列した財団法人だった。コレクションの中には、日本の古画が多数所蔵されてあった。

俺はやれやれと思った。これなら東京に行かなくとも済む。ここにある古い絵画だけで充分だった。さすがに美術好きのK氏が金に飽かせて集めただけに、質のよいものばかりで、俺は眼を洗われ、蘇生する思いであった。津山先生の教えがこの時ほど役立ったことはない。蒐集された古画に向っていると、先生が無言で指導し、激励してくれるようだった。俺は勇気づけられた。学生のように新鮮な勇気で、その古画に取り組んで行った。朝鮮での十三年間の無為を、いや、朝鮮の博物館にも東洋美術の名品があったから必ずしも無為ではなかったが、少くとも精神的な長い虚脱をとり戻すために真剣に古画の研究に立ち向った。

先生は生前俺に何でも具体的に教えて下さった。該博な知識は、一々の技術まで立ち入り、どのような細部でも、医者の臨床講義のように立証的で精緻であった。本浦博士の罵った職人技術《アルチザン》である。もしそうなら、この職人技術は、本浦湛水庵のいかなる抽象的論文集成よりも数倍の価値があった。俺の勉強の結果か、K美術館では多少の鑑識眼を買われたが、二年経ってから、突然馘《くび》になった。嘱託だから、都合に依り、と云われたらそれまでだが、宣告の理事ははっきりした理由を言葉にしなかった。

しかし、あとで人がこっそり教えてくれたところによると、理事が上京して本浦博士に会ったとき、岩野祐之も傍にいて、両人で一緒に、

「あなたの方には妙な男が居るそうですね」

と云ったというのである。理事はそれで帰ってK理事長と相談して俺の追放をきめたらしい。本浦奘治と岩野祐之に逆らっては、やはり都合の悪いことが当時のK美術館にはあったのであろう。

本浦奘治も岩野祐之も、まだ宅田伊作という名前をはっきり覚えていたのである。

それから一年後に、東大名誉教授本浦奘治は死亡した。葬儀は名士と学者が雲のように参列したと新聞は報じた。俺は当時、彼の死を祝ったものだ。——

四

家に帰ったのは九時半ごろだった。階下ではもう表の戸を閉めていて、奥ではひっそりとした話し声がしている。俺は裏の戸締りをして二階に上った。

蒲団も、机の上の原稿用紙の散乱も、出たときのままだった。軒の干し物も、かなり濡れて竿に下っていた。門倉が置いて行った雲丹の函もその位置にあった。

その土産ものを見て、俺は門倉が見せた竹田の贋絵を思い出した。あれはよく出来た絵だった。門倉が本物かも知れないと思って持って来たのは無理はない。かなりいい腕

をもった奴が描いたに違いない。

岩野や兼子ならだまされるかもしれないよ、と門倉に云った自分の言葉を思い出した。それは実際なのだ。本浦奘治の跡目をついだ岩野祐之は、その「日本美術史概説」で云っていることは師匠そっくりである。構成も同じ、云い方も同じで、それは継承というようなものではなく、本浦説の平凡な繰り返しであった。創意も見られず、発展もないから、内容は寧ろ退化してふやけている。本浦奘治にはさすがに鋭いところがあったが、岩野には弛緩と退屈以外には無い。鑑識眼の無いことは、師匠の本浦教授以下である。

岩野は、師匠に倣《なら》って南宋画を領域とし、「文人画の研究」「南宋画総説」などの著書を出しているが、いずれも本浦奘治を拡大し、水増ししたに過ぎない。第一、挿入されている図版を見ると、殆どが駄目なものばかりであった。彼も本浦奘治以上に眼が無いのである。彼の無智を暴露していることで、その著書はひどく面白い。

然し、世間ではそんなことは知らないから、岩野祐之というと南画研究の権威だと思い込んでいる。無理もないことで、東大と芸大で美術史を講じ、本浦奘治ほどではないにしても、相当なボスであり、著書も少からず出しているのだから、そう買いかぶるのは仕方がない。権威は彼のそういう肩書の装飾にあった。

一体、岩野祐之はどのような鑑定の仕方をするのか、興味があったので、人について調べたことがある。すると、こういうことが分った。

彼は鑑定を求められると、その絵を黙って見ているそうである。時々彼の口から、

「ううむ」と唸り声が洩れる。三十分でも四十分でも黙って眺めているだけで何も云わない。「ううむ」と呻吟しているだけである。

そうすると、横に兼子とか富田とかいう彼の弟子が居て、

「先生、これはいけませんね」

というと、彼は、初めて、

「そうだね、いけないね」

と断を下す。或は、

「先生これはいいじゃありませんか」

というと、

「いいね」

と云う。他から示唆を聞かない限り、何も意見を云わないで、一時間でも凝視して黙っているというのであった。

まさか、と思ったが、実際そうだというのである。俺はそれを聞いたときに声を上げて笑った。岩野祐之には意見が無いのである。彼には自信も勇気も無い。鑑別の基礎が養われていない。本浦奘治から教えられたのは、大まかな概説や体系的な理論であって、個々の対象についての実証が空疎である。その点は、若いが助教授や講師の兼子や富田の方が研究心があって、虚飾的な岩野よりは、まだましであろう。然し、彼らにしても、俺の眼から見たら大したことはない。

一体、日本美術史などという学問は、方法的にはもっと実証主義でなければならぬのだ。本浦奘治は津山先生を《職人的技術》と嘲笑したけれど、そういう技術が対象に向って見究められ、個々の材料の研究調査が遂げられなければならぬ。その堆積があって、帰納的に体系づけられるのである。実証方法が職人的技術などと云うのは、直感というあやふやなものを神秘そうに響かせる虚栄者の云い草である。

鑑定ということでは、そんな世間的な名声のある学者より骨董屋の方がよほどよく知っているといってよい。何しろ彼らは金銭を賭けている商売である。真剣なのだ。骨董屋といえば、俺は一時期、芦見彩古堂というかなり大きな骨董商に飼われたことがあった。店主の芦見藤吉という男が、俺に惚れこんで、むつかしい物は相談していたのだ。そのときは、手当ともつかず、顧問料ともつかない金を貰っていた。

ところが、あるとき、大雅の画帖と称するものを何処かで仕入れて俺に見せた。よく出来ている作品だが、贋物だった。芦見は残念そうにしていた。あとで思うと、納める先の当てがあったに違いない。

芦見藤吉は抜け目のない商売人で、出入りする大きな客筋には日ごろから献身的な奉仕をしていた。主人の道楽や夫人の趣味を探り出すと、懸命にそれを研究して同化する。いや、同化したように見せかけて歓心を買うのだ。とんと幇間《ほうかん》であるが、これは大へんな努力である。主人が囲碁をやるといえば、自分は高段者について稽古し初段程度になる。夫人が長唄に趣味があるといえば、自分は名取りくらいにはなるという風である。

だから、彼は謡曲にしても、茶にしても、諸流を悉く稽古し、しかも相当な域に進んでいるから、大そうな勉強である。それでなければ顧客の信用は得られないのであろう。一例を云うと、彼は、真宗でも、真言でも、浄土でも、法華でも、神道でも、それぞれの経文や祝詞《のりと》はすべて暗誦《そらん》じている。顧客の宗派に従って、いざという時に使い分けるのである。その上、管長名入りの授戒の袈裟《けさ》まで金を出して貰っているくらいに行き届いている。のみならず、顧客の周囲にもとり入り、主人が骨董を買う時に相談する顧問のような男がいたら、今度はその男の趣味に合せて近づくのである。或る男が考古学をやると聞いて、考古学を勉強し、発掘までついて行ったというから、商売となると尋常な努力ではない。

ところが、俺が贋物と断じた大雅の画帖が数ヵ月を経て、或る権威のある美術雑誌に写真入りで紹介されているのを俺は見つけた。筆者は岩野祐之で、この新発見の大雅に大そうな讃辞が書きならべられている。俺は岩野祐之を憫《あわ》れんだが、彼の名前と雑誌の権威で、これが世間に真物《ほんもの》として通用しては堪らないと思った。しがない生活をしているが、俺も日本美術研究の道を歩いている市井の老学徒と思っているから、公憤のようなものを感じて或る雑誌に、その大雅が偽物である理由を書いた。不幸にも、俺の原稿をのせてくれる雑誌は二、三流だから、それが岩野祐之の眼にふれたかどうか分らなかった。

すると、その雑誌が出て半月あまり経って、突然、芦見藤吉が俺を呼びつけ、顔色を変えて怒鳴った。実はその品物を納めたのは彼だった。納めた先から先日の大雅は飽いたから引き取ってくれと云われたそうで、その金の工面で迷惑したというのである。先方は君の書いた一文を読んだのだろうと彼は云った。

俺は、あれはいけないと云っておいたのに、彼は納めていたのだ。俺はまた、てっきりほかに廻して、そこから入った品だと考えて、あの文章を書いたのだ。俺はそれを説明したよ、いけないとはっきり云ったものを何故納めたか、と云い返すと、君は商売を知らない、と彼は云った。それなら、あんたとの縁はこれきりだと俺は彼と喧嘩別れした。もし、芦見彩古堂とそんな別れ方をしなかったら、未だに月々、手当みたいな金が不断に入って、今のような苦しい生活も少しは楽になっていたかもしれない。

俺は寝床の上に横たわったまま、いつまでも煙草を喫っていた。本浦奘治の五冊の著書を古本屋の棚で見たばかりに、少し昂奮していた。昂奮は現在の俺の生活につながっている。うす汚れた六畳一間の間借り、赤茶けた畳の上には、本と紙と、七輪と鍋とが雑多に乱れている。そこで六十にも見紛《みまご》うばかりの老人めいた瘠せた独身男が、ぼそぼそと飯を炊き、干ものを焼き、頼まれたら徹夜で雑文を書いている。そして、時々は無気力な情事に出かけて行き、倦怠を拾って帰ってくるのである。本浦奘治に憎まれて以来、俺はいつのまにか人生の塵埃になっていた。

岩野祐之は、その壮麗な肩書で、空疎な美術史論を披露している。世間的な虚飾と、充実した私生活が彼にはあった。本浦奘治という大ボスに茶坊主のように取り入った岩野祐之がそのような存在になっていることが、俺には不合理で仕方がない。俺は彼と比較しているのであろうか。いや、比較というようなものではなくなっている。不合理は比較を超えていた。俺の眼には、いわゆる岩野流の学者も、そのアカデミズムに立て籠る連中も、鑑定人も、美術商人も、みんなニセモノに見えて仕方がない。

考えてみれば、今の日本美術史という学問からして不合理である。材料の多くは、大名貴族や、明治の新貴族や、財閥の手にあって、蔵の奥に埋蔵されている。彼らはそれを公開することを好まない。それを観られる特権は本浦奘治のような権門に近づいた偉いアカデミー学者だけである。それに所有者は観賞させても調査は好まないのである。戦後、旧華族や財閥の没落で、かなり所蔵品は放出されたけれど、それは全体の三分の一にも当るまい。特権者だけが、材料を見られるという封建的な学問がどこの世界にあろう。西洋美術史とくらべて、日本美術史が未だ学問になっていないのはそのためだ。その上、宥《ゆる》された観賞者が岩野祐之のように、まるきり盲目に近い学者だから何をか云わんやである。日本美術史は、これからが調査の期間だが、材料の半分は所蔵家という地中に埋没されているのだ。神秘なこの匿《かく》し方が、贋作跳梁《ちょうりょう》の自由を拡げ、骨董商を繁栄させている。尤もらしい由緒を云い立て、出来のいい贋作を出してみせて、眼のない学者をたぶらかすことは容易である。十数年前に起った秋嶺庵偽画事件など、今から考えても不思議ではない。

あの時は、鑑定して推薦までした芳川晴嵐博士が犠牲となって、気の毒なことをしたが、ひとり芳川博士の不明を責めるには当らない。みんな五十歩、百歩なのだ。しかるに、当時も、岩野祐之は、芳川博士と同様に提灯を持ちかけたが、危いところで贋作が暴露し、ほっとすると同時に、今度は他人の尻について攻撃に回ったそうである。岩野ならありそうなことである。

とに角、この世界の封建性が、日本美術史という分野の盲点である。——

俺は、マッチをすりかけて、不意に手をとめた。

「盲点か」ひとりで呟いた。頭の中に閃いた或る思考が無意識にそれを吐かせたのである。

俺は枕に頭をつけて眼を瞑《つむ》った。思考は初め断片的であったが、それが連なり、絶ち切れ、また繋《つな》がっては伸びた。俺はその細工に陶酔した。どういうものか、雨に濡れて重く垂れ下っている白い干しものと、紫色の歯齦をした女の居る濁った部屋とが関りなく眼に泛んだ。だが、どこかでそれは、この思考に耽溺する陰湿な雰囲気となって漂っていた。

五

翌日、俺はひる前から家を出て、上野の門倉のところに行った。路地に入って、荒物屋の二階に上ると、六畳の間で、机を二つ畳の上に置いてある。それが門倉の「東都美術倶楽部」の事務所であった。

門倉孝造は女事務員と二人で頭を触れるようにして何かを覗いていたが、俺を見ると、おう、とびっくりしたような声を出した。俺が来たのが意外という顔であった。妙にかた肥りした感じの、三十すぎの女事務員は急いでそこを離れ、階下に降りて行った。

「昨日はどうも失礼しました」

と門倉は、俺を窓に近い来客用の椅子に坐らせた。恰好だけ肘掛椅子だったが、弾みが無く、白いカバアもうすよごれていた。

机の上を見ると、「日本美術家名鑑」という相撲の番付紛いの刷りものが置いてあった。今まで女事務員と彼が見ていたのはこれらしい。

「今度の新番付かね？」

と手にとると、門倉は、えへへ、と苦笑した。東西の横綱、大関あたりは、さすがに世評通りの画家の名を入れているが、あとの順位は名もない画家の羅列で出鱈目であった。門倉は貰った金額の多い画家から上位に据えて刷り、地方に行ったとき、これを好事家に売りつけるのである。いわば、これは彼の鑑定業に付属した内職であった。

「いろいろと儲かるもんだね」

と云うと、門倉は首を振って、こんなものでは知れたものです、と云った。

女事務員が階下から戻って来て、茶を汲んで出した。額がひろくて、眼が小さく、うけ唇《くち》をしていて、いかにも男を心得ているといった感じの女だった。門倉は茶碗を置いている女の顔を見て、どこそこに電話をかけるように云った。とりつくろったような故《わ》意《ざ》とらしいところがあった。

「昨夜の竹田は残念だったね、よく出来ていたが」

と俺は黄色い茶をすすって云った。

「それについて、君に相談がある。どこか珈琲でも飲みに行かないか？」

門倉は眼を光らせた。彼は瞬間に俺の企みを読みとったらしい。が、彼の想像は違っているのだ。女事務員は細い眼を笑わせて俺が出て行くのを見送った。

「何ですか？」

と彼は、早速、珈琲屋に入ると訊いた。

「あの竹田の贋絵をかいた画家だがね、どこに居るのか探して欲しいのだが」

俺が云うと、門倉は、しばらく俺の顔を眺め、それから声をひそめて、

「先生、どうなさるんですか？」

と問い返した。彼は、昨日の絵だけのことで俺に計画があると思っていたらしい。

「そいつを僕が仕込んでやりたいんだ。いい腕をもっているからね」

門倉は、瞬きするような眼をしたが、それはすぐに輝きに変った。分ったという表情で、身体を前にかがめて来た。

「そりゃ、いい思いつきですな、先生に仕込まれたらいい腕になりますね。あの竹田でさえ、あたしは半信半疑だったくらいですから」

門倉は正直に云った。彼は実際に真物かもしれないと思って持って来たらしい。所有

者には贋物だとか何とか云ってごまかして買い取ったものであろう。俺に鑑定を頼みに来たのは、最後に確かめに来たのだ。

門倉もその道では抜け目のない男だから、俺の云った短い言葉だけで、すぐに内容の意味を悟った。彼は舌なめずりしそうな顔つきになった。

「で、その絵描きの所在が分るかね？」

「分ります。そうなりゃ、一生懸命に探しますから。蛇の道はヘビでね、それぞれのルートをさぐれば、突き止められますよ」

門倉の声は弾んでいた。

「暇がかかるよ、養成に。それに、果して、ものになるかどうか分らないしね」

俺が云うと、彼は、それはそうですよ、とこちらの気持を迎えるように賛成して、

「しかし、あの画を描いた男は確かな腕をもっていますね。きっと見込みがありますよ」

と勢い込んだ。

「金もかかるね、相当に」

俺は珈琲を一口すすって告げた。門倉は、それは分っています、と独り合点にうなずいた。

「彼を東京に呼んで、一軒もたせるのだ。一年かかるか、二年かかるか分らないが、その間の面倒を見てやる。家族が居れば、その分の生活費も出してやらねばならない。断

っておくが、僕がいいというまで、絵を一枚も処分してはならないのだよ」

門倉は少し厳粛な表情になった。彼は思った以上に俺が熱を入れているのに少し愕いたらしい。

「いいです、それは。金は何とかしてつくります」

彼は、賭けた、という口調で答えた。

「いや、そうじゃないんだ。金だけの問題ではない」

と俺は云った。

「もし、当人に見込みがありそうだったら、もう一人、相当顔の広い骨董屋を入れなければならない。つまり、売り捌きのことを考えなければならないのだ。君が流したんじゃ信用しないからな。その代り、彼の一切の費用は、その骨董屋に肩入れさせていい」

門倉は沈黙した。賭は半分になった。彼の沈黙には、さまざまな計算がかけ廻っていた。彼は、俺の考えていることが思いのほか大きそうなのを更に知ったようだった。

「いいです。承知しました」

門倉は、真剣な口ぶりで答えた。

「だが、骨董屋は誰にします？」

「芦見がいいだろう」

「彩古堂ですか？」

といって、俺の顔を見た。

「然し先生と彩古堂は仲が面白くないんじゃないですか」

「そうだ。だが、こういうことには芦見を使うよりほかにない。相当に顔を客に売っていて、適当に際どいこともしているから。なに、儲けとなると、あの男は割り切ったものだから、僕との間は何でもなくなるよ」

門倉は声を出さずに笑った。彼の顔は汗ばみ、光りがこまかい粒で皮膚に浮いているみたいであった。

「私は明日の朝の急行で、すぐに九州に発ちましょう。分ったら電報します」

と彼は云った。

喫茶店を出てから、俺は彼と別れた。胸の中に何か充実感のようなものが、ひろがってくるみたいだった。暑い陽が真上にある。道を人がだるそうに歩いていた。

俺は電車に乗り、民子のアパートに向った。何となくそういう気になったのだ。気だるそうに人が歩いているのを見ると、狭い民子の部屋の濁った空気が想い出された。今の俺の昂《たか》ぶったような気持は、たしかにその部屋に淀んでいる無気力の中にひき戻されたい誘いを感じていた。少しの間、慣らされた倦怠に身を置きたい心が動いていた。

民子は下着だけで仮睡をしていたが、浴衣をひっかけて起きてきた。腫れたような眼でにぶく笑い、俺が上ると、カーテンを閉めた。

「どうしたの？　あ、昨夜はどうも有難う」

と金の礼を云った。

畳の上には、薄べりを敷いてあったが、彼女の横たわったあとが、汗で淡い色になっていた。

俺はその上に転がった。

「暑いから、脱いだら?」

民子は、粘ったような顔で云った。

いいよ、と俺は云った。カーテンから洩れた陽に、埃が渦になって立ち舞っていた。

「もう、来ないかと思ったわ」

と云いながら、うちわで俺を煽《あお》いだ。来ないことを知ってでもいるような口吻だった。それから、その云い方にも草いきれのような生臭さと、気だるさがあった。

これだ、と俺は考えた。この臭いと懶惰《らんだ》が俺の生活に融け込み、同色の色合いみたいに適応を遂げたのである。恰も、動物が己れの穴の温みと臭気とに懶《ものう》く屈んで眼を閉じているようなものであった。或は、俺の落伍的な怠惰が、その温みを女とこの部屋に染《うつ》したのかもしれなかった。しかし、それは絶えず俺を苛立たせる結果をもっていた。

女はゆるくうちわを動かしている。俺は薄べりに背中をつけたまま、することがない。

門倉は明日の朝、九州に行くだろう。あいつのことだから、あの贋作家を必ず見つけてくるだろう。それから先の企みが、断片的に出てきたが、それは今の場合、浮游物のようなものだった。俺はわざとそれを押しやり、いつもの適応した無為の状態に落ちつけた。

無為といっても、何もすることなしでは居られない。古雑誌でもないかと首を捻《ね》じると、小さな仏壇を据えた机の下に、名刺入れのようなものが落ちていた。ついぞ見慣れない品だから、手を伸ばすと、民子は逸早《いちはや》くそれをとり上げた。

「お客さんのものよ」

と女は云った。

「店に忘れてたのを懐に入れていたら、そのまま持って帰っちゃったの」

俺は黙っていた。一昨日の晩、酒に酔って店の友だちに送られて来たというが、その中に男がまじっていたのは確実のようだった。民子は名刺入れを懐に入れ、俺の顔色を窺うようにした。

もう、そろそろ、いつもの焦躁が頭をもたげる頃だと思いながら、天井を見ていたが、そのことは起らずに安泰であった。芦見彩古堂の顔などが浮んだりした。民子が立って、妙な薄笑いをしながら細紐を解こうとしたので、俺は起きた。背中にシャツが汗で貼りついていた。薄べりの畳目がついているかもしれなかった。

「あら帰るの？」

民子は手をとめて、俺の顔を見た。それから暫くして、

「あんた、今日は違ってるわ」

と云った。ちょっと観察するような見つめ方であった。

「どう違うのだ？」

「違うわ。何か、張り合いのありそうな顔よ。何かあったんじゃない？」

何もあるものか、と俺は答えた。

それから、のろのろとコンクリートの土間を歩いて外に出た。民子は、他の部屋の者の手前、いつもそうしているように戸口までしか送らなかった。今度来るとき、愈々《いよいよ》、この女が此処に居るかどうか分らないと思った。そして俺と女の体臭で醗酵させたあの部屋の無気力な温《ぬく》もりが失われるのに未練を覚えていた。

外の眩しい光と熱が俺に灑《そそ》いできたが、俺の肌はすぐには暑いとは感じなかった。

六

一旦、九州から引返した門倉と一緒に俺はF県のI市に行った。それは門倉が四、五日も九州を探し廻って突き止めてきた、あの竹田の贋作家の酒匂鳳岳《さこうほうがく》に遇うためであった。

「酒匂鳳岳というのは、今年が三十六歳で、細君と中学に行っている子供がひとり居ます。京都の絵画専門学校を卒業したと云ってます」

門倉は、その酒匂鳳岳なる人物についての予備知識を俺に与えた。

「I市は、F市から十里ばかり南に入った炭礦町でしてね。鳳岳はそこで日本画を教えて暮しを立てています。美人画でも、花卉《かき》でも、南画でも、何でもこなして器用なものですよ。炭礦町といっても、そこは大手筋の会社が二つもあって、社宅にいる社員や、奥さん連中が習いに来るのを教えている訳ですが、数は少いようです。やっぱり贋画を描いて稼がなければならないでしょうね」

「贋画の注文主はどこの骨董屋かね？」

と俺は訊いた。

「E市です。一軒だけですが、それもあんまり度胸が無いとみえて、時たまらしいのです。まあ、それでこっちが好かった訳ですが、あれだけの腕をもっているから、東京や大阪の業者が知ると大変でしょうね」

「それで、こちらの意嚮《いこう》を話したら、彼はどう云っていた？」

「考えていたが、やる、と云うんです」

門倉は自分まで昂奮したように云った。

「東京には一度出たいと思っていたから、何でも描くと云うんです。それに、そういうものを描くのは、絵描きの立場からいえば非常な勉強になるから、ぜひやらせてくれと云っていました」

俺はうなずいた。それはその通りで、今、大家として知られている画家も、若い時は古画の贋画を描いていたのを俺は知っている。本人は、無論、ひたかくしに隠しているが、時々、今もそれらしい作品に出遇うのである。

「とに角、先生を連れて来るからと云っておきましたが、あの男は先生に指導して頂ければ贋画の方で伸びると思いましたね」

贋画で伸びるという云い方は妙であったが、門倉の口から出るとおかしくはなかった。

東京から二十数時間も急行に揺られてI市に着くと、そこは町の中を軌道炭車が通っているような炭坑地帯であった。

初めて酒匂鳳岳に遇ったのは、川の傍にある彼の小さな古い家だった。三角形のボタ山がどこに立っても眺められた。いるのか狭い川の色は濁り、岸の泥は黒く光っていた。向うには小高い丘があり、炭礦の灰色の建物や施設と隣り合って、白い洋風の棟がならんでいる。炭塵が流れて炭礦の職員の住宅だと門倉は教えた。

酒匂鳳岳は、背の高い、瘠せた男で、窪んだ眼と高い鼻とをもっていた。しかし、その眼は大きく、笑うと鼻皺が寄った。

「お恥かしいものが、お目にとまりました」

鳳岳は、ばさばさの長い髪を掻き上げて云った。頬がすぼんで、髭あとが黝《あおぐろ》かった。絵を売ったり、教えたりしているせいか、絵の道具が片づけられないままにとり散らしてあった。彼の坐っている後には、彼は割合に世慣れたところがあった。

鳳岳の妻は、まるい顔をした、おとなしそうな女だったが、ビールを運んで食卓に置きながら、おどおどした様子をしていた。東京から来た客と、夫の生活とがここで接触して、いまから始まろうとする未知の運命に怯えているような表情であった。中学校に行っている子は見当らなかった。

大体の話は、前に門倉がしているので、俺はすぐに鳳岳の作品を見せて貰った。画はうまいとは云えないが、手先の器用さが描線にも絵具の使い方にも見られた。が、個性も新しさもなく、構図のとり方も下手であった。要するに、鳳岳はこの田舎にひそんでいる絵描きにしては珍しく達者だが、中央に出したら誰も問題にしない画家であった。自分から写生帖を出して見せたが、これも彼が絹に描いた彩色画と同じように平凡であった。

「模写はありませんか?」

というと、鳳岳は棚から四、五本の巻いたものをとり出した。

それを拡げて見て、鳳岳の素質というものがすぐに俺に分った。模写と云ったが、売れば贋作なのである。そして鳳岳の腕は、自分の画ではさっぱり駄目だが、模写にかけては見違えるように精彩を出しているのだった。雪舟も、鉄斎も、大雅も、まさしく門倉が持って来て見せた竹田と同じような出来栄えであった。光琳も一枚あったが、こういうものは向かないらしく、ずっと悪くなっていて、南画が彼に最も適していることが知られた。手本の原図は、美術雑誌に出ている写真版で、誰でも知っている図柄であった。

門倉は横からそれを覗いて、ふん、ふんと云いながら熱心に舐めるように見て、時々、俺の顔に眼を向けた。その眼は、希望に浮き、俺を催促しているようだった。

「讃の文字を似せるのは苦労します」

鳳岳は、少し誇らしげに云った。竹田の文字の癖、大雅の文字の癖を取るために、何日も何日もかかって写真版を見ながら手習いするのだといった。彼がそう云うだけあって、かなりの玄人が見ても、首を捻るほどよく出来ていた。

　これなら、ものになると俺は思った。或る膨《ふくら》みが俺の胸にもひろがった。しかし、この膨みは、さっき見た川の泥のように黒い色をして粘っていた。

　東京へ出てくる話が、鳳岳との間に決った。門倉は、鳳岳のために借りる家の場所や、生活費などの用件を切り出した。

「家族は、こっちに置いて当分は私一人が行きたいのですがね。子供の学校の都合もありますから」

　鳳岳は云った。俺は賛成した。そう云われて気づいたのだが、鳳岳には帰るべきところが必要なのだ。彼が崩れ去ったとき、収容する場所の用意がなくてはならなかった。これは門倉も、鳳岳自身も知らないことだった。

　門倉は、例の禿げた頭の後に残っている長髪を揺り動かして、俺のことを鳳岳に宣伝した。このお方について指導をうければ、技倆が現代随一になることは間違いない。収入の点も、あんたが予想もしないくらいに多くなる、こんな田舎に置いておくのは惜しいから我々がはるばる東京から来たのだ、折角、こういう先生がついたのだから、しっかりやってくれ、それまでの面倒は及ばずながら一切自分が見るので、その方は気遣いしないで勉強一途に進んで欲しい、などと熱心な口調で説いた。それを門倉は、俺と鳳岳との間に視線を往復させながら、阿諛《あゆ》を適度にまぜて述べた。

「どうぞよろしくお教え下さい」

鳳岳は、俺の方に頭を下げ、それから長い顔に愉快そうな笑いを浮べた。笑うと細い鼻筋に皺が寄り、薄い唇が曲るので貧相な感じを受けた。

家が決ったら、すぐに知らせるということにして、俺たちは鳳岳の家を出た。

鳳岳の妻が外まで出て見送ったが、そのまるい顔には不安な表情が去っていなかった。暑い陽がその顔を紙のように白くし、その中で細い眼が疑わしそうに俺の後から動かないでいた。もし、俺の真意を本能的に見破っている者がいるとしたら、やつれた恰好をしている鳳岳の妻だけかも分らなかった。

「鳳岳は、なかなかいいじゃありませんか?」

と門倉は汽車に乗ると早速云った。その酒匂鳳岳は、駅までついて来て、背の高い姿でホームから手を振って去った。彼の姿には昂然としたものがあった。

「そうだな、まあ、仕込み次第だな」

俺は車窓の外に大きい川が流れ、土堤の夏草の上に牛が遊んでいるのを眺めながら云った。門倉の期待は或る程度、抑えておかねばならなかった。

「ところで、鳳岳には、何を描かせます?」

門倉はわき見もしないで話しかけた。

「あまり、いろいろ描かせてはいけない。玉堂あたりがいいだろう。玉堂ならそれが本命だ」

俺は考えている通りを云った。

「玉堂？　浦上玉堂ですね」

と門倉は忽ち眼を輝かして、声を上げた。

「そりゃあ、いい。玉堂とは、いいところに目をつけられましたね。竹田や大雅じゃ、もうありふれているし、玉堂となると、市《いち》の出物も少いです」

門倉が云う市とは、二、三流の骨董商のせり市のことで、古今の名匠の贋画が取引されるのである。

「玉堂は値が高いですからね。ちょいとしたもので五、六十万、いいものになると四、五百万くらいします。やっぱり先生の着眼はいい」

門倉はしきりと俺を讃め、もう現実にその金を摑む空想をしているような、上気した顔色をした。

「だが、門倉君」

と俺は云った。

「いま、玉堂を熱心に蒐《あつ》めているのは、誰か知っているかね？」

「そりゃ、浜島か田室でしょう」

門倉はすぐに名前を挙げた。浜島は私鉄を経営している新興財閥で、田室は砂糖やセメントの事業を親譲りでうけついでいる財閥の二代目であった。若い田室惣兵衛は古美術品好きで、彼の別荘のあるH温泉には、そのコレクションだけの美術館があった。浜島も田室も、お互に蒐集品について競争的な意識を反撥し合っていた。

「そうだ。その通りだ。玉堂の好きな、この二人を僕は目標にしているのだ。妙なところに品物を納めたら、かえって疑われるよ」

と俺は云った。

「ところが芦見彩古堂は、田室のところにも出入りしている。あいつも過去に相当いかがわしい物を入れているが、今のところ信用をつないでいる。門倉君、芦見がこの仕事に必要なのは、それだよ」

はっきり云うと、ゴロのような門倉なんかがものを云っても、誰も相手にしないのだ。正統な骨董商から、つまり、筋のいいルートから流さねばこの計画は成立しない。前にも門倉に云ったことだが、ここで改めて有頂天になっているらしい門倉に念を押した。

「分っています。そういうことでしたら、是非、芦見を入れなければなりませんな」

と門倉は素直にうなずいた。

「田室の美術館に堂々と鳳岳の絵が入るようになったら面白いですな」

門倉は、実際に愉快そうに云った。

それは面白いに違いない。しかし、俺の計画はそれだけでは済まなかった。そんな程度では九州から鳳岳のような男を東京に連れて来て、日本一の贋画作家に養成しようなどという情熱は俺にない。

俺はすでにこれからの望みを失っている。五十も半ばになって、世に浮び上るということの不可能を知っているし、若い時からの野心も褪《さ》めている。ただ、ひとりの権力者に嫌われた男が、その理由だけで生涯を埋没し、実力の無い男が権力者に従諛《じゅうゆ》し、僕婢的な奉仕をして、その理由だけで権威の座を譲られ、低い、荘重な声で何やら云って勿体ぶっている。その不条理を衝きたいのである。人間の真物と贋物とを指摘して見せたいのである。価値の判断は、やはり一つの方便的な手段を必要とする。――

東京に帰ると、門倉は、すぐに酒匂鳳岳を匿《かく》まっておく家を物色すると云った。或る時期までの鳳岳とその家族の生活は、門倉が面倒を見ることになっている。それは彼の投資だから非常な乗り気だった。今度の旅行も俺の分は一切彼が賄っていた。

「彩古堂が入ったら利益の分配は、どういうことになりましょうな？」

と門倉は訊いた。

「芦見には半分を与えねばなるまい。そのくらいしないと彼は動かないよ」

と俺は云った。

「あと半分の三分の一が君だ。残りは僕にくれればよい。鳳岳には、全体の歩合で払ってやったらよかろう」

門倉は考えるような眼つきをした。が、彼の手腕だけでは絵が捌けないことが自分でも分っているので、その条件を承知した。彼の思考の眼の中には、さまざまな掛け算が行われているに違いなかった。

門倉と別れると、俺の足は民子の家に向った。九州の往復で四日間の空白があり、この空白の中で何かの移動が行われたのではないかという予感が俺の胸に湧いていた。

汽車が朝ついたので、俺が民子のアパートに行ったのは午まえであった。当然に、彼女は睡眠を貪《むさぼ》っている時刻であった。が、コンクリートの土間を踏んで、その部屋の前に立ったとき、硝子戸の内側にいつも映っている薄桃色のカーテンは無かった。磨《す》り硝子は暗く、ひやりと冷たい感じで内部の空虚を伝えていた。

表の入口に廻って、管理人の窓を叩くと、五十くらいの女が顔を出した。

「二日前、何処かに越しましたよ」

と民子のことを教えた。

「お店も変るという話だったし、何処に移られたか存じませんね」

管理人の女房は穿鑿《せんさく》げな眼で、じろじろと俺の顔を見た。六十くらいには見えそうな深い皺をもった、白髪まじりの瘠せた俺の顔が阿呆と映ったかもしれない。

もはや、あの怠惰な体臭のまじった、苛立たしい、しかし眼を閉じたくなるような温もりは何処かへ遁げた。今となっては、そこが本当の俺の場所であったような気がする。しかし、愛惜はあったが、思ったほどの粘着さは無かった。

俺は道に出て歩きながら、思考がもうそこを離れて別のところに向いていることを知った。《事業》を思索している世間の人間の気持は、このような心であろうかと考えた。

七

酒匂鳳岳のために、俺の考えで、門倉が借りてやった家は、中央線の国分寺駅から岐《わか》れた支線に乗って三つ目で降りた所であった。そこは武蔵野の雑木林が、畠に侵蝕されながら、まだ諸方に立ち罩《こ》めていた。車の通る道から外れて、林の間の小径を歩いて行き、木立を屏風のように廻した内に、その百姓家は残っていた。

東京の住宅建築攻勢がこの辺にも波を寄せていて、あたりには新しい瀟洒《しょうしゃ》な家やアパートが見えるけれど、まだ、それは疎《まば》らであり、古い部落と畠が頑固に抵抗していた。この藁《わら》葺《ぶ》きの百姓家には、養蚕に使った中二階があり、そこを改造して座敷になっていたが、画を描くのに採光の具合もよかった。百姓家とは賄いの面倒もみるという約束もした。

「なるほど、此処はいいですな。東京から離れて、隠れ家みたいで、誰も気づかないでしょう。ああいう画を描かせるのに絶好ですね」

門倉は、俺と二人で下検分に行った時に云った。見晴しがいいから、当人も落ちついて画筆が握れるだろう、それに階下は百姓だから、普通の画描きと思うに違いない、と喜んでいた。

「先生は、やっぱりいいところに眼をつけますな」

などと云った。

酒匂鳳岳が、背の高い姿を九州から来て見せたのは十日ばかりの後であった。彼は古びた大きなトランクを重そうに抱え、白い埃の溜った艶の無いのびた髪を縺《もつ》れさせていた。

「この中は、殆ど絵の道具ですよ」

夕方、東京駅に着いた鳳岳は、初めて見る東京の賑かな灯には眼もくれず、鞄を指して自慢そうに笑った。高い鼻に皺が寄った。唇が薄い割合に、横に大きく、その両端には笑いの止んだ時でも消えない皺が付いていた。九州で遇ったときに受けた印象の通り、やはりこの長い顔にはどこか貧相な感じが漂っていた。

鳳岳が、国分寺の奥の百姓家で二晩を過してから、俺は彼に云った。

「君が、これから描くのは玉堂だ。それだけでいい。君は玉堂を知っているかね？」

「川合玉堂ですか？」

と鳳岳はとんちんかんなことを云った。

「浦上玉堂だ。君は玉堂を描いたことがあるか？」

「まだ、ありません」

と鳳岳は眼を伏せた。

「ない方がいいのだ。これから玉堂を観に行こう。今、博物館に出ているから」

俺は鳳岳を連れて、上野の博物館に行った。途中でそれまでの電車の乗り換え、順路などをしっかり教えた。

「よく覚えておいてくれ。君が毎日、この博物館にひとりで通うのだ。玉堂が出ている陳列期間は、あと一週間だからね、それまでは朝から閉館時間まで弁当を食ってねばるのだ」

鳳岳はうなずいた。

博物館のひっそりした海底のように暗鬱な廊下を歩いて行き、我々は、第何号室かの陳列室に入って行った。ここでは天井から射す明るい光線が硝子張りの巨大なケースの中に降りそそいでいた。

玉堂のは一つケースに納められ、屛風の大幅が三本懸っていた。屛風は「玉樹深江《ぎょくじゅしんこう》図《ず》」、画幅は、「欲雨《よくう》欲晴図《よくせいず》」「乍雨《さくう》乍霽図《さくせいず》」「樵翁帰路図《しょうおうきろず》」で、いずれも重要美術品指定だった。俺がその前に佇むと、鳳岳は横にならんでケースの中に大きな眼を向けていた。

「よく、見給え、これが玉堂だ」

俺は低い声で云った。

「そして、これから君がすっかり取らなければならない画だ」

鳳岳は、うなずき、その高い背を心もち屈めるようにして覗き込んでいた。彼の鼻の先はケースの硝子に触れそうにしていたが、その眼には、戸惑ったものがみえた。

「浦上玉堂は」

と俺は、近くに歩いている鑑賞者の耳に障らぬよう小さい声で続けた。

「文政三年、七十いくつかで死んだ。備前に生れ、池田侯に仕え、供頭や大目付を勤めて度々江戸に来たことがある。五十歳で仕えを辞すと、古琴と画筆を携えて諸国を遍歴し、気がむけば琴を弾き、興がおこると画を描いて自らたのしんだ。それだから彼の画は、師匠の無い勝手な画で、画の約束ごとに縛られない奔放気ままなものだ。だが、この無造作の中に、自然をうつすというよりも、自然の悠久な精神を示している。この山水や樹木や人物などをよく見給え。表現は下手糞みたいだが、この画らしからぬものが、離れて見るとき、空間や遠近の処理が見事に出来ていて、構図に少しの緩みもない。それが観ている者の心に逼《せま》ってくる」

鳳岳は分ったのか分らないのか、茫乎とした表情をして見つめていた。

「それから、この讃の文字を見給え、隷書《れいしょ》のようなものと、草書のようなものとあるね。ことに隷書は稚拙の中に風格がある。この文字も鑑定には大事なデータだから、よく癖を覚えておいてくれ」

それから云った。

「君にはこれが唯一の手本だ。毎日来て、画壁の達磨《だるま》のように見詰めるのだ。玉堂でも、こんな良いものは滅多にここにも陳列されない。君は運のいい時に上京して来た」

運がついているのは酒匂鳳岳だろうか。まさに俺なのだ。俺は鳳岳の教育が成功しそうな気がした。

この陳列品の四つの玉堂も、俺には久し振りのものだった。すでに三十年近い以前、津山先生について遠い所蔵家のもとに旅をして実物を観賞したり、或は写真で凝視したりしたものである。いま、これを観ていると、先生の指や言葉が、横から出そうな錯覚がした。

が、俺は、いますぐには自分の知っていることを鳳岳には云わなかった。それは反って危険だった。鳳岳には黙ったまま、実物について長い凝視をつづけさせればよかったのである。

博物館通いが済むと俺は鳳岳に云った。

「だいぶ分ったかね？」

「分ったように思います」

鳳岳は云った。俺は、二冊の画集と、一冊の本、一冊の雑誌と、一冊のスクラップブックを出した。

「これは浦上玉堂の評伝が書いてある。これをよく読んで、玉堂の人物と性行を知るがよい」

と説明した。

「こっちの雑誌には、《徳川時代美術の鑑賞》という短い論文がついている。これで玉堂時代の美術の意義が分る。筆者は僕の恩師だ。このスクラップには、玉堂についての短文の目星いものだけを貼って置いた。これだけを丹念に読んだら、君は大体、玉堂のことを知ったといってもよい」

次に画集をぱらぱらとめくって見せた。

「これは玉堂の画ばかりを集めている。しかし、全部が真作とは限らない。偽作が随分とまじっている。どれがいいか、どれがいけないか、君は当分、こればかりを見ているのだ。博物館通いで、君の眼は玉堂に肥えている筈だから」

鳳岳は、俺を見て、迷うような眼つきをしていた。

それから二週間あまりは、俺は全くあの武蔵野の雑木林に囲まれた百姓家に行かなかった。多分、酒匂鳳岳は、あの長い身体を横たえて、毎日、画集をめくっているに違いなかった。

門倉はよく様子を見に行くとみえて、その報告を俺のところに来て齎《もたら》した。

「そりゃあ熱心なものですよ、感心しました。やはり地方の者は頑張りが違いますね」

門倉は鳳岳を高く評価した。

「玉堂の図版と一生懸命睨めっこだそうです。だんだん分って来たから、描いて見たくなったといっています。文字も稽古しているが、先生がいらっしゃるまでは見せないと云っています。彼は随分、先生を尊敬していますよ」

尊敬と聞いて、俺は内心で自分を嗤った。俺は鳳岳に何を与えようとしているのか。実際に与えたいのはもっと別な種類の人間に、彼自身が喜びで充実するような知識や学問であった。それが若い時に夢想した念願《ねんがん》だった。贋作家をつくるような智恵ではなかった筈である。俺の眼の前には果しない泥濘《でいねい》が見えていた。しかし、もはや、それは渉《わた》らなければならなかった。

二週間を過ぎて、俺は百姓家に赴いた。夏が終りかけようとし、森林に降っていた蝉の声が衰えていた。稲田は色づいていた。

鳳岳は尖った頬に髭を延ばし、髪はさらに長くなっていた。俺は彼に二冊の画集を拡げさせた。

「どれが、いけないか分ったかね？」

鳳岳は頁を繰り、図版に長い指を当てて、これこれが真物でないように思うと云った。それは当っているものもあり、当らないのもあった。しかし、いいものを贋だとは云わなかったし、当らないのも数が少かった。

「まだ、眼が足りないね」

と俺は云った。

「もっと見給え。どれが悪いのか考えて見給え。あと三日してから来るよ」

鳳岳の長い顔には、また迷いが浮んでいた。だが、前よりは安心した表情がのぞいていた。

こんなことが、そのあと、二、三度つづいた。彼の指摘は次第に錯誤を整理して来たが、前に真物だと云ったのを、偽作だと改めたりした。が、それ以上に彼に正確を求めるのは無理だったし、俺は今の段階で満足した。

「君は、よほど分って来た」

俺は云った。

「だが、これを見給え。この図柄はよく出来ているけれど、筆の使い方が小器用になっていないか」

と「山中陋室図《さんちゅうろうしつず》」を指した。

「玉堂の筆はもっと荒々しいのだ。近くに寄って見ると、これでも画かと思うようなのがある。それで、ちゃんと遠近感が全体に出ているのだ。この画は、玉堂の筆癖の、いわゆる、藁灰描きに似せているけれど、あまりに部分の整形に捉われすぎて、迫力が無い。これは、この画を描いた贋作家が、自分のちぢこまった技術から脱け切れなかったのだ」

鳳岳は両手と膝を突いて見いっていたが、黙ってうなずいた。

「次にこれを見よう」

と俺は「渓間漁人図《けいかんぎょじんず》」を指した。

「これもよく出来ていて、君が真物と思うのは無理もない。実際、そう思っている者が多いのだ。宿墨《しゅくぼく》のにじみ、焦墨の調子、構図も悪くない。だが、野放図な感じがない。計算され過ぎている。玉堂の画は即興的に描くから、もっと直感的なのだ。この画は整いすぎている。それはこの偽作家が、風景を客観的に頭で考えてまとめているからだ。玉堂の捉え方は、もっと感覚的で抽象的なんだ。分るかね？」

分るかね、と云ったとき、鳳岳はまた尖った顎をかすかにひいた。

「それから、ここに橋を渡っている人物が見えるが、玉堂はこんな足の描き方をしない人だ。似せたつもりでかいているが、こんな小さなことで馬脚を出すものだ。一体に直感で描いた人だから、人物が橋の二つの線の上方に乗っていることが多い。人が橋の中を歩いていないのだ。これも玉堂の癖だからよく覚えておくがいい。讃の文字もいけないね。かたちは似たようでも、玉堂は、こんな、ひょろひょろした勢いのない字は書きはしない。とにかく雅味を出すつもりで形の上だけをなぞるとこんなことになるんだ」

　そんなことを云いながら、俺は遂に、その画集の全部の図版について説明した。その間、鳳岳は、はあ、はあ、と返辞するくらいで多くは沈黙して聞き入っていた。俺は彼の案外、素直な熱心さに少し打たれた。

「この次、一週間ばかりして来るから、一枚何か思う通りのものを描いておいてくれ」

と云った。鳳岳は、ではそうします、と力強く答えた。事実、彼の顔にはそんな意志的なものが溢れ出ていた。

　百姓家を出て、車の通る道まで酒匂鳳岳は俺を送って歩いた。林のそびえている空を背後にした彼の背の高い前屈みの姿は、俺には、こよなく孤独な恰好に見えた。

「細君からは便りが来るかね？」

　俺は訊いた。

「来ます。昨日も来ました」

　と鳳岳は鼻皺をよせて少し笑った。

「門倉さんからお金を貰ったので、送ってやったのです」

　俺は眩しい陽の直射をうけて顔を顰《しか》めながら、不安そうな眼つきをして立っていた彼の妻を思い泛べた。その疑わしそうな視線が、九州から此処まで届くかと思われた。鳳岳は、お辞儀をして道に立ち止った。

八

夏が完全に了り、秋がはじまっていた。武蔵野の櫟《くぬぎ》や樅《もみ》の林は色づいてきた。

時日が経つにつれ、酒匂鳳岳の描く画は、次第に俺の満足する方向に上昇してきた。鳳岳には、もともとその方面の素質があったのだ。彼は模写にかけては天才ではないかという気がした。玉堂の筆ぐせもよく呑みこみ、樹木や、巖石や、断崖、渓流、飛瀑《ひばく》、人物などの線、近景や遠景を表わす渇筆と潤筆の使い分け、さては藁灰描きの特徴など、大そう巧妙に紙の上に表した。

ただ、当然ながら、玉堂を真似るには、直感的な把握の仕方が未だ出来なかった。どうしても頭の中に造った自然の形にひきずられて了う。省略しようと努力しても、それが哀しく出て来る。だが、それは仕方のないことで、模倣的な才能の勝っている鳳岳は、個性的な精神が無かった。同じ文人画でも、竹田や大雅や木米《もくべい》のように写実的な画風には向くかも分らないが、浦上玉堂はちょっと無理かもしれないと思った。

部分的な遠近感に拘泥するから、玉堂の特徴である奔放な筆致の中に大きく空間距離が迫って来ない。構図も緊密感がないのである。これは、彼が何十枚もの「玉堂」を描いている途中に、俺は口が惰《だる》くなるほど指摘した。

だが酒匂鳳岳も、よく努力した。俺の注意を聴く度に、彼の大きな眼は自分の作品に喰いつくように注ぎ、筆を動かすときは、それが一層に凄味を帯びた。彼は長い髪を額のところで乱し、高い鼻は脂を溜めて光り、こけた頰の筋肉が硬直した。画仙紙の上に身体を折り曲げている彼の姿には塵ほどの余念もない凝固した精神があった。

しかし、どのように鳳岳が心血を注いでいる恰好をしているにせよ、その姿から俺は純粋な感動を受け取らなかった。それは俺の悪の反射であり、俺のエゴイズムである。彼は俺に培養されている一個の生物体でしかない。条件を与えて、少しずつ成長してくる生物である。それを観察している俺の眼は、感動ではなく、或る愉しさであった。

鳳岳は、そのようにして、かなりの程度に上達した。かなりといったが、彼の現在描いているものだったら、相当な鑑識眼をもった人達でも欺《あざむ》かれるだろうと思った。

「君はよく勉強した」

と俺は鳳岳を讃めた。

「玉堂が随分理解できたね、君の画に表れてきたよ。構図の方も、もう一息だ」

鳳岳は、うれしそうに笑った。彼の顔はやつれ果てていた。出京して以来、木立に囲まれた百姓家の二階に閉じこめられ、その密室の内で俺と格闘してきたのだった。あたりの武蔵野の林は秋の色がたけなわであった。黄色い稲田には農民が刈り入れをしていた。

「君が東京に来たとき、博物館に毎日行って玉堂を観たね、あれが随分役立ったのだ」

俺は云った。

「君は、毎日通って、終日、玉堂を凝視していたのだ。その真作の実物学習が君の眼と腕を上げさせる素地になったのだ。今でも、頭の中に、あの屏風と三幅の絵が入っているかね?」

「眼を閉じると出て来ます。墨の色も、滲みも、かすれも、小さな点も、それから、ちょっとした汚れの位置までも、出て来ます」

鳳岳は云った。

「そうか。それほど憶えているなら云おう。あれは玉堂の作品でもAクラスのものばかりだ。しかし、あの三幅の中に、たった一つだけ、いけないのがある。いけないと云っても、これは誰もまだ気づいていない。俺だけだ。いや、俺の先生だった津山博士と俺だけが知っていることだ。どれか、君に分るか?」

鳳岳は眼を瞑り、じっと考えていたが、やがて大きな眼を開いた。

「一番右にあった軸ですか?」

三つならんだうちの右は「樵翁帰路図」であった。俺は思わず微笑が出た。

「よく分ったね」

「先生がそう云われるから考えてみたのです。それでなければ、とても分りません」

鳳岳は、やはり喜ばしそうに笑った。

「それにしても、すぐにあの画を云ったのは、君の眼が肥えた証拠だ。あれは昭和十一年に重要美術の指定を受けたのだ。それをしたのは国宝保存委員だった本浦奘治だがね。

その著書にも図版入りで、大いに讃美しているよ」

本浦奘治だけではない。岩野祐之も師匠の受け売りで、やはり自分の本に礼讃している。しかし、それが贋作であると看破したのは津山先生だった。この画は中国筋の旧大名家の所蔵品だったが、津山先生は俺をつれて、その華族の邸に観に行かれた。当主の老侯爵がわざわざ出て来て、自慢げに蔵から出して見せてくれた。先生は通り一ぺんの挨拶をされたが、力を入れて賞めなかったので、侯爵の機嫌が大そう悪かった。暗い、大きな邸を出て、明るい道を歩きながら、先生は、あれはいけないね、本浦さんがどんなことを云おうと、あれは賛成出来ない、と云われた。その理由を、まだ学生だった俺に細かに説明されたものだ。俺はその時の歩いている往来の風景や、陽射しの具合まで覚えている。

酒匂鳳岳の描く画が、これからどのような価値を生むかも分らないのだ。いや、それを発生させるために、俺は鳳岳を教えてきた。俺の老いかけた情熱は、鳳岳の指導に残り火のように燃えたと云おう。俺の智恵は殆ど彼に傾けたようだ。が、それには与える喜びは無かった。そのことで充実感があるとしたら、酒匂鳳岳という偽絵師を培養する事業欲であった。そして、それはもう一つの「事業」の準備であった。

このころから、俺は彩古堂の芦見藤吉を予定の通り味方に引き入れた。

鳳岳の描いた一枚を、黙って彼に見せると、芦見は眼をむいて愕いた。

「先生、これは何処から出たのですか?」

彼は本物と思って疑わなかったのだ。画には俺が古色を付けておいたのだが、わざと印判は捺していなかった。表装だけは、古いものを表具屋に付けさせた。

「よく見給え、印が無いだろう？」

芦見ほどの男が、初めてそれで気づいた。あっと口を開けて、俺の顔を見上げたままだった。

芦見は急いで鳳岳に遇った。そこに描かれた数々の「玉堂」の稽古画を観せつけられて、顔色を変えた。

「先生、これは大した天才ですね」

芦見藤吉は、是非、自分の一手に任せてくれと昂奮して申し入れた。俺が思った通り、この利益の前には以前の感情などどこかへけし飛んでいた。

俺は門倉を芦見のところに呼び、三人で今後の方針を打ち合せた。俺は企画者として発言した。

「鳳岳の描いたものは、僕の許可なしには一枚でも絶対に他に出さぬこと。出す時は三人で合議して方法を決めること。この秘密は飽くまでも守ること」

勿論、俺の発言は尊重された。それから酒匂鳳岳に対しての報酬は出来るだけ有利にするよう図った。それだけが培養者としての俺の彼に対する愛情であった。或は百姓家の二階で紙の上に屈み込んでいる鳳岳よりも、白い陽に照らされて佇み、疑わしそうな眼つきをしていた彼の妻への謝罪であった。

芦見は早速、一番出来のいいものを一枚、田室惣兵衛のところに持って行こうと云い出した。門倉はそれに賛成した。

「先生、これは小手調べですよ」

と芦見彩古堂は説いた。

「田室さんは、近ごろ、兼子さんを顧問のようにしています。だから、これは必ず兼子さんに相談すると思いますが、兼子さんの眼をパスしたら、いよいよ自信をもっていいと思います。とに角、試験的に出して見ましょう」

兼子と聞いて、渋り勝ちだった俺の心が動いた。彼は現在講師だが、なかなか優秀で、先生の岩野祐之よりも鑑識眼は勝れていると云われていた。岩野は画を出されて鑑定を乞われると、兼子の助け舟がないと判断が下せない。それまでは、例の「ううむ」といううめきを洩らしながら、一時間でも端然として凝視をつづけているというのだ。

兼子なら、という闘志が俺に起った。彼は文人画については将来の権威を狙っているのである。現在でも、美術雑誌などに頻りにそれに関する所論を発表している。

その自信に満ちた云いぶりを俺は知っていた。

「兼子が見るなら、よかろう」

俺は承諾した。試験は、こっちではなく、兼子なのだ。兼子を試すのである。

俺は、鳳岳の画の中から一枚を選び、丹念に古色をつけた。これには奈良あたりの模作者がしているように落花生の殻を燻《いぶ》し、その煤煙で汚れた朽葉《くちば》のような色を着けた。

この方法は、普通行われているような北陸の農家の炉の煤を塗るよりも、脂肪がよく紙の繊維に滲み込んだ。紙も墨も古い時代のものを彩古堂が入手していた。印は篆刻師《てんこくし》に頼む必要はなく、「玉堂印譜」や「古画備考」を見て俺が彫った。こういう器用さは俺にあった。彩古堂が印肉を造ったが、その工夫は俺が教えた。すべての調子はうまい具合にいった。

芦見彩古堂が三日目に来て、田室さんが置いて行けと云ったと報告した。田室惣兵衛は自分でも古美術は分るつもりでいる。彼は出入りの骨董屋に講釈するくらいであった。骨董屋にとってはこういう種類の顧客が最も上客に違いなかった。田室惣兵衛は、芦見が持って来た鳳岳の「秋山束薪図《しゅうざんそくしんず》」に忽ち眼を輝かしたと云った。だが、彼は慎重を期して、兼子に見せる肚だと彩古堂は観測した。

問題は兼子である。どのように鑑定するか興味はそれにかかっていた。芦見も、門倉も、ひどくそれを懸念していた。

それから五日経って、彩古堂が、てかてかと光る赭《あか》ら顔に一ぱいの笑みを浮べて、俺と門倉の前に戻って来た。

「納まりましたよ。兼子さんが太鼓判を捺したそうです」

門倉は手を拍《たた》いた。

「いくらで納めました？」

芦見は両の指を出した。

「八十万円ですか！」

東都美術倶楽部の総務は嗄《しやが》れた声で歓声を上げた。彼の禿げた頭にまで血の色が上った。

「私はね、兼子さんが田室さんに呼ばれたことを知ったから、帰って来るのを表で待っていたのですよ」

彩古堂は昂奮の醒めぬ顔で語った。

「すると、出て来た兼子さんが私の顔を見て、君、大したものを見つけて来たね、何処から掘り出して来たのか、と眼をまんまるくしていました。私が、では納まったのですね、とわくわくして念をおすと、無論だよ、俺がいいと云ったんだからと威張っていました。大将も大へんご機嫌だと云うのですよ。それで、兼子さんをすぐその場から料亭に連れて行き、飲ませた上に、三万円ほどポケットに入れておきました」

門倉は、しきりに大きな相槌を打ちながら聞いていた。それから、芦見が翌日になって田室のところに行くと、田室は果して気に入ったからと、八十万円の云い値がすらと決った話を聞くと、門倉は身のおき場のないほど感激して俺の手を握った。

「やっぱり先生はえらいもんですね。鳳岳も大したものだが、先生のご指導がないとこれまでにはなりません。有難うございます。ご苦労さまでした」

門倉は泪を流しそうに喜んだ。この美術倶楽部の総務は経済的にはあまり楽ではなかったようである。彼の怪しく光っている眼の中には、これからも転がり込んでくる金が、圧倒されそうなくらい見えていたに違いなかった。

兼子は試された。それは同時に岩野祐之が試されたことを意味する。若しかすると、アカデミズムの権威が試されることになるかもしれない。俺の《事業》は、この小さな試験で次の段階にとりかからねばならなかった。それがそもそもの目的である。それは人間の真贋を見究めるための、一つの壮大な剝落《はくらく》作業であった。

ところが、二週間くらい経った後、美術関係者を読者として発行されている「旬刊美術タイムズ」に兼子孝雄の談話として、

「自分は最近、未発見の浦上玉堂の画幅を観る機会を得た。玉堂のものとしては晩年の作品ではないかと思う。いずれ詳細に調査した上、感想を発表するつもりだが、たしかに玉堂の秀作の一つではないかと考えている」

という意味のことが載っていた。

俺はこれを読んで満足のため大いに笑った。兼子ほどの男がこんなことを云っている。俺の眼には前述の成功がありありと見えていた。

九

酒匂鳳岳は、次第に「玉堂」がうまくなってきた。それは彼が玉堂を模倣して描いているうちに、その偉大さを理解するようになったからであり、彼の心が玉堂に真実に触れてきたからであろう。彼は描きながら玉堂を研究した。或る点では、俺よりも、実際

の制作者として知る技法上の研究がすすんでいるところもあった。それから、あれほど注意したせいもあってか、構図もよほど巧妙になってきていた。

芦見と門倉が揃って来て、

「鳳岳の描いたものは、もう二十枚ぐらいになっていますが、どれも絶品です。先生、これからどうします？」

ときいた。

「二十枚でも、僕の眼からみると、いいものは三、四枚程度だ」

と俺は云った。

「少くとも、それが十二、三枚くらいは溜らないといけない。君たちも、もう暫く辛抱してくれ」

芦見と門倉は顔を見合せた。その表情を見ると両人はここに来るまでに何か語り合っていたことが分った。

「十二、三枚くらい溜めるというのは、どういう意味ですか？」

と口を切ったのは芦見であった。

「先生のお考えを聞かせて下さい。どうも、何か計画をおもちのようですが、ここらではっきり教えて頂きたいのですが」

両人はそのことで揃ってやって来たのだ。何か得体の知れない目的を持っていそうだと薄々気づいたらしい。彼らはそれで不安を感じたのであろう。

普通、贋画は、一点、二点と散らせて、目立たぬよう納めるのが安全な方法とされていた。一どきに何枚もかためて出しては、滅多に出て来ない古画のことだからひどく注目を浴びるし、それだけに疑惑をもたれて破綻《はたん》が起り易い。だから、もう、そろそろ処分してもよかろうというのが彼らの考えであった。それを俺が抑えているのだから、何か魂胆があると察して、心配になったのだ。

それと、一枚でも二枚でも早く売って金にしたいという誘惑が彼らにあった。すでに田室には八十万円で売れている。この成果を見ているから、早い時期に換金したい欲望に駆られている。それは無理はなかった。投資は常に急速な利益の回転を望んでいるのだ。

「まあ待ってくれ」

と俺は煙草を喫って云った。

「君たちの気持はよく分る。鳳岳の生活費や俺への手当もかなり使っただろうが、田室へ八十万円で売れているから、そう困ることはない筈だ。もう少し忍耐して欲しい。俺は、まとめて鳳岳の画を出したいのだ」

「一どにですか？」

と芦見彩古堂は眼をむいた。

「それじゃ、人眼に立って、かえって暴《ば》れるでしょう。危険じゃないですか？」

「第一、そんなに一どきにまとめて引き取ってくれる先があるでしょうか？」

門倉も尾について云い、顔をつき出した。

人眼に立つ——それこそ俺の狙いであった。浦上玉堂の画が新しく発見された。しかも量的に多いので、古美術に関心をもつものは仰天するに違いない。話題が旋風のように捲き起る。それがジャーナリズムに拡がる。当然に、その鑑定に岩野祐之が引張り出されるであろう。岩野と兼子などの一門だ。それは、個々のサロン的な鑑定ではなく、ずっと社会的な場に立つことになるのだ。云い換えると、岩野アカデミズムが社会の眼の前で敗衄《はいじく》するのである。俺が見たいのはそれだった。死んだ絵画よりも、生きた人間の真贋であった。

「人眼に立って、それで疑われて暴れるような画は出さない」

と俺は云った。

「また、それをまとめて一人の個人に売らなければならぬような必要はない。つまり、売立てをするのだ」

「売立てですって？」

芦見と門倉は意外そうな顔をして俺を見た。

「そうだ。売立てだ。どこか然るべき一流の古美術商を札元に立てて、堂々と売立てをするのだ。そのためには、一流の場所を借りて、下見会をひらく。それには派手な宣伝も必要だから、新聞や雑誌の美術記者を招待して大いに書かせるのだ」

芦見と門倉は、一どきに目を伏せた。彼らは黙った。俺の云うことがあまりに大胆に聞えたのか、返辞の準備が無いのである。

「先生、大丈夫ですか？」

と門倉がやっと不安そうに訊き返した。

「君は鳳岳の画に不安をもっているのか？」

と俺はいった。

「俺がここまで彼を養成して、責任をもっているのだ。例えば、事情を知らずに、今、不意に彼の描いた玉堂を見せられたら、俺だって真物と思い込みかねないよ。俺がこう云っているのだ。ほかに誰が見破る者があるかい？」

芦見も、門倉も、また沈黙した。それは俺の言葉を承認していることだった。然し、彼らの不安は去らず、その表情は迷っていた。

「しかし」

と芦見が躊《ため》らいがちに云った。

「それだけ一ぺんに玉堂のものが出たというと、不自然になりませんか？」

「不自然ではないね」

俺は煙草の残りをすり潰し、足を組み替えた。

「日本はひろいのだ。まだまだ、どんな名品が名家や旧家に埋没されているか分らない。これくらいの品が出たとしても、ちっとも嘘にはならないよ」

それが盲点であった。封建的な日本美術史の盲点というべきであろう。西洋美術史の材料は殆ど開放されて出尽しているといってもよい。欧米の広い全地域に亙る博物館や美術館の陳列品を観れば、西洋美術史の材料の大多数が蒐集されていて、研究家や観賞者は誰でも見ることが出来る。古美術が民主化されている。だが、日本ではそうはいかないのだ。所蔵家は奥深く匿し込んで、他見を宥すことに極めて吝嗇《りんしょく》であるから、何が何処にあるのか判然としない。それに、美術品が投機の対象になっているので、戦後の変動期に旧貴族や旧財閥から流れた物でも、新興財閥の間を常に泳いでいるから、たとえ文部省あたりが古美術品の目録《リスト》を作成しようと企てても困難であろう。その上、誰も知らない処に、誰も知らない品が、現存の三分の二くらいは死蔵されて眠っていると推定できる。その盲点が俺の企みの出発点だったのだ。

「それは、その出所や由緒はどうしますか？」

芦見が突込むように訊いた。

「出所か。それは某旧華族とすればよかろう。体面上、名前が出せないと断っておくのだ。浦上玉堂は備前侯の藩士だった。だから、その縁故の旧大名か、明治の大官の家系にしてもよい。維新の時、旧大名家の所蔵品が随分明治政府の要路者のところへ献納されたからな。それらしいものを匂わすのだ」

「すると、われわれの手では不可能です」

と芦見彩古堂が降参したように云った。

「それだけ大掛りな売立てとなると、札元が私如きでは信用しません。一流の骨董屋でないと、やっぱりまやかしものだということになります」

「一流の骨董屋に持ち込むのだ」

と俺は平然と云った。

「そんな店が相手になってくれますか？」

「相手になるようにするのだ」

「では、どうします？」

「現物を見せるのだ。鳳岳の画だったら、そんな由緒の穿鑿《せんさく》は無くても、一度で惚れ込むよ。だが、猜疑心《さいぎしん》の強い骨董屋のことだ。これは大漁だと思ってもすぐには飛びつくまい。必ず、その道の権威に鑑定させて、その折紙がついたら引き受けようと云うだろう。それで成功だ。それで成功すれば、この計画は完成したようなものだ」

成功すれば、と俺は言葉では云ったが、それは高い確率性があった。そのことが、計算になければ、俺は初めからこんな仕事を考えつきはしない。

「権威と云いますと、南宋画だから、岩野先生か兼子先生ですかな？」

芦見はだいぶん心が動いてきたように訊き返した。

「そうだ、先ず、その辺だろう」

もし、芦見と門倉が注意深く俺の表情を見ていたら、口辺に上っているかすかな笑いに気づいたであろう。それは会心ともいうべき笑みであった。まさに、岩野祐之や、兼子などの一党を誘い出すのが俺の最初からの目的だった。

「そんなことになると、その札元は誰にしますか？」

今度は門倉が訊いた。俺は二、三の骨董屋の名を挙げたが、それはいずれも一流の古美術商であった。門倉と芦見は再び尻ごみしそうな顔になった。彼らには今や冒険心と恐怖心とが交錯しているようにみえた。

「もう少し考えてみます」

と芦見が云うから、

「鳳岳の画をなし崩しに売っちゃ駄目だよ。初めの約束通り、俺の同意がなければ、一枚でも絶対に出さぬようにしてくれ」

と俺は釘をさして置いた。芦見と門倉は、帰って行ったが、来た時よりずっと昂奮した様子が現れていた。俺は彼らが、結局、俺の発言通りになることを信じた。

それで、以後の計画を細かく立てた。それは俺の後半生で最も意志力と愉悦とに充満した時間であった。

芦見彩古堂が、いよいよ決心をつけて、俺の云う通りに踏み切ったのは、雑誌「日本美術」に兼子の「新発見の玉堂画幅に就て」という一文が発表されたからである。この美術雑誌は、日本古美術の最高の権威をもったもので、この雑誌に作品が紹介されたら、それだけでその品は権威ある折紙がついたと同様であった。

兼子の紹介文は四頁に亙っていて「秋山東薪図」の写真版が大きく挿入されていた。まさしく鳳岳の「秋山東薪図」であった。

兼子の書いていることを読むと、これは玉堂の恐らく五十歳から六十歳ころの作品だそうで、円熟の中にも気力の充実が見られるとのことである。玉堂の作品の中ではＡクラスの出来栄えであって、構図も抜群で、筆も玉堂の特徴を遺憾なく発揮した逸品である。近く国宝保存委員会で正式に調査して、重要美術品の指定を申請したい、日本にもまだこのような秀作が埋蔵されているかと思うと大いに心強い、と結んであった。

恐らくこの一文は兼子が実際に本心から書いたものであろう。所有者の田室惣兵衛の歓心を買う目的ではないことは、その論文の調子の溌剌さで読みとれた。

俺は、図版を見たが、なるほどこうして改めて見ると、いかにも玉堂の真物のように思える。その制作の経過を全部知っていながら、まるで別様な感じであった。兼子ならずとも、俺でもそう思うかも分らないな、と甘い気持が出てきた。

「先生、これなら大丈夫です。兼子さんがこれほどまで云うのだから自信がつきました。先生の仰有ったようにしましょう」

芦見は勢いこんだように云った。

芦見は兼子が認めれば、他の玉堂権威者も追随してくると言外に云っている。そうだろう、と俺は思った。若手だが兼子は確《しっか》りしていた。彼の先生の岩野祐之よりも鑑定にかけてはたしかな眼をもっている。兼子が云えば、岩野が引きずられてくるのは必定《ひつじょう》である。だが、兼子がいかに実力があるといったところで、彼だけがものを云っても俺には役立たぬことだった。現在、アカデミーの最高の座にいる岩野祐之に正面切って発言させたいのである。それでなければ、俺の目的は遂げられない。

しかし、兼子の先導で岩野祐之は出て来るに違いない。必ず正面に出てくる。その一派を随えて出てくる。俺の心は喜びと勇気に満ちた。俺の壮大な剝落作業は、手落ちなく足場を組まねばならなかった。

「芦見君。それじゃ、いよいよ、やろう。門倉に岡山へ行かせるのだ」

「岡山に？」芦見は不審な顔をした。

「岡山あたりには玉堂の贋物がごろごろしている。そのうちの出来のよさそうなのを五、六点買って来るのだ」

「それも真物として売るのですか？」

芦見は愕いたように云った。

「そうじゃない。下見会にまぜて出すのだ。しかし、いけないものは誰の眼にもいけないから区別はされるのだ。それでいいのだ。考えて見給え。所蔵家が真物ばかり蒐めているのがおかしいじゃないか。玉石混淆《こんこう》が普通なのだ。なるべく自然らしく見せかけないと、ちょっとしたことからでも疑念をもたれるのだよ」

俺の説明を聞いて、芦見彩古堂は深くうなずいた。その眼は、俺の意見を深く信頼していた。

十

酒匂鳳岳は見違えるように元気になった。

彼の顎は相変らず尖っていたが、血色はよくなり、陥没した頬も肥えてきたように思えた。大きな眼は自信がありそうに光った。

「自分でも玉堂の真髄に触れたような気がするのです。描いていて何だか玉堂がのり移ったみたいですな」

彼は高い鼻に笑いの皺を寄せ、大きな口を開けて張りのある声を出した。東京へ出て来た当時とはまるで変って昂然としていた。

一つには、それは彼の懐具合がよくなってきたからに違いないのだ。芦見が「秋山東薪図」を田室に売った時、鳳岳は十万円を貰っている。その後も、九州の家族の生活費と合せて、芦見からかなりな手当が出ているのである。芦見にすれば、それは投資であるが、鳳岳は今までにない潤沢な金に恵まれたのだ。九州の炭礦町でぼそぼそと画を教えて、一人から月に二百円か三百円とっていたころとはかけ離れた収入であった。その経済的な充実感が、鳳岳の自信にも、風貌《ふうぼう》にも、肩を聳《そびや》かすような軒昂とした気力を与えているに違いなかった。

「君はうまくなった」

と俺は贋画の天才に云った。

「これを見給え。こんなことが書いてあるよ」

「日本美術」を出すと、鳳岳は眼を輝かし、顔を吸いつけるようにして読んだ。一度では納得せず、二、三度くり返して読んだ。それは自分の喜悦と満足を堪能させるためであった。

「すっかり自信がつきました」

と鳳岳は、うっとりした眼つきで云った。彼の表情はその反芻《はんすう》に陶酔していた。

「君は、よく努力したね。しかし、油断してはいけないよ。怠けるとすぐ分るから。そりゃあ怕《こわ》いものだ」

鳳岳は頷いた。が、今の場合、この訓戒は彼の心の表皮を撫でて過ぎただけのようだった。

「芦見さんから聞きましたが、一どきに沢山売立てをするんですってね」

鳳岳は云った。俺は芦見に、鳳岳には間際まで黙っているように云うべきだったと気づいた。

「私は、今まで二十六枚の画幅を描いて置いていますが、あれで役に立ちませんか。みんな《秋山束薪図》くらいの出来ですが。勿論、これからも、いいものを描きますけれど」

鳳岳の顔には、果して自負が出て来て、それが不満そうな表情にさえ見えて来た。このとき、俺は、かすかな不安に似た予感を覚えた。

「君がいいと思っても、僕の眼にどうやらパスするものはまだ一点か二点だ」

俺はきびしい調子で云った。

「もっといいものを描かなければ、世間には出せないよ。芦見がどう云ったか知らないが、売立てのことは、何ともまだ決っていないのだ。世間の眼はそれほど甘くないからな」

鳳岳は黙った。眼を横に遣《や》って、唇を閉じている顔つきで、彼がたった今までのご機嫌とは打って変って、不興になっていることを知った。俺は彼が慢心の兆を見せたことに腹を立てた。しかし、それ以上のことを云うのを抑制して別れた。

その後も、武蔵野の奥にある百姓家を訪ねて行ったが、三度に二度くらいは鳳岳の姿は無かった。階下の人に訊くと、都心の方へ出かけて行くというのである。二晩くらいつづけて泊って来るとも云った。こんなことは以前には無かったことだ。

そういえば、鳳岳の身装《みなり》はずっとよくなっていた。以前には俺と同じくらいに、よれよれの着物をきたきりだったが、近ごろでは新調の洋服で外出した。靴も上等だし、カメラも肩から下っている。あの中二階の蚕部屋にも洋服箪笥の新しいのが置かれていた。それは、すべて急激な彼の経済的な変化を語っていた。

俺は、芦見や門倉が共謀して、俺には内密に鳳岳の絵を二枚か三枚売りとばしているのではないかと思った。多分そうであろう。芦見が「秋山束薪図」だけで、そんなに潤沢に鳳岳に金を与える訳はない。こういうことをさせないために、あれほど固く禁じていたのだが、と俺は舌打ちをした。だが、考えてみれば、芦見や門倉の徒が、目前の儲けを見ながら、そんなにいつまでも忍耐する筈がなかった。辛抱せよという俺が無理かもしれない。しかし、こういう事態になると、もう一刻も猶予が出来ない切迫した気持になった。

ある日、鳳岳の家に行くと、彼は玉堂の写真を手本に文字を手習いしていた。その勉強している姿を見ると、俺もいくぶんは安心した。窓から眺めると、この辺りの林は秋が凋落し、冬の景色が進行していた。それは鳳岳が九州からここに来てからの時間の推移を説明していた。同時に、酒匂鳳岳という一人の田舎絵師の上に変化が遂げた時間でもあった。

「先生」

と鳳岳は云った。

「昨日、街に出たら、偶然、京都絵専時代の友人に遇いましたよ。奴、今は偉くなっていましてね。先生も名前をご存じでしょう、城田《しろた》菁羊《せいよう》という男です」

「ほう、城田菁羊と君は同期だったのか？」

城田菁羊なら俺も名前だけは知っていた。なるほど年齢も鳳岳くらいだろう。彼は二十七、八歳の時に日展の特選をとり、今や、その斬新な作風を注目されて、同世代の中堅の中では先頭を走っている日本画家であった。展覧会ごとに彼の名前は新聞の学芸欄に派手に出ていた。

将来を約束されて、日の出の勢いにある城田菁羊と、酒匂鳳岳の出遇いはどのようであったかと俺も少しは興味をもった。

「奴、威張ってましてね、仲間というよりも崇拝者のような連中や、美術記者なども連れて銀座を歩いているのです。大した勢いですね、凄い洋服を着込んだりして。私を見て、君はいつの間に東京に出て来たかとびっくりしていました。それで今日は忙しいから、いずれゆっくり会おうというのです。何だか私を軽蔑しているようで腐りましたがね。なに、あいつだって、学校時代は私と大した違いのない絵を描いていました」

鳳岳は、菁羊とあまり違いのない絵を描いていたというが、それは鳳岳の思い違いか、負け惜しみであろうと俺は思った。そのような筈はあるまい、その頃から腕の相違は開いていたに違いないのだ。

「それで、君は菁羊にどう云ったのだ?」

「絵を描いて暮していると云っておきましたよ。展覧会では見かけないようだが、と云って私の風采をじろじろと見るので、なに、そのうち野心作を出したいと思っている、今は依頼の画の約束を果すのに精一杯だと云ってやりました。すると彼は、それは繁昌で結構だ、是非自分の家にも遊びに来てくれ、と云って別れました。私がそう貧乏していないと観察してそう云ったのですね」

鳳岳はまた鼻皺を寄せて少し笑った。どうも彼の鼻皺を見ると、俺は愉快ではなかった。貧相というよりも、その高くて薄い肉の鼻がそれ自身に表情をつくっている。暗くて、親しみを感じさせない陰気さがあった。俺は彼をこのように教えて来たのだが、彼の鼻皺と薄い唇を見ると、感情の中に一種の憎しみのようなものが入ってくるのであった。

「君は、あまり出歩かない方がいい」

と俺は云った。

「頭脳の疲れ休めに近くを散歩するくらいは構わないが、遠くで遊ぶことはもう少し辛抱し給え。売立ての画が完成するまで落ちついてくれ」

鳳岳はこの忠告に一応はうなずき、そうします、と素直に答えた。が、彼の顔の不機嫌はそれほど直っているとは思われなかった。俺には二度目の漠然とした不安な予感が水のように満ちてきた。

早く《事業》を完成させなければいけない、と俺の心は急《せ》いてきたようだ。それは時間的なことではなく、どこかで破綻が来そうなのを懼れる気持であった。懸命に何かを振り切って、遁げる気持に似ていた。

門倉が岡山から偽作を買い込んで帰った。玉堂もあり、大雅もあり、竹田もあった。大雅と竹田をまぜたのは俺の智恵である。どうせ廉《やす》い金高だから、これくらいの資本を投じるのは止むを得ないと俺は説いた。玉堂のものばかりあるのもおかしいし、また、いいものばかりが出ているというのもおかしいのだ。

「少し、時間を繰り上げよう。鳳岳の描いたもので、まあごまかせそうなのが十二点はある。玉堂があまり多いのも変だから、このくらいの数が適当だろう。早速、準備にかかろうじゃないか」

俺が云うと、芦見も門倉も大いに賛成した。待っていたといわぬばかりだった。

札元には芝の金井箕雲堂《きうんどう》に白羽の矢を立て、芦見に交渉させた。一流の古美術商である。この大量な玉堂の出所は、旧某大名華族で、実は或る筋から処分の委託をうけたのだと説明を教えた。旧華族が遠慮して、或る筋といえば、宮家しか考えられない。宮家とその旧大名華族とは縁戚の関係にある。その大名と玉堂とは縁故がある。このようなことを匂わせておかせた。由緒などはどうにでもなるものである。

古美術商は、日本の名品が発見されても、そう愕かない。まだまだ埋蔵されている割合が多いのだ。この発見の可能性の心理が、俺の計画が成立する重要な条件であった。

金井箕雲堂は、芦見彩古堂の持ち込んだ現物を見て、大そう驚愕したそうである、無論、それは玉堂だけだ。大雅と竹田は見向きもされなかった。が、この無駄が実は必要なのだ。骨董屋に信用させなければいけないのである。この演出もうまくいった。これだけはまさしく玉堂の真物であろうと、しげしげと数々の画幅に見入ったというのである。

（兼子先生が《日本美術》に書きはったのはこの件れだったたか？）

と箕雲堂の主人は京都弁で驚嘆したという。ようし、うちに札元をさせておくんなはれ、と云ったときは、芦見はこの話がすっかり成立したものと思い込んだそうである。

（けどな、念のために岩野先生の推薦をもらっておくんなはれ。推薦文を目録に刷り込んで、ぱっと撒《ま》いたるんや。その承諾さえ岩野先生に貰えたら、札元をやらせて貰いましょ）

箕雲堂はそう答えたという。

さすがに箕雲堂だと思った。彼はこの玉堂の蒐集品に半分の疑問をかけたのだ。それは絵画自体よりも、芦見彩古堂のような二流の骨董屋が持ち込んだところに懐疑をもったのだ。だから、文人画では権威といわれている岩野祐之の推薦文を目録に刷り込もうという。いけない品でも、これなら真物として信用されるから売り易いし、あとの責任脱れにもなる。

玉堂の画幅だけで十七点、一百万円平均としても千七百万円以上の売上げが予想された。箕雲堂としても、指をくわえて見送るには惜しい筈であった。だから、箕雲堂は、こう云った。

売立ての会場は芝の日本美術倶楽部の一室から、赤坂の一流料亭を借りよう。下見会には出来るだけ多方面に案内状を出し、新聞雑誌関係の記者も呼ぶというのであった。それにには岩野祐之先生のところに、その鑑定を頼みかたがた、紹介に、箕雲堂が芦見を連れて行ってもいいというのであった。

その実行は数日後になされた。芦見が躍るような恰好をして戻って来た。

「万歳だ。岩野先生は大感激していましたよ。長生きはするものだと泪をこぼさんばかりでした。これほどの玉堂の名作が、こんなにまとまって見られようとは夢にも思わないというのです。部屋を二つぶち抜き、十二幅を全部掛けて、それはもう息を呑むばかりに見詰めて、大へんなものでした。兼子さんも、田代さんも、諸岡さんも、助教授、講師連中が、立ったり坐ったり、手帖を出してメモするやら大騒ぎでした。こんなのは美術史上で空前の大発見だというのです。岩野先生は、無論推薦文は書く。その上、《日本美術》には特輯号を出させて、この発見について兼子さん以下がみんなで執筆すると非常に昂奮していました。下見会には、重要美術に指定したいから、文部省から撮影技師を寄越すというのです。あまりのことに、傍に坐っている私は空怖ろしくなりました」

芦見彩古堂は、実際に昂奮のために蒼い顔をしていた。

「箕雲堂が云うのです。これじゃ売上げが二千万円以上になりそうだと、ほくほくでしたよ。私は手を握ってお礼を云われました」

門倉は聞いて、泣くのか歓ぶのか分らないような声を上げた。彼は芦見に抱きついた。それから、両人は、酒匂鳳岳がそこに阿呆のように立っているのを見ると、仇敵でも見つけたようにその身体にとびかかった。

――赤坂の一流料亭で玉堂の画幅をずらりとならべて、下見会が開かれる。蒐集家や学者、美術ジャーナリストが押しかける。東京でも一流の業者が会場を忙しげにうろろうろする。文部省から撮影に来る。その壮麗なる光景を俺は眼に泛べた。

岩野祐之が売立品目録に書いた推薦文は、多分、このような文句かも知れない、これこそ玉堂の真作にして、中期、後期に亙る傑作の集積であることは間違いなし、この発見は、日本古美術史上の一大慶事である、と。兼子や田代や諸岡も、その他、岩野祐之の一門は、権威ある雑誌に尤もらしい論文を学究的な用語で荘重に書く。

すべては、俺の計算通りに行った。岩野祐之は抜きさしならぬ場に出て来た。何かあっても、もう遁げようがないのである。彼らは《日本美術史》の神さまのような厳粛な足どりで重々しく俺の剝落作業場に入って来るのである。

俺の作業がはじまる。まるで時計の秒針を計っているように、計画的に時を図ってやる。俺の声が絶叫する。あれは贋作だ！

突風が捲き上ったような混乱が起るだろう。その渦まくような煙が薄れるころ、岩野祐之が真逆さまに転落して行く姿が眼に見えるようだ。荘厳な権威の座から哀れげに落ちてゆく。アカデミズムの贋物が正体を剝がされて、嘲笑の中に墜ちるのである。

――俺の眼に映っていたのは、このような光景であった。それが俺の最終の目的である。人間はその目標を凝視するあまり、恰《あたか》もそれが実景であるかのように幻視や幻覚に襲われるものだ。

が、俺の凝視も遂に幻覚に終ったのであった！

どこに破滅があったのか。

酒匂鳳岳が喋舌ったのだ。彼は、ほんの一言、城田菁羊に洩らした。無論、贋作を描いているとは云わない。が、おれだって玉堂くらいの腕はあると云ったのだ。これは、中堅画家として声名を得ている昔の友だちに己れの才能を対抗的に認めさせたかったのである。決して知らせてはならない秘密だが、自分が無能の土砂の中に埋没するのはあまりに寂しかった。ほんの少しは誰かに知らせたいのだ。

実際、彼は残っている一枚を、それはまだ落款の無いものだったが、自慢げに菁羊に見せたものである！

そこまですると崩壊の穴はそのことから急速に拡がった。金井箕雲堂があわてて約束の取り消しに来た。それから不運にも、岩野祐之の推薦文のついた目録はまだ印刷中で刷り上っていなかったから、外部に出ることは無かった。岩野は危く転落を免れた。

俺は酒匂鳳岳を責めることは出来ない。俺だって自己の存在を認めて貰いたかった男である。

俺の《事業》は不幸な、思わぬ躓《つまず》きに、急激な傾斜のしかたで崩壊した。しかし、俺は何もしなかった、という気は決してしないのである。

どこかに或ることを完成した小さな充実感があった。気づくとそれは、酒匂鳳岳という贋作家の培養を見事に遂げたことだった。

間もなく俺は女との間に醱酵した陰湿な温もりを恋い、白髪まじりの頭を立てて、民子を捜しに町を歩いた。

——別冊文藝春秋64号（S33・6）

第四章

「日本の黒い霧」は晴れたか

前口上　宮部みゆき

短篇コレクションというコンセプトからは外れてしまうのですが、この章では、松本清張さんが手がけたノンフィクション作品を二作ご紹介しようと思います。ここでは宮部、特に、松本清張ワールドを知り初めしばかりの若い読者の方々を想像しながら進めますので、「全部読んでるよ」というコアなファンの読者の皆様には、少々退屈かもしれません。その場合には、この章をジャンプして先へお進みくださいね。

それでは。

現在十代、二十代の若い読者の皆さんは、社会派推理作家松本清張には、昭和史の研究家としての顔があったということを、まだあまりよくご存知ないかもしれません。でも、「〇〇の黒い霧」という言い回しなら、どこかで耳にされたことがあると思います。〇〇に関して悪事が行われている疑惑がある、〇〇のことで、誰かと誰かがどうも良からぬやりとりをしているようだが全貌がはっきりしない――などの場合に、頻繁に使われる表現です。平明で的確で、イメージの喚起力に優れたこの言い回しの生みの親が、清張さんなのです。

昭和三十五年（一九六〇年）一月から、月刊誌「文藝春秋」誌上に十二回に亙《わた》って発表された『日本の黒い霧』。敗戦後の日本が、アメリカに（正確に言えば〝連合国に〟ですが、事実上はアメリカ単独です）占領統治されていた時代に起こった不可解な事件や事象について詳細に調べ、洗い出した事実を土台に斬新な仮説を組み上げ、それを誰にでも読むことのできる簡潔冷静な文体で綴ったこのノンフィクション連作は、連載当初から大変な反響を呼んだそうです。「黒い霧」も流行語となりました。

「え？　アメリカが占領統治してたって、イラクの話じゃないの？」

と思ったあなた。そうなのですよ。イラクじゃなくて、私たちの生きているこの日本の話なんです。我が国には、第二次世界大戦に負けた後、アメリカに占領統治され、進駐軍による民主化政策を受けていた時期があるのです。今、イラクで起こっていることは、そういう意味でも、けっして私たち日本人と無関係じゃないんですね。

さらにもうひとつ、清張さんには、タイトルからしてそのものズバリ『昭和史発掘』というノンフィクションがあります。昭和三十九年（一九六四年）から四十六年（一九七一年）まで、「週刊文春」誌上で連載されました。『日本の黒い霧』が戦後の日本なら、こちらは戦前の日本。とりわけ太平洋戦争へと傾斜してゆく政界、軍部の動きと、それに影響されて変化してゆく世相とを、あるところには拡大鏡をあて、あるところはサーチライトで照らして浮かび上がらせた、やはり大変な労作・傑作です。昭和三十九年といったら、高度成長の昇り始め。東京オリンピックが開催された年です。もはや〝戦後は終わった〟どころではなく、「復興」という言葉すらとっくに後ろに置き去りだぜ、という時期に、緻密に検証し再現される戦前の社会。まさしく「発掘」なのでした。

いやホントの話、連載でこんな凄いものを書いておられたなんて、今さらのように宮部、頭がクラクラします。

ところがですな。

『日本の黒い霧』は文春文庫で上下二巻。『昭和史発掘』に至っては何と全十三巻だ！　学校では昭和史をほとんど教えてくれないので、予備知識もなくて、それでなくても敷居が高い感じがするところへ持ってきて、この長さ。読み出せば絶対にやめられなくなるし、とにかく面白いからと、いくらここで私が団扇《うちわ》であおいでも、いきなりまとめて十五冊買って読んでもらうことは難しかろう。ううう、これが現実だ。若い皆さんの時間にもお小遣いにも限りがあるしね。

そこで、さわりをお目にかけましょう、というわけであります。

『昭和史発掘』

全十三巻のうち、七巻から十三巻までを占めているのが「二・二六事件」です。我が国の現代史に残る唯一の軍事クーデターであり、この事件の結果軍部の議会に対する発言力が急激に増したことにより、その後の日本の行き先が変わった――というほどの大きな節目。戦前のこの国の在り様を語るとき、まこと、この事件を外すことはできません。

陸軍幹部に代表される国家権力と、青年将校たちの清廉な理想の激突。運命の非情。引き裂かれる友情や愛情。歴史の転換点の人間ドラマ。材料が揃っているからでしょう、二・二六事件は、過去、映画や小説やコミックや、ありとあらゆるフィクションの素材とされてきました（かく言う私もハズカシながら、『蒲生邸事件』という作品を書いております）。お若い読者の皆さんにも馴染みがあると思い、ここから抜粋することにいたします。

二・二六事件が起こったのは、昭和十一年二月の雪の日です。清張さんが『昭和史発掘』のこの部分を書いたのは、昭和四十二年から四十六年にかけてのことでした。読みながら、どうぞ、この文章はリアルタイムで書かれた調査報道ではないのだということを、お忘れにならないでください。昭和十一年の時点では、この国に〝報道の自由〟はありませんでした。国民に〝知る権利〟もありませんでした。くどいようですが、だからこその「発掘」。その時代を生きた人たちが知らされなかったことを、白日のもとにさらすために、清張さんはこの長大な現代史ノンフィクションを書いたのです。

『日本の黒い霧』より　「追放とレッド・パージ」

レッド・パージ――「赤狩り」という言葉をご存知でしょうか。アカ、すなわち共産主義思想や左翼思想を信奉する人物を、公職やメディア関係、論壇、文壇や芸術界など、その発言や行動が一般社会に対して強い影響力を持つと考えられる業界や組織から、文字通り狩り出して追放するという、たいへん忌まわしい〝運動〟もしくは政治的指針を意味する言葉です。

一九九一年に制作された、ロバート・デ・ニーロ主演の『真実の瞬間《とき》』というハリウッド映画があります。この作品でデ・ニーロは、一九五〇年代前半にハリウッドで吹き荒れた赤狩りの嵐に翻弄される脚本家を演じました。実際に、アメリカ映画産業のなかでは、この時代に大掛かりなレッド・パージが行われ、その犠牲となって職を追われた人は数知れません。なかでも有名なのは、「ハリウッド・テン」と呼ばれた十人の映画監督・脚本家たちで、デ・ニーロが扮した主人公は架空の人物ですが、モデルは明らかにこのハリウッド・テンの人びとだと思われます。

この時代、なぜアメリカがそれほどまでに共産主義思想を恐れたかと言えば、言うまでもなく、共産主義の拡大は、そのまま即、当時のソビエト連邦共和国の拡大を意味することだからでありました。

第二次世界大戦が終わり、ようやく世界には平和が訪れました。しかしその平和は、結果的に二つの超大国となって落ち着いた米ソの、けっして相容れることのない睨みあいの始まりでもありました。これが「冷戦」です。二〇〇四年の現在から振り返ると、アメリカはこの戦いには勝利したようですが、当時はまだまだ、この二つの超大国の勢力は拮抗《きっこう》していて、きっかけさえあれば、ちょうどオセロ・ゲームのように、世界の勢力地図が白から黒に、黒から白に、がらりと変わってしまう可能性がふんだんにあったのです。

それだけに、当時のアメリカは、自国のなかに共産主義が根付き、育ってゆくことを厳しく警戒していました。それはいわば獅子身中の虫となりかねないからです。怒りだけでなく強い恐怖感も覚えていたでしょう。

本来、民主主義思想の根本には、たとえ自分と異なる意見であってもそれを尊重し、相手がそれを信奉するのを妨げてはいけないという考え方があるはずなのですが、人間、ただ怒ってるだけでなく怖がってしまうと、なかなかそういう原則論どおりに行動することができなくなってしまうのですね。ましてや政府は大勢の人間が集まっている組織ですから、ある限定的な時間内に、大きな声を効果的に出す人たちがいると、どっと雪崩《なだれ》を打つようにそちらへ傾いてしまうことがあります。

アメリカにおける赤狩りは、こうして行われたのでした。もちろん、これはハリウッドに限った話ではありません。

さて、先ほども書きましたとおり、日本は敗戦後、連合国：アメリカの占領統治政策により民主化されました。このときアメリカは、占領国ニッポンにおいても、自国と同様に、共産主義思想に対して厳重な警戒態勢を敷きました。ちょっとでも気を抜いて、ソ連に付け入る隙を与えてはいけない。ウチの縄張りには一歩も足踏みさせてなるものか！　なんて書くとまるで陣取り合戦みたいですが、実際そう考えた方がわかりやすいと思います。

占領初期こそ、GHQは、戦前の日本を支配していた軍国主義的思想とそれを信奉する勢力を撲滅するために、共産主義や社会主義が日本に根付き、育ってゆくことを歓迎していました。しかし冷戦という現実は、ほどなく、その方針に一八〇度の転換を迫ります。単純なたとえになりますが、右を滅ぼすために左に振った針を、今度は左に行き過ぎたと警戒して右に振り返す、という作業が行われた。それが「追放」と「レッド・パージ」なのです。

戦前は自由な思想を持つことなんかできなかったけど、戦後は違う。軍国主義的な思想は平らげられて、戦争犯罪をおかした人たちは罪に問われて、その結果、国民はみんな平等になって、安心してどんな思想でも信じることができたし、どんな意見でも、何を恐れることなく発言することができるようになったんだ――

実は、そうではなかったんですね。

占領下の日本国民は、文字通り、この政策に振り回されました。

どれほど尊く自由を謳う思想であっても、それを以ってひとつの国家がひとつの国家を占領統治するという現実のなかでは、汚いこと、ズルいこと、目を背けたいこともたくさん生じてくるのです。結果が良かったんだから、過去のことは忘れちゃったっていいじゃない――ではなくて、日本が民主化されていく経過には、確かにこういう出来事があったのだということを、ぜひ若い読者の皆さんに知っていただきたい。それが、未来のために必ず役立つ知恵となると、私は信じています。

いつの時代、どんな国家においても、あらゆる〝黒い霧〟がすべて消えうせ、晴れわたるということはあり得ません。悲しいことですが、国家と社会が人間の営みである以上、それは残酷な事実です。でも、いえだからこそ、〝黒い霧〟をきちんと観測することのできる目と、それを晴らそうと努力する意思を、失ってはいけないのですから。なお、中巻の「不機嫌な男たちの肖像」の章に収録した「カルネアデスの舟板」は、当時のこうした世相があってこその切実な動機が作品の要《かなめ》となっていますので、併せて読んでいただくと、さらに理解を深めていただけるのではないかと思います。

ところで、この「追放とレッド・パージ」ですが、冒頭から人名や「GHQ」「G2」「G3」「GS」などの略称がポンポン出てきますので、ちょっと面食らうかもしれませんね。ごく簡単にではありますが、解説を添えましょう。

「GHQ」とは、連合国最高司令官総司令部（General Headquarters）の略称です。その名称のとおり、日本に進駐してきて、占領統治政策すべてを司《つかさど》った組織です。マッカーサーとは、最高司令官のダグラス・マッカーサー元帥（元帥というのは将軍よりも更に上の階級）のこと。だいぶ前の映画ですが、ズバリ『マッカーサー』という作品のなかで、グレゴリー・ペックが演じたことがあります。「本人そっくりだった！」そうでありますよ。

GHQは「間接統治」を行いました。進駐軍が直接日本国民にあれせいこうせいと指示をするのではなく、日本政府や地方自治体に指示指導することによって統治を行ったのです。それでも一国の内政を一から指導するわけですから、GHQという組織はたいへん巨大なものとなり、内部にはいくつもの部署が存在しました。
いちばんてっぺんに、最高司令官。
その下に「参謀部」と「幕僚部」（または特別参謀部とも呼ぶ）。
「参謀部」は第一部から第四部にまで分かれていて、この略称が「G1」「G2」「G3」「G4」なんですね。主な機能は、
「G1」企画、人事、庶務
「G2」諜報、保安、検閲
「G3」作戦、引き揚げ、命令実施
「G4」予算、調達、武装解除
武装解除というのは、日本国内の、日本軍の武装解除の意味です。
「幕僚部」にはさらに多くの部署がありますが、「GS」はそのなかの「民生局」の略称。占領初期には、ここが先頭を切って日本の民主化政策を担当していました。本文中に、
「G2とGSの相克につけ入った日本人が、それを利用することによって」
というくだりがありますが、これは「諜報（スパイ活動）をやってる部署と、民主化政策をやってる部署の仲が悪かった」と、そういう意味になります。で、その隙間を泳ぐ日本人がいたんだよということを、清張さんは書かれているわけであります。

今の私たちには、自分の国の政府の上に、他国の政府から派遣されてきた軍隊が乗っかっていて、そこがすべての決定権を持っている――という状態を、なかなか想像することができません。そんなことを体験しないで済んでいるのは、たいへん幸せです。忘れがちなことではありますが。

なお、この項では、竹前栄治氏著『ＧＨＱの人びと』（明石書店）を参考にさせていただきました。厚くお礼申し上げます。

昭和史発掘——二・二六事件

従来の二・二六事件関係の諸書、記述類は、相沢事件からすぐに二・二六事件の記事に入るのが普通のようである。事実、相沢事件より二・二六事件まではわずか満六カ月の時日しかないから、その書き方も不自然とはいえない。むろん、その間の事情には一応ふれたのもあるが、それはほとんどつなぎの程度に簡略にされている。

しかし、二・二六事件が勃発《ぼっぱつ》するまでの六カ月間は重要である。この間の事情を十分に見ておかないと、二・二六事件の本質を誤ることになろう。当時の政治・社会情勢の流動からいっても、人間の動きからいっても、この半年間ほど興味ある時期はないのである。

筆者は、これまで知られなかった事情や、未見の資料をかなり知ることができた。

事前の形勢を概観して一口にいえば、永田鉄山の暗殺事件は陸軍に動揺を来たし、重臣層や政界に衝撃を起した。林陸相は事件の責めを負ってやがて辞職するが、その前後と、川島義之新陸相の時代に入ってからの陸軍は事態の収拾と軍紀の再建に苦悶《くもん》した。この苦悶は単純ではない。真崎を先頭とする皇道派はこれを機会に巻返しを図《はか》り、背を屈め、眼を据《す》えて主導権の奪取を狙っていた。統制派は前にも増してその抑制に苦労せねばならなかった。

一中佐が白昼堂々と陸軍省に乗込んで上官を斬殺したことは世間に陸軍の威力を疑わしめた。国民は軍の内紛と下剋上とをあますところなく見せられ、軍紀のルーズさに呆れた。相沢事件が報じられた当時、軍内部の事情を知らぬ国民はひとしく眼を疑った。軍はその威厳を著しく失墜《しっつい》した。国内のみならず、対外的にも権威の回復に腐心しなければならなかった。しかし、「粛軍」の方針は一本ではなく、統制派と皇道派のヘゲモニー争いの激化を内包してぐらつき、そのため、まことに曖昧《あいまい》になり、決断力に欠けたものになった。

このことは、皇道派の青年将校や右翼浪人たちの活動に対して徹底的な抑圧を不可能にした。彼らの行動に憲兵隊や警視庁の特高で注目はしていたが、それはほとんど傍観以上には出ず、具体的には何らの予防措置もできなかった。

皇道派青年将校たちは相沢事件が起ると昂奮した。同事件でもっとも大きな刺戟と昂奮とをうけたのは青年将校たちである。

彼らは、四十七歳の相沢が永田を敢然として斬ったことに激しい感動をおぼえた。あの年寄りの相沢さんがやった、われわれ若い者がやらなければならないことを老先輩が先に実行した、申訳のないことである、相沢さんに済まない、われわれは遅れをとった、こうしては居られない。――この感激が彼らをより激しく行動的な心理に駆りたてた。

相沢被告の予審は事件発生以来八十余日を経た十一月二日に終結した。翌年一月から第一回の公判が開かれるという矢先に降って湧いた新状態が生じた。十二月ごろに内定した第一師団の満州移駐である。翌十一年五月ごろの動員という。これが青年将校たちに大きな焦燥感をあたえた。とくに歩兵第一連隊と歩兵第三連隊の隊付将校には衝撃であった。日露戦争後三十年間も東京から離れることのなかった第一師団を満州に移動させる軍上層部の意図は、「危険分子」の巣窟の観のあった歩一と歩三とを、その師団ごとそっくり満州に遠ざけようというのである。

ひとたび満州に渡れば、一応、二年後に帰還するとはいうものの、青年将校たちの運命は分らない。戦死するかもしれないし、現地でバラバラに引きはなされるかもしれない。それに結束も現在のままではあるまい。行動を起すなら、満州移駐の前にやらなければならぬ。これをのがすと、昭和維新断行の機会が永久にこない、あるいは大幅に延びる。この時間的な切迫が二・二六事件発生の心理的な引金となった。「時間」が彼らを二月の「蹶起《けっき》行動」に追いこんだともいえよう。もちろん、それだけではないが「蹶起」の他の条件も、この「時間」に合わせて無理につくられたところが少なくない。

こうした緊迫した空気の中に相沢公判が十一年一月二十八日を第一回としてはじまった。特別弁護人満井佐吉中佐など相沢被告の支援者（軍人、右翼団体）は、五・一五事件の法廷戦術にならって法廷闘争に持ちこむことにした。第一師団軍法会議の公開なるを利用し、法廷闘争を通じて被告の精神や弁護人の主張を世間に知らせようとしたのだ。右も左も、ひとたび裁判という国家権力の裁きをうける立場になれば、その戦術は似てくる。かくて相沢裁判は法廷闘争により相沢被告の減刑を図り、その尊皇思想による

「革新」を宣伝し、かたがた皇道派勢力の優位を狙った。

この法廷闘争はだいたい順調にすすんだ。このことに関する限り、相沢の支援団体は希望を持つことができた。しかし、一方では第一師団の満州移駐が非公式に内示された。実力行使を計画する歩一、歩三の急進青年将校を「時間」が圧迫する。十一年五月と予定された動員の前に何とかしなければならない。彼らの焦燥は「時間切れ」が近づくにつれてつのってゆく。

その他、美濃部達吉の天皇機関説に対する攻撃をめぐる状況などのワキもあるが、二・二六事件が起るまでの状況を要約すれば、ざっとそう云えるであろう。しかも、きわめて大ざっぱないい方である。もちろん、これは二・二六事件の状況に対する説明とはならない。およそ大事件には大小さまざまな要因がからみあい、それが相互に作用しあって発生するからである。

第七巻「軍閥の暗闘」より

十年末までの動きは広汎な意味での相沢公判闘争運動であり、普遍的な維新運動だった。この時期は、さしあたり相沢公判を中心に運動をすすめると決定していた。前記の地方在住の先輩大尉らを交えた一同の意見で、栗原も磯部も決定を一応承認している。これを運動の初期とすれば十一年一月下旬ごろまでそれがつづく。

一月二十八日の相沢公判第一日の夜には麻布の竜土軒に初めての会合があった。香田、栗原、安藤、村中、磯部、亀川、渋川らで歩一、歩三の中少尉十二、三名であった。この夜は裁判を傍聴した渋川善助から公判廷の模様を聞くという単なる報告会であった。

二月に入って四日の第二次の竜土軒の会合となると顔ぶれが少し変ってくる。歩三の野中大尉、同安藤大尉、同坂井（直）中尉、歩一の栗原中尉、同林（八郎）少尉、歩三の高橋（太郎）少尉、歩一の丹生中尉、近歩三の中橋中尉、歩三の常盤（稔）少尉、同清原（康平）少尉、それに村中、磯部、渋川である。

いずれも、のちの二・二六事件の実行者ばかり。常盤、清原の無期禁錮を除くと、ことごとく処刑された面々だ。（野中大尉のみ自決）

新井勲の回想によると、

「例の如く渋川が主となりその日の公判廷の模様を物語り、時々記憶の不確実な点を村中、磯部に訊《ただ》していた。そして、『これから後は証拠調べに入るようです』と最後を結んで散会となった」（新井「日本を震撼させた四日間」）とある。

新井によれば、十二日の第四次竜土軒会合では出席の歩一側将校と歩三側将校とに方法論的な論争があり、栗原や磯部、村中らはすぐにでも決行に移りたい急進論だったが、安藤大尉のいる歩三はこれを冷視し、時機尚早論を唱えていたとある。

そして、散会後は、安藤、新井の歩三組と、村中、磯部が別室に残って議論し、歩一側の磯部、村中の言葉に、「歩一がどうあろうとも、歩三は歩三の態度があると思うんだ」と安藤はつぶやく。それから竜土軒を出て新井といっしょに六本木のほうに歩いていた安藤は「新井、今夜のことは誰にもいうな。どこまでも歩三は歩三で行こう」といったそうである（新井前掲書）。

竜土軒の会合に限れば、第三次は第二次の四日と、問題の十二日の中間、二月八日の夜に開かれているが、憲兵報告によると、「香田、村中、磯部、渋川外一名」とはなはだ寂しい。香田大尉は前に書いたように佐藤判士長の副官だから、他の民間人四名（外の一名もそうだとして）とともに公判対策会談の感がある。

急進派、自重派の顕在化が二月上旬とすれば、これから橋本証人出廷が非公開裁判となった十二日あたりまでを事件前の中期とすることができよう。すなわち、初期の幅広いルーズな集りから脱して、実質主義に凝縮したのである。凝縮してみれば、公判廷専従の民間人グループと青年将校の側に、急進派、自重派という一筋の裂け目が生じたのである。

すでに一月ごろから急進派の将校のなかには、あとで思いあたるような行動が少なくなかった。歩一の栗原、丹生中尉等は日ごろから下士官兵に対して昭和維新に関する教育をしていたが、一月に入るとその内容が具体的となっている。「殊に初年兵に対する教育方法は露骨」（憲兵報告）となった上に、連隊は憲兵の出入りを忌避しはじめた。

兵力使用の上で、下士官兵の常からの「特殊教育」は重要である。下士官兵にその精神と訓練を叩きこまなければ決行の場合、ものの用に立たず、失敗する。ことに手兵は一月十日に入隊して軍隊のことは西も東も分らぬ新兵が半数以上だから、栗原らの苦労はなみたいていでなかったろう。

新兵とは違った意味で問題なのは下士官の掌握であった。下士官がそっぽをむけば指揮官は手足を失ったのも同様である。下士官にいくら教育したところで、青年将校と同程度の維新精神をもつとは思われないし、ことに各所を襲撃して大官を殺害しようというのだから、下士官が命令通りになるかどうか心もとなく思われる。

磯部もこのことを気づかい、

「何れの条件からいっても、部隊はとても思ふ様に維新的訓練は出来さうにもない。茲《ここ》に於て余は、下士官兵が思ふ様に訓練出来なければ、指揮官の決心を異常に高めておく必要があると考へ、田中（勝中尉）、河野（寿大尉）との連絡を密にする一方、余自身の決意を確《しっか》りとさせる修養をした」（「行動記」）

と回想している。

指揮官の「異常な決心」で下士官兵を威服させるには、「上官ノ命令ハ……」の絶対服従の軍隊鉄則が下敷きになっているのは云うまでもない。

ところで、兵のほうは、どうにかなるとして、厄介なのは下士官の扱いだったろう。下士官は「軍隊の飯」が長い古強者《ふるつわもの》が多く、軍隊の表裏に通じ、いわゆる「要領」に長《た》けている。なかには中隊長に隠微に抵抗する者もある。そのような下士官を「感化」させるのだから、なみたいていのことではない。

だが、事件が起ってみると、下士官兵は予想以上に指揮官のためによく行動している。事件の経過をみると、指揮官の「威令」のみとは思われない。とくに軍隊生活の長い下士官には青年将校の常からの人間性、精神教育がものをいったと思われる。この点は第九巻で詳しくみる機会がある。

第八巻「北、西田と青年将校運動」より

二十五日夜の歩一第十一中隊（中隊長代理・丹生誠忠中尉）の将校室では、磯部、村中、香田らが明朝未明の決行についてのいろいろな打合せをしていた。一方では山本又予備少尉が「蹶起《けっき》趣意書」をガリ版でしきりと刷っていた。

襲撃目標の重臣らを斃《たお》したあとの事後処理が問題となるのは当然だ。決行そのものよりむしろ決行後のほうが重大で、いかに局面を有利に持込むかである。

磯部の「行動記」にはこう書かれてある。

「蹶起趣意書を刷り、陸軍大臣に対する要望事項の案等をつくる。又、斬殺す可《べ》き軍人、通過を許すべき人名表等を作る。

要望事項は村中、香田両人が作案した。その概要を記すると、

一、事態容易ならざるを以て、速やかに善処す可きこと。

一、小磯（国昭）、建川（美次）、宇垣（一成）、南（次郎）等将軍をタイホすること。

一、同志将校、大岸（頼好）、菅波（三郎）等を招致すること。

一、行動部隊を現地より動かさぬこと。

吾等は維新の曙光を見る迄は断じて引かず、死を期して目的を貫徹する。

と云ふのであった。又、余の作製した斬殺すべき軍人は林、石原（莞爾）、片倉（衷）、

武藤（章）、根本（博）の五人であったと記おくする。斯《か》くする内、二月二十五日夜は刻々更《ふ》けてゆく」

陸相に対する要望事項四項目のうち、その二は「皇軍に害をなす」宇垣一派を逮捕処断するという徹底したもの、反面、その三で革新派の先輩同志将校を東京に呼び事後処理に参加させ協力を計った。これには地方代表者格の和歌山の大岸頼好、鹿児島の菅波三郎、朝鮮羅南の大蔵栄一、丸亀の小川三郎、青森の末松太平などをして全国各地方部隊を味方にしようという狙いがある。

それでなくとも決行参加の将校は「われらが蹶起すれば全軍が必ず起《た》つと思った」（高橋太郎少尉の調書）のであるから、磯部がこのように地方部隊の同志の責任者を召集しようとしたのも、全軍の起ち上りを期待したからである。

要望事項の第四の「行動部隊を現地より動かさぬこと」は第一の「事態の善処」を支えている。決行の大部隊が各要所を占拠していればこそ政府や軍当局に威圧が利くのである。「断じて引かず」はこれにもかかっている。撤退すれば敗北は必至である。したがって「要望」というもこの実力を背景にしての軍当局や政府に対する「脅迫」である。この脅迫は「皇軍相撃」をおそれる軍中央部に決行部隊を「義軍」と認めさせる強要につながる。

磯部が「斬殺すべき軍人」としてリストした人々のうち、片倉衷少佐は「士官学校事件」の工作者といわれた。これで磯部、村中が陸軍を追われたのだから、磯部としては憎悪の対象だ。

要望事項の「意見開陳案」は磯部、村中、香田が練って、香田がこれを陸軍通信紙に認めていたことは前に出した磯部調書の通りである。

ここで、視点を下士官兵の上に移そう。歩一、歩三、近歩三の各出動部隊を順次に見てゆくことにする。

歩一では栗原中尉の機関銃隊（隊長小沢政行大尉）と丹生中尉の第十一中隊が出動した。

いうまでもなく栗原は決行将校中の中心だから、まず、栗原の銃隊の動きからはじめる。

事件鎮定直後、歩一側で調査した「事件前ヨリ事件終了迄ノ概況」と題する報告でその概略を知ることができる。これは銃隊の下士官兵について取調べた結果をまとめたもの。

そのなかの「事変突発前ノ概況」は次の通りだ。

①二月二十五日午後七時三十分頃、栗原中尉が銃隊将校室に来て、当時の銃隊週番士官林（八郎）少尉と会談した。午後八時林少尉は甲週番上等兵梅沢富久をして第十中隊の兵器係から軽機について兵に学科をするから借りてこいと命じ、九時ごろその中隊から軽機三挺を借り出し、また、九時半ごろ第一中隊からも同じ口実で軽機三挺を借り出した。

②栗原中尉は兵器係上等兵虎見逸平を兵器室に呼び、明（二十六日）早朝から基本射撃をする旨を命じ、弾薬は取れるかと尋ねた。虎見上等兵が夜間は出せないと答えると、弾薬授受簿をとって自分で出すように交渉すると云って立去り、虎見には拳銃を準備させた。

③午後九時前後、第一内務班長栗田伍長は下士官室で各班先任上等兵を招致し、使用し得る機関銃を調査した事実がある。上等兵らは兵器係の下士官が不在なので栗田が代理として調査したものと思いべつにふしぎとは思わなかった。

十一時前後、栗田伍長は班内の初年兵をひそかに起床せしめ、林少尉指揮の下に弾薬庫から弾薬を兵器室に運搬させ、すぐ兵を就寝させた。そのあと虎見上等兵に弾薬の詰換整備を命じた。

④十一時を少し過ぎたころ、他連隊の将校の出入りがあった。

⑤兵器係虎見上等兵は栗原中尉の命令で機関銃真銃六、空包銃身三、属品箱弾薬各銃約七〇〇発を分隊毎に舎前に準備するように命じられ、十一時過ぎから石川、倉友、長田とともに準備した。

同時に小銃実包も舎前に準備した。軽機実包は弾匣《だんこう》七個に弾薬を込め、舎前に出した。

林少尉はこれを区分して各部隊と第十一中隊に配当したようである。

斧《おの》はあらかじめ銃隊側が準備していたが、だれがこの処置をしたか分らなかった。しかしその後の調査で、林少尉が二十六日午前一時すぎ懐中電燈をもって消防ポンプ置場で何か捜していたことが判明したので、林少尉が斧を見つけて持って行ったものと思われる。

――これが翌二十六日午前三時ごろ銃隊全員に「非常呼集」をかける前までの状況の概略である。

以上でも分るように、栗原が決行用の兵器、弾薬を下士官、上等兵を使って集め、週番勤務の林少尉が栗原の補助をなした。各内務班には兵器係と被服係の上等兵がいる。兵器委員は尉官若干名で構成され、助手として下士官若干名がつけられるが、「助手ニハ兵長、上等兵ヲ充ツルコトヲ得」た。

したがって、兵器委員助手の上等兵にも責任があって、隊長でもない栗原（隊付。下士官兵からは教官とよばれた）のこの命令に必ずしも服さなかった。だから兵器係虎見上等兵が「夜間には弾薬は出せない」というと、栗原は「では自分から出すように交渉する」といわざるを得ないのである。

タマがなければ戦《いく》さが出来ぬたとえで、栗原としては出来るだけ大量の弾薬を入手しなければならなかった。しかも銃隊だけでなく近歩三の中橋隊のぶんと、第十一中隊の丹生隊のぶんまで調達せねばならぬ。彼の苦慮がここにあった。

判決文には、

「（栗原安秀は、二十五日午後）十一時頃、連《よっ》隊兵器委員助手石堂信久ヲ銃隊室ニ招致シ、林八郎ト共ニ拳銃ヲ擬シテ同人ヲ脅迫シ、因テ小銃、機関銃及ビ拳銃各実包ヲ弾薬庫ヨリ搬出シ」

とあるが、「同志」ならざる兵器委員助手の下士官にはこのような手段で弾薬を出させねばならなかった。

歩一の衛兵勤務は、二十三日が六中隊、二十四日が七中隊の受持ちだったのだが、二十五日はなぜか混成で、しかもその内務衛兵司令を命ぜられたのは、十中隊の関根茂万《しげかず》という伍長勤務になったばかりの上等兵だった。関根上等兵は、二十五日の午後、急に命令を受けたのである。

衛兵所は営門横である。衛兵司令は通常下士官をもってし、週番司令の命をうけて衛兵を指揮する。

関根上等兵は伍長勤務で下士官に準じるから軍隊内務令の規定に違反してはいないが、伍勤になりたての彼を、未経験の衛兵司令に、しかも二十五日午後急に勤務を命じたところに週番司令山口一太郎大尉の作意が感じられないでもない。

内務令の規定で衛兵司令の任務のなかには次の三つがある。

①兵営内の取締、警戒。営門出入の者の監視。

②外来人で下士官以上に面会を求める者があるときは氏名を面会簿に記入したのち、週番下士官に通報して所要の処置をする。

③衛兵の哨所を弾薬庫におく。金櫃、鍵、弾薬等を預かったときはこれを監視する。

すなわち二十五日夜から外部の同志磯部、村中、湯河原組の水上源一ほか四名の民間人が続々「面会」にくる。二十六日夜明けには行動部隊が営門を出てゆく予定だ。表門の関所を守る衛兵司令に故意に未経験の新米伍勤上等兵をあてたとすれば、山口週番司令の心底が分らぬでもない。なお、関根上等兵は銃隊付に移る前の十中隊付林八郎少尉に目をかけられていた。

衛兵所には弾薬庫の鍵が預けられて保管してある。栗原としては弾薬庫をぜひ開けたいところだ。

次は関根茂万氏の談話である。

「私は初年兵の教育係だったので忙しかった。それなのになぜ急に初めての衛兵司令にしたのか疑問に思ったものである。

（二十五日）午後七時ごろまでは何ごとも起らなかった。私はときおり巡視に出たりして忙しかった。異常に寒い晩で、ときおり雪がばらついた。衛兵所の煖炉《だんろ》を真赤に燃やし、みんなでかじりつくようにしていた。

午後十時過ぎ、林少尉が来て『弾薬庫の鍵を貸せ』と云った。週番司令からそのような連絡は受けていなかったので、私は、

『いくら教官殿でも、それに従うわけにはゆきません』

と断った。すると林少尉はそれ以上は何も云わずに引返した」

関根上等兵が「いくら教官殿でも」といったのは林少尉に可愛がられていたからで、親愛な上下の感情に出ている。また、そこがつけ目で、林としては関根ならおれの云う

ことを何でも聞くと考えて、衛兵司令に就《つ》けるよう山口週番司令にすすめたのかもしれない。

ところが案に相違して関根は規則に忠実で弾薬庫の鍵を渡さなかった。林は仕方なく引返した。このへんは、栗原に弾薬受領の任務を断わった銃隊の兵器係虎見上等兵と同様である。

しかし、林少尉はそれで弾薬庫の鍵をあきらめたのではなかった。関根談話はつづける。

「しばらくすると林少尉が再びやってきた。今度は兵器委員助手の石堂軍曹とともにやってきた。石堂軍曹は私に『弾薬庫の鍵を渡すように』と云った。兵器委員助手がそういう以上、わたしも鍵を渡さないわけにはゆかなかった。
週番士官の赤タスキをかけていた林少尉はそのとき、『歴史に残るようなことをやる』と云っていたように記憶している。わたしは特殊弾薬庫の鍵はどうしても渡さなかった。
この弾薬庫には毒ガス弾が入っていたからだ。
そのうち弾薬庫の哨所にいる衛兵から『いま十人ばかりの兵隊がきて弾薬庫を開けている』という連絡があったので、しばらくして行ってみると歩哨に立っていた高橋千年《ちとせ》一等兵の姿が見えなくなっていた」

判決文には栗原と林とが石堂軍曹に拳銃をつきつけて弾薬庫から弾薬を運び出させたとあるが、脅迫された石堂は林に伴われて衛兵所から鍵を取ったのである。

その後、石堂は出動部隊が営門を出てゆくまで銃隊兵器庫に閉じこめられた。余談だが、のちに石堂（当時准尉）はピストル自殺を遂げたというが、このときの責任を感じての自決だという人もあり、そうではないという人もある。

決行将校は一千四百名余の下士官兵をひきつれていくのだから、兵器係、被服係、給与係（食糧）など行動に不可欠な要所をにぎる下士官を味方につけねばならなかった。また、大半が一月十日に入営したばかりの初年兵だから彼らを動かす上等兵（新兵教育係が多い）を掌握しなければならなかった。

決行組の青年将校が一般兵に精神訓話で昭和維新の精神を云うほか中隊の下士官、上等兵らに日ごろから「革新」の必要を説いたのは、かれらが実際上の兵の引率者だったからである。

しかし、その下士官、上等兵のどれだけが決行青年将校の「同志」であったかは疑わしい。以前にも書いたように、実際の同志とは具体的計画の一端に参画しまたは相談され、決行日時についても事前に通知されていなければならない。だが、かれらはそういうことは一切知らされなかった。云われていることは昭和維新の精神と現在がその革新の時期にきているというきわめて抽象的なことばかりであった。

若手将校も直前になって決行を幹部から通知されたが、かれらにはある程度まで計画の進行に推察がついていたから覚悟はあった。だが、下士官と上等兵は何も知らなかった。

第九巻「二月二十五日夜」より

歩兵第一連隊の栗原安秀中尉が機関銃隊の兵約三百名に非常呼集を行なったのは、二十六日午前三時三十分ごろであった。栗原は機関銃隊の隊附将校である。

「二月二十六日午前二時頃更ニ一部ノ班長及兵ヲ起シ、更ニ午前三時三十分頃、銃隊全員非常呼集ヲシテ舎前ニ整列セシメ、私カラ全員ニ、平素述ベテ居ル通リ愈々《いよいよ》本日維新ニ向ツテ前進スルト云フ意味ノ訓示ヲ与ヘ、更ニ合言葉『尊王斬奸』ヲ定メ之ヲ下達」（東京憲兵隊・栗原調書）した。

丹生誠忠中尉は栗原の機関銃隊より三十分早く第十一中隊の兵全員に非常呼集をかけた。丹生は中隊長代理である。

「二十六日午前三時中隊全員百七十名ニ対シ非常呼集ヲ命ジ、午前四時患者ヲ残シ営庭ニ整列」（丹生調書）した。

歩兵第三連隊では安藤輝三大尉が、「私ノ中隊及機関銃隊四ケ分隊、機関銃四門、計二百四名ヲ指揮シ午前三時三十分ニ連隊ヲ出発」（安藤調書）した。安藤の第六中隊の非常呼集は午前零時、舎前整列は三時ごろである。

坂井直中尉の第一中隊の非常呼集も早い。坂井は隊附将校である。

「二十六日正子（午前零時）兵ヲ一斉ニ起床セシメ準備ニ取掛リ午前三時二十分迄ニ諸

準備ヲ完了、舎前ニ整列セシメマシタ」（坂井調書。東京憲兵隊作製——以下同）

次は野中四郎の部隊である。

「二十六日午前零時ニ週番司令安藤大尉ノ命令デ非常呼集ヲシテカラ、歩兵第一連隊ノ栗原中尉ノ下ニ出発」（常盤稔調書）

「二十六日午前零時三十分ニ各班長自ラ兵ヲ起床セシメ」（鈴木金次郎調書）

「（将校室で）休養シテ居ルト二十六日午前零時頃週番司令ノ伝令ガ来テ非常呼集ノ命令ヲ受ケマシタ」（清原康平調書）

常盤、鈴木、清原の三少尉は安藤の命で、野中大尉の第七中隊に付された。

判決文には安藤が「二十六日午前三時頃非常呼集ヲ行ヒ、全員ヲ舎前ニ整列セシメ」とあるが、三時は実は整列である。歩三の非常呼集は午前零時が正しい。ひどく早いが、野中隊（常盤、清原、鈴木隊を含む）、安藤隊、坂井隊と三つの部隊編成になるので、安藤が準備に十分の時間をとったのであろう。

近衛歩兵第三連隊の中橋基明中尉は、「二十六日午前四時二十分非常呼集ヲ以テ近歩三ノ七中隊全員ニ集合ヲ命ジ」（中橋調書）ている。

決行各部隊の兵営出発時間は次の通りである。

歩一。首相官邸襲撃・栗原部隊（林八郎、池田俊彦少尉、対馬勝雄中尉）＝午前四時三十分頃。

陸相官邸占拠・丹生誠忠部隊（香田大尉、竹嶋継夫中尉、山本又、磯部浅一、村中孝分頃。

斎藤内府私邸襲撃・坂井部隊（高橋太郎、麦屋清済、安田優少尉）＝午前四時三十次）＝右同。

歩三。侍従長官邸襲撃・安藤部隊＝午前三時三十分頃。

警視庁襲撃・野中部隊（常盤、清原、鈴木少尉）＝午前四時三十分頃。

近歩三。高橋蔵相襲撃・中橋部隊（中島莞爾少尉）＝午前四時三十分頃。

襲撃の一斉開始を午前五時とし、万事それに合わせて各目標地までの所要時間を測り、出門時間を決定した。安藤部隊の営門出発が他部隊よりも一時間早いのは、鈴木侍従長官邸の距離が遠かったからであろう。襲撃目標地の到達時間は早過ぎてもならず、遅すぎてもいけない。そのため彼らは決行前に実地踏査や演習などで距離の下調べをしている。それでも、市川野重砲の田中勝中尉の部隊（輸送担当）は市川から東京に入るのが早過ぎて、靖国神社、宮城二重橋詰、赤坂の歩一連隊前と、目標の陸相官邸に着くまでうろうろしたくらいだ。

牧野を湯河原に襲撃する河野寿大尉（所沢飛行学校）の部隊も、行動開始は東京に合わせて午前五時である。

東京の部隊が非常呼集を行なっている午前三時半から四時ごろ、河野隊の分乗した二台の車は何処まで走っていたか。

参加の民間人綿引正三の手記。

「……途中、二、三回小用で停車した。小田原の町についた。市街は淡い電燈の光だけ。静かであった。町を通り抜け、海岸を走りはじめた。根府川《ねぶかわ》と云う宿場に来て停車した。予定時より早いので道草をしている次第だ。

或る会所を起し、火をたいて貰い煖《だん》をとった。約四十分程休み走り出した。小半時も行くと大尉（河野寿）は停車を命じた。山側の道である。下の方に人家の灯が、ちらりほらり見える。海のどよめきが聞える。

夜の寒さが足の先までしみこむ。大尉は、皆降りて貰いたい、と云った。皆、大尉の周囲に集った。絵図面（牧野のいる伊藤屋別館の見取図）を出し細々《こまごま》打入りの時の要領説明があった。

一、抵抗せぬ者は殺さず。

二、牧野は老人（七十余歳）なり。発見せばすぐ打殺す。

三、婦女子は傷付けるべからず。

四、目的終了後は直ちに引上げる。（原註。東京栗原中尉隊に合流）

五、豊橋の援兵来る筈だ。向うのは只外《ただ》を守って貰う事。

等々であった。

説明を聞き終った私等は運転手二人に始めて斯々《かくかく》の訳を話した。彼等は私共におどされ承諾した。再び自動車は闇の海岸道を走る。四時過ぎた。目指す湯河原温泉地の四、五丁手前に来た。温泉宿の灯が遠くから眺められる。牧野を思う。後《あと》一時間。我々は此処でも自動車をとめ三十分程休んだ。四時半頃再び車を走らせ、湯河原を徐行……」

同じく参加の黒沢鶴一元一等兵の手記。

「午前四時過ぎ、湯河原入口に着いた。一たん車をとめ、懐中電燈をとり出して図面を見せ、一同に、だいたい牧野の宿泊の家屋の位置を知らせ、警察との距離などについてもたしかめておいた。そこで、誰が中へ入るかを決定した。ピストルをもったものが中に入り、日本刀を持ったものが見張ということにきめた」(雑誌「人物往来」昭和四十年二月号)

彼らは、対馬、竹嶋、井上辰雄中尉、鈴木五郎主計などの豊橋教導学校の部隊が西園寺襲撃を中止したとは夢にも想わず、その応援隊が興津から湯河原にくるものと期待していた。

斎藤邸襲撃の編成は、第一突撃隊(坂井中尉、麦屋少尉)、第二突撃隊(高橋、安田少尉)、警戒隊(末吉曹長)の予定だったが、末吉曹長が中島軍曹とともに直前に姿を消したので、警戒隊長を置かず、各警戒分隊長の責任とした。末吉・中島両下士官の「逃亡」事情は前に書いた。

だが、編成の細部は予定されたものではなく、決行直前に坂井より各部署を任命された。

「整列終ルヤ坂井中尉殿ガ編成致シマシタガ、此ノ編成ハ小隊編成デハアリマセンデ、中隊ノ下士官ト第二中隊カラ集ツテ来タ下士官ヲ基準トシテ、某軍曹以下何名ト云フ様ナ変則ナ分隊編成デアリマシタ。分隊ノ数ハ多分十二、三分隊ト思ヒマシタ、私ハ中隊ノ後方カラ来ル様ニ命ゼラレマシタ」（麦屋清済調書）

小隊編成でなく、分隊単位の編成にしたのは、斎藤邸の周囲の警戒に分散するからで、小隊として掌握するのはかえって不便となってくる。

部隊は営門を出ると青山一丁目、信濃町、四谷仲町三丁目のコースをとった。青山一丁目、権田原坂、中央線ガード下、斎藤邸というコースは時間的には少し早いが、大宮御所の前を通過するので皇宮警手に怪しまれるおそれがある。

斎藤邸の事前偵察は坂井も、坂井に命じられた高橋、麦屋も行なっている。二十四日午後九時ごろだが、高橋は二十五日の朝も出勤途中で様子を見に行っている。その結果、坂井が斎藤邸の附近見取図を書いた。

この部隊に同行した安田優少尉（砲工学校学生）の供述。

「坂井中尉ガ配備ヲ具体的ニ下士官ニ割当テ、私ガ其レニ就テ意見ヲ述ベタノデス。……

午前四時ニ舎前ニ集合セシメ坂井中尉ガ訓示ヲ与ヘ、兵ハ大イニ勇躍シテ居リマシタ。此ノ中隊ヲ連レテ出発シタノデ有リマス、其レカラ外苑ヲ廻ツテ信濃町ヲ通リ、斎藤宅ニ行キツツ逐次計画ニ基キ（編成を）完了シタノデアリマス」（安田調書）

行進途中で決行時の部署が坂井により各下士官に伝達されたのである。

斎藤邸裏側の警戒＝小銃分隊長　軍曹　新正雄。兵九名。

同＝小銃分隊長　伍長　梶間増治。兵八名。

同邸外西南三叉路の警戒＝軽機関銃分隊長　軍曹　窪川保雄。兵七名。

同邸西方崖下の警戒＝小銃分隊長　伍長　内田一郎。兵九名。

同邸付近省線ガード上の警戒＝小銃分隊長　伍長　木部正義。兵九名。

同邸東北隅外三叉路の警戒＝軽機関銃分隊長　伍長　丸岩雄。兵五名。

同邸西崖下道路付近の警戒＝機関銃一箇分隊及小銃二箇分隊指揮　曹長　渡辺清作。

同邸裏門付近の三叉路警戒＝軽機関銃分隊長　軍曹　蛭田正夫。兵六名。

同邸裏門付近の警戒＝小銃分隊長　軍曹　青木銀次。兵十二名。

同邸表門付近の警戒＝小銃分隊長　伍長　北島弘。兵九名。

以上が判決文に依る警戒線の配置である。

坂井、高橋、安田の三将校につづいて内府襲撃組の軽機関銃分隊長林武伍長が兵十四名を率いて邸内に入る。軽機関銃分隊長長瀬一伍長は兵六名を率い、表玄関に向けて軽機関銃を据えつける。二中隊の長瀬は安藤大尉に目をかけられた下士官中唯一の「同志」的存在で、二中隊の下士官を一中隊の坂井の指揮下に組織したのは彼の努力だ。

斎藤邸は、四谷の台地と権田原坂の台地が南北に落ち合った谷間にあり、西側が信濃町方角の崖下となっている。南側には中央線のガードがある。

坂井中尉の供述による同邸侵入の模様。

「予《あらかじ》メ示セル如ク行進中ニ各警戒部隊毎ニ分進セシメ、第一突撃隊ハ正門、第二突撃隊ハ通用門ニ集結ヲ完了シ、午前五時ヲ期シ、要図第一ニ示ス如ク門ヲ開イテ突入シ、警戒隊ハ配備ニツキマシタ。

此ノ時、正門ハ簡単ニ開イタノデ、第二突撃隊ハ通用門ヨリノ突入ヲ止メテ正門ニ廻リマシタ。

当時、玄関前警察詰所ニハ警察官二十名内外ガ狼狽《ろうばい》シテ服ヲ着ケテ居ル処へ突撃隊ガ殺到シテ之ヲ包囲シマシタカラ何等ノ抵抗モ受ケマセンデシタ」（坂井調書）

青木銀次元軍曹の談話。

「私は一中隊の兵隊を連れて、裏門の警官詰所を警備することになった。巡査は三人居たと思う。武装解除をして、そこの椅子に腰かけさせておいた。動くと殺すといってあったから、巡査たちは身じろぎもしなかった」

第十巻「襲撃」より

決行部隊を出した各師団、連隊の衝撃ぶりを書く。

中橋中尉の近衛歩兵第三連隊を管轄する近衛師団長橋本虎之助中将のメモには次のような記載がある。

「4・30頃、蹶起。

6・20　第一D（註。第一師団）副官ヨリ通報。同時頃非常警備。

「7・30　登庁。第四R（註。近歩四連隊）帰還準備。
7・45　第一R長ニ守衛隊総指揮。九時一先《ひとまず》交代ヲ了ス」

右のうち、四時三十分頃「蹶起」とあるのは、むろん中橋の部隊が近歩三の営門を出て行った時刻で、高橋邸襲撃決行は五時ごろである。六時二十分になって第一師団副官からはじめての通報があったというのは遅いようだが、既出のように「近衛師団行動詳報」によると、近衛師団日直士官大島大尉が警備司令部から「安藤大尉ノ指揮スル約五百名ノ部隊重臣等ヲ襲撃中」の第一報に接したのは五時五十分頃であり、そして近衛師団はただちに宮城の非常配備（非常御近火服務規定に基づく）に移った、とある。

この橋本メモは第一師団副官からの通報だけを載せて近衛師団日直士官からの連絡は省いていることが分る。

だが、橋本家の家族の話では、まだ外が暗いうちに近歩三の非常呼集ラッパが鳴り、橋本師団長はそれを聞きつけてとび起き、すぐに軍服に着がえ、拳銃を肩にしたという。近衛師団長官舎は、歩兵一連隊の東側にあって、いまの六本木の俳優座の裏附近にあたる。官舎には、歩一、歩三、近歩三のラッパが日夕聞えているわけだが、ラッパ奏鳴の前には各連隊の符号の曲がつくので区別がつくし、また演習か実際かも分るようになっていた。夜の明けきらぬうちに聞いた橋本師団長のラッパは近歩三の非演習のものだった。そうしてみると、近衛師団日直士官大島大尉が五時五十分ごろに警備司令部より受けた第一報を橋本師団長に通報する以前、近歩三にはその通報が入り、兵員の総起しとなったものと思われる。

高橋邸襲撃を終った中橋が宮城に向う途中、連絡兵をもって「帝都に突発事件発生」を連隊に報告し、ただちに宮城に到ると通報したのが五時三十分ごろと考えられるので、近歩三の非常呼集ラッパはその直後だったかもしれない。また、その前後には宮城守衛隊司令官の門間少佐からも通報がなされていたことも考えられる。この時刻だと外はまだ暗いのである。

橋本師団長が軍装で玄関に出ると、そこには近衛師団副官と第一師団副官の大尉二人が立っていて橋本に敬礼した。橋本は二人から短く話を聞いていたが、家族に「三、四日は家に戻れぬかもしれぬ」といって出て行った。家族はわけが分らないながらも、相沢事件が起ったとき以上に緊迫を覚えたという。

ところで橋本メモには「七時三十分、登庁」とあって、時間がかなり遅れている。このメモは三、四日後に書かれたらしく、多少記憶違いもあるようである。それよりも「七時三十分には、すでに登庁して近歩四連隊を演習地から還《かえ》すように準備した」とよむほうが、次の「近衛師団行動詳報」の記事とよく一致する。

「午前七時三十分頃、東警作命（註。東京警備作戦命令）第二号ニ基キ兵力出動ニ関スル諸準備ヲ命ズルト共ニ、午前七時四十分近歩四ヲ演習地ヨリ招致ス」

近歩四連隊は千葉県習志野に演習中であった。

「次デ午前八時頃、近歩一長ヲシテ部下一大隊ト、現ニ守衛中ノ近歩三ノ一大隊及竹橋、宮城東北角並図書寮附近ニアリシ近歩二ノ三中隊（原註。非常配備ノ為配置セルモノ）ヲ併セ指揮シテ宮城守護ニ任ゼシガ、午前九時三十分頃、更ニ近歩一ノ一大隊ヲ以テ近歩三ノ大隊ニ交代セシメ、午後一時頃之ヲ完了ス」

八時頃には近歩第一連隊長に、同連隊の一大隊、近歩第三連隊の守衛隊（中橋中尉の率いた第七中隊を含む）、近歩第二連隊の三中隊の宮城警備の混成部隊を全部一括して総指揮をとらせた。したがって守衛隊司令官門間少佐も八時ごろ以降は近歩一連隊長の指揮に入ったのである。これが第一段階の措置だ。

第二段階は、問題の近歩三のつとめる守衛隊を近歩一の大隊に午後一時ごろに交代せしめたことをいう。もっとも、これは通常の交代時刻にもなっていたが、それよりも問題部隊の排除の意味が強い。

こうしてようやく近衛師団は宮城守衛を安全な態勢にしたのである。ここまでくるには、師団はさぞ大騒動したにちがいない。

第十巻『諸子ノ行動』より

事件の勃発した初日の二月二十六日夜は、決行部隊が占拠位置を徹宵警戒だった。戦時警備令によって彼らは歩三連隊長の渋谷大佐の指揮下に入り、警備隊の一部に編入され、「官軍」意識に浸って、ひとまず事態は小康を保ったわけだが、その間に戒厳令施行の手続が遅れながらも着々とすすんでゆく。

問題はあとの内閣である。一日でも早く決定しなければならないが、決行部隊に有利な情勢の現在、当然その同調者のイニシアチブで相談が行なわれることになる。

その一つに「帝国ホテルの会合」なるものがある。これは実を結ばなかったけれど、当時の状況をみる上で落してはならない挿話である。それを書く。

三島の野戦重砲第二連隊長をしている橋本欣五郎大佐のもとに事件を電話で報《し》らせたのは、東京日日新聞の林広一で、二十六日朝七時半ごろだった。

林は、建川美次《よしつぐ》中将にぴったりついていて、大阪師団長をしている建川の東京方面における情報係だった。建川は小磯国昭中将とともに宇垣系で、皇道派の敵側である。建川が昭和八年に地方に出て（第十師団長）以来中央に帰れないのも、小磯が昭和七年陸軍次官から関東軍参謀長に出されてから第五師団長、朝鮮軍司令官とまわされて中央によびもどされないのも、軍中枢を握る皇道派、主として真崎に斥《しりぞ》けられたからである。

橋本欣五郎、長勇などの三月事件、十月事件を起した「桜会」の首謀者は、小磯、建川系だが、関係者は十月事件の責任で満州その他の地方に分散させられた。これが大義名分を明らかにするほどの明快な処分でなかったため、士官学校事件で処分された村中、磯部がいつもその不公平を問題としていた。（第四巻「〝桜会〟の野望」、第六巻「士官学校事件」等参照）

地方に配所の月を見ていた旧桜会の連中も、十年末ごろにはぼつぼつ中央に帰ってきていた。ところが中央の情勢はだいぶん変ってきていて、いわゆる統制派対皇道派の争いとなり、その皇道派も真崎、荒木をはじめ主だったところは追い落され、対統制派の中心は隊付の青年将校に移っていた。ここにおいて橋本は旧同志をあつめて勢力をもり返すべくいわゆる「清軍派」(軍部の粛清を期すという意味)を結成したのだが、有力な第三勢力とはならなかった。旧桜会のメンバーが地方にまだ残っていること、その後転向者が出たことなどがあげられるが、なんといっても革新運動の重力が尉官級に移っていたため、若いエネルギーに佐官級が圧倒されて、生彩がなかったのである。その上、頭領格の橋本欣五郎自身が三島野重砲連隊に釘づけされて、東京で行動ができないため余計に条件が悪かった。長勇は参謀本部支那課にもどっていたが、かれは「豪傑型」で策謀の能力はない。

以前にふれたように、清軍派は中立というよりも統制派に近かった。これは橋本らが青年将校に排斥されていたから自然にそうなったといえる。橋本らは三月事件、十月事件のクーデター計画にみるように革新運動の先達《せんだつ》だが、それはあまりに政治色が強く、出世主義だった。会合も贅沢な料亭や待合で行ない、酒と女がつきものだったので、青年将校には不純とも不潔ともみえ、彼らから離れていった。また、軍の中央部が反皇道派の幕僚に握られていたことも橋欣らを統制派寄りにさせた。

三島に在って、東京の情勢をうかがっていた橋本は、東日の林広一から事件発生を電話で聞くと、矢も楯もたまらず旅団長のもとに行き、一日だけ状況視察という名目で東京出張の許可を強引にもらった。連隊長はめったに衛戍地《えいじゅち》から離れてはいけないことになっているが、橋欣としては風雲に乗じる絶好の機会であった。

林広一は日本橋の待合「二見」で橋本の上京を待った。橋本は午後三時の列車で三島を発ち、五時に品川駅に着き、田中弥《わたる》大尉の出迎えをうけて柳原伯邸に入った。田中弥は参本部員兼任の陸大教官で、長、小原重孝少佐などの末に連なる橋本の直系である。

橋本は柳原邸に小憩したあと、田中を伴って自動車で軍人会館の警備司令部に行った。ここで満井佐吉中佐と連絡ができ、満井の計いで陸相官邸で青年将校と会う手はずが成った。新内閣をつくるについて直接に彼らから意向を聞くためだが、橋本に「クーデター の先輩」意識がなかったとはいえない。

橋本は真夜中の十二時過ぎに「二見」に来て林広一にあったのだが、そのとき橋本が語った話を林が自著「革命成らず」に書いている。陸相官邸の警備状況などを知る上で面白いから、その談話を引用する。

「——第一歩哨までくると車を止めて、助手台の田中弥が飛び降りた。そして右手を高く上げて、『尊皇！』とどなる。するとすぐ歩哨が答えて、

『討奸！』っていうんだ。尊皇、討奸が山と川との合言葉ってわけさ。それで田中が、

『野戦重砲第二連隊長橋本欣五郎大佐！　連絡ずみ！』

『ようし、通ってよし！』

そこで田中が車へ乗り込んで次へ行くと、第二哨というのがある。それも同じように通って、大臣官邸までくると下士哨だ。大かがり火を焚いて着剣の銃を構えたのが

十五、六名もいたが、すさまじい光景だったね。なかなか厳重なもんだよ。ここでも同じようなことをすると、

『それは遠路御苦労でござる。容赦のうお通り召され！』

哨長は曹長だったが、芝居の台詞《せりふ》もどきで大時代的のことを真顔でいったね。まったく明治維新の志士気取りだ」

明治維新の志士気取りといえば、お茶屋でクーデター計画を論じ「酔うては枕す美人の膝」を行なった橋欣らのほうが先輩であろう。

陸相官邸の警戒線はこのように三重になっていた。最後の内線は下士官が見張っている。決行部隊の司令部だけに厳重であった。橋本は官邸の中に入る。

「廊下に机や椅子をいっぱい積み重ねて、なんだかバリケードみたいなことをしていた。気負った青年将校たちが軍刀をガチャつかせてさっそうと歩き回る中を、阿部（信行）や林（銑十郎）なんぞ陸軍大将の軍事参議官連が四、五名腰をかがめてウロウロしとる。見られたざまじゃなかったよ。中尉ぐらいがあごをしゃくって、あっちへ行っとれ、なぞ命令口調でどなっとるんだ」

ちょうど軍事参議官と決行幹部との会見時だったらしい。橋欣の話しぶりのオーバーな点を差引くとしても、軍事参議官連の卑屈、青年将校の尊大さはこの通りに近かったであろう。陸軍大将をあごで指示する尉官の爽快な気分は想像にあまりある。橋本は広間に行くと、

「野戦重砲第二連隊長橋本欣五郎大佐、ただいま参上した。今回の壮挙まことに感激に堪えん！　このさい一挙に昭和維新断行の素志を貫徹するよう、及ばずながらこの橋本欣五郎お手伝いに推参した」

とよばわった。

これも大時代だが、維新気分のこの場の雰囲気には似合ったかもしれない。大尉（註。香田清貞か）が彼を一室に通し、話合いになったが、橋欣は、村中孝次、磯部浅一とも話す。ここで彼は真崎首班、建川陸相案を出して磯部らに断わられる。

――こうして陸相官邸から体《てい》よく追い返された橋本が、待合「二見」でこういう話を林広一にしている間、田中弥大尉は橋本の命で座をはずし、満井佐吉中佐と石原莞爾大佐とに連絡をとっていた。

その田中が帰って、満井とは会見の連絡がついた、石原ともうまく運びそうだと橋本に報告し、会見場所をどこにしたらいいかと聞く。

「帝国ホテルにしよう。ホテルのロビーがいちばんこんなときには逆に目につかない」

第十一巻「占拠と戒厳令」より

決行部隊に対する軍中央部の武力鎮圧の決定は、

「午前五時奉勅命令を戒厳司令官に交付す。これに基き司令官は戒厳命令を下し、奉勅命令と共に陸相官邸に於て小藤大佐にこれを内示す。若《も》し維新部隊がこの命令に服し、

撤退すれば可なるも、然らざる場合においては、正午又は午後一時を期して攻撃を命ずるに決す」(杉山メモ)

とあって、二十八日午前五時が絶対的となった。「内示」の形式だが、これを歩一連隊長小藤大佐に伝えたとき、奉勅命令は決行部隊を抱えこんだ直属指揮官に事実上、下達されたのである。

小藤は、その二時間前の午前三時ごろにも山口一太郎大尉、鈴木貞一大佐とともに戒厳司令部に来ていて、石原の「直ちに攻撃」という奉勅命令の受領者に対する下命を目の前で見ているのだから、中央部の討伐態勢は百も承知だ。が、小藤らは二度にわたるこの奉勅命令のことを決行幹部に伝えないだけでなく、かえって、十一時半ごろになってもまだ彼らの希望を中央部に取次いで斡旋《あっせん》するような態度だった。

つづいて村中の述べるところを書く。

「小藤大佐の室を出て柴有時大尉に会ふ、大尉曰《いわ》く『本早朝戒厳司令部内の空気悪化して諸士を現位置より撤退せしめんとして、これに関する奉勅命令を仰がんとする形勢あるを知り、山口大尉に之を告げたるに同大尉は驚愕措《お》く能《あた》はず、直ちに戒厳司令官、軍事参議官等に会見してこれを抑止すべく努力中なり』と」(村中遺書「続丹心録」、河野司編『二・二六事件』所収)

前夜の時間的関係からみて、村中が小藤の部屋に行ったのは午前十一時半ごろだろう。中橋に対する園山近歩三連隊長の奉勅命令を伝える電話は十一時ごろ(園山聴取書)だ。

その電話のことで村中が小藤に文句をいいに行ったのだから、その電話がきた後になるはずだ。小藤の部屋を出たのが十二時ごろと思われる。村中遺書は、時間を書いてないが、そのように推定してよい。

柴大尉が、山口は戒厳司令官と軍事参議官等に会見してこれを抑止すべく努力中だといったのは、あとで出す香椎司令官、荒木、林両軍事参議官と満井らの会見のことだろうが、この会見は「杉山メモ」によれば、午前七時三十分から始まっている。

山口は午前零時ごろ柴大尉から奉勅命令の件を聞かされて以来、ずっと奔走中である。小藤大佐の部屋から出てくる村中を見て、柴が語ったのは、山口が幕僚部の形勢をはじめて聞いたときの「驚愕措く能はず」の様子と見た方がよい。思うに、これまでは、午前零時以来のことが村中に語られていなかったのだろう。（中略）

決行部隊は、いつごろから軍中央部に「叛乱部隊」と呼ばれるようになったか。正式には三月一日の陸軍次官通牒「今次ノ不法出動部隊（者）ヲ叛乱軍（者）ト称スルコトトス」からだが、寺内寿一陸相は「叛乱は営門を出たときに始まる」（第六九議会、貴族院三室戸敬光の質問に対し）といっている。これは後のことだが、普通には二十八日午後六時に出た戒作命（戒厳司令部作戦命令）第十二号の、

「小藤大佐ハ戒作命第七号ニ依ル将校以下ヲ自今指揮スルニ及バズ」

の時点から、「叛乱部隊」となったといわれている。たとえば、秦郁彦の好著『軍フ

ァシズム運動史』にも、「二月二十八日夕方、第一師団長は小藤第一連隊長に対し『爾後《じご》占拠部隊ノ将校以下ヲ指揮スルニ及バズ』という命令を発し、ここに叛軍は文字通り叛軍として扱われることになった」とある。

しかし、正確には、それより三十分前の午後五時三十分に出た戒作命第十一号の、「叛乱部隊ハ遂ニ大命ニ従ハズ、依ツテ断乎武力ヲ以テ治安ヲ恢復セントス」によって正式に「叛乱部隊」と呼称されたのである。

それまでは「蹶起部隊」、「維新部隊」、「行動部隊」、「占拠部隊」、「小藤支隊」または「地区警備部隊」といろいろに呼ばれていた。両側で勝手に付けていたのだ。いま鎮圧側の正式名を戒厳司令部参謀部第二課篇の「作戦命令集」から順に抜いてみよう。その呼称の変遷は、さながら事件経過に対する中央部の苦悶のあとである。

まず二十六日午後三時。東警作命第三号。

「第一師団長ハ本朝来行動シツツアル軍隊ヲモ含メ昭和十年度戦時警備計画書ニ基キ所要ノ方面ヲ警備シ治安ノ維持ニ任ズベシ」

「行動部隊」の呼名がこれより生じた。

「含メ」では第一師団にとって「行動部隊」が敵なのかどうか分らない。その第六項に「軍隊相互ニ於テ絶対ニ相撃スベカラズ」とあるからぼんやりと対立軍隊ということだけは分るが。

二十七日午前十時半。警備司令部が戒厳司令部となった戒作命第三号。

「第一師団ハ概《おおむ》ネ赤坂見附ヨリ福吉町、虎ノ門、日比谷公園ニ亙ル間ニ有力ナル部隊ヲ配置シテ占拠部隊ノ行動拡大ヲ防止スベシ」

ここで「占拠部隊」の名が与えられ、区分が明瞭となった。

二十七日午後七時。戒作命第七号。

「二十六日朝出動セル将校以下ハ第一師団麹町地区警備隊長小藤大佐ノ指揮下ニ在リテ行動スベシ」

ここでは「二十六日朝出動セル将校以下」は小藤歩一連隊長の指揮下にあることが明記された。ここから決行部隊には「小藤部隊」とか「小藤支隊」とか「地区警備隊」の名が生れる。すなわち「官軍」である。名目上は「共産党に対する」警備。

二十八日午前五時三十分。戒作命第八号。

「貴官ハ占拠部隊ヲ先ヅ速カニ小藤大佐ノ指揮ヲ以テ歩兵第一連隊ニ集結セシムベシ。又該部隊ヲシテ赤坂見附ヲ通過セシメ之ガ為両師団ノ部隊ハ該地附近ヲ開放スベシ」

（近衛、第一師団長宛。小藤大佐には「通報」となっている）

二十八日午前七時。戒作命第九号。

「目下平穏裡ニ占拠部隊ヲ撤去セシメ得ルノ見込大ナルモノアルニ鑑《かんが》ミ、之ヲ刺戟シ不測ノ事端ヲ醸成セザル事ニ関シ留意ヲ要ス」（近衛師団長ニ与フルモノ）

ここまでは「占拠部隊」である。

二十八日午後四時。戒作命第十号。

「予ハ大命ヲ奉ジ速ニ治安ヲ恢復セントス。之ガ為断乎トシテ武力ヲ行使ス。
第一師団長ハ其ノ隷下及指揮下部隊（歩兵第二連隊及歩兵第五十九連隊ノ各歩兵一大隊並工兵第十四大隊ノ一中隊ヲ属ス）ヲ以テ首相官邸附近ヨリ三宅坂附近一帯ニ亙ル反抗部隊ニ対シ攻撃ヲ準備スベシ」

ここで「反抗部隊」となる。

香椎が杉山次長から「省部の大部は今や断乎たる処分を要望しあり」と武力鎮圧を迫られ、安井戒厳参謀長の耳打ちにもよって、「決心変更、断乎討伐」と言明したのがその日の午前十時十分ごろである。右の戒作命第十号は、その六時間後に発せられている。その午後五時三十分には、前記の戒作命第十一号、同六時に戒作命第十二号となる。

そして二十八日夜十一時に出された戒作命第十四号はいう。

「叛乱部隊ハ遂ニ大命ニ服セズ、依ッテ断乎武力ヲ以テ当面ノ治安ヲ恢復セントス。
第一師団ハ明二十九日午前五時迄ニ概ネ現在ノ線を堅固ニ守備シ随時攻撃ヲ開始シ得ルノ準備ヲ整ヘ、戦闘地境内ノ敵ヲ掃蕩《そうとう》スベシ」（近衛師団にも同様命令）

ここではっきり「敵」となった。

千変万化とはいかなくとも、たった三日間の間に激しい変転ぶりである。中央部の周章と意思不統一をそのまま見せている。

第十一巻「奉勅命令」より

占拠地域に踏みとどまっている以上、「皇軍相撃」を回避する軍中央部は手出しができない。政治、軍事の中枢地帯を「人質」に取られたような軍中央部は、結局、決行側の要求を聞き入れる、これが決行幹部の目算だ。これがあるから、何ら事後の保証のない撤退第一の説得や勧告に応じられなかった。

ところが、幕僚派は彼らの予想よりはるかに強硬で「皇軍相撃」を敢えて辞さぬとしてきた。その大義名分は「奉勅命令に背《そむ》いた叛徒」の烙印《らくいん》だ。その攻撃態勢も二十八日夕方からにわかに活発となってきた。

こうなると決行将校も応戦的防備をかためなければならない。「余は事態の推移するところ、早晩皇軍相撃つの悲惨事を惹起するものと判断し」「其後は施すに策なしと思ひ、事態の推移を待つのみ、夜に入りて攻撃を受くること愈々明瞭となり、夜襲を受くとの情報もありて警戒を厳にす」である。(村中遺書。河野司編『二・二六事件』所収)

この様相を兵の側から少し見よう。

歩三第三中隊の沢田安久太郎元上等兵(清原少尉の隊)の手記。

「二十八日朝、残り少ない携帯口糧で朝食をとり大蔵大臣官邸を出た。大八車に家財道具を積んだ避難民が雪の舗道をあわただしく過ぎて行く。殺伐な空気はやがて戦闘開始に発展してゆくかもしれない。実戦の経験のない私達はその場における作戦などいろいろと考えていた。緊迫した空気の中に事態は刻々と変ってゆくようである。外部との接触を断たれていた私達も容易でないことを感じるとともに、これからどうなってゆくのかという不安と焦燥をどうすることも出来なかった。

やがてその日も暮れ、避難する市民の姿も見られなくなった。私達は宮城にほど近い屋敷町の中村藤太郎と標札のかかった立派な家に入った。家族は避難して行ったらしく、書生が二人留守番をしていた。そこで二十六日以降の新聞を見たのだが、二十八日附には明暁を期して叛乱軍の一斉攻撃に移るので、麹町周辺の市民は一刻も早く避難するように、との記事が紙面いっぱいに出ていた。私たちはいつのまにか叛乱軍にされていることを知り、お互いに口には出さないが複雑な気持になった。そして次第に断崖に立たされているような絶望感に陥った。暗い電燈の下で、わが子の安否を気づかっている父母の顔が脳裡に浮んでは消えた。休憩の時間に、私は故郷の両親に宛てて、遺書のつもりで、手紙を書いて送った。『昭和維新のために蹶起したが、不幸にして叛乱軍の汚名をきせられた。自分としては上官の命令を忠実に守っただけだから、他人に何といわれても恥じることはない。今迄の御恩を感謝します』

物音一つしない深夜に拡声器で何か放送していたが、よく聞きとれなかった。私たちは周囲のチリ箱その他のものを探し出して防塁とし、そこに軽機を据えて待機した。敵の攻撃があっても、向うから発砲してくるまではこちらからは射撃してはならない、各自は銃剣をもって応戦するように、という強い命令があった。

味方の行動を陰蔽《いんぺい》するために、外燈は全部鉄切鋏で切断して消した。手の届かない外燈は石を投げて壊した。異様な音響と共に、あたりが真暗となったが、何ともいえぬイヤな気持であった。

東の空がほのかにあからんでほっとすると、出動の命令が下った。集合地は三宅坂である。そこでは飢えと寒さを凌《しの》ぐために、あたりから朽木を集めて焚火をした。談笑するものは誰もなかった。

そこに清原少尉が来て、皆を円陣にして集めて云った。

『われわれは国家のため最後の一人になるとも昭和維新を実現するつもりだったが、腰抜けの一部の同志の裏切りで崩れようとしている。現在残っているのはわれわれの第三中隊と第六中隊だけである。そこでお前たちに決意をききたい。最後の一人になるとも決行する覚悟の者は手を挙げよ』

その言葉に、われわれは期せずして一斉に『はい』と答えて手を挙げてしまった。

『ありがとう。その覚悟を聞いて教官は心から嬉しく思う』

戦友同士互いに顔を見合せて、最後の天皇陛下万歳を三唱した。

軍装を点検し、銃や軽機には残らず実包を装塡して戦闘の準備を完了した」（中略）

決行部隊の兵士に帰順の兆《きざし》がはっきり見えてきたのは二十九日の朝が明るくなってからである。「歩兵第一連隊主力ノ状況」は次の通り記載している。

「第五十七連隊ヲ通ジ、下士官兵ヲ助命セシメタキニ就キ小藤大佐ノ臨場アリタキ旨歩兵第五十七連隊長ヨリノ電話通報ニ接シ、直チニ首相官邸ニ赴キシニ、行動相齟齬《そご》シテ遂ニ栗原中尉ニ会フ能ハザリシヲ以テ、叛軍ニ対シ軽挙ヲ戒メ攻撃軍ニ自重ヲ希望シタルニ、叛軍概《おおむ》ネ山王ホテル及首相官邸ニ集結シ帰順ノ情明カナルヲ観取シ、必要ノ処置ヲナスベク連隊ニ向フ

之ヨリ先、古閑《こが》(健)中佐ハ午前九時頃将校斥候タル猪股少尉ヨリ、叛乱部隊ハ動揺ノ色アリ、逐次第一線部隊ニ帰順シツツアリトノ報告ニ接シ、午前十時中隊長以上ヲ集合セシメ状況ヲ伝ヘ、且ツ各中隊長ニ第一線ニ赴キ連隊ヨリ出デシ叛乱部隊下士官兵ヲ帰順セシムルノ手段ヲ講ゼシム

仍《よっ》テ松永大尉以下将校八名ハ赤坂見附、山王下、溜池ノ三方面ニ向ヒ出発セリ

次デ古閑中佐ハ先ニ派遣セル将校ヨリ叛乱部隊ハ概ネ山王ホテル及首相官邸附近ニ集結中ナルノ通知ヲ受ケ、川村少佐ヲ機関銃隊、本郷少佐ヲ第十一中隊ノ位置ニ派遣シ、現場ニ於テ武装ヲ解除シ、部隊ヲ整理シテ後命ヲ待ツベキヲ命ゼリ」

午前九時ごろから叛乱部隊の兵に動揺があり、逐次第一線部隊(包囲軍)に帰順しつつあるという報告である。ラジオ、ビラ、アドバルーンなどによる奉勅命令の宣伝が行き届いたとみられる。

歩一の機関銃隊は栗原安秀の部隊、十一中隊は丹生誠忠の部隊で、ともに決行部隊の中核をなしている。そこに連隊より両少佐を出して武装解除と兵のとりまとめを準備したのだから、大勢はみえた。

栗原隊とともに首相官邸にあった中橋基明中尉の近歩三の部隊は、昨夜から今未明に

かけてすでに逃散《ちようさん》している。

歩三の野中部隊のうち、清原康平少尉の第三中隊は清原が兵営に帰した。ドイツ大使館前で磯部に「何も云つて下さるな、私は兵下士を帰します」といった坂井直中尉も兵を説得の将校に引渡して帰営させた。

「大厦《たいか》の倒るるや、一木のよく支ふる能はず。誠に然り、既に大勢如何ともすべからざるに到り、一、二の強硬意見は何等の作用をなさない」（「行動記」）と磯部も慨歎のほかなかった。（中略）

決行部隊の下士官兵の原隊収容は、二十九日午後二時ごろほぼ終了した。

第十一巻「崩壊」より

駐日アメリカ大使ジョセフ・C・グルーは二月二十六日朝十時、ワシントンの国務長官宛に左の緊急電報を打った。

「今早暁、軍は政府と市の一部を占領し、高官数名を暗殺したと伝えられる。いまだ何事をも確かめること不可能。新聞特派員は外国に電報することも電話することも許されない。

この電報はわれらの暗号電報が送信さるるや否やを確かめるため、主として試験のため送るものなり。暗号室は受信の上は直ちに報告されたし」（J・C・グルー『滞日十

年』石川欣一訳)

それより四日経った三月一日、グルーはその日記に書く。

「ここ四日間に起った出来ごとにくらべると、反乱以前に起ったことは如何にも些々《ささ》たるもののように見えて、今さら書き残す気も起らぬくらいである。私は二月廿六日と廿九日の間に起ったことのすべてを、少しずつまとめるようにしなくてはならぬ。この事件の大団円、すなわち私たちやその他のほとんど誰もが暗殺されたものとばかり思っていた岡田首相が、まったく怪我もしないで突然現われたことは、極度にはげしいお芝居の感じを与え、世界はどうか知らぬが、日本では反乱者たちを大馬鹿三太郎の見本みたいにした。これはいいことである。だが、悲しみと怒りはこの出来ごとのユーモアを打消してしまう」(同上)

グルーは二月二十六日から七月十三日までの日記を一章にまとめて、これに「早産的革命から公然たる戦争へ」という小見出しを与えた。

彼のいわゆる「早産的革命」の四日間、東京市内は、叛乱軍の占拠地域以外は極めて平穏だった。その区域の住民でも、軍隊間の戦闘が間もなく起るというのに、立退きは冷静で特別な混乱は生じなかった。戒厳司令部を信じ、ラジオその他による指示に従った。

これには叛乱軍の兵士が市民には何も乱暴しないという安心感があったであろう。市民は叛乱部隊にも軍隊としての規律を信じていたのである。だが、時が経つにつれ、こ

の意識は市民から消え、戒厳司令部側の宣伝もあって、叛乱部隊の指揮者に対する反撥は強くなった。（中略）

三月九日の寺内新陸相声明の一部。

「抑々《そもそも》本事件の因《よ》て来る所は極めて深刻且広汎なるものあり、是を以て軍は益々建軍の本義を明にし挙軍一体先づ自らを正して其の弊を是正し軍紀を振興して軍秩を確保し、克《よ》く天皇親率の実を発揮し以て皇運を扶翼し宸襟《しんきん》を安んじ奉らざるべからず、又之と共に愈々国体を明徴にし皇基を恢弘《かいこう》し大に国力を涵養《かんよう》して国民の慶福を増進し、所謂《いわゆる》国政一新の実を挙げ、国防を完成して国家の安固を期し、非常時局を打開して愈々国運の興隆に尽瘁《じんすい》せざるべからず」

叛乱事件の「原因」は「極めて深刻且広汎」といいながら、その「原因」に何ら説明はなく、「是を以て」挙軍一致、自らを正して軍紀を振興せねばならないと飛躍する。しかも「之と共に」国政の一新、国防の完成を鼓吹《こすい》するのだから、一読して粛軍に重点があるのか国政国防に重点があるのかすぐにはつかめない。

文章も両者が半々だから論旨が割れている。後半に「天皇の親率」とか「国体の明徴」とかいう文字が見えているのでも分る通り、皇道派的な軍人や国粋団体をも満足させ、「国政一新、国防充実」によって、軍部内の、いわゆる新統制派（後述）の主張もくみ上げている。つまり、粛軍と、軍の政治介入という相矛盾するものがこの声明文で

等分されているのである。印象としてはかえって後者が強い。（中略）

常設軍法会議（高等軍法会議、師団軍法会議など通常の軍法会議のこと）では、公開、弁護、上告などが認められるが、特設軍法会議では、裁判官の忌避、公開、弁護、上告の制は全然認められないことになっている。（陸軍憲兵学校教官・陸大教授井上一男『陸軍軍法会議法大綱』、日高巳雄《みのお》『陸軍軍法会議法講義』）

したがって二・二六事件を審理する裁判が特設軍法会議である以上、非公開、非弁護、非上告の立場をとったのは少しも違法ではない。

だが、何度もいうように、特設軍法会議とは戦時事変又は交通断絶した戒厳地区（合囲地境）に構成するものであるから、これを国内に適用するには異論があるはずだ。戦地、占領地などではその特殊な環境からいって、なるべく早く裁判を終らなければならない。適当な弁護士もいないという事情もあろう。しかし、国内に戦争はなく、戦時緊急切迫の事態もない。適任の弁護人はいっぱい居る。戒厳令下といっても三月に入ってからは東京の治安も回復し、平穏になっている。そこまでする必要はなさそうだ。

ところが、陸軍当局は相沢裁判で懲《こ》りていたのである。相沢の第一師団軍法会議は、いわゆる常設軍法会議で、公開、弁護等が認められた。この公開審理を利用して、いわゆる法廷闘争がなされた。相沢被告は演説し、満井特別弁護人は、真崎、林、橋本らの将官を証人として出廷させ、なお大物を証人として続々と申請した。村中孝次、渋川善助らは法廷の傍聴記を書き、相沢裁判の文書宣伝に従い、青年将校や右翼団体へのアジテーションとした。二・二六の「蹶起」も相沢事件に触発されている。（中略）

特設陸軍軍法会議は、陸軍大臣が長官となって指揮した。陸軍大臣が長官として指揮することから、たとえそれが名分上であっても、すでに裁判には陸軍省の意図が入りこんでいる。それはあとでみることにして、審理は次の五班に分れた。

第一班。

㋑香田大尉以下決行将校二十三名（渋川善助を含む）。㋺新軍曹以下歩三（六中隊を除く）の下士官四十名。㋩大江曹長以下近歩三、歩一、歩三・六中隊の下士官三十四名。㋥倉友上等兵以下歩一、歩三の兵十九名。㋭宇治野軍曹以下湯河原組七名。

班を数グループに細分したのだが、ここでは将校、下士官、兵と大別している。もちろん第一班が重要だが、なかでも㋑の将校グループが最も重要で、事件の核心である。

㋑裁判長　石本寅三大佐

法務官　藤井喜一

判士　村上宗治少佐、河村参郎少佐、間野俊夫大尉

㋺裁判長　若松只一中佐

法務官　山上宗治

判士　浅沼吉太郎大尉、二神力《ふたがみつとむ》大尉、中尾金弥大尉

㈧裁判長　山崎三子次郎中佐
法務官　岡田痴一
判士　谷川一男大尉、福山芳夫大尉、高山信武大尉
㈡裁判長　人見秀三中佐
法務官　小関正之
判士　根岸主計大尉、石井秋穂大尉、杉田一次大尉
㈭右に同じ。

第二班は、山口、新井、柳下の歩一、歩三の決行幇助将校組と、鈴木、井上、塩田の豊橋教導学校の将校組（西園寺襲撃予定）、第三班は満井、末松、菅波、大蔵ら同調派の将校組に石原広一郎の実業家（久原は不起訴）と、福井（幸）、町田（専蔵）、松井（亀太）ら右翼浪人が入る。斎藤瀏も入る。

この班も各グループに分れるが、山口ら在京グループと鈴木（五郎）ら豊橋グループの裁判長に第一班の石本寅三大佐が同じ判士と共に当っているのは、かれらが香田ら決行将校組と密接な関係にあると同時に重要視しているからだ。

第四班は北、西田、亀川、中橋（照夫）の民間組。裁判長は吉田悳大佐（判決時は少将）、吉田大佐は第三班の浪人組の裁判長も兼ねる。

第五班は真崎甚三郎大将。——裁判長は磯村年《とし》大将。判士松木直亮大将。法務官小川関治郎。これについては別に書く場所がある。第二、三班各グループ、第四班の法務官

と判士名はここでは省略する。

法務官は、専門の陸軍法律家で、裁判長の命をうけ、事実上の審理に当る。判士は、民間裁判所の陪席判事に当るが、裁判にはまったくの素人。全国各部隊の将校からえらんで任命したのだが、その基準はどこに置かれたのだろうか。

第十二巻「特設軍法会議」より

右ノ者ニ対スル叛乱被告事件ニツキ、当軍法会議ハ検察官陸軍法務官竹沢卯一干与審理ヲ遂ゲ、判決スルコト左ノ如シ。

主　文

被告人村中孝次、磯部浅一、香田清貞、安藤輝三、栗原安秀、竹嶋継夫、対馬勝雄、渋川善助、中橋基明、丹生誠忠、坂井直、田中勝、中島莞爾、安田優、高橋太郎、林八郎ヲ各死刑ニ処ス。

被告人麦屋清済、常盤稔、鈴木金次郎、清原康平、池田俊彦ヲ各無期禁錮ニ処ス。

被告人山本又ヲ禁錮十年ニ処ス。

被告人今泉義道ヲ禁錮四年ニ処ス」

このあと、約二万字に亙る長文の「理由」がつづき、

「昭和十一年七月五日
東京陸軍軍法会議

裁判長判士陸軍騎兵大佐　石本　寅三
裁判官陸軍法務官　藤井　喜一
裁判官判士陸軍歩兵少佐　村上　宗治
裁判官判士陸軍歩兵少佐　河村　参郎
裁判官判士陸軍歩兵大尉　間野　俊夫」

と各判士の連名で終っている。

麦屋、常盤、鈴木、清原、池田は新任少尉で主として安藤大尉に命令または強制によって野中隊や坂井隊に付せられたという受動的立場を認められ、山本又予備少尉は実行行為のなかでも重臣等の襲撃には参加せず、占拠中の陸相官邸の警戒に任じたに過ぎなかったことと「自首」の点を認められ、近衛歩兵三連隊の今泉義道少尉は「維新思想」には無関心だったが中橋基明中尉に半ば脅迫的な強制で連れ出され、宮城守衛隊司令官に敢て事情を告げることなく控所に兵と共に位置したが、勤務交替を命じられると直ちに帰隊した点を認められ、死刑をまぬがれた。

渋川善助は、民間人だが、湯河原の牧野伸顕の動静偵察と叛乱将校との連絡、二十八日安藤隊に投じて以来坂井直中尉らと陸相官邸附近の「警戒線ヲ巡視シテ区処ヲ与ヘヰタ」等の行動が叛乱帮助罪となって死刑の判決となった。

この判決を聞いたときの被告らの様子は、間野手記には、

「苦悩の日夜を重ねて判決文の作成に参与した私は判決公判の際には静かな心境にあっ

て被告達を見ていました。裁判長が理由を読み、最後に主文を言渡した時には、被告はじっと鋭く裁判長を見つめたまま一言も発することなく動揺もありませんでした。ただ、死刑の求刑を受けながらそれを免れた者の中の二、三には心なしかほっとしたような表情を見たと覚えています」

とある。

すでに相沢中佐の死刑判決確定のときから彼らは覚悟をきめていたのであろう。相沢は処刑場に行くとき、天皇陛下万歳を高唱して在獄者を未明の睡りから醒めさせた。五日前の相沢上告棄却と二日前の死刑執行とは軍法会議が彼らに「予告」を与えたのである。

ただ、これほど多数の死刑者が出るとは彼らも予想していなかった。せいぜい香田、安藤、栗原、中橋、丹生、坂井、村中、磯部ぐらいの死刑にとどまると思っていたのではなかろうか。逆にこれに山口一太郎大尉（求刑判決ともに無期禁錮）を加えていたと思う。

栗原は判決が終って監房に戻るや「あんまり多過ぎた」と呟いたという。予想を上まわったという意味である。

第十三巻「判決」より

判決について。――

「死刑十七名、無期五名、山本十年今泉四年　断然タル暴挙判決だ　余は蹶起同志及全国同志に対してスマヌと云ふ気が強く差し込んで来て食事がとれなくなつた、特に安ドに対しては誠にすまぬ　余の一言によつて安（安藤）は決心しあれだけの大部隊を出したのだ　安は余に云へり『磯部貴様の一言によつて連隊を全部出したのだ　下士官、兵を可愛そうだと思つてくれ』と　余はこの言が耳朶《じだ》にのこりてはなれない、西田氏北先生にもすまぬ　他の同志すべてにすまぬ　余が余の観察のみを以てハヤリすぎた為めに多くの同志をムザ〳〵と殺さねばならなくなつたのは重々余の罪だと考へると夜昼苦痛で居たゝまらなかつた　余は只管《ひたすら》に祈りを捧げた　然し何の効顕もなく十二日朝同志は虐殺、されたのだ」

磯部は裁判の進行について右のように、裁判官側による一方的なゴリ押しを非難している。これまでたびたび出した判士側の手記とは、裁判進行の事情が違うようである。被告らは口をほとんど封じられて、切歯、無念のありさまである。

だが、これを仔細に見ると、事実審理については円滑にいっている。被告団の代表としての村中陳述は裁判官側の方針だったとしても、審理は「僅か二日半十時間そこ〳〵で終つて」いる。犯行事実そのものについては被告側も全面的に認めて、争っていないので、時間はそれほどにかからなかった。被告は「信念」によって決行したと思っているからわるびれなかった。

だが「信念の吐露」については裁判官と争っている。被告側にはこの点の陳述が大切だった。国体観、日本改造法案の精神、決行の思想等こそ大いに述べたいところである。

実はこの陳述こそ「法廷闘争」となるべき眼目であった。しかし、裁判は彼らの期待に反して非公開となった。傍聴人もなく、陳述内容も外部に報道されないとなると、いかに「思想信念」を演述しても、聴衆の居ない舞台でしゃべっているようなものである。

聴き手は五人の裁判官（少数の特別傍聴人は論外として）である。彼らは陸軍省の指示による時間的制約の中で、結審を急がねばならなかった。被告が云おうとする国体観や改造思想信念の長広舌には何の興味もなかった。安田が叫んだように、どうせ結論のきまっている裁判である。被告の大演説を聞いても時間の空費だけだった。

裁判官にとっては被告の「熱血至誠」の「高論大説」も退屈きわまるものだったろう。宗教上の国難論は一笑の価値しかなく、被告が国法の講釈をするとは僭越《せんえつ》な沙汰であった。裁判官にはそんな有閑談義を聞いている余裕はなかった。

間野元判士の手記には「被告には云いたいことを云わせた」とあったが、それには限度があったのだろう。もとより磯部の一方口だけでは真相は分らぬが、遺書は法廷の模様をよく伝えていると思う。

磯部は死刑の判決をうけた安藤に対しては「誠に済まない」と遺書で詫びている。最後まで決行を躊躇していた安藤を起ち上らせたのは磯部の熱心な勧誘だ。「余が余の観察のみを以てハヤリすぎた為めに多くの同志をムザ〳〵と殺さねばならなくなつたのは重々余の罪」と、ここではじめて磯部は条件の熟さないのに決行に逸《はや》った失敗を認めている（他の遺書では失敗の原因をもっぱら幕僚部の謀略に帰している）。これは栗原安秀についてもいえるであろう。しかし、磯部らをそこに突走らせたものは、真崎甚三郎ら軍上層部皇道派に対する期待であった。それも漠然とした期待ではなく、磯部によれば「以心伝心」的な承諾があった。磯部の誤算の大きいところである。

　ここでは命令に現れた天皇の意志が問題なのではなく、彼らの考える国家観ないしは国家利益が主体なのである。逆にいえば彼らの考える国家観とその利益に反する天皇の命令は至上命令でなく、側近者や制度上の上官の恣意《しい》であり、もしそれが真に天皇の意志だとしても、それは個人的な天皇の不明であり、不徳ということになる。

　宇垣が「天子様が（自分に政局収拾に）出ろと仰しやつたのに、あすこらで『出ることはいかぬ』といふのは、をかしなことだ」と石原莞爾らの中堅幕僚部の大権私議を憤っても、実態はそういうことになっていた。天皇の意志すら斯《か》くのごとく見られた。石原らにとっては寺内陸相も杉山教育総監も制度上の上官であって「それに服従しないのは当然」だったのである。

　決行の青年将校らの若干の者は、現天皇に不満をもっていた。それを代表しているのが磯部の遺書である。また、その外郭的な同志の中にも批判的な気持でいる者がいるようである。

　にもかかわらず、決行将校らは処刑の前に「天皇陛下万歳」を三唱したという。これは天皇個人の万歳をいったのではない。現天皇に代表される「天皇制」（国体という観念）にむかって万歳を唱えたのである。分析していえばそういうことになる。そこに世間の混同、いや、当人たちの認識にすら混同があったと思われる。
　二・二六事件後は石原莞爾の急速な擡頭《たいとう》となり、一時期「石原時代」を現出するかにみえた。だが、やがて梅津美治郎（陸軍次官）らを中心とする「保守」派の捲き返しとなり、石原グループの「満州組」は崩壊し、石原自身も子分にはなれられて孤立し、やがて東条英機らにより軍部からも追い出された。その間も軍部は、絶えず「二・二六」の再発をちらちらさせて政・財・言論界を脅迫した。かくて軍需産業を中心とする重工業財閥を抱きかかえ、国民をひきずり戦争体制へ大股に歩き出すのである。この変化は、太平洋戦争が現実に突如として勃発するまで、国民の眼には分らない上層部において静かに、確実に、進行していた。天皇の個人的な意志には関係なしに。――「天皇制」の古代神権的な巨人《おおひと》が「山川　悉く《ことごと》動み《とよ》、国土《くにつち》皆震《ゆ》りて、国民《くにのひとくさ》多《さわ》に死」（古事記・日本書紀）なして、動き出したのである。

第十三巻「終章」より

「昭和史発掘」（週刊文春S39・7・6〜46・4・12）より抜粋しました。

追放とレッド・パージ——「日本の黒い霧」より

一

日本の政治、経済界の「追放」は、アメリカが日本を降伏させた当時からの方針であった。一九四五年八月二十九日に、アメリカ政府はマッカーサーに対して「降伏後における合衆国の初期対日政策」という文書を伝達し、さらに同年十一月三日付で「日本の占領並びに管理のための連合国最高司令官に対する降伏後初期の基本的指令」と題する文書を発した。GHQは、この二つの文書に基いて占領政策を実行に移すことになったのである。

この十一月三日の米政府の指令は、追放についてGHQに広い権限を与えている。

「日本の侵略計画を作成し実行する上で、行政、財政、経済その他の重要な問題に積極的な役割を果したすべての人々、および大政翼賛会、日本政治会とその機関、並びにこれを引継いだ団体の重要人物はすべて拘置し、今後の措置を待つべきこと。また高い責任地位から誰を追放するかを決定する最終責任を与えられる。さらに一九三七年（昭和十二年）以来、金融、商工業、農業部門で高い責任の地位に在った人々も、軍国的ナショナリズムや侵略主義の主唱者と見なしてよろしい」

この指令はトップ・シークレット（極秘）であって、総司令部に接触していた当時の日本側首脳も容易に窺知《きち》することが出来なかったのだった。

この方針に基いて、未曾有《みぞう》の追放が政界、官界、思想界に荒れ狂ったのである。もっとも、この追放を実際上実行に移すに当っては、GHQ全体が一つの意見に必ずしも纏《まと》まったのではない。G2の意見とGSの意見とに喰違いが早くも見られたのである。

このことについてマーク・ゲインは書いている。

「総司令部の内部には劇的な分裂が発展し、全政策立案者を二つの対立陣営に分けてしまった、とこの批評家たちは言う。一つの陣営（GS）は、日本の根本的改造の必要を確信する者で、他の陣営（G2）は、保守的な日本こそ来るべきロシアとの闘争における最上の味方だという理由で基本的な改革に反対する。日本で必要なのは、ちょっとその顔を上向きにさせてやることだけだ、と言うのである。この案に反対の人たちは、次のような論点の数々を挙げた。

①徹底的な追放は、日本を混乱に陥し入れ、革命さえ招く惧《おそ》れがある。②もし、追放を必要とするにしても、逐次に行なうべきで、その間、息をつく暇を国民に与えなければならない。③追放は、最高指導者に限るべきである。命令への服従は規律の定めるところであって、部下は服従以外には途がなかったからである。

軍諜報部の代表を先鋒に、軍関係の四局は悉く結束して追放に反対した。国務省関係の或る者もこれに味方した。追放を支持したのは主として民政局で、総司令部の他の部局もばらばらながらこれを支持した」（『ニッポン日記』）

マーク・ゲインがこれを書いたのは一九四五年（昭和二十年）十二月二十日で、もとより、ソ連はまだアメリカの「戦友」だった時である。が、早くもこの見方はのちのGHQの占領政策転換を予見して興味が深い。

追放は、マッカーサーにアメリカ統合参謀本部が与えた指令のように、「日本国民を欺瞞《ぎまん》し、これをして世界征服の挙に出るという過誤を犯さしめた者の権力と勢力を永久に除去」することを目的としたもので、対象はこの限りに置かれていたのである。

ところが、米国防総省《ペンタゴン》がマッカーサーに与えた「追放」という巨大な武器は、後年になって、最初の目的とは裏腹な民主陣営にも振われたのである。これは世界情勢の変化、つまりはソ連との対立が激化して、アメリカ自身の安全のために、GHQの政策が大きな変化を遂げたからにすぎない。別な言い方をすれば、「弾圧を荒っぽい外科手術と信じている」ウイロビーが「棍棒の使用よりも小規模の改革のほうがより多くの味方を獲得しうると考えている」ホイットニーに勝ったのである。

占領は、昔のように強い力をもって対手国《あいてこく》を制圧するのではなく、徐々に自国に同化させるという方策がアメリカの考え方であった。このため、「同化」に邪魔になりそうな旧勢力の駆逐が追放の一つの狙いであった。

追放の意義は、それが「懲罰」か、或は「予防措置」か、考え方の分れるところである。当初の追放は、確かにこの二つの意味が含まれていた。旧勢力の除去は、つまり軍部の擡頭《たいとう》と権力的な国家思想の復活を予防するために行なわれたが、また「日本民衆を誤らせた」というよりも、アメリカに対して敵対行為に出た指導層を追放によって懲罰する意味も含まれていたのである。戦犯の絞首刑は懲罰の最極限の現れである。

しかし、追放の意義は、あとで触れるように、後になって大きく転換した。ここでは懲罰ではなく、ただ「予防措置」の意義だけが大きくなった。

つまり、今度は軍部の擡頭や国家思想の復活を対象としたのではなく、その逆の方面、ロシアや中共《レッド・チャイナ》に「同調する分子」の勢力拡大を予防したのである。云い換えると、対ソ作戦に支障を来たすような因子の除去に目的の重点を置き換えたのであった。

二

マッカーサーの追放の最初は、日本の秘密警察組織を徹底的に破壊するという目的で、一九四〇年来上層の警察官吏だった山崎巌内相その他の上級警察官の全員を罷免したことだった。この命令は十日間で実施されて、四千九百六十名の内務省官吏が罷免された。しかし、どういう理由《わけ》か、旧軍部の上層階級にはこの追放が不徹底だった。この意味は後で触れる。

ところで、当初、ＧＨＱの首脳部は、しかし、誰を追放していいかよく分らなかった。「計画者自身、一体、何をなし遂げることが期待されているのか、大した確信を持たず、また誰を排除しなければならないのか、知っている者は一人もなかった。そこで、何が軍国主義的、超国家主義的であるか、また指導的とか有力なというのはどういう意味であるのかを定義するに当って、解釈に大へんな食い違いが生じてきた。マッカーサーがさらに日本の経済努力を唯一平和的目的のみに向かって指導しなかったあらゆる個人を重要な経済的地位から排除するように命令されるに至って、この不明確さはさらに加わった」(H・E・ワィルズ『東京旋風』――以下ワィルズとする)

先ず、GHQは日本政府に、経済、新聞、出版、ラジオ、演劇、各界の超国家主義指導者の名簿作成を要求した。十月七日の指令は、千二百五十に上る政治団体会員全員の名簿を提出するように要求した。このやり方は追放計画を予期以上に長引かせた。というのは、日本政府が挙げることを忘れた名前が次から次に発見されたからである。公職適否審査委員会の委員の一人だった岩淵辰雄の話によれば、日本側でどうにかして、日本自らの手で戦争犯罪人を決定し、懲罰しようと希望し、三千人の該当者を選んで、その名簿をホイットニーに出したところ、ホイットニーは、それっぽっちか、と云ってひどく怒った。ホイットニーは、ドイツでは同じような追放令の下で三十万人のナチが追放されたのであるから、日本でも、それ以上ではなくとも、せめてその数に匹敵する人数を追放しなくてはならぬ、と叱ったという。

「どれだけの人数が追放になったかは誰も知らず、その記録報告は不完全で、保管も悪く、その多くのものは、民政局が不可解なと呼んだ火事で焼失してしまった。ホイットニーの正式の報告では、一九四八年六月現在で、七十一万七千四百十五名の資格審査の結果、総計八千七百八十一名が追放になったことになっている。これに職業軍人十九万

三千百八十人を加えねばならないし、追放を恐れて自発的に辞職した者は約十万人はあったと見てよかろう」（ワイルズ）

これらの追放は、中央ばかりではなく、新憲法が制定され、地方制度改革の実現と共に、県知事をはじめ市町村長、地方議会の方面にも追放令は拡大適用された。この中には、助役や収入役、農地委員までが適用範囲とされた。

さらに、追放はこれだけで終らず、昭和二十一年十一月二十二日には、官公職から公的活動という方向にまで大きく範囲を拡げた。このため、公益団体、新聞、出版、映画、演劇の各興行会社、放送会社、その他の報道機関までが適用を受けることになり、その対象機関は二百四十、経済関係は二百五十人、報道関係では百七十人が追放された。さらに新聞社は三流、出版社は五流クラスまで枠に入れられ、今まで政界、財界の追放を対岸の火事のように見物していた世界に思いがけない旋風を捲き起した。このほか、新しい特徴としては、追放者の三等親までも公職に就くことを禁止したのである。

『朝日年鑑』（二十四年版）によれば、二十三年五月一日現在で十九万三千百四十二名が追放された。

追放が三等親まで及ぶというのは、極悪犯罪者にも適用されないことだ。しかし、この抗議は、ホイットニーに容れられなかった。これは、追放された連中が依然として元の会社に出入りし、そこに事務所を持ったり、子分と話をしたりすることや、その子供を身代りとして活動させている事実が、投書によってホイットニーに分ったからである。

このように、ＧＨＱ側としては、追放の該当者を日本側で名簿を出させる以外、密告や投書によって決定した例が多い。誰を追放していいか分らなかった占領軍首脳部は、勢いこのような方法も採らねばならなかった。このことは、日本人同士の他人を陥れる悪《あく》辣《らつ》で陰険な策謀をはやらせ、また一たび追放の烙印を受けた者は、自らの手でその無罪の証明の証拠を集めねばならぬという悲惨な状態に身をおいた。

追放は、当初、「永久」なものと日本の各界に思われていた。まさか四年後に解除になろうとは夢にも思っていなかった。「永久」と思い込んだのは、ＧＳ指令の中に「旧勢力の永久排除」という文句が見えているので、そう解釈したのである。共同通信の加藤万寿男の話によると、民政局のネピア議会課長が、他には絶対に云わないでくれ、自分の見方では四年だ、と洩らしたという。つまり、追放は正味四年という、云わば時限立法のようなものだった。もし、この計画が情報ではなく実際の予定か計画の意味を持っていたならば、日本側の被追放者は、あれほど周章狼狽したり打撃を受けることはなかったであろう。四年後に復帰という目算があれば、改めて適当な対策を講じていたことであろう。彼らが追放を「永久」と解釈したところに、前記のような、日本人同士の権謀術策で陥れ合う暗い闘争が起ったのである。

三

追放名簿の作成は、はじめは全く政府の手で一方的に行なわれたのだが、二十一年六月から官制によって公職適否審査委員会が設けられ、政府とは独立してこの機関が審査に当った。委員長は美濃部達吉で、委員会は馬場恒吾、飯村一省、入間野武雄、谷村唯一郎、寺崎太郎、山形清によって構成された。追放が地方にも拡大されると、各地方にも審査委員会が設置された。また異議の申立てに対しては、別に公職資格訴願審査委員会を設けて、沢田竹次郎ら七人の委員が任命された。

この公職追放という形式による旧秩序の崩壊は、即ち新秩序の誕生というほどには円滑にいかなかった。それには謀略も懇請もあり、また幾つかの例外があった。が、しかし、「粛清」は、大体、GHQの思う通りに進んだようだった。

日本人の手によって以上の二つの審査会が設けられたが、これは殆ど有名無実に等しかった。何となれば、指摘されそうな人物は、これらの日本人の委員に頼み込むよりも、直接、GHQに訴願したほうが手っ取り早いし、有効だったからである。そこで、自分たちは例外になろうとする必死の工作が随所で展開された。また、とうてい逃れることが出来ないと観念した数多くのグループの中でも、追放自体が間違っているという理論を打ち出すことによって、形式はともかくとして、実質的な追放を避けようとする凄《すさま》じい巻返しが行なわれた。当然、このためには、アメリカの利益となりうる存在を彼らに誇示すれば追放を免れ得る可能性があったし、また裏取引としては、財宝の献納や、女性を近づけて親しくさせ、彼女らの口からとりなしを頼むという裏口工作もあった。

追放を受けた連中は、一時は虚脱に陥ったが、間もなくアメリカの対日政策の本質を見抜いた。それには一つの覗き穴があったのである。

「JCS（統合参謀本部）の命令を文字通りに守れば、当然追放される筈のそういった軍人の中に、二人の陸軍中将がいた。ヒットラー政権当時、ドイツの駐在武官をし、のち、マニラへ降伏使節団の団長としてやって来た河辺虎四郎と、陸軍情報部長だった有末精三である。二人とも英語はしゃべれなかったので、ドイツ語でウイロビーと話合った。ウイロビーはドイツ生まれで、その名前は元フォン・ツェッペ・ウント・ワイデンバッハだった。

マッカーサーに保護された三番目の軍人は服部卓四郎大佐で、元東条の秘書官で、参謀本部の作戦課長をしていた人物である。日本海軍軍人で保護された筆頭は、海軍を代表してマッカーサーの到着を出迎えた中村亀三郎中将と、海軍随一の戦略家と称されていた大前敏一大佐だった。このグループにアメリカ側の編集者として配置されていたクラーク・H・河上は、河辺、有末と一緒に働いている旧日本軍人およびその他の者も、この両名との毎日の接触に当って、元の彼らの軍の肩書をそのまま付けて呼ぶことを命令されていたと報告している。彼らほどには恵まれない他の日本人は、皇族をも含めて普通人の地位に引きずり下ろされてしまった。当然、追放されるべき将校連が特権を与えられたばかりでなく、元ドイツに交換教授として派遣されていた荒木光太郎教授と、芸術家のその夫人は、二人とも戦争当時ドイツの外交官仲間と特に親しくしていたというので、一般日本人よりも特に厚遇を受けていた」（ワイルズ）

この荒木光太郎は、画家荒木十畝《じっぽ》の子で、その夫人が、のち、郵船ビルで個室を与えられ、歴史の編纂に従事していたという荒木光子である。光子がウイロビーの厚遇を受けて「郵船ビルの淀君」と噂されたのは、ケージスと親しかった子爵夫人鳥尾鶴代や、その学習院グループの存在とは別のケースである。荒木夫人はその手腕をウイロビーに高く買われたが、鳥尾夫人の場合は愛情でケージスと結ばれた。楢橋渡は、鳥尾夫人を通じてケージスに働きかけ、追放を早く解除になった、と一般に信じられている。

岩淵辰雄は語っている。

「『追放者を三十万出せというなら出すが、それはほんとうに責任があって追放になるんじゃなくて、反省の機会を与えるんだ。だから、こういうものは一ぺん追放して、格好がついたら、すぐ助ける方法を講じなくちゃいかぬ、それをアメリカがOKするなら、おれがやってやる』といった。吉田はすぐマッカーサーのところに行って相談した。すると、マッカーサーは、『それはおれのほうで初めから考えていたことだ、それを君のほうから言ってこないから黙っていたのだ』ということで、吉田は助ける機関として訴願委員会を作る、それと同時に有名無実になってしまった委員会の構成をかえて、公職資格適否審査委員会というものにしたんです。

そこで、僕や加藤さんや、いま日本化薬社長の原安三郎さん、これらと一緒に実際にやってみると、どうも変だ。つまり、吉田がマッカーサーに直接会って了解を得たということが、GSのケージスなんかにはおもしろくないんだね。それで、訴願委員会のほうがいくら人間の申請をしても一向にアプルーヴ（許可）してこない。いよいよ二十二年の総選挙が始まって、僕らで楢橋を追放したら、そのとき初めて向うから、『訴願委員会は何をしてるんだ』といってきた。『楢橋は一週間以内に再審査して、選挙に間に合うようにしろ』というわけなんだが、それまで、訴願委員会をアプルーヴしないんだ。僕らが委員会を作るまでにはそういういきさつがある」（『日本週報』31・4）

無論、鳥尾夫人のような立場に縋《すが》ったのは、楢橋だけではない。その効果はともかくとして、政財界の大物が必死の助命工作を行なったのである。

これらの軍人たちはどのような理由でGHQに仕事を与えられていたか。司令部には「歴史課」というセクションがあって、戦史の編纂という名目になっていた。この仕事に当っていた服部卓四郎は云う。「従来、いわゆるマッカーサー戦史の編纂をとかく政治的に取扱っているが、決してそんな政治的なものでなく、ただ、こつこつと戦史資料を集めたにすぎなかったものである。人選にしても、戦争時代に永く陸海軍統帥部に職を持っていたような、戦史関係の事務を執るのに適当な人を選んだにすぎなかったと思う。ただ、戦史資料の蒐集についてわれわれが気持よく協力出来たのは、ウイロビー将軍の友情、国は違っても軍人同士という相通ずる友情によるものだったと思う。これは今日でも私の感銘しているところである」。またウイロビーは、そんな歴史が書かれていたことを後で否定した。しかし、これらの職員の本当の仕事の目的は、ソ連の活動についての諜報調整の仕事をしていたものと推測される。そのためには、戦前から対ソ作戦のベテランだったこれらの職業軍人が適任者であったことは云うまでもない。日本参謀本部は、シベリヤから沿海州に至るまでの精密な地図や作戦計画を持っていた筈である。のちの「服部機関」の噂を考えればこれがうなずけよう。

また、一部に信じられている噂によると、荒木夫人は、歴史課に勤めている時、他のグループと共に、例のゾルゲ事件の資料をウイロビーのために整えていたという。この資料がのちにウイロビーによってGSのニューディーラーたちをやっつける武器になったのを思い合わせると、(「革命を売る男・伊藤律」参照) これら職員たちが「ウイロビー将軍の友情」を受けていた理由が分るのである。この問題も、あとに関連して触れる。

荒木夫人は魅力に富んだ、極めて頭のいい社交夫人で、政治的な野心を持ち、ドイツ人やイタリア人の外交官仲間に顔が売れていた。(註。荒木光太郎教授は、大戦前、交換教授としてドイツに行き、大島大使と親交があった) しかし、ウイロビーは彼女の誠実さに深い信頼をおいて、その助言を高く買っていた。自由に自分の事務所に出入りさせたばかりでなく、歴史編纂についての面倒な技術的、財政的責任まで彼女に任せていた。大急ぎで狩り集めたアメリカ人の一団を助けるために、ウイロビーはおよそ二百名に達する日本人を雇い入れて、それを荒木教授の名目的監督下に置いた。これらの連中のうち十五名は陸海軍の上級将校で、そのうち或る者は実際の作戦計画に参与していた人物であり、この多くは極めて枢要な地位にあった連中だった。これら郵船会社班は、その誰一人として歴史家でもなく、文筆家でもないのに、日本側の記録を掻き集めて公式の日本側の戦史を編もうというわけだった。彼らの仕事は秘密ということになっていて、世間に洩れることをひどく警戒していたのは、ウイロビーがニューヨーク・タイムズのフランク・クラックホーンに対して、そんな戦史は編纂されていない、と真向から否認したことでも分った。(ワイルズ)

否認したのは、当時、戦史編纂がマッカーサー個人の功績を顕彰するためだという非難があったからである。

服部卓四郎は、ともかく日本の敗戦の原因を追及した『大東亜戦争史』全四巻を完成した。しかし、荒木班は、厖大《ぼうだい》な人員と予算と日月を要しながら、それが不出来だったという理由で一般の眼には触れずに終った。歴史課の仕事が対ソ作戦の情報資料を調整するにあったことは、ワイルズの指摘するところである。

四

追放されるべき軍人組がGHQの傭員になったばかりでなく、さきに第一番に追放を受けた特高関係の人間が、いつの間にか、彼らの側に採用されて息を吹き返していたのである。

マーク・ゲインは、『ニッポン日記』では、彼が山形県酒田に行った時のことを書いている。

ゲインが土地の署長と交した会話は次の通りである。

「署長『私は単なる警察官で、特高警察のことは知りません。この警察にも特高係はありましたが、係長は県庁から来た人でした』ゲイン『その男はどうしましたか』『追放されました。九月二十三日のことでしたが、特高の連中は、みんな解職されました』『その男は今どこに居ますか』『ほら、あの門のところに腰掛けてる男がいるでしょう。アメリカの歩哨のそばに。あれが元の特高係長ですよ』『で、あの男は何をしているんです、米軍の宿舎で？』『日本人と米軍との連絡係です。九月二十四日に、彼は任命されました』『他の特高の連中は？』『ここの警察には六人いましたが、三人は連絡事務所で米軍の仕事をしています』」

同様なことは、ロバート・B・テクスターの『日本における失敗』の中にも出ている。

「一九四六年、私が働いていた県に接続する県のCICの隊長は私に、彼が最も重要な任務を委任している彼の最も『貴重』な部下は、職業的テロリストの団体として世界的に有名な日本の秘密警察の元高級警察官だった、と云った。このCIC分隊の一隊員は、この元秘密警察官は県下に起る一切のことを知っている、と云って驚歎していた。分隊長はこの有能な『日本人部下』の助力を得て、穏健なニューディール派占領軍職員の日本人との接触をさえ細心に見守っていた」

GSが「追放」という武器を持っているのに対して、G2はCICという「諜報」武器を持って対抗した。従って、CICが下部傭員に情報活動に有能な元特高警察官を傭《やと》い入れたことは不思議ではない。ここにおいて、占領後最初に追放された特高組織がいつの間にかG2の下に付いて再組織されたのであった。

五

ここで話の筋を元に戻して、GHQのこうした動きを、被追放政治家たちが見逃す筈はない。彼らは早くもG2とGSの対立に眼を着け、ひいては、それがアメリカの日本管理政策の本質だと覚ったのである。このことは、さらに、米ソの対立が安全保障理事会などで顕著になるに及んで、G2の線を本筋のものだと確認するようになった。政治家たちは、自分が事実上の追放を免れる唯一の救い道は、追放を指定したGSに対立するG2に気に入られることによって、GSの連中をうち敗かすにある、と考えついたのであった。彼らはまた、追放の指定は止むを得ないとしても、別な立場で、つまり実際上、追放されない前と同じような権利を確保しようとしたのである。

最初、GHQの各セクションは、それぞれ、多数の日本人を出来るだけ多く追放に指定することによってマッカーサーに気に入られようとしたのだった。このことは、それぞれがいかに仕事に熱心であるかをマッカーサーに見せたかったのである。従って、追放の枠外にある者もこの組の中に入れられてしまった。地方の市町村の議員まで追放指定を受けたのは悲喜劇的なナンセンスだが、日本側がこれを抗議してもホイットニーが頑として受付けなかったのは、実はこのマッカーサーに対する「点数稼ぎ」の心理からだ。

だから当然追放に値しない者が追放指定を受けて、生活権まで脅されるような状態にあった時、一方では、当然指定された大物には以上の工作によって実際上の非追放運動をした者があったのである。占領軍の追放指定の無知は、無力な小物を罰し、狡知にたけた大物を跳梁《ちょうりょう》させる結果になったのであった。

筆者は、ここに政治家や官僚の追放に関する裏話を書こうとは思わないし、また興味もない。そのようなことを知りたい読者は、いままで出版されている適当な本について読まれるといい。だが、ここではその中の一例として鳩山一郎の場合だけを書いておく。

鳩山の場合は、GSとよかった楢橋渡がその陰謀を行なったと一部に信じられている。『鳩山一郎回顧録』によると、当時のことを次のように書いている。

「その頃の米国記者や、後に来た米国人などの話によると、当時、司令部には『桃色』の連中が多かったという。その人々が僕の追放をやったんだということを話してくれた。しかし、僕自身が反共声明でわざわざ自分を追放にしたようなものだ。これは僕が追放について不用意な点だったと言える。もう一つは、楢橋渡が当時非常に宣伝した、僕を政界から追放しろという意味のことを米本国から要求して来たというようなことだった。僕は自由党の創立委員会や総務会などで、政府は怪しからん、と言って攻撃した。もし、そういうことであれば、何故、政府は先方に対して僕を追放すべき理由が無いということを明らかにしないんだ、不親切ではないか、と言って、楢橋の言葉を捉えて攻撃したのだった。ただ、僕は攻撃ばかりしていて防御することについてはまことに注意がなかった。マーク・ゲインなどが『世界の顔』をタネにして僕を虐《いじ》めたが、あれは問題になるような変な所を前後の連絡もなく切り抜き、英訳して記者団に配ったものだ。僕はその英文を見ていないが、直訳したのだと思う。直訳しなければ僕を攻撃する材料は出ないと思う。それで記者団が僕を散々にやっつけて、ゲイン自ら書いているように、僕を追放へ持って行ったと思う」

今では誰でも知っているように、鳩山追放の理由の一つは、彼が戦時中にヨーロッパから帰った時、その旅行記というべき世界元首の印象をまとめた著書を出したことである。それが『世界の顔』と題したものである。この中にはヒットラーやムッソリーニを賞めていた。これが引っかかったのである。

しかし、最初、GSは鳩山追放にそれほど積極的な熱心さを持たなかった。鳩山の場合はどっちでもよかったのである。それをGSに詰め寄って追放に持って行ったのはゲインなどの進歩的なアメリカ新聞記者だといわれている。ゲインは鳩山を丸ノ内のプレスクラブに呼び出し、この本をネタにつるし上げをやったのだった。その時の経緯《いきさつ》をゲインの『ニッポン日記』から抜萃《ばっすい》しよう。

「この晩餐会の直前、私は政治的審査会を組織した。被告は鳩山だった。新聞社の特派員は政治に介入すべきではないかも知れない。が、私は、これはいかなる観点からも正当な仕事だと考えた。一アメリカ人としての私は、日本が有数の戦争犯罪人――次の総理に予定されているだけに甚だ危険性のある男——の手から逃れるに力を貸したかったのだ。一週間ほど前、ヒットラーとムッソリーニ訪問の旅を終えて帰国した鳩山が一九三八年に書いた本の翻訳を、総司令部の或る将校たちが私に呉れた。その本の内容は、民主日本の次の総理の唇から曾《かっ》て出たものとしては甚だふさわしからぬものを盛っていた。その将校たちは、この本を根拠に鳩山を追放しようと試みた。ところが、これは失敗に終った。そこで彼らは、この翻訳を私にパスしてよこした。晩餐会がはじまる前、私はこの本を十二に引裂いて、関心を持つ中国や英国や米国の特派員たちにおのおの各部分を請負わせた。

ところが、最初の一弾は、実はＩＮＳ特派員のオーストラリヤ人フランク・ロバートソンによって放たれた。どこで手に入れたのか、彼は鳩山の著書の一節を持ち出し、これに対して鳩山がどんな解釈を持っているのか聞きたい、と切り出した。一九三八年に書かれたその一節は次のようなものだった。『ヒットラーは心の底から日本を愛している。日本国民はますます精神的訓練に努め、ヒットラーの信頼を裏切らぬようにせねばならない』これを皮切りに査問は熱を帯びてきた。たしかに多少猛烈でもあった。しかし、鳩山は、その過去に関しては彼自身以外誰も恨むことは出来なかった。

訊問がいよいよ肉薄するにつれて、鳩山はいよいよ混乱してきた。最初、彼は、何も憶えていない、と云い張った。そこで、彼の著書からの引用を突付けると、その本の中では嘘を書いたのだ、と云った。が、われわれの武器はその著書だけではなかった。さらにいろいろな資料が提供されはじめるに及んで、鳩山はもはや猟人たちと駆けくらべするだけの思考の速さを失ってしまい、すっかり怯えきった一老人と化した。致命的な一撃は、鳩山が愉しい晩餐会だろうと予想して、この席に腰を下ろしてから約八時間後に加えられた。明日の新聞の大見出しに、総司令部や日本政府（鳩山を審査しパスさせた）がどんな反響を示すか愉しみだ」

しかし、この『世界の顔』は、鳩山回想にもある通り、前後ばらばらに切り取られたもので、その中間の文章を入れると、その調子はそれほどでもなかったかも知れない。それに悪いことに、これは鳩山自身が書いたのではなく、山浦貫一の代筆であった。だから鳩山は、何を訊かれても憶えがなかったのは当然だったのである。明らかに、これは些細な云いがかりで鳩山を追放に追い落したのであった。

もし、そのような揚げ足を取るならば、ウイロビーが前に書いた次の文章はどうなるであろうか。

「ムッソリーニがフランスへ侵入する直前、ウイロビーはフランコ元帥および中国における日本の活動に、概して同情的な書物を書いた。彼は云った、『その瞬間の感情的な靄《もや》に捉われない歴史的判断は、白色人種の伝統的、軍事的優越を再建することによって敗北の記録を抹殺した功績を将来永くムッソリーニに帰すことであろう』」（テクスター『日本における失敗』）

六

当時の政局は、どこの党も絶対多数を取れなかったため停頓をしていた。鳩山は社会党と連繫するつもりだった。彼にすれば、事前にも手を打ってあることだから出来ると考えていた。ところが、社会党は九十二名を取って昂然としていた。鳩山の提携申出にも動かなかった。幣原首相は、楢橋書記官長と進歩党幹事長の犬養健らの手で、現職のまま進歩党の総裁になることに決った。しかし鳩山は社会党との連立を中心と考えていたし、進歩党と連繫する気持は少しもなかった。

もし、楢橋の鳩山追放工作が真実とするなら、居坐りを画していた幣原内閣のために鳩山追放は行なわれたといえるのである。しかし、ここに問題なのは、日本の政党同士の駈引きや、闇打ちのことではなく、そのような工作にGHQが荷担したということである。これを逆に云えば、G2とGSの相剋につけ入った日本人が、それを利用することによって対手を追い落したり、己れを浮び上がらせたりしたのである。

社会党の某婦人議員が司令部に日参して、自党の大物の讒訴《ざんそ》を行なって追放を請願したのは有名な話である。

この「追い落し」は、日本人に向けたばかりでなく、あとではGHQの内に居る「敵」にも向けられた。

平野力三は、GSに睨まれて追放を喰ったのだが、彼の「敵」ケージス失脚については平野夫人が一役買っている。

「岩淵　それには秘話があるんだ。ケージスに止めを刺したのは、実は、平野さんの奥さんなんだよ。昭和二十四年だったと思うが、ある日、第八軍司令部からハドソンという大佐が、当時参議院議員だった平野成子を訪ねてね、『実は、ケージスを日本から追い出さないと、占領政策がうまくゆかない、いろいろ証拠があるんだが、署名する者がない。これでは書類の効力が出てこない。ミセス平野に署名してもらいたい』といってきたんだ。奥さん喜んでね、『すぐ、やりましょう』というんで、その場で署名しちゃったんだ。

平野　それは、僕を追放にした天罰だよ」(『日本週報』31・4座談会)

ケージス追出しの陰謀は、こうして日本人の情報協力を得てG2の線から行なわれたのである。下部にCICという有能な謀略機関を持っているG2は、まことにこういう仕事はたやすかったのである。

政界の追放と車の両輪をなした財界の変革は、経済、金融、産業の支配者であったESS(経済科学局)が行なった。が、経済民主化という上ではGSとESSは全く歩調が合ったし、身近だったのである。

そもそも、GHQの機構は、最初、Gセクション(参謀部)と、行政部門(GS)と、渉外局と、三つの柱になっていた。他のものは部と呼ばれていたくらいだった。

一例を取ると、のちに天然資源局となったNRSは、元は部であった。この担当内には、日本の運命転換の一つと云われた農地改革を含む日本の農林省に当るものが入っていた。だから、「追放」はGS、「民主化政策」はNRSというふうに、両者の関係も緊密になっていた。NRSに結ばれていたラデジンスキーが農地解放をやったことが、のちにGSの赤化だという非難に転嫁されたことも、こうしたグループごとの繋がりの例証と云うことができる。民主化という方向においてはESSなども変るところはなかった。

もう一つ書き落してならないのは、リーガル・セクション（LS）と呼ばれた法律局（これも前には部であった）がある。これは全くGSと関連性を持っていて、この理念から特審局が誕生したのである。この特審局の変貌の過程こそ、GHQがその政策を大転換する経緯を如実に語っている。つまり、右の追放から左の追放に移る姿を、特審局ははっきり見せているのである。

七

特審局というのは、昭和二十年九月に内務省に設けられた調査部から発足している。二十一年には部は局に昇格したが、その後解散され、総理庁内事局第二局となって萎縮した。これは内務省解体に関する「マッカーサー命令」のためだ。

二十三年に司法省が法務庁となった時、第二局はここで初めて「特別審査局」という名前を与えられて、法務庁の所轄に入った。

この特審局の使命は、「日本軍国主義の除去、民主主義に対する妨害の排除」というポツダム宣言に基く占領目的のために、目付役の任務が与えられたのだった。従って、特審局と占領軍の関係は極めて密接であった。

ＧＨＱでは、この人選に初め内務省官吏を考えたが、内務省は軍に次いでの国家主義だというので不適任として、次に、非政治的と考えられている法務庁の検事から選ぶことにした。アメリカでは判事が民衆の信頼の強い地位であるから、その判事と同格の検事たちにこの仕事を託したら、その権威と信頼を足がかりに、この重責を果すものと考えたらしい。

初代の特審局長は、片山内閣が任命した滝内礼作だった。彼は、ずっと以前に司法部内の赤化事件として騒がれた尾崎判事問題の関連者で、当時、札幌地裁の予審判事だったが、友人の尾崎判事に同調して、同判事に資金を送った疑いで一旦入獄し、執行後に判事を辞めた経歴の持主である。それが片山内閣の成立で弁護士鈴木義男が法務総裁になったため、友人の彼が同総裁に拾われて局長のポストに就いたのだった。赤のシンパサイザーと見られた滝内を特審の初代局長に据えたことでも、その性格が分るのである。つまり、ＧＳと特審局とは切っても切れぬ間柄と云うよりも、ＧＳの政策実現機関だったとも云うことができる。

だから、内閣の組閣がはじまると、特審局には各社の政治記者が押しかけて組閣情報を取ったものである。というのは、ＧＨＱから睨まれていない人びとを中心に組閣しなければならないからだ。そして、この睨まれているかいないかを判断する有力な情報源が特審局だった。

「ああ、A氏ですか。あの人は駄目じゃないんですか」

特審局の課長クラスが得意気に洩らす一言が、新聞社にとって重要なデータにもなったわけである。いわば、特審局はGS、LSの二つの線を日本側機関として代表したようなものだ。（司法記者団編『法務省』）

「一口で云えば、特審局は連合国最高司令部に直結しています。諸君が担当する事務にも、この渉外性が脈々と流れているのです。われわれはこの民政局との関係で二つの原則を立てています。第一は、特審局をガラス張りの箱に入れ、すべてを民政局に報告することです。隠したり、蔭でこっそり仕事をしたり、こういうことはしないのです。

第二は、日本人の良識を持つことです。民政局に対してもおめず臆せず、ものを云わねばなりません。そして、われわれのする仕事は、日本政府の責任で行なっているのです。だから民政局に責任を転嫁するようなことはいけないのです。外で仕事をする場合、司令部とか民政局とかいう言葉を出すのは禁物です。……」（昭和二十五年十月、吉河特審局長が新規採用の職員に対して人事院五階講堂で行なった訓示）

まず、こういったところが特審局の性格であろう。つまり、GHQに直結していても、あくまで表看板は日本政府の名前を使っている間接統治の典型的機構であった。

この吉河特審局長がウイロビーに見出された面白い話がある。それは、前に書いたG

HQの「歴史課」の仕事にも関連することである。

八

歴史課が対ソ戦略の情報調整をしていたらしいことは、前に述べた。と同時に、ウィロビーはゾルゲ資料の捜索にかかっていたのである。このゾルゲ関係の資料を調整していたのが、荒木夫人とそのグループだと云われている。

当時の記録は、空襲によって殆ど焼失していて、残っている資料といえば、検察官や判事が個人的に持っていたガリ版刷の写しぐらいのものであった。GHQの取調べを受けた検事や警察官の連中は、ゾルゲを担当した検事が実は吉河光貞であることを隠していた。これは、名前を出せばきっとパージを喰うに違いないし、ああいう若い検事をパージにしたら、後に警察の筋が通らないから、できるだけ名前を隠してやろう、というような含みがあったらしい。

事件の核心の摑めぬG2は、CICを使ってシラミ潰しに調べてみたが、どうしても直接ゾルゲに関係した部分だけがぽっかり穴が開く始末だった。いら立ったG2は、日本側を追及した結果、かくし切れずに日本側から、遂に吉河検事の名前が出た。こうして吉河光貞がG2に大きく映るようになった。

G2に出頭した吉河検事は、焼け残ったゾルゲの打ったタイプを持っていた。これはゾルゲ自身の手で、拘置所の中でドイツ語の鉛筆書きで訂正などがしてあったのである。

どうしてこれがゾルゲのタイプだと証明できるか、というと、「まず第一に、鉛筆で書いたドイツ語、それは紛れもなくゾルゲ自身の筆蹟である。またタイプライターというものには癖があり、個人用のタイプにも必ず機械の癖が活字の摩滅になって現れるものだ。ほかのゾルゲが打ったものと比べれば分るだろう。このタイプは、日ごろ、彼が愛用していたものを押収してきて打たせたのだ」と答えた。この貴重な資料はすぐにウイロビーに提出された。アメリカで出版された『ウイロビー報告』の見出しには、「これは爆撃された焼野ヶ原の東京から、ミスター・ヨシカワが助け出した唯一の資料である」というようなことが書いてある。が、それはこうした経緯《いきさつ》によって同書の重要部分が作られたのであった。『ウイロビー報告』は、実はGSの線に打撃を与えようとするウイロビーの武器となった。

この報告書の中には、ゾルゲのスパイ活動がいかに日本の作戦を狂わせたか、ということが出ている。その謀略は、遠くはノモンハンにおける日本側の敗戦から、日本軍に北進を取らせず南進作戦を取らせた謀略活動まで、こと細かに「ゾルゲの自白」の骨子に組み立てられたものであった。この報告書の中ではじめてスパイ伊藤律の名前が出たのは有名である。

当時、GSだけでなく、本国政府にも「赤色分子」がいたので、それへの警告もあったが、G2の狙いは、GSから徹底的にニューディーラーたちを追い出すことにあったのである。

吉河光貞は、学生時代、東大の新人会に属し、そのため司法省入りが一年遅れたと云われるくらいの左翼通であった。滝内礼作のあと、彼を特審局長に据えたのは吉田首相で、はじめから赤色追放の下地は出来ていたといってよい。

前に掲げた吉河局長の訓示は昭和二十五年で、実にこの年、ＧＨＱの政策大転換が行なわれたのだ。

政財界の一斉追放が行なわれると、外部からの批判が表面にまるきり出て来なかったわけではない。

アメリカの雑誌『ニューズ・ウィーク』の二十二年一月二十八日号に「日本の追放の裏面――米国軍人の対立」という論文が載ったのだ。筆者は、同誌の東京支局長コンプトン・パケナムであった。

この論文は、経済追放が間違った政策だ、と批判しただけでなく、ＧＨＱ内の対立を明るみに出したものだった。その主張は「追放を財界へ及ぼしたため、日本の財界人は二万五千人から三万人がその職を追われ、その上三等親までその職に就けないから、犠牲者は約二十万人に上る。これによって日本の全経済機構の知能が除かれることになる。当然の結果として、日本の経済界は新円成金や闇屋、山師などの手に渡ってしまうだろう。極左の連中は得たりとばかり、虎視眈々《たんたん》と狙っているソ連のためにこれを利用するであろう。有能で経験と教養を持った国際的な階層――いつも米国と協力しようとしている階層が切り離されてしまうのである」

と論難した。

GHQは放って置けなかった。この論文は明らかに「有害」だと考え、間もなく、マッカーサーの名前による反駁が発表されて、論戦は白熱したものになった。マッカーサーは、まず、この記事は問題について何の知識も理解もない、と前置きして、

「追放の細目は慎重に作られていて、日本を侵略戦争に駆り立てるような政策立案に影響を与えない普通の事業家や技術家は含まれていない。この行動がアメリカの理想である資本主義経済に反するものだと解されたり、反対されるのは、全くおかしなことだ。指令を実行する方法として、私は諸種の情勢を正しく考え、司令官として当然の手心を加えたのである。私はさらにこの目的を促進したが、それは最高司令官として従うべき基本的指令に合致するだけでなく、他の方法を採ることは再び世界を戦争に導く原因を見逃すことになり、ひいては新たな戦争を惹き起すことになるからである」

民政局は、このマッカーサーの反駁の線に沿って追放が行なわれても日本経済は少しも変化がなかったと主張した。

しかし、パケナムは筆を緩めず、四月から五月にかけて、日本経済の混乱を突いた記事を載せ、五月二十六日号には、再び石橋湛山の追放を取上げてGSにぶっつかった。

「大多数の占領軍関係者は、追放がどこまで拡がるのか疑問を持っているし、親米的な日本人がどしどし除かれているという意見を隠さず云いはじめている。民政局は、追放は日本政府によって行なわれているのだ、という作り話を云いつづけている。しかし、

実際は民政局によって指導され、ときには直接の命令でやられている、というのが東京での常識となっている」

と記してから、石橋湛山事件をケースに、日本側の審査委員会が非該当にした者をホイットニー局長が追放した経緯《いきさつ》を詳しく暴露したのだった。

さらに『ニューズ・ウィーク』は六月十三日号に「日本の混乱」という記事を五頁に亙《わた》って載せた。

「追放は、例えば日本共産党の擡頭などということより遥かにひどい打撃を米国に与えた。追放の範囲はマッカーサーが決めるものだったが、彼は民政局長のホイットニー代将にこれをゆだねた。彼は追放の広範な施行細則を作り出し、日本政府はこうした指示を政令として出すように強要された。これは日本人が自ら追放をやっているのだという偽りの見せかけをするためだった。追放のやり方にはどことなく左翼や反資本主義者の色がある。東京にいる多くの米人たちは、民政局の中にいる共産党同調者やもっと悪いのが、そのイデオロギーを追放の中に注ぎ込んだと信じている」（住本利男『占領秘録』）

パケナムは、この占領政策批判でGHQに睨まれ、遂に日本から国外追放になった。

しかし、占領初期にパケナムが批判したことは、当時こそGHQに気に入られなかったが、のちにはその通りの趣旨に大転換したのだから皮肉である。

九

GHQのマッカーサーの「側近《インナ・サークル》」三人男は揃って無能であった。彼らはただ戦争をして来たというだけで、他に取柄はなかった。

「上層部の無能と無経験は例外でなくて、常則だった。実例。占領軍の経済科学方面を担当した少将は、生涯を砲兵隊で送った。GHQの民政局長をつとめている少将は、正規の歩兵将校で、明らかに、彼を全日本の地方民事行政官の監督官の適任者にする経験を持っていない。軍政部の下で、教育一切を担当していた中佐は、べつに進歩した学校制度を持っていないことで知られている南部の或る州での、無名の中等学校の前管理人にすぎなかった。軍政部の下で、民間情報一切を担当していた中佐は、以前、ある大きな石油会社の広告専門家だった――経済科学の部長の地位は、経済学者に譲らねばならない。民事学部長の職務は、行政的経験を持つ者に振り当てなければならない。教育部長には、広い経験と広い見識を持つ教育者、そして情報部長には、宣伝、或は世論調査の専門家が、そしてこれらの交替者は文官でなければならない」（テクスター『日本における失敗』）

誰からでも批判される、この無能な軍人首脳部が、本国政府によって何故交替を指令されなかったのであろうか。答は簡単である。彼らはマッカーサーの信頼が厚かったし、「現地軍」は本国政府よりも強いのである。このことは、曾ての日本の関東軍の強力を想い起せば分る。

このうち、軍事専門家としてのウイロビーは、のちの朝鮮戦争の時、在満中共軍の実力を過小評価して敗戦に導いた責任者なのである。

ウイロビーは粗暴で、人使いが荒く、一日に三度命令を変えても平気だったし、ホイットニーは一切をケージスに任せっ放しで遊んでいたし、マーカットは会議の席で極めて初歩な経済用語についてトンチンカンな質問をして皆を呆れさせた。これら無能の首脳部が、それぞれのセクションでマッカーサーへの「点数稼ぎ」に追放者の数を必要以上に出したのだから、日本各界の混乱は当然だった。しかも、それに中傷と陰謀があり、さらにGHQの下部役人や通訳たちの介在があるのだから、いよいよ複雑怪奇なものとなった。

これらを包みながら、GHQはやがて大きく旋回し一本にならねばならなかったのである。

この旋回の途中のポイントに立ったのが、松本治一郎の追放である。半生を部落解放に捧げた松本が何故、追放されなければならなかったか、誰しも不審に思うところだが、このGHQ政策転換の途中という見方からすれば解釈がつく。

松本の追放処分は、推薦議員の一人として二十一年一月に指定されたのだが、これはすぐに抗議され、また当時の首相秘書官だった福島慎太郎がGHQへ陳情したりして、一応非該当を確認された。これによって松本は参議院の副議長となり、国会開会式には天皇の拝謁問題が起っている。このことから保守党に反感を持たれたりして、二十三年の九月、再び資格問題が起きた。二十四年の一月二十三日、総選挙があったが、その翌日に松本治一郎は再追放となった。

松本の追放は「右翼」として、追放されたのだが、実質的には左翼のそれであり、いわばレッド・パージの第一号とも云うことができよう。

こういう見方でないと、松本治一郎の追放問題の本質は分らない。

占領の初期、ＧＨＱの民政局に働いていた要員の多くは、進歩的な考えの持主が多かった。

彼らは日本の民主化に当って、本国では実施出来ないような理想的な政策、急進的な政策を日本で試験的に実施しようと考えていた。ケージスが云うように、日本を自分の理想の実験地にしたかったのである。

しかし、この民主化政策は、ＧＨＱの予期しない効果を生んだ。共産党の進出であり、労働運動の尖鋭化であった。ＧＨＱは、自らの手で煽った火を自らの手で消さねばならない状態になった。

「占領管理という現実政治の問題においては、統治もしくは管理する側に立つ国の現実的な利益が常に第一に考慮される。従って、朝鮮戦争以後、国際情勢の変化に応じて連合国、特に米国の現実政治上利益とする要求が変化するに伴って、日本管理の方針に修正が加えられてきたことは怪しむに足りない。一方、連合国、特に米国が国際関係上日本にいかなる役割を期待するかに応じて、日本の国際的地位に変化を生じてきたこともまた当然である」（『戦後日本小史』矢内原忠雄編・岡義武稿）

十

「レッド・パージの謎は未だに解かれていない。誰がこの旋風の主《ぬし》であったのか、トルーマン大統領か、マッカーサー元帥か、それともGHQの労働課なのか、いや、時の政府吉田内閣のアイディアであったのか、それも摑めていない。追放リストの作成者も、その協力者も、また、何故、新聞や放送が真先に血祭りに挙げられたのかも明らかにされていないのである。一九五〇年夏から約半年、全産業に吹きまくったレッド・パージはそれほどに、規模において、手口において、複雑怪奇なものであったのである」（『文藝春秋』三四・六「日本の汚点・レッド・パージ」）

二十三年一月のロイヤル声明（註。ロイヤル陸軍長官がサンフランシスコでした演説で、「世界の政治情勢に新たな事情が生じ、日本は援助がなければ侵略的、非民主的イデオロギーの食いものになるような情勢となったので、われわれは日本を充分自立し得る程度に強力にして、これを安定させると同時に、今後東亜に生ずるかも知れない新たな全体主義的戦争の脅威に対する防壁の役目を果すだけの、自足的な目的を固守している」と述べた）は、早くも左翼陣営や労働運動界に衝撃を与えた。丁度、その年の三月には全逓闘争がはじまっていた。これはその後の労働闘争の先頭をなしたもので、また、官公庁の中で最も尖鋭とされた全逓が中心になったことで、のちに記憶されていいものである。

これは従来中央だけで行なわれた闘争形態を各職場や地域に持ち込み、民主戦線結成を実践するというにあった。この闘争は地域ごとに波状的にストライキを行ない、政府と資本家陣営を脅威した。この情勢から、公務員関係にスト権を与えてはならない、という方針が打ち出されるにいたったが、一つには、GHQの公務員制度課長として本国から来たブレインのフーバーの力も与《あずか》っていたといえよう。

フーバーは、日本の公務員をアメリカのようなストライキ権のない、正規の団体交渉権も持たないような組合にしてしまうということを公務員法の中に盛り込もうとしたのである。

GHQのレーバー・セクションのキレン課長はフーバーと衝突し、マッカーサーの前で八時間にわたる論争を展開した。が、その結果、キレンが敗れて、彼は任期一年何カ月を残しているにも拘らず、悄然として貨物船でアメリカに帰国した。

この時、キレンは、帰国四時間前、全逓の幹部を呼んで、三十分にわたって演説した。その要旨は、「これからの日本の公務員は非常な難路に立つだろう。しかし、君たちは充分な力を持っているから闘うことが出来るかも知れない。しかし、君たちが今闘うということはプラスかマイナスかということになると、断言は出来ない」というようなことだった。

このキレンの言葉の通り、その年の十二月には公務員法が改正され、同時に公共企業体等労働関係法が制定された。さらに、国鉄、専売は団体交渉権は持つが、その他の国家公務員は団体交渉権すらも持たないという状態になった。自治体関係の者は、政令二

○一号によって手も足も出ないように縛られた。
こうして、朝鮮戦争の勃発と並んでレッド・パージへの進軍は刻々に迫っていたのだった。

十一

レッド・パージは、それが「GHQ示唆による絶対命令」であることを解雇者に告示し、「この至上命令は国内のあらゆる法令に先行するものだ」と告げた。従って、どんな協約もこの命令の前には役に立たなかった。

このうち、放送関係、といっても当時民放は無かったので、NHKが狙われた。そこで、NHKの場合を例として書いておく。

NHKは、すでに昭和二十一年十月にストを行なっている。これは団体交渉権の確立、賃上げ要求で、新聞、通信、放送労働組合が闘争したのだが、新聞関係は全部脱落してしまい、結局、NHKだけがストに入ったのである。当時はまだ民主勢力が強かったので、このストには占領軍は介入しないだろう、という労組側の予想だった。それで経営者側も初め受太刀だったのが、途中で態度を変えた。それは占領軍と政府が経営者側を支持するということが分ったからだった。

ラジオ部門は、CIE（民間情報教育局）のラジオ課の監督だったが、この時にはそのセクションの連中が争議団の前に出て来て、ストライキをすぐ止めろ、と勧告した。

いきなり職場に来て、お前たち止めなければ大変なことになる、と威かしたりした。これが経営者側を強腰にさせ、組合の全面的な敗北となった。

ＮＨＫは、最初、戦争中のやり方への反動もあって、民主的な番組をしきりと出していた。メーデーの歌の指導などをしたのもその頃である。ＣＩＥのラジオ課から、天皇制の問題について討論をやれ、というような指示が来たりした。こういうことが、アメリカのやり方が民主的だと錯覚した原因である。従って、番組で「真相箱」というようなものが出て来たり、ニュースの面でも民主化運動のなかでその傾向が強くなっている。そのうち、ラジオ課では部課長を通じて、国会討論会でも共産党の発言を減らすようにいってきた。この右がかった新しい傾向は組合と経営者側との間に摩擦を起したが、二十四年の春ごろ、砧の放送技術研究所で行なわれた大会では組合は二つに割れてしまい、職場においても、「真相箱」とか「日曜娯楽版」のようなものが睨まれるようになった。そして脱落者が相次ぎ、第一組合から第二組合のほうへ多数の者が脱けて行った。八千人あった組合が、最後には百数十名くらいになったのである。そして、この残った全員がレッド・パージに引っかかったのであった。

それらの中の編成局関係者は、パージのすでに一年ぐらい前に、目黒の放送文化研究所に配置転換された。ここでは何も仕事を与えず、完全な島流しであった。

大体、放送はニュースと音楽の二つが構成の要素で、いろいろアレンジしたものがドラマになったり、いろいろなかたちになったりして、放送されるのである。従って、朝鮮戦争下のニュースは非常に比重が大きい。演芸番組というと、戦争前は落語家が来て落語をやったり、浪曲家が来て浪曲をやったりしたが、そういうのは「貸座敷」といって、ただスタジオを提供するだけだった。つまり、大した創意も工夫も無いわけで、それで、文芸部と云っても、久保田万太郎が文芸部長だったが、文芸は存在しなかった。

かつて、このニュースの民主化で増田官房長官がNHKに抗議したこともあった。

ところで、NHKのレッド・パージは、他の新聞社の場合と違って、経営者が首を切るというかたちを取らず、連合国最高司令官の命に基き、ということがはっきりしている。

これは電波をGHQが管理していて、建物の一部も進駐軍放送というかたちで使っていた。ラジオは、作戦命令でも、軍命令でも、一番早いし、国内的なキャンペーンとしても、その即時性、広範性からいって、新聞とは比べものにならないくらい影響力が強いのだ。その意味で朝鮮戦争におけるラジオの役割、NHKの使命は新聞社とは比重が違うのである。例えば、ラジオ放送は朝鮮でも聞えるし、朝鮮人は日本語が分るので、その取扱いにはGHQも非常に慎重だったのである。だから、当時のNHKには殆ど自主性が無く、司令部の直接管理と云ってもよかった。従って、解雇者に対する通告も直接GHQ命令のかたちが取られたのだった。

この命令は、辞令を渡さず、何時間後に退去せよということで、昭和二十五年七月二十五日の朝、該当者を集めて、時間を決めて建物から出ることを要求された。

「パージになった日は、朝の十時過ぎに、放送文化研究所に居る者は全部集まれということで、いきなり、ここに居る人は建物に出入りしては困る、というかたちで文書を読み上げられたわけです。所長はGHQに呼び出されて、あたふたと帰って来て、部課長にそう伝えさせたのです。読む手がふるえていましたね。一体、それはどういうことなんだ、と押問答をやっても、とにかくそういう命令だ、これはマッカーサーの命令なんだ、われわれはそれに対して拒むことはできないのだ、私は取次ぐだけだ、というわけで、対手はあくまでマッカーサーということで逃げていました。大阪の場合は、黒人のMPが銃を持って来たと話していました。本館もMPが来て、鉄砲を構えて、出て行け、というようなわけでした」とNHKのパージ組の一人は云っている。

十二

レッド・パージの特徴は、どの社も通じて次のことが共通的に云える。

①それが占領軍の絶対命令であったということ。②指名リストがすでに出来ていたこと。③解雇者は云い渡されたら、即時に職場やその建物から退去を要求されたこと。④反対闘争が起らなかったこと。⑤ほとんどの会社に第一組合と第二組合があり、組合勢力が分裂していたこと。

パージが占領軍命令だということは、殆どの場合、間接的に云い渡された。ただ、直接にそれを表に出したのはNHKだけである。これは占領軍が電波管理をやり、その建物を占領軍が使用していたからである。その他は、こういう直接なかたちではなく、経営者が間接的に司令部の指導だとか、示唆だとか云って申渡しが行なわれた。例えば、読売の場合は、社長布告として次のように発表された。

「連合軍最高司令官ダグラス・マッカーサー元帥の、昭和二十五年六月六日、七日、二十六日、七月十八日の指令並びに書簡は、日本の安全に対する公然たる破壊者である共産主義者は言論機関から排除することが、自由にして民主主義的な新聞の義務であることを指示したものである。このたび、関係筋の重なる示唆もあったので、わが社もこの際、共産主義者並びにこれに同調した分子を解雇することに方針を決め、本日、左記の諸君に退社を命じた。今回の措置は、一切の国内法規、或は労働協約等に優先するものであることを社員諸君はよく了承のうえ、平静に社務に精励されんことを望むものであります」

本人に手渡した辞令は、以上の理由をもって「日本の安全に対する公然たる破壊者である共産主義者並びにこれに同調せる者に対し解雇することに方針を決定した。よって本日限り貴殿に対し退社を命ずる」となっている。

このマッカーサー書簡とは、「共産党が有害な団体であり、大衆の暴力行為を煽動することによって平和で穏かな国土を無秩序の闘争場裡にしようとしている」ので、日共中央委員会全員を公職から追放し、さらに六月七日、「アカハタ」を「虚偽に満ち、煽動的、反動的呼びかけの記事と社説を満載している」として、編集局員をパージし、六月二十六日には「アカハタ」の一カ月停刊を、さらに七月十八日には無期停刊を命じたことを云うのだ。

各新聞、放送局の追放は、この「アカハタ」に対する解釈を拡大援用したものである。指名された社員たちは、守衛に付添われ、重役、局長、私服刑事の居並ぶ所で辞令を渡されようとした。しかし、社員たちは一斉に「この解雇は米軍の指令であり命令であるのか、または連合軍からの示唆によるものか」と問詰めたが、局長側は言葉を濁し、多くを答えなかった。

追放指令を受けた社は、朝日、毎日、読売、共同、日経、東京、時事通信、放送協会の八社で、その後、全国地方紙にも引きつづき同様の措置があって、全国で四十九社、被解雇総数七百名に上った。(『新聞協会十年史』)

大体、新聞に対するGHQの監視は、その前から兆《きざ》しがあった。昭和二十四年五月三十日に行なわれた公安条例反対デモに参加した東交労組の橋本金二という組合員が建物の二階から墜死した事件があった。共同通信社では、その写真に二階から地面まで点線を引いたが、これが恰《あたか》も警官の暴行によるが如き記事を出したというので、GHQの激怒を買った。即ち、社内共産党フラクの活動によるものであるとして、理事長伊藤正徳はじめ在京の主要新聞代表は呼びつけられて、厳重な警告を受けた。その結果、共同通信社は、当時の日共細胞九名を編集、業務外の資料室に配置換えをしたのである。のち、伊藤正徳自身もGHQの圧力で共同通信社を追放された。これらがのちのレッド・パージの伏線になっている。

問題の一斉パージを行なう数日前（「アカハタ」停刊後一週間目）、CIEは各社の首脳部を呼んで、「社内にいるコンミュニストとその同調者を即時解雇せよ」という重大な指示を与えているが、この通告を受けて、各社は二十八日午後三時を期して一斉に解雇通告を行なったのである。

「これは組合にとって全く予想外のものであった。それだけに、事前に予知していたとはいうものの、動揺は激しかった。解雇通告を顔色ひとつ変えずに受取り、将来の革命後の日本について一席弁じ、その日には覚悟しておれ、と云う勇ましい女性がおるかと思うと、哀願的に、自分は違う、と云って通告の撤回を求める男性あり、といった風景が或る社では見られたのも、その一つの現れであった。しかし、大体において、被解雇者は解雇通告を返上して、組合に拠って対策を練り、社側に理由の説明を求めたが、『今は何も云えない。出る所へ出たら全部話す』と云って突っぱねられ、社によっては私服警官、或は制服警官を待機させ、時間を切って退出を迫り、これに応じない者は、警官、守衛などの腕力で摘まみ出したのであった」（赤沢新一「新聞街に巻起る赤旋風」『増刊文藝春秋』二十七年十二月）

新聞社だけではなく、他の産業の各社とも大体同じことであった。ただ、経営者側が指令を受けて僅か四日の間に被解雇者の名簿が出来たというので、その迅速さに誰もが驚歎した。当然、共産党員または同調者と見られるような人名簿が予め作られていた、という推測になるのである。

このリストの作成については、社によっては、経営者側、GHQ側、特審局側の三つのリストを突き合わせて、その一致したものを選んだものもあったし、必ずしもそうでないものもあった。当時、共産党員は、団体等規制令によって共産党員であることを登録していたから、このぶんは真先にやられた。団規令は主に特審局の管掌するところだから、特審局のリストと云うこともできる。GHQの指名は、大体、この特審局の線からと思っていい。

そのほか投書なども採用したらしい。さらに経営者側では、職制によって目ボシをつけられた者が上げられたのである。それは、組合活動などで「過激な言辞」を吐く者がマークされた。

当人にはその意志がなくてもパージのリストに載った者もいる。本人ももとよりだが、他の者も、あの人が、と愕くような者が入っていたという。が、とにかく、指名された者は有無を云わさず建物の外に追い出されたのである。

「十年前の七月二十九日、東京は小雨が降っていた。その雨の中を、私は二十人の仲間と一緒に共同通信社の建物から追出された。経営者は、私たちの退去を強制するために警察官を呼んだ。数十人の警察官は私たちを包んで、退去を拒むならば実力を行使する、と威嚇した。私たちの出て行く道は警察官の列で囲まれていた。その間からデスクを並べていた友達が手を振って別れを惜しんでくれた。建物を出て雨の街を歩いているうちに、張り詰めた気が緩んできた。濡れながら歩いてゆく自分が、家を追われた犬のように感じられた」(小椋広勝『思想』昭三五・八)

そのほかでも、追放者は些細な理由で指定された。「アカハタ」を購読していたというのはまだいいほうである。マルクスの「資本論」を持っていたというのでマークされた人間もいた。弟が同調者というので兄の課長が会社から馘首になったのもあった。職場大会で上役の悪口を云ったというので追放された人間もいた。このような追放が全部、「占領軍指示」という「憲法に先行する」絶対性の前に抵抗が出来なかったのである。

当然のことに、経営者側では、日ごろ組合運動に熱心な者、気に入らない者を、この中に水マシするのもあった。GHQの新聞課長インボデン自身は、この指令が拡大解釈されるのを惧れた言辞を吐いているが、経営者側としてはなんらの紛争も起さずに「好ましからざる人物」を辞めさせるのだから、これほど重宝なことはなかった。その一方、職制に勧められて「転向」した者は残った。ついこの間まで激励して手を握っていた婦人部長が、追放の指令の出る二、三日前から、急にそっぽを向くような場面も見られた。また、会社側のリスト作成に「協力」した者は、のちに係長に出世したケースもあった。

これに対して組合側は、概《おおむ》ね抵抗が無かった。「1、占領政策に従う。2、現在における判断資料によれば、今回の措置は止むを得ざるもののように思われる」という決定をした新聞社の組合もあった。新聞労連は在京中央執行委員会を開いたが、「結局、今回の措置は、共産党が従来民主主義の原則に抗して取り来った行動並びに現在朝鮮において起っている事態について取りつつある態度に対する措置であって、民主主義の根本原則並びに新聞言論の全般的方向、労働運動への規制として取られたものではないと認定する」と、あっさり承認した。もっとも、あっさりも何も、この重圧の前には抗しようがなかったのである。

この組合の無抵抗は、また当時の労働運動の情勢からも見なければならない。国鉄の定員法が発動され、第一次馘首が通告されて、反対闘争が起ろうとした時、下山事件が起り、つづいて第二次馘首通告直後に、三鷹事件、松川事件が起った。これが労働組合側に不利に宣伝されたため、労働者は国民その他の階級から孤立させられ、闘争態勢を崩されたので、政府は所期の行政整理を強行することが出来た。反対に組合の闘争は退潮した。それにつづいて日立の四カ月に亙る企業整備反対闘争が行なわれたが、これが敗北するとそれを契機に労働組合運動は再び後退を重ねたのである。その間に、産別傘下の各有力組合内部にいわゆる「民同」の勢力が起り、組合組織の分裂が進んだ。民同派の強い組合は相次いで産別を脱退して、やがて「総評」を結成し、産別は主導権を全く失って、微力な集団に萎縮してしまった。こういう労働運動の情勢が、政府と占領軍にレッド・パージを強行させる自信をつけたのである。

また、このレッド・パージに対して共産党が殆ど何もしなかったのも反対闘争の盛り上らなかった原因の一つである。「このレッド・パージ闘争の時期には、また共産党の内部抗争が最も愚劣なかたちで繰返され、闘争を組織化するどころか、大衆の闘争に水を掛け通した」(斎藤一郎『戦後日本労働運動史』)

さて、この背景のもとに、レッド・パージのリスト作成に一役買ったのは特審局である。特審局は、もともと、昭和二十二年に、公職追放の資格審査機関として内閣調査局より変身したものだ。初めは、どこまでも占領方針によって、秘密的軍国主義、極端な国家主義団体、つまり反民主的な団体、人物の調査活動を行なうのが目的であった。ところが、団体等規制令が出るころ、反民主主義的団体の中に左翼も含めて、と拡大解釈して、俄に左翼勢力の調査活動に矛先《ほこさき》が向けられるようになったのである。

レッド・パージのリストをここで作ったのは、この団規令による届出名簿がもとだが、それは細胞名簿を中心に、その同調者を含めて、各官庁ごとに調査された。この時、経済安定本部などでは、生活物資局長の東畑四郎(東畑精一の弟)までがアカに入れられていたので、初代特審局長滝内礼作がびっくりした話がある。その調査がどのように広範囲に及び、そして正確でなかったかが分る。

この新聞社関係のレッド・パージは国会でも問題になって、社会党の赤松、共産党の梨木代議士などが質問したが、大橋法務総裁は、「新聞報道機関の共産主義者とその同調者解雇の処置は適切で、正当の理由があるものと考える。政府はこの処置に全幅的に賛成を表すると同時に極力これを支持する」旨を言明した。これにつづいて、総司令部CIEのニュージェント中佐も、八月三日、声明を出して支持した。だから、この二本を背骨にして、レッド・パージは思うように行なわれ、つづいて、公務員、教育界、国鉄、私鉄などの民間産業に波及して行くのである。

さて、このパージによって追われた者はどうなったか。『日本新聞協会十年史』によると、

「直ちに解雇を承認して退社した者、不当解雇として地裁に身分保障の仮処分を申請した者、本訴を起した者、不当労働行為として労働委員会に提訴した者、労委への提訴と並行して地裁に仮処分申請などさまざまであったが、裁判所関係では仮処分申請は全部却下となり、労委関係は提訴件数十九件、中立人員総数百八十三名を数えたが、棄却、却下、和解、救済などの処理によって、二十六年八月ごろまでに、ごく一部少数の者を除いて解決した」

とある。

中央労働委員会は、この解雇に対して、レッド・パージは組合活動に関する解雇ではなく、従って不当労働行為による解雇ではない。だからこの解雇は労働委員会の取扱権限外の問題だ、という解釈を取った。というのは、もし、このレッド・パージを不当労働行為として中労委が取上げたら、労働委員会はGHQによって潰されるだろう、という憂慮からだった。マッカーサー書簡による追放は国内のあらゆる法律によるものでなく、また憲法に拘束されるものでもない、とGHQも政府も考えていたのだ。また、各地方の裁判所では申請を却下した。こんな状態でいくら審理を運んでも無駄だと分ったのか、和解する方法を勧めていた。

この中で、朝日新聞の小原、梶谷両記者の場合は特別である。もともと、この二人は共産党員でも同調者でもなかったのだが、小原記者は、たまたま当時起っていた改造社のストの記事がGHQの新聞課長インボデンの忌諱《きき》に触れ、「小原は共産党員である。私の新聞であるならば馘首するであろうに」といった意味を社の幹部に警告したので、追放された。また梶谷記者の場合は、或る共産党員の死に弔歌を詠んだことが理由に挙げられた。この二人の不当解雇に対する裁判の係争は最高裁まで行き、遂に、八年ののち、勝訴復社したのである。

こういう場合は稀有なことで、たとえ裁判所が受付けても、長い裁判に耐え切れず、途中で挫折し、「和解」になったり、提訴を取下げたりするのが多かった。経済的に逼《ひっ》迫《ぱく》している被解雇者にとっては止むを得ないことだった。あらゆる提訴機関に望みを失った被解雇者は、それからは生活苦と貧窮に日を送ることになるのである。

例えば、NHKの技術者たちは、ラジオ受信機の修理業をはじめたり、手に職の無い他の連中は、翻訳、雑文書き、行商、焼イモ屋、佃煮屋、本屋などをはじめた。

こういう生活状態の中に追込まれたのにつけ込んで、彼らをスパイに仕立てようという狙いがはじまったのはまた当然である。

このマスコミ関係のパージは、これを皮切りにして他の産業部門に及び、被解雇者は、新聞、通信、放送関係の七四五名のほか、電気産業の二一三七名、石炭産業の二〇二〇名、化学工業の一三四六名、第一次金属製造業の一〇四八名を初めとして、合計一〇、

八六九名に上った。（労働省労政局発表）

このほか、八月三十日には、全国労働組合連絡協議会（全労連）が共産主義的な団体として解散の指令を受けた。

こうして日本の労働運動における共産党の勢力は殆ど影を潜めるようになった。

解雇者に対して、内通者になれ、という誘惑のケースは多かった。産別会議の幹部が或る日歩いていると、ジープが横に寄って来て、お前、スパイをやれ、と云い、拳銃を片手に威《おど》かしたこともあった。全逓の村山副委員長の話によると、昭和二十三年、闘争の時に、進駐軍専用の回線を誰かが切断したことがあった。そこで、搬送工事分会長、全逓の青年部長、副部長、工事協議会の書記長が捕まり、軍事裁判にかかった。書記長のほうは転向してスパイみたいなことをやり、共産党を脱党した。間もなく彼は係長になった、というケースもある。また、組合内部のことを報らせれば起訴にはならない、従って軍事裁判にかけない、というのもあった。全逓の村山副委員長の話によると、

「沼津で床屋さんをやっている人ですが、これは全逓出身で神奈川地区の全逓本部の書記長をやっていた人です。昭和二十四年九月七日から十日までに、全逓の第十二回の上諏訪で行なわれた中央委員会に出席して、統一派のほうに賛成の発言をしたため首を切られたのですが、それ以後しつこくスパイ活動を強要されたのです。その後、彼は横浜の進駐軍に勤めていました。ところが、全逓の前歴がバレて馘首《くび》になったのです。何回も何回も馘首になり、最後に横須賀のＣＩＤの情報関係に勤めた。英語が出来るので通

訳として入ったのですが、そこでもバレて首を切られた。神奈川の刑事がついているから、どこに行くか尾行してみると、横須賀のCID情報局に入ったので、こいつは大変な者を入れた、というので馘首になった。彼は向うの二世から、もう辞めたんだから過去のことを話してもいいではないか、一生の面倒をみる、毎月五万円を出す、と最初云われたそうです。承知しなかったら、十万円まで増したそうですよ。あなたの今まで見聞したことを報らせてくれ、ということだったそうです。それも断った。ところが、ジャパン・タイムスの広告欄がありますね。自動車を売るとか、部屋が欲しいとか、あそこへ何とかいうことを出してくれ、と云ったんだそうです。これも何かの策略ですね。ごく最近までそれをやらされておりました。全逓の人間としては一番露骨にそういうスパイ強要をされた一つの例です。後は、地方的なものは随分ありました。殆どが威かしです。やらないと君たちは馘首になるかも知れない、というような威かしですね。これは札幌の電話局にあった」

という。

そして、こういう情報蒐集のために育成した連中が特審局の後身である現在の公安調査庁の情報網に、今日、含まれていなかったら幸いである。

十三

レッド・パージの烙印を捺されて解雇された人間は、どの会社からも永久的に閉め出された。

三菱電機に勤めていた当時の組合長は、レッド・パージにあって失業して、いろいろな職業を転々としたが、たまたま、進駐軍関係の自動車運転手になろうと考えて応募した。すると、虎ノ門にあるＣＩＣに呼び出され、行ってみると、「お前が三菱に居たことは、ちゃんとこの通り写真ではっきりしている」と見せられ、びっくりした。これは、前に会社側が占領軍の仕事をしていて、従業員の顔写真を占領軍に撮らせていたためであった。

顔写真までは無いにしても、レッド・パージを受けた者は、前歴を隠して就職しても、それがバレると必ず解雇された。その失業の果てに自殺した人間もあるくらいである。

全逓の荏原電話局の支部にいた或る組合員は、他所《よそ》の地区に応援に行って警官に捕まり、それが原因になってレッド・パージになった。その後、何度就職しても、パージの前歴がバレて解雇され、遂に、二十九年の末、横浜で電車に飛び込み自殺した。まだ三十一歳だった。

こういう例は他にもある。東京都庁は現業を含めて百七十名のパージを行なったが、その中の江戸川区役所吏員の一人は、馘首されたのちニコヨンをやったり、地方紙の記者をやったりしていた。彼は三十三歳で、三人の家族持ちだった。が、二十六年の末、荒川放水路に身を投じて自殺した。遺書は無かった。

都営の結核病院に勤めていた二十九歳になる看護婦は、組合の役員だったが、パージを受けてから個人経営の病院を転々とした。彼女は大きな病院に就職しようとしたが、そのたびに身許調査の結果、パージのことが分り、どこに行っても就職は出来なかった。二十七年の春、彼女は失意のまま郷里栃木県に帰る途中、列車の中で服毒自殺をした。

その他、レッド・パージで職場を追われ、新しい仕事にも就けず、懊悩《おうのう》と貧窮の末、気が狂い、精神病院に収容されている者は、東京都の場合でも四人はいる。以上は東京中心だが、これを全国に求めると、同じようなことがもっと多い数に上るであろう。

経営者は、採用者に対して、それがアカであるかどうか厳しく身許調査している。日経連所属の各会社は、二十四、五年の退職者に対しては特に調査が厳密である。このためアミの目をくぐることが出来ないといわれている。

同じ被解雇者でも、新聞社関係の記者は筆が立つから、それを生かして活路を求めるので、まだいいほうである。一番悲惨なのは、手に職を持たない人たちだ。また、逆に、パージになった人間を意識して傭う会社もある。これは、その経歴から組合運動対策に向けさせるためだ。戦前の共産党の転向組の大物の今日の在り方を見れば、それは納得できよう。

パージで追われた人間は、どこにも就職出来ないとなると、小さな商売をするか、ニコヨンになるしかない。貧苦と経済的な窮乏は、次第に彼らからイデオロギーを奪い取る。食うためには何でもしなければならなくなる。尖鋭な党員でも脱落する。こうなると、社会的にも経済的にも、また党からも見放されて、気の弱い者は性格破産者となるのだ。

また、党自体も当時コミンフォルムから批判されて、例の所感派と国際派とに分裂していたから、そのどちらかに立っていた下部党員は、その立場によってはおっぽり出された。共産主義運動という精神的な支柱が彼らの苦しい生活をなんとか保たせているのだから、これを失うことは、彼らを破滅に陥れることになる。さらに、他のパージ組でも、貧窮との戦いに敗れ、良心的な生き方に耐えきれなくなってしまう。そのため、曾ての組合運動の闘士が、詐欺をやったり、暴力団に入ったり、横領して逃げたりした例もある。　レッド・パージの与えた影響は、今日でも悲惨に生きているのである。

いや、それだけではない。パージを受けた当時の人たちは、今では、大てい、四、五十歳くらいになっている。だから、今度は子供の就職に自分の経歴が響くのだ。ひたすら自分の過去を子の就職先に隠さねばならない。

当初、GHQは、極端な国家主義者、日本を戦争に導いた指導者に対して「永久の除去」を謳《うた》い、その追放は「三等親に及ぶ」と云ったが、このことをまさに文字通りに受けているのは、ほかならぬレッド・パージの被解雇者たちである。

彼らは永遠に就職から閉め出されている。しかも、それはわが子にまで及んでいるのだ。

この悲惨に比べ、占領当初の被追放者は、現在では完全に蘇生し、政界、財界、官界、あらゆる所で安楽に活動をつづけている。「赤《レッド》」の烙印を捺された労働者は「永久」に追放であり、アメリカが占領政策として最初の追放の目標に選んだ「黒い」指導階級は、そんな烙印などとうの昔に消してしまって納っているのである。

最後に、レッド・パージの真の指令者は、極東情勢に狼狽した米国防総省《ペンタゴン》そのものだった、と云っても間違いはあるまい。

原題「黒の追放と赤の烙印」（「日本の黒い霧」第十一話）――文藝春秋（S35・11）

コーヒーブレイク❶　担当者の思い出

時おり、テレビドラマに、作家や文芸編集者が大事な役割で登場することがあります。美男の流行作家に美女の担当編集者の恋愛模様。あるいは、売れっ子美人推理作家と元気な担当編集者が連続殺人事件を解決する——などなど。

ドラマとしては面白いのですが、しかしたいていの場合、そこで描かれている作家像、文芸担当編集者像は、かなり実態から離れたものであるような……。テレビの前で宮部が一人、「あちゃ〜」と顔を覆っているの図をご想像ください。

でも自分だって、小説のなかで、さまざまな職業の人物を登場させているわけですから、これは他山の石。笑っちゃいけません。

ともあれ、作家と言えば編集者、編集者と言えば作家。頼ったり頼られたり、怒ったり怒られたり、喜びも悲しみも幾年月。切っても切れない間柄です。素晴らしい作家には、必ず素晴らしい編集者が伴走しているもの。

そこで、松本清張さんの担当をしていた編集者の方々に、心に残る作品を選んだ上で、当時の思い出を綴っていただきました。清張さん、エネルギッシュにお仕事をし、手抜きやいい加減なことを許さない反面、優しくて、お茶目なところもいっぱいある方だったそうですよ。

（宮部）

いまも驚かされる直感力

堤　伸輔

「そういえば、あの秘書には派手な奥さんがいたな」

清張先生が言った。浜田山の松本邸の応接間、「週刊新潮」の連載小説「聖獣配列」の打ち合わせをしていたときである。この小説のモチーフは田中角栄元首相とその「資金源」だったが、それに関わる秘書たちの役割を話題にしていたのだ。「週刊新潮」の山田彦彌編集長がうなずいた。

「そうでしたね、ずいぶん派手な女房だった」

「堤君、調べといてくれないかね、その女房が、いまどうしているか」

この時期、清張先生のところへ週に何度通っていただろうか。休日に伺ったときなど、お昼前から深夜まで先生と話し続けたことも一再ではなかった。ご家族に、お昼、晩ご飯、夜食と、三食も用意していただいたこともある。

清張先生の担当編集者としては、文春の藤井康榮さんという〝第一人者〟がいて、私は先生への貢献度では足元にも及ばなかったが、二十代とまだ若く、週刊誌の記者をしていて調べごとならお手の物だったこともあり、何かと取材を言いつかった。自社の連載や単行本だけでなく、他の出版社、新聞社、はては放送局のために先生が執筆される原稿にも、すべてと言っていいほど協力していた。「だから」と言い訳をするつもりはないが、「某秘書の派手な女房」の近況取材には、他の調査が済んだところでかかろうと思っていた。

そこへ降って湧いたのが、かの「蜂の一刺し発言」。ロッキード裁判の決め手として検察側が出してきた隠し球が、榎本敏夫秘書の元妻・三恵子さんだったのである。一九八一年の秋のことだ。

「しまった、あのときすぐ調べていれば、雑誌で大スクープができたのに」と臍《ほぞ》をかんだのは言うまでもない。当時、東京地裁で争われていたロッキード裁判の行方をめぐっては、全マスコミがスクープ合戦を繰り広げていたからだ。

ちなみに、「派手な女房」の三恵子さんが、雑誌でヌードになるなど、その派手さをいかんなく発揮して見せるのは、「蜂の一刺し」よりしばらくあとのことである。

幸い、清張先生からは「なぜもっと早く調べなかった」などとお叱りを受けることはなかった。二年ほどのちに始める予定の連載のヒントにされるつもりだけだったからだ。しかし、先生の勘の働きを軽んじてはいけないという思いを強くしながら、浜田山の駅まで歩いたことを覚えている。

その後も、清張先生の勘の鋭さに驚かされることは何度もあった。存命中に限らない。

実はつい最近も、「何という直感力か！」と痛感させられたのである。

オランダ東部、西ドイツ（当時）との国境に近い小都市アルメロ。その郊外の、とある研究所の近くにたたずむ一人の日本人がいた。一九七三年のことである。カメラを携えたその男は、静かに研究所に近づき、広大な施設を撮影し始めた。すると、付近の路上に何気なく駐車してあった車の中から警備員が現れた。バックミラーで男の様子を窺《うかが》っていたのだ。

「あやうく逮捕されそうになったんだよ」

と、本人から聞いたのは十年ほどのちのこと。もちろん清張先生である。

先生が写真に撮ろうとしたのは、七一年に完成したばかりの原子力研究所。西ドイツ、オランダ、イギリスの三国が共同出資したコンソーシアム「ウレンコ（URENCO）」の関連施設で、やがて核燃料の濃縮ウランを産み出すことになる工場だった。先生は「ここには何か問題の『根』がある」と睨み、小説『火の路』の取材旅行の途中、パリ行きの予定を変更してオランダに向かったのだ。好奇心が募ると、即座に行動に移さずにいられない人だった。思った以上に厳重な警備が印象的だったようで、「アルメロ」の出来事は何度も話に聞かされた。没収を免れた写真は、のちに新潮社の『松本清張カメラ紀行』（とんぼの本）に掲載される。

その清張先生とすれ違うように、一人のパキスタン人が研究所に入り込んでいった。

いや、この時には、すでにその中にいたかもしれない。前年の七二年、ウレンコの取引先の核関連企業の社員となることで、警戒厳重なアルメロの研究所に何の支障もなく出入りするようになったその科学者こそ、のちにパキスタンの「原爆の父」と呼ばれる人物、アブドル・カディル・カーンだった。

何という作家の直感だろうか。「ここは、何か大事件の発端になると思った」と清張先生が語っていた通りになっていく。オランダとベルギーの大学に学んだカーンは、パキスタンへの「忠誠心」を失っていなかった。七四年、隣国インドが最初の核実験を行なうと、パキスタン軍部も対抗して核兵器の製造を目指す。カーンはウラン濃縮に必要な遠心分離器の「青写真」など、原爆製造に必須のノウハウを研究所から盗み出すとともに、欧州各国に散らばる大小の核関連企業と仲介役となる「死の商人」のネットワークをも把握し、七六年、パキスタンに持ち帰る。そして、パキスタンの原爆製造の中心人物となっていくのである。

自国の核武装を果たしたのち、カーンはそのノウハウとネットワークを、他の独裁国家に売りさばくようになる。イランへ、リビアへ、そして北朝鮮へ。「アルメロ」が流出口となった核技術は、日本の近隣にまで拡散していった。現在、北朝鮮の核疑惑は、プルトニウム型の原爆製造問題もさることながら、ウラン濃縮型の原爆製造の有無に焦点が当てられている。今日の日本にとって最大の脅威の発端は、まさしくアルメロにあった。

二〇〇三年十月、遠心分離器の部品を積んでリビアに向かっていた貨物船が地中海で捕まったことによって、カーンを中心とする「闇のネットワーク」が暴かれていく。同時に、核拡散を探知しようとした米欧の情報機関の活動が、それまでいかにお粗末だったかも明らかになった。調べてみたら、カーンに連なる武器商人や関連業者が、ヨーロッパからアジアまでを股にかけ、「核」の取引を長年やすやすと続けていたのだから。アメリカは、慌てて対策を講じ始めている。

だが、いくら制度的な防止策を立てても、カーンやその仲間のような「死の商人」は、抜け道を見つけ出していくだろう。情報活動を強化し、摘発し、断罪していくしか、最終的に核拡散を止める手立てはない。清張先生のような直感力をもった情報部員はいないものか……。

清張先生は九二年に亡くなったから、「アルメロ発」の核の脅威が、今日、これほど大きな問題になるとは知らないままだったが、いまごろあの世で、「どうかね、堤君、私が言ったとおりになっただろう」と、あのにんまりした笑顔を浮かべているに違いない。「こういうのを本当の社会派推理と言うんだよ」と。

先生が亡くなったあと、オウムの地下鉄サリン事件や神戸の少年による連続殺傷事件など、衝撃的な事件が相次いだ。それまでの日本では起こらなかった類の事件だ。もちろん、海外でも、九・一一同時多発テロを始め、常人の想像を絶するような出来事が相次いでいる。いま、私は国際情報誌の編集に携わっているが、こうした事件が起こるたび、清張先生が生きていたらどうおっしゃったか、聞いてみたい思いに駆られる。目前の現象だけに目を奪われず、その背後にあるものや将来起こりうる展開を、先生が鋭く言い当てることを知っているからだ。そして、こうした事象を、清張文学ならどう扱うのか、読んでみたいという強い思いにも。

（新潮社「フォーサイト」編集長）

自由自在な創作空間

藤井康榮

松本清張は終生「短篇」というかたちにこだわり続けた作家であった。百を越える「長篇」を残したにもかかわらずである。晩年になっても、「あの頃（芥川賞受賞後、初期の短篇が）評価されていたら、そのまま突っ走っていたろう」などと述懐するのだった。

昭和三十八年、私が前任者の入院によって、急遽担当になった時、週刊文春は「別冊黒い画集」を連載中だった。この連作によって私は短篇推理の楽しさを知った。なかでも「陸行水行」は多くの読者を魅了し、古代史ブームの魁《さきがけ》となった。高度成長期に全国各地で開発にともなう発掘作業が展開され、古代史への夢が大きく広がっている時期であった。そこへ絶妙のタイミングで書かれた作品が「陸行水行」だったのである。

朝日新聞時代からの趣味であった考古学・古代史が作家の中で再燃する。本格的な勉学が始まり、二年数カ月のちには「古代史疑」を書き始めた。そして、この分野への関心は最後まで衰えることはなかった。

　昭和五十二年の正月には「博多まで来て下さい」と指示があり、私は全日空ホテルで開催された「邪馬台国シンポジウム」に参加した。それは全国から集まった六百余の一般読者を巻き込んで、熱気溢れるイベントだった。

　松本清張は並いる学者たちに怯《ひる》むことなく縦横に論争を引き出そうとする堂々たる司会ぶりで強い印象を残したのである。

　考古学・古代史の研鑽は短篇長篇を問わず作品世界にも大きく反映してゆく。私が関わったものでも「火神被殺」とか大作「火の路」などがある。

「陸行水行」からわずか半年後に、週刊文春では「昭和史発掘」をスタートさせているのだが、今から振り返っても空恐ろしい気がする。準備期間が二カ月というのも無謀であったが、並行して執筆している作品の多岐にわたることに改めて驚く。初めの二年を見ても、主な作品だけでも、「現代官僚論」「彩色江戸切絵図」「草の陰刻」「私説日本合戦譚」「小説東京大学」「砂漠の塩」「Dの複合」などがある。

「昭和史発掘」がそろそろ連載二年になる頃、私は「スパイ〝M〟の謀略」を懸命に取材していたのだが、作家は何も言わぬまま「古代史疑」の執筆に着手していたのである。

　ミステリー、時代小説、現代史、古代史……一人の頭脳から同時にこんなに幅広く奥深い仕事が創造できるものだろうか。誰にも信じられない仕事の実態がそこにあった。だから、ゴーストライターがいるとか、工房があるとか言われてしまうのだろう。近くにいた人間ほど〝努力の人〟の凄さを感じている。

そのように八年にわたる「昭和史発掘」のハードワークのなかでも、作家は着実に小説の種を仕込んでいた。

「首相官邸」から最後の「神々の乱心」まで、この仕事中に温存されたテーマが小説のかたちで次々と結実する。担当者としては実に楽しい時の流れであった。

なかでも晩年の連作短篇集『草の径』に収録されている「老公」と「『隠り人《こもりびと》』日記抄」は私にとって忘れられない作品である。

「老公」は二・二六事件で西園寺公爵の周辺を取材した時の資料が生きてきたものであり、「隠り人」はスパイ〝M〟の追跡取材を生かしきっていただいたと思っている。いずれも「昭和史発掘」の重要なテーマだった。

「文藝春秋」に「草の径」連載中のある日、若い担当者が松本邸から帰社して、次のテーマは「園公の二・二六」にしたいという作家の意向を伝えた。

「困りましたね。それは無理」と私は言った。小説的ふくらみは不可能と判断したのだ。しかし、担当者は「強いご希望です」と当惑しているので、止むを得ず資料を整え、届けてもらった。敢えて電話をして意見をいうのは止めておいた。

すると案の定、数日して「これでは書けない、止める」と返事があった。平気で休載すると言い出すのは目にみえている。八十歳を過ぎているのだから無理もないと思いつつ、やはり穴をあけたくないのが編集者の立場である。

二・二六取材中にお目にかかった西園寺公の執事・熊谷八十三《やそぞう》氏の資料には他のこともいろいろあった筈だ。あの時、見せて下さった日記は押入れの下半分にびっしり詰まっていた。宝の山と見惚れた記憶も鮮明である。すぐに手控えのメモから作家が関心を持ちそうな時期をピックアップした。それからが大変だった。全集のスタッフに手分けして何回か筆写作業に通ってもらい、関心の消えぬうちになんとか資料を届けることができた。

果たして反応は早かった。担当者は「面白い、これで考える」と喜んでいました、とニコニコ顔で戻って来た。

こちらも急転回、担当者を連れて興津へ取材に出かけた。土地の雰囲気を確認しておきたかった。幸運だったのは、二・二六当時、坐漁荘《ざぎょそう》の警備に当たっていた元警察官を探しあてたことだった。警備体制や交代勤務の実態ばかりでなく、内部で働く人々の様子など具体的に把握することができた。

その後、物語の舞台となる坐漁荘の図面を入手してからは、作家もすっかり没入して原稿は順調に仕上がって来るのだった。

スパイ〝M〟の方は、久しぶりの単独取材だった。ある朝、「ちょっと来て」という電話があったので立ち寄ると、「昔のように今度は一人でやってくれないか」という話だった。Mはいろいろ微妙な問題もあり難しいテーマだ、折角スタッフもいるのに悪いけどという感じなのである。私としては願ってもないこと、勇躍一人で旅立ったのだが、

Mの追跡は想像以上に困難だった。しかし「昭和史発掘」完結後もずっとフォローしていたテーマだったのでやり甲斐を感じる仕事だった。もういいから帰って来るようにと言われてから更に粘った結果、全ての糸がほぐれて自分自身Mへのながい追跡を終えることができた。

亡くなる一年前に『草の径』は上梓された。私も同行したヨーロッパ取材の三作と『昭和史発掘』関連の二作が収録されている記念の作品集である。松本清張の本はたくさん作ってきたが、最後にこの本を手渡すことができたのは幸せだった。作家がこだわり続けた短篇、しかもこの時期にしか生まれてこなかっただろう作品の人生晩景が胸に迫る。

かつての仕事が変容して別の作品に実ってくる様は松本清張の自由自在な創作力を示して余りあるものであった。発想の柔軟さ、表現スタイルの自在な展開、時空をこえて飛翔する作家の頭脳を担当者だけが楽しんでいるのは勿体ない。

清張没後、記念館をつくる段になって、なんとかその特質の一端でも伝えられないものかと悩んでいた。

記念館が完成して内覧会の日、今でも通り過ぎてしまう人の多い「作品系統図」の前で私を呼び止めた人があった。

「これはどういうふうに作ったのですか」という質問だった。私が「全集の際に全作品のカードを作っていましたので、分野別に時系列にならべて考えてみたのです。点線で発想があっちへ飛んだりまた戻ったりするのを視覚的に表現したつもりです」と答えると、「ご苦労があったのですね」と、ねぎらってくださった。その時、地元にもこういう方がおられると知って、たいへん心強く前へすすむ勇気が湧いてきたのだった。これも清張作品が発光する力だったかもしれない。

（北九州市立松本清張記念館館長　元・文藝春秋編集者）

鰻とワインと清張さん

重金敦之

赤坂の日枝《ひえ》神社脇に「山の茶屋」という鰻が自慢の料亭がある。昭和四十一（1966）年の十一月に、私が松本清張氏と初めて会った場所だ。翌年から「週刊朝日」で始まる連作短篇推理小説の担当者を命じられたのだ。入社二年目のことだった。

清張さんから、「若い、馬力のある記者を」というリクエストがあったのだろうが、社のお偉いさんは、新米記者の私に不安があったらしく、「今まで作家は誰を担当したか」と、偉そうに尋ねてきた。

「結城昌治さんの『白昼堂々』です」と答えると、「今度はもう少し大物だからな」とつぶやいて、「どこの料理屋へ行ったらいいだろう」などと一人で興奮していた。

清張さんの「短篇」の魅力を世に知らしめたのは、「週刊朝日」の「黒い画集」（58～60年）といっても差し支えないだろう。その後「天保図録」（62～64年）を経て、「黒い画集」の続篇をお願いしたいということであった。

「黒い画集」を担当したのは、当時副編集長で、児童文学者でもあった永井萠二さん、

「天保図録」は角界に精通していた殿岡駒吉さんで、お二人ともこの世を去られたが、清張さんとの付き合い方を懇切丁寧に伝授していただいた。若い私が、よほどに頼りなく見えたのかもしれない。

清張作品といえば、高校生のころ、月刊誌「旅」（日本交通公社）に連載された「点と線」（57〜58年）を熱中して読んだ。受験勉強に明け暮れるなか、山登りと旅行にあこがれていたので、「旅」と「アルプ」（創文社）は愛読雑誌だった。後になって山藤章二さんも「旅」で「点と線」を読んでいたことがわかり、二人で大いに盛り上がったことがある。

鰻を食べながらの顔合わせというか、打ち合わせは無事に終わった。もちろん初対面でこの人があの有名な松本清張さんか、と思っただけだった。何を話したのかは覚えていないし、私の名前を記憶してくれたのかもわからない。しかし、この時から亡くなるまで交誼が続くとは、夢にも思わなかったことだけは確かだ。

ただ、あっという間に鰻を食べ終え、清張さんの「これで終わりか」の一言で、一瞬座がしらけた。お酒も飲まないし、まだ還暦前だったから食欲も旺盛で、手持ち無沙汰になったのもやむをえない。鰻料理はえてして簡単に終わる、ということを学習したことになる。昨今の鰻料理屋は、やたらと料理を出すようだが、当時は鯉の洗いに肝焼きと蒲焼くらいのものだった。

題は「黒の様式」と決まった。帰り際、用意した車で送るとき、「行き届きませんで」

と言ったことは、今でも記憶にある。翌日、件《くだん》のお偉いさんが、わざわざ編集長に、「行き届きませんで」の科白《せりふ》はなかなか言えないよ、と言いに来たらしい。「山の茶屋」を選んだのは、どこのどいつだと言いたかったが、咽《のど》に押し込んだ。

年が明け、第一話の「歯止め」から始まった。一歩間違えると陰湿な話になるところだが、「週刊朝日」の読者を意識し、淡彩な筆致でさりげなく仕上げたところが、他の作家にはできない芸当だった。この作品では、特別に取材した覚えはない。

続いて二話目の「犯罪広告」では、「お魚博士」の異名をもつ末廣恭雄氏を訪ねて、ウミホタルの話を伺った。清張さんが、生物の死体に取り付いて海中で怪しげな光を発するというプランクトンの一種、ウミホタルのことを、どこからか仕入れてきたのだ。最近になって東京湾アクアラインの中継島「海ほたる」で、本物のウミホタルにお目にかかることが出来た。

笑気ガスの取材は、第三話「微笑の儀式」だった。アルカイックスマイルを残したまま死ぬには、どんな方法があるかという無理難題を仰せつかり、難儀したことを覚えている。しかし、「古拙の笑い」の飛鳥仏や和辻哲郎の世界に遊べたことは、高校時代から関心があっただけに、多忙な週刊誌記者にとって束の間の余裕となった。「二つの声」（第四話）では、「野鳥の声」の録音技術においては第一人者というＮＨＫのディレクターに話を聞いた。

第一話の「歯止め」は八週で終わり、すぐに「犯罪広告」が始まるという具合で、休になっている。結末が見えてくると、清張さんの頭の中は、もう次の作品のテーマで一杯む暇もない。乱暴な言い方をすると、事件の「種明かし」と「着地姿勢」にはあまり執着しなかった。次回作の構想を練るほうが楽しいのだ。

ワインの味わいには、アフターといって舌に残る香りも評価するが、清張作品では意外にあっけなく収束してしまうことが多い。あっさりした淡白なアフターが特徴なのだ。いつも執筆に没頭し、仕事以外に遊ぶ様子もあまり見受けられないので、ある機会に「先生はいつが一番楽しいのですか」と聞いたことがある。「連載の目途《めど》がついて、次に何を書くかを考えることだね」という答えが返ってきた。

「黒い画集」の第一作「遭難」は十一週で完結しており、傑作中の傑作と謳われる「証言」に至っては、二週で終わっている。文字通りの短篇であり、掌篇といっても良いくらいの作品だ。

「黒の様式」では「歯止め」と「犯罪広告」は八週で終わったものの、「微笑の儀式」が十週、「二つの声」が十七週と延び、第六話の「霧笛の町」(後に「内海の輪」と改題)にいたっては、三十七週と「長篇」になってしまった。とても「短篇連作」とは言いがたい。

別に引き延ばしているつもりではないのだろうが、登場人物の性格や心理状態を丁寧に書きこんでいくから、どうしても長くなる。読者は新しい事件の発生を期待し、物語の早い展開を要求する。「黒の様式」のときではないが、四年ほど経って、「週刊朝日カラー別冊」で、短篇「二冊の同じ本」（71年）を執筆してもらったことがある。季刊の雑誌で一回の読み切りなのに、なかなか先が見えてこない。ページ数の制約もある。とうとう我慢の限界となって、電話口で、「先生、どうも物語が冗長ですよ」と言ってしまった。

さすがに清張さんも声を荒げて、「冗長じゃないよ。筋ばっかり追いかけるから、推理小説を書くのはいやなんだ」と、電話で激しく怒鳴られた。ご本人も気が付いていたはずで、痛いところを衝かれたと思ったのだろう。

傍らで電話を聞いていた伊藤道人デスク（後に「アサヒグラフ」編集長・故人）が「冗長とは、よく言ってくれたね。だけど本当だから、仕方がないよ」と呆れたように、慰めてくれた。清張さん六十一歳。私は三十になったばかりのころの話だ。若さゆえの「行き届かなかった」言葉であったと、今では思っている。

（元「週刊朝日」編集委員　常磐大学教授　エッセイスト）

収録作品の既刊本所収リスト　上巻（現在入手可能なもの）

或る「小倉日記」伝
「西郷札　松本清張短編全集1」光文社カッパ・ノベルス
「或る『小倉日記』伝　傑作短編集（一）」新潮文庫
「松本清張小説セレクション」第三十三巻　中央公論新社
「松本清張全集」第三十五巻　文藝春秋

恐喝者
「遠くからの声　松本清張短編全集8」光文社カッパ・ノベルス
「共犯者」新潮文庫

一年半待て
「遠くからの声　松本清張短編全集8」光文社カッパ・ノベルス
「張込み　傑作短編集（五）」新潮文庫
「松本清張小説セレクション」第三十二巻　中央公論新社
「松本清張全集」第三十六巻　文藝春秋

地方紙を買う女
「青春の彷徨　松本清張短編全集6」光文社カッパ・ノベルス
「張込み　傑作短編集（五）」新潮文庫
「顔・白い闇」角川文庫

「松本清張小説セレクション」第三十二巻　中央公論新社
「松本清張全集」第三十六巻　文藝春秋
理外の理
「松本清張全集」第五十六巻　文藝春秋
削除の復元
「松本清張全集」第六十六巻　文藝春秋
捜査圏外の条件
「青春の彷徨　松本清張短編全集6」光文社カッパ・ノベルス
「駅路　傑作短編集(六)」新潮文庫
「松本清張小説セレクション」第三十二巻　中央公論新社
「松本清張全集」第三十六巻　文藝春秋
真贋の森
「誤差　松本清張短編全集9」光文社カッパ・ノベルス
「黒地の絵　傑作短編集(二)」新潮文庫
「松本清張全集」第三十七巻　文藝春秋
昭和史発掘――二・二六事件
「昭和史発掘」第七～十三巻　文春文庫
追放とレッド・パージ
「日本の黒い霧」上下　文春文庫
「松本清張全集」第三十巻　文藝春秋

（中巻に続く）

文春文庫

宮部《みやべ》みゆき責任編集《せきにんへんしゅう》

松本清張傑作短篇《まつもとせいちょうけっさくたんぺん》コレクション　上

定価はカバーに
表示してあります

2004年11月10日　第1刷
2009年7月10日　第13刷

著　者　松《まつ》本《もと》清張《せいちょう》

発行者　村上和宏

発行所　株式会社　文藝春秋

東京都千代田区紀尾井町3-23　〒102-8008
TEL　03・3265・1211
文藝春秋ホームページ　http://www.bunshun.co.jp
文春ウェブ文庫　http://www.bunshunplaza.com

落丁、乱丁本は、お手数ですが小社製作部宛お送り下さい。送料小社負担でお取替致します。

印刷・凸版印刷　製本・加藤製本

Printed in Japan
ISBN978-4-16-710694-2